KB057016

# 이상문학상 작품집

1989년도 이상문학상 작품집
제13회 대상 수상작 김채원 〈겨울의 환幻〉 외 4편

ⓒ 문학사상사, 1989

* '이상문학상'은 상표법에 의하여 무단 사용이 금지되어 있습니다.

1989년도 제13회 이상문학상 작품집

# 겨울의 환幻 외

문학사상사

# 제13회 이상문학상 대상 수상작 선정 이유서

김채원 씨의 〈겨울의 환幻〉은 자기 자신을 원질로 한 고백체형 소설의 순금 부분이며 그러한 면에서 문학사적 틀 속에서의 문제를 제기케 한 작품이다.

자기 몫의 삶을 새롭게 인식하기 시작하는 중년 여성의 심리를 포착함으로써 인간의 운명적 쓸쓸함, 어쩔 수 없는 삶의 허망함을 드러내는 이 소설은, 또한 자연의 이미지와 결부된 의식의 기술, 삶에 때때로 필요한 환상의 포착이 이 작가의 몫임을 말해 주고 있다.

특히 이 작품 속의 중층적인 서사의 밑바닥에 깔려 있는 잊혀진 것들에 대한 애잔함은 잔잔히 떨리는 듯한 감동을 느끼게 한다. 그러나 고향의 상실, 부성父性의 부재, 전쟁의 고통 등으로 이어지는 주인공의 체험 영역은 개인의 운명성만을 뜻하지 않고, 그러한 개인적 운명을 낳게 한 역사의 운명을 함축하는 것이기도 하다.

제13회 이상문학상 수상작으로 〈겨울의 환〉이 결정된 것은, 이념의 잣대로 모든 것을 마름질하려는 오늘의 풍토에서 새로운 변화를 갈망하는 문학사적 요구와 다름 아님을 밝히며, 기존의 작품 세계를 뛰어넘는 성과를 보여준 이 작가에게 수상의 영예를 드린다.

1989년 8월

이상문학상 심사위원회

**김동리 · 이어령 · 김윤식 · 박완서 · 권영민**

# 차 례

## 각 심사위원들의 중점적 심사평

# 겨울의 환幻

## 김채원

1946년 경기 덕소 출생.
이화여대 회화과 졸업.
1975년 《현대문학》에 〈밤인사〉 추천 등단.
작품집 《먼집 먼 바다》《초록빛 모자》,
장편 《지붕 밑의 바이올린》《가을의 환幻》《달의 몰락》 등.

# 겨울의 환幻

—밥상을 차리는 여인

<br>

1

언젠가 당신은 제게 나이 들어 가는 여자의 떨림을 한번 써 보라고 말하셨습니다. 저는 그 얘기를 지나쳐 들었습니다, 라기보다 글 이라고는 편지와 일기 정도밖에 써보지 못한 제가 어떻게 그런 것을 쓸 수 있을까 두려운 마음이 앞섰습니다. 저는 감정의 훈련도, 또한 그 감 정을 끌어내어 표현하는 능력도 갖고 있지 못하기 때문입니다.

그러나 마음 한편으로는 그때부터 죽 나이 들어 가는 여자의 떨림에 대해서 분명 생각하고 있었습니다. 아니, 그보다 그 말 자체가 가지는 의미에 대해서 어떤 매혹을 느꼈다고 해도 과언이 아니겠습니다. 그 말 에서 스스로를 여자로 느꼈기 때문입니다.

이렇게 얘기한다면 조금 어폐가 있겠습니까?

그러나 정말입니다. 저는 이제껏 마흔세 살이라는 나이가 되도록 단한 번도 스스로를 여자로 느끼지 못했습니다. 저는 단지 여자의 흉내만을 내고 있다고 생각합니다. 어느 때, 목욕을 하고 나서 새 속치마를 꺼내어 입을 때, 혹은 화장을 할 때, 혹은 생리 냅킨을 꺼낼 때 자신이 여자의 흉내를 낸다는 느낌에 젖게 됩니다만 그 외에는 언제나 나의 용모나 성 따위를 전혀 잊고 있는 것입니다. 즉, 외부에서 보는 나가 아니라 내 안에 있는 나 그것일 뿐입니다(다른 여자들도 그런지 어쩐지 그것은 모르겠습니다). 그런 연고로 당신이 그 말을 하셨을 때 저는 젊었을 때도 느끼지 못했던 여자라는 성과, 그 성이 가지는 떨림에 대해서 생각해 보게 된 것입니다. 그 말 자체에는 무언가 설레게 하는, 인생에서 어떤 신묘한 가능성까지를 내포하고 있기 때문입니다.

늙어가는 것이 단지 멸해 가기만 하는 것이 아니라 여자로서의 떨림이 있을 수 있는 것이로구나 하는 확연한 느낌을 가질 수 있었습니다.

저는 그 말에서 비로소 여자가 된 듯한 기분을 맛보았습니다.

늙어가는 사람의 떨림이란 좀 어색하지 않습니까. 늙어가는 사람의 떨림이라기보다 늙어가는 여자의 떨림이란 말이 훨씬 자연스러운 것이고 보면 제가 스스로를 언제나 사람이라고 느끼던 것에서 저의 성을 찾아 여자가 된 것이, 그 자각이 이제라도 기쁨으로 다가오기도 합니다.

그러므로 저는 비로소 여자에 눈떴다고 할 수도 있겠습니다. 그리고 그 자각이 나 하나에서 머무는 것이 아니라, 내 어머니와 할머니, 이분들은 내가 실제 보았던 인물들이고, 말로만 들었던 증조할머니 그리고 더 거슬러 올라가 선조의 여자들까지도 생각해 보게 되고, 인맥을 통해 면면히 흐르는 여자로서의 숙명 같은 것도 감지하게 되었습니다.

자궁을 가진 여자로서의 숙명감, 아버지가 아닌 어머니로서의 모母라는 의미, 결연히 인생과 마주한 여자로서 서야 하는, 또한 그중에서도 동양의 여자, 소나무가 크고 있는 지역의 여자, 이런 의미들이 밀려 들어오는 것입니다. 그것은 복 받을 만한 서구의 자연, 그리고 그들의 깨어 있는 문화가 만들어놓은 개인주의, 저는 한때 그 개인주의에 공감하고 그를 따르려 했습니다만 서구의 개인주의와 동양의 미덕과는 어쩔 수 없이 다를 수밖에 없다는 그런 깨달음이 망연히, 그러나 어떤 확신감을 가지고 다가오는 것입니다.

우리가 서양에서만 보던 잣나무와 솔바람을 품어 안은 소나무와는 다를 수밖에 없다는 자각, 우리가 이 시간 그리고 동양권인 이 공간 속에 태어났다는 것은 하나의 운명이기도 하지 않겠습니까.

그리하여 당신과 만났다는 것도 운명이라고 생각합니다.

어디서부터 얘기를 끌어내야 할지 잘 갈피를 잡을 수 없습니다.

저는 지금 몹시 흥분된 상태이고, 되도록 내일 새벽까지 이 글을 마쳐보겠다는 각오하에 펜을 들었으므로 나오는 대로 두서없이 쓸 수밖에 없겠습니다.

조금 전 마지막 뉴스로, 산불이 아직도 계속되고 있어 예비군이 동원되고 헬리콥터까지 소화제를 뿌리고 있는 현장을 보았습니다.

그 산불은 오늘 할머니 묘소에서 집안 아저씨와 제가 낸 것입니다.

산불의 모습은 상상을 불허하는 장관스러운 풍경입니다.

지진이나 홍수 그리고 산불 같은 자연의 모습 앞에 인간은 그저 무릎 꿇을 수밖에 없습니다. 두렵도록 아름다운, 죄악과 천사가 함께 있는 듯한 그 모습을 그래도 인간이 감당해 내야 한다는 일이 이상할 지경입니다.

그것은 이미 인간의 몫은 아니라고 보아야 옳겠습니다.

또한 그런 대자연 앞에서마저 내가 있어서 내가 그것을 보아야 한다는 일이, 내가 없으면 산불도 무엇도 다 없는 것이라는 그 사실이 꿈에서 깬 듯 이상하기만 합니다.

뉴스를 본 아저씨가 내일 아침 경찰서에 자진 출두하겠다고 전화를 하셨습니다. 저도 같이 가겠다고 했더니, 노모를 돌봐야 하는 문제도 있고 하니 그냥 집에 있으라고 했습니다.

"불을 끄고 나서 그렇게 오랫동안 앉아 있다가 왔는데 불씨가 남아 있었나……."

아저씨는 말끝을 흐리며 허둥거리셨습니다.

저는 전화를 끊고 나서 한동안 화면에 눈길을 주며, 그러나 아무것도 눈에 들어오지 않는 상태로 앉아 있었습니다. 무슨 전화인가 묻는 어머니의 소리도 묵살해 버렸습니다. 제 눈앞에 지금 이 순간에도 산야의 송림 숲을 잿더미로 만들며 무서운 속도로 번져나가는 불길의 환영이 투시력을 가진 듯 환히 보였습니다. 할머니의 묘가 다 타버린 것, 뿐만 아니라 다른 망자들의 묘까지 전부 태운 것. 조상의 무덤을 잘 가꾸어야 하는 우리네 풍습에 묏자리가 다 타버렸다는 사실이 자손들에게 어떤 영향을 끼치는지 심히 두려우면서도 왠지 무덤 속에서 망자들이 훨훨 타오르는 불길에 가슴에 맺힌 응어리들을 다 녹여 내린 후련함을 맛볼 것 같은 그런 기분 또한 가지게 됩니다.

사람들 마음속에는 왜 응어리가 있는 것일까요.

이제 와서 세상 이치를 어느 정도 깨닫고 보면 세상사가 모두 손바닥 안에 있다는 그 말에 수긍하고 공감하면서도 왜 마음은 이렇게 늘 괴로운 것일까요? 사람의 마음속은 기쁨 · 슬픔 · 평온 · 희열 · 고뇌 · 비애 · 공포 · 고요 등으로 다양하게 변모하며 그러한 마음이 세상 속의 자연으로 표출되는 것이 아닌가 하는 생각도 합니다.

베토벤의 9번 심포니를 듣고 사람의 감정의 폭이 어쩌면 저렇게도 무한한 것일까, 깊은 공감으로 엎드려 운 적이 있습니다만 천둥과 번개, 바다와 시냇물, 들판 · 꽃밭 · 비 · 눈 등은 우리의 감정이 형상화된 것이 아닐까요? 아니면 그 자연을 닮아 우리의 감정이 형성된 것일까요?

그러니까 산 하나를 다 태우고야 꺼질 이 무서운 불길은 저의 마음이겠습니까. 그리고 꺼져버린 잿더미, 간혹 바람에 피식피식 흰 연기만 날릴 그 소화 후의 빈 산 또한 저의 마음이지 않겠습니까.

어쩔 수 없는 일입니다.

이미 불은 나버렸고 그 무섭게 타들어 가고 있는 불기운에 힘입어, 글에 대한 아무 지식이나 훈련이 없는 저로서도 이 밤은 무엇인가 써낼 듯한 기氣를 감히 느끼는 것입니다.

그러므로 무엇을 향해 어떻게 써야 한다는 일에 염려하지 않겠습니다.


## 2

어머니와 저의 손은 똑같이 생겼습니다.

실지 두 손을 맞대어 본 적은 없지만, 마주하면 오른손과 왼손이 만난 듯 아마 꼭 맞을 것입니다. 갸름한 손톱 모양과 매듭, 어느 순간 꼭 닭다리로 착각되는 손가락, 단지 다른 것이 있다면 손금일 것입니다. 어머니와 저의 운명이 똑같을 수는 없으니까요. 이 세상에 똑같은 손금이 있을 리 없으니까요. 그러나 그것 역시 확실하게 말할 수 없는 것이, 어머니와 딸의 운명은 한줄기이기 때문입니다.

딸은 대개 어머니와 운명을 닮는다고 말하던가요. 제가 가장 어머니와 운명적임을 느끼는 것은 밥상에서부터라고 생각됩니다.

어머니는 따뜻한 밥상을 차리지 못하는 여인입니다. 이렇게 말한다면 어머니는 펄쩍 뛰실 것입니다. 어머니는 종종 자신의 손이 달아서 반찬이 맛이 있다고 자랑을 합니다.

"하여튼 우리 집 김장을 가져다 먹어본 사람은 이 서울 장안에서 이처럼 맛있는 김치는 먹어본 일이 없다고 했지. 저기 어느 집 아주 격식 차려서 음식 하기로 소문났다는 김장김치보다 우리 것이 더 맛이 있다고 했어. 그때는 내가 왜 그랬을까. 식구도 없는데 김장을 백 포기나 했으니까. 그걸 나 혼자 조용히 앉아서 했지. 누구 도움 받는 것도 싫고 해서 말이야. 그렇게 해놓고는 겨울 내내 먹고 아마 초여름까지 먹었을 거야. 남한테 한 바케스씩 퍼주기도 했어."

어머니는 이런 얘기를 자랑삼아 기쁨삼아 추억거리로 하십니다. 혹은,

"우리 집 된장찌개를 먹어본 사람은 모두들 정말 맛있다고 했으니까. 서민 음식을 만드는 데는 최고라고들 했어."

이런 얘기를 들을 때면 은근히 반감이 솟아오릅니다. 왜냐하면 그 된장찌개는 어린 시절 바로 제가 먹던 것으로, 제가 기억하고 있는 것이니까요.

김장김치 얘기 때는 무언지 아물아물 떠오르는 것으로 하여 그런가, 정말 그런 것 같다 하고, 긴긴 겨울 동안 광에 파묻은 독에서 김장김치를 꺼내 먹던 정경을 떠올리며 긍정하며 듣고 있지만, 된장찌개 부분에서만은 저는 아니라는 생각이 드는 것입니다.

잠깐 김장김치 얘기를 할까요.

아파트에서 겨울 동안 먹을 것을 열 포기 정도 담그는 요즘에 그 시절을 떠올리니 그 일은 정말 신선한 감회가 있습니다.

먼저 배추를 트럭으로 싣고 오지요. 혹은 손구루마로 오기도 했지요. 그것을 마당에 부릴 때면 뭔가 큰일이 이제 시작되는 수선스러움과 함께 풍성함이 가득 차오릅니다. 우리 집은 층계가 있는 높다란 언덕 위의 집이어서 트럭이 힘들게 올라와 집 앞길에 부려놓은 후 그것을 다시 큰 대야나 물통에 담아 날랐습니다. 검게 된 목면 장갑을 낀 배추장수가 한걸음에 네다섯 포기씩 나르기도 하고 어머니와 나와 동생도 끼어

서 나르면 그 많은 배추가 어느새 다 날라집니다.

배추는 너무 크지도 작지도 않고, 잎의 두께가 너무 두껍지도 얇지도 않았어요. 잎 자체에 달고 구수한 맛을 풍기고 있는 배추를 어머니는 잘 골라내셨습니다.

배추 끝에는 커다란 꼬랑지들이 그대로 달려 있어, 가마니에 묻어두었다가 겨우내 그것을 깎아 먹는 일도 즐거움이었습니다.

커다란 무쇠 식칼로 배추를 쪼개는 일, 큰 포기는 네 쪽으로, 작은 것은 두 쪽으로 마당에서 쪼개었습니다. 머리에는 타월을 덮어쓰고 돌아앉아 어머니는 배추를 쪼개었지요. 배추를 쪼개면 그 속에 고실고실한 연한 노랑과 연두색의 작은 잎들이 나타나지요. 그 부분은 따로 소금에 절여 양념을 속에 싸서 먹지요.

다 쪼갠 배추를 소금에 절여놓았다가, 다음 날 아침에 김장을 시작합니다. 우물가에서 배추를 씻어 커다란 소쿠리에 절여진 배추를 척척 걸쳐놓으면 전날 그렇게 많아 보이던 배추도 양이 많이 줄어듭니다. 무를 채칼로 채를 쳐서 고춧가루·마늘·파·젓갈 등의 양념으로 버무리고 생굴도 넣었습니다. 소금으로 간을 맞추며 특히 동태를 조금 잘게 썰어 함께 집어넣으셨습니다. 그리고 청각도 많이 집어넣으셨습니다.

앞부분이 파르스름한, 너무 크지 않고 맛있어 보이는 무들은 동치밋감으로 따로 골라 내놓았지요.

할머니가 시골서 올라와 계실 때면 할머니도 함께하셨습니다.

마당과 마루에는 김장거리로 즐비합니다. 그런 날은 창호지 문을 닫아도 방문이 열린 듯 횅하니 스산스럽고 날이 어두워질 때까지 그 스산스러움이 끝나지 않던 것입니다.

이윽고 어머니가 발을 구르며 들어와 아랫목에 버선발을 파묻고, 시뻘겋게 얼고 불어 터진 손을 녹이며 손이 가려워하던 것, 손이 매워 뜨거운 물에 담그던 것들을 떠올릴 수 있습니다.

어둠이 찾아왔는데 다시 밖으로 나가 주섬주섬 그릇들을 챙기고 뒷마무리를 하던 것, 곡괭이라는 말이 오가고 김칫독을 파묻을 일이 남아 있던 것, 그리고 김칫속을 해서 밥을 먹고 나면 깜깜한 한밤중이었어요.

며칠 후 어머니는 쇠고기를 몇 근 사다가 푹 고아서 그 국물을 식힌 다음 김칫독에 부어 넣습니다. 바로 이 부분인 것 같습니다. 우리 집 김치가 장안의 어느 김치보다 맛이 있다고 하던 것은.

쇠고기 국물이 김치 국물이 되고, 청각과 동태 · 굴이 시원한 바다의 맛을 더해 주었던 것 같습니다. 참, 여름에 담가놓았던 오이지도 함께 김칫속에 통으로 집어넣습니다. 김치 포기를 꺼낼 때 가끔씩 오이도 딸려 나오고, 그 오이의 아삭아삭한 맛을 잊을 수 없습니다.

김치와 동치미는 어린 우리 입에도 이상하게 시원하면서 맛이 있었습니다. 그러나 된장찌개 부분만은—된장찌개도 그렇게 맛있어서 서민적인 음식을 만드는 데는 내가 제일이라고들 했지—바로 이 부분은 어쩐지 은근히 반감이 솟는 것입니다. 그 부분에서만은 전혀 아니라고 고개를 흔들고 싶어집니다. 오히려 바로 그 부분이 내 어린 시절 자라면서 늘 느끼던 갈증의 부분이라고 말하고 싶은 마음이 듦을 어쩔 수 없습니다.

어머니는 교원 생활을 오래 하셨으나 웬일로인지 잠시 방황하던 시절, 화투로 날을 지새우셨습니다. 어린 시절의 기억 중 아버지가 우리 집에 얼굴을 보인 적은 없는데, 아버지는 작은어머니를 얻어 생활하셨고, 동생이 태어나던 해 객지에서 병사하셨다고 듣고 있습니다.

집에는 화투 손님이 끊이지 않았습니다. 인원은 대개 두 사람이나 세 사람, 섰다가 아닌 민화투로서 작은 푼돈이 왔다 갔다 하는 것으로 미루어보아 판이 큰 것은 아니었습니다. 어머니는 화투를 짝짝짝 다듬어 치다가 늦은 저녁때가 되면 다락문을 열고, 부엌에서 떨고 있는 동생과 내게 소리치셨습니다. 다락문을 열어야만 부엌에 그 소리가 잘 들리기 때문입니다.

"애 가혜야, 왜 아침에 먹던 된장찌개 있잖니? 거기다 된장을 한 숟가락 떠다가 더 풀고, 두부 한 모 썰어 넣고 마늘 다져 넣고 보글보글 끓여라. 그리구 며루치도 좀 집어넣어라. 그래서 밥하구 상을 차려서 좀 가지구 들어와라, 응. 김치는 새것을 썰어라."

부뚜막에서 졸듯이 쪼그리고 앉아 연탄 냄새를 맡고 있던 동생과 나는 비로소 부스스 몸을 일으켜 어머니가 지시한 대로 막 숟가락과 양재기를 하나 가지고 된장을 푸러 어두워진 장독대로 더듬어 갑니다.

그때 우리가 느낀 것은 손님 앞에서 큰 소리로 부엌에다 대고 소리치는, 교사까지 지낸 어머니의 교양에 대한 반감이었을까요. 더구나 신비감도 없이 아침에 먹던 된장찌개에다가, 라고 서슴없이 말하는 것은 정말 싫은 기분이었습니다. 그리고 무엇보다 불을 땐 방이라고는 화투 치는 방뿐인데, 아이들이 있을 곳이 없는 데 대한 배려는 어떻게 되는 것인가, 그런 감정들이 뒤엉켜 있었을 것입니다.

그런데 어머니는 바로 그 된장찌개를 이제 와서 자랑하는 것입니다. 돌이켜 생각해 보면, 정말 그 된장찌개가 맛이 있었다면, 첫째는 우리 집의 장맛이 좋았을 것이고(그것은 어머니의 손이 단 데 연유했을 것입니다만, 아니 그보다 할머니가 시골에서 쑤어 오신 메주에 달렸을 것입니다), 그러고는 "아침에 먹던"의 바로 그 '먹던'에 원인이 있지 않을까 생각해 봅니다. 한 번 끓였던 것에다 다시 끓이면 그만큼 재료가 여러 가지 많이 들어간 결과가 되고, 아울러 푹 달구어진 맛이 우러나올 수 있기 때문입니다.

어머니는 음식에서 늘 영양가를 우선으로 생각했고, 또 아무리 조금 남은 것이더라도 절대로 버리는 일이 없으므로, 그런 것들이 늘 찌개에 들어가게 마련이어서 두루뭉술 독특한 찌개 맛을 자아냈는지 모릅니다.

이렇게 정의 내리듯 생각해 보지만 돌이켜보면 어린 시절 항상 음식에 대한 아쉬움을 품고 지냈던 것 같습니다. 즉, 된장찌개에 가장 생명이라고도 할 수 있는, 마지막에 파를 썰어 넣는 일이 대개 빠져 있었습니다. 다시 말하면 어머니의 음식에서 항상 그 파와 같은 부분이 빠지는 것입니다.

음식점에서 장국밥을 처음 먹어보던 날, 음식점 특유의 그 깔끔한 맛이 후춧가루와 깨소금, 파 같은 양념들에서 오는 것임을 알고, 후춧가루라는 처음 맛보는 양념에 거의 경의마저 품었을 지경이었으니까요.

어머니는 왜 후춧가루와 파와 같은 부분을 생략했는가. 가난했던 탓일까. 그 당시는 전후로서 모두들 대강 그냥 끓여 먹고 살던 시절이었다고 생각해 보려 해도, 그 후 이웃집이나 친구들 집이 그런 것들을 점점 갖춘 생활로 변해 감에 비해 우리 집은 항상 그대로였습니다.

오히려 점점 더 빛을 잃은 뭉뚱그려진 음식이었습니다.

어머니의 자랑을 제가 시큰둥하게 넘기게 되는 것은 바로 그런 까닭입니다. 뿐더러 어머니의 음식이 설혹 맛이 있었다 하더라도 그것이 늘 우리에게 먹게끔 해주었던 그런 따뜻한 밥상은 아니었다는 인상 때문입니다. 누구나 늘 따뜻한 손길 같은 것을 그리워하고 있듯이 누구나 다 바로 그 따뜻한 밥상을 그리워하고 있을 것입니다.

하루 종일 그림자처럼 조용히 일만 하고 있는 여인, 조용히 묵묵히 끝도 없이 일을 하고 있는 여인, 아플 때 와서 손을 얹어주고 물을 떠다 주고, 그리고 매일매일 밀물처럼 닥쳐오는 세끼의 밥을 따뜻이 먹게끔 차려주는 여인이 비치어옵니다. 대부분 옛 여인의 모습이 그랬을 것입니다.

어린 시절 기억에 떠오르는 할머니가 그랬으므로 실지 제가 본 생생한 여인의 모습으로 다가듭니다.

어머니와 저는 그런 여인은 아닙니다. 그런 여인이 아닐뿐더러 오히려 밥상을 깨부수는 힘을 가지고 있지 않은가 하는 솔직한 두려움을 느낍니다. 아니, 깨부순다는 표현이 너무 과격하다면 언제까지나 부엌과 밥상에 친해지지 않는다고 할까요. 부엌에서 찬바람 같은 것이 돈다고 할까요.

이것을 가히 손금, 어머니와 저의 운명에서 비롯된다고 얘기할 수 있을까요.


잠시 밥상에 대한 것을 접어두고, 긴 겨울밤 광으로 동치미 뜨러 다니던 일을 추억하고 싶습니다.

동생과 나는 촛불이나 남폿불을 밝히고 양은 냄비를 하나 들고 어둠을 휘저으며 광으로 갑니다. 어둠은 회오리바람처럼 불빛 밑으로 소용돌이치며 흐르고 우리들의 그림자는 크고 괴상하게 떠오르다가 없어집니다. 광문을 열면 광 속에서 나는 냄새, 습지고 새끼줄에서 나는 듯한 냄새가 김치 냄새와 어우러져 독특한 냄새를 풍깁니다.

독 위에 덮어진 가마니(그러고 보니 새끼줄 냄새란 바로 이 가마니에서 풍겼을 것입니다)를 치우고 독 뚜껑을 열고 싸아한 동치미 내를 맡으며 무겁게 지질러진 돌을 옆으로 밀치면, 흰 동치미 무가 둥실 떠오르거나, 파 뿌리·청각·무청·파란 고추 같은 것들이 먼저 올라올 때도 있습니다.

반들반들하고 너무 크지 않은 동치미 무를 몇 덩이 꺼내 올리노라면 손가락이 떨어져 나갈 듯 시려집니다.

남폿불의 등잣이 비치는 영역 안에서 이런 일을 할 때면 비밀스러운 일을 하는 기분이 들어 스스로 재미있어지기도 합니다.

〈알리바바와 도적〉에 나오는 '열려라 참깨' 는 아니더라도, 땅속에 묻은 것을 한밤중에 꺼내는 은밀한 재미가 있습니다.

김칫독에서 김치를 한 포기 꺼낼 때도 있습니다.

두텁게 덮은 우거지를 들치고 알맞게 절여진 익은 배추김치 한 포기를 꺼내 올립니다. 그것들을 가지고 와서 긴 겨울밤을 먹으며 지냅니다. 남폿불을 켜 들고 방문 밖으로 나설 때는 언제나 약간 싫은 기분이지만 적진을 돌파하는 기분으로 무찌르고 났을 때는 참으로 통쾌하고 후련합니다. 때 아니게 흰 눈이 사르락사르락 내리고 있을 때가 있는가 하면, 아무도 모르게 저 혼자 눈이 내려버려 마당이고 장독대고 지붕이고 나뭇가지 위에 흰 눈이 쌓여 있는 때가 있습니다.

양말을 신지 않은 따뜻하고 부드러운 발이 찬 고무신 속에서 이질감을 느끼면서도 뽀드득뽀드득 흰 눈을 밟아 발자국을 내던 그 음향과 감촉이 지금 전해져 옵니다. 그때 느끼던 눈의 세계가 지금 갑자기 확 되살아나 가슴이 뜨거워지려 합니다.

방문을 열었을 때 온통 새하얀 눈의 세계가 보이면 갑자기 눈앞이 환해지며, 무언가 형용키 어려운 반가움이 마음속에서 불러일으켜집니다. 그 정경은 이 세상에 있는 기쁨이나 행복감을 미리 예견해 주는 것 같습니다. 달도 별도 없는 밤이어도 눈의 빛은 제 스스로 인광과도 같은 빛을 발해 세상을 하얀 고요로 쌉니다. 어디선가 어깨 위로 머리 위로 앉은 눈을 털어내는 소리가 들리고, 신발에 묻은 눈을 발을 굴러 털어내는 소리도 들립니다.

밤이 깊도록 눈의 고요가 적막 위에 쌓입니다. 그 적막을 더욱 적막

속으로 떨어뜨리는 먼 데서 개 짖는 소리가 들리고, 밤은 결코 뛰어넘을 수 없이 깊어집니다.

밤의 깊은 곳에서는 가만히 무엇인가가 울려 퍼집니다.

저는 동생과 동치미를 먹으며 촉수가 희미한 전등불 밑에서 방학 숙제 그림일기 속에 눈이 내리고 있는 풍경을 그려 넣습니다.

벌판 위에 기와집이 한 채 서 있고 바둑이가 대문 앞에서 꼬리를 흔들고 눈사람이 모자를 쓰고 지팡이를 들고 서 있으며 설빔을 입은 아이들이 하늘에 연을 띄우고 있습니다. 눈 위에는 어디로인가 사라져버린 사람의 발자국이 찍혀 있습니다. 이것은 제가 본 눈의 풍경이 아니라 달력이나 어린이 책에서 본 풍경입니다. 눈송이를 확대해 보면 정육면체 혹은 팔면체의 예쁜 꽃송이라는 눈의 세계, 멍멍이와 눈 위의 하얀 발자국과 벌판 위에 서 있는 집 들창 속의 느낌, 이런 것들을 나는 그림 속에나 있는 먼 세계로 느끼며 그려 넣었습니다. 그 나이의 내게 그것은 있는 그대로 쉬운 동요였건만, 그 정서를 왠지 벅차하며, 먼 곳에 있는 것으로 느껴 그리워하였습니다.

그것은 어른이 된 지금에도 역시 마찬가지입니다.

가령 아리랑 아리랑 아라리요 아리랑 고개를 넘어간다, 싸리문 여잡고 기다리는가, 기러기 달밤을 울고 간다, 이 노래를 생각할 때의 정서 또한 저는 아직 감당키 어렵습니다.

어려서 이 노래를 들을 때는 어른이 되면 자연스레 몸속에 익을 수 있는 감정이려니 했습니다. 그 세계를 감당 못하여 멀리 느끼기보다는 몸 안에서 우려져 나오는 그런 느낌의 세계이려니 했습니다. 기러기가 우는 달밤에 싸리문을 여잡고 누군가를 기다릴 수 있다고 생각했던 것입니다.

그렇게 성숙한 여자의 세계를 가슴속에 품고 그리워하며 자랐던 것입니다. 이제 알겠습니다. 당신이 말한, 나이 들어 가는 여자로서의 떨림, 그러고 보니 그 여자의 성을 저도 느끼지 않은 것은 아님을 알겠습니다. 오히려 어린 시절 바로 방학 숙제 속에 눈의 세계를 그려 넣던 그 시절부터 저는 성숙한 여인의 세계를 그리워하며 가슴에 품고 커왔다고 할 수 있겠습니다. 그럼에도 당신이 그런 얘기를 했을 때 매혹까지 느끼며 처음으로 여자라는 성을 감지하는 느낌을 맛보았던 것은, 어린 시절 눈의 세계를 어디 먼 곳에 있는 것으로 그리워했듯 여자라는 성을 그저 그리워만 했던 것인 듯합니다. 누군가 내게 여자의 성을 띄워놓아 주지 않았기 때문인지도 모릅니다. 제 속에 있는 무한한 여자, 심포니 9번을 들으며 사람의 감정의 폭이 어쩌면 저렇게 무한대일 수 있을까 한 바로 그 감정의 폭을 제게 띄워준 사람이 없었기 때문인지 모릅니다. 그리하여 저는 이제 뒤늦게 마흔셋이라는 나이에 처음으로 나이 들어 가는 여자의 떨림을 감지하고 무언가 스스로 북받쳐 오르는 어떤 격류에 휘말리는 것 같습니다.

그것은 운명과 같은 것인지 모릅니다. 아마 그것이 바로 이름 하여 운명이라 부르는 것일까요. 어머니와 저의 운명이 한줄기라고 하는 바로 그 운명 말이지요. 그 운명을 얘기하기 위해서 좀 더 저의 지난 시절들을 들추어나가지 않으면 안 되겠습니다.


## 3

내 나이 서른둘, 여자로서 절정일 때일까요?

화장을 하기 위해 거울 앞에 다가앉으면 가장 젊은 젊음이 은은히 울려 퍼지는 때, 그런 나이에 저는 결혼 생활 육 년 만에 구겨진 버선처럼 되어 친정으로 돌아왔습니다. 아이가 없는 것도 큰 이유가 되겠지요. 그러나 가장 직접적인 원인은 결혼 예물 때문이려니 막연히 생각했습니다. 저는 아무것도 해가지고 가지 않았으며, 장롱은커녕 이불조차 변변히 해오지 않은 제게 친척들은 따가운 눈총을 주었습니다. 무엇인지 쑤군쑤군대다가 제가 방에 들어가면 방 안 가득히 모여 앉았던 친척들은 말을 뚝 끊었습니다.

자기 그것만 믿고 아무것도 없으면서 시집가려는 여자들, 이라는 구절을 요즈음 와서 어느 소설에서 읽었을 때 저는 저절로 얼굴을 붉혔습니다. 바로 제가 그런 꼴이었으니까요. 한 여자로서 성숙되지 못하게 그저 어리광 부리듯 결혼이라는 대사를 치렀는가 하는 생각이 들었습니다. 그러니까 저의 태도는 남편에 대한 예의를 저버린 것이었다고 할 수 있겠습니다.

하긴 떳떳하고 정당하게 성의껏 자신의 예물을 준비하는 정성스러운 태도가 요즈음 와서 좋게 보이기도 합니다. 예부터 사람들이 왜 예물을 그리도 중요하게 챙겼으며 그런 일을 소홀히 하며 오로지 사랑을 우선적으로 내세울 것 같은 서구에서도 지참금 운운하는 얘기를 들을 때마다 뒤늦게 새삼 깨닫기는 합니다. 인도의 어느 곳에서는 며느리가 지참금을 가져오지 않아서 굶겨 죽였다는 일화도 있다던가요. 그리하여 저의 태도가 잘못이었는가 하는 생각이 조심스럽게 들기도 하지만 그러다가도 저는 아니, 라고 단호하게 부정하기도 합니다.

우리는 젊은이가 아닌가. 무엇인가를 장만해 간다는 것은 젊은이로서는 할 수 없는 일이다. 준비가 되어 있을 리가 없다. 이제까지 길러준 부모에게 그것마저 어떻게 해받아 가는가, 둘이 힘을 합하여 앞날을 살아가면 되는 것이다. 대신 나 역시 남편에게서 아무것도 받지 않지 않는가. 오로지 내 뜻은 자신들의 힘으로 함께 살아가자는 것뿐이다. 이런 말들이 치밀어 오르는 것입니다.

대신 저는 버선과 속치마만은 넉넉히 마련해 갔습니다.

애, 버선은 좀 몇 켤레 충족하게 가져가라. 집에서도 양말이나 스타킹보다 버선을 신고 있어. 그래야 발이 퍼지지 않고 이뻐지기도 해. 그리고 버선은 벗었을 때 엄지발가락하고 둘째 발가락 사이에서 갈라진 금이 정말 얼마나 예쁘니? 그것처럼 섹시한 게 없어. 여자들 가슴 가운데 갈라진 선보다 더 그런 것 같애. 그리구 잠옷 대신 한복 속치마를 입어, 그게 훨씬 훨씬 이쁘다.

시집을 안 간 사촌 언니가 꼭 늙은이처럼 이렇게 말하며 제게 버선과 속치마를 마련해 주었던 것입니다.

그러고 보면 마음 씀씀이를 전혀 쓰지 않아 남편에 대한 예의를 아주 저버렸다고 말할 수 없을지도 모르겠습니다. 저로서의 노력을 기울이지 않은 것은 아니라고 봅니다. 저도 첫출발하는 다른 모든 여자들처럼 그 출발에 꿈과 기대를 걸고 저대로의 마음가짐이나 태도를 등한히 했던 것은 아닌 것 같습니다. 오히려 결혼 예물을 의례적으로 해가는 사람들보다 버선이나 속치마에 색다른 꿈을 걸었던 것은 아니었을까요?

신혼여행 중 바닷가의 횟집에 앉아 어떻게 살고 싶은가 남편이 제게 물었습니다. 수평선이 퍼렇게 일어서던 이른 아침이었습니다.

물새 우는 소리가 들렸던가, 바다 소금내가 커다란 그물막처럼 한 겹씩 한 겹씩 갯벌 쪽으로 올라오고 있었습니다.

인격적으로 서로 존중하며 살고 싶다고 저는 말했지요. 제가 어떻게 그런 말을 했는가 지금 생각하면 의아스럽습니다. 그 당시의 저란 서로 사랑하며 살고 싶다던가 그런 유의 말을 했을 법한데, 결혼 육 년의 생활을 청산한 뒤 결혼이라는 것을 뒤돌아 생각해 볼 때 떠오르는 말을 그 당시의 제가 했다는 것이 이상스럽습니다.

신혼여행에서 돌아와 아침 식사 때 그는 토스트를 먹기 바랐습니다 (아마 제게는 빵이라고 말하면서 속으로는 토스트를 머릿속에 떠올렸나 봅니다). 계란과 우유·설탕을 넣고 휘저은 속에 빵을 담갔다가 버터로 프라이팬에 지지는 프렌치토스트를 접시에 담아 내놓자 그는 벌컥 성을 내었습니다.

그 후 저는 음식이 잘못되면 아까우면서도 지체 없이 버렸습니다. 그것이 자신의 살림이어서 간장 한 종지, 기름 한 방울 아껴야 한다는 생각보다 우선 그에게 떳떳한 음식을 내놓아야 한다는 과제가 앞섰습니다.

저는 생각했지요. 제가 요새 여자들처럼 호강을 하다가 온 여자도 아니고, 어린 시절부터 막숟가락을 가지고 된장을 뜨러 어둠 속 장독대를 다니던 여자이다, 그때부터 죽 밥 짓고 반찬 하는 일들이 훈련되어 있다, 어머니의 말대로 격식 있는 음식은 못한다 해도 밥 지을 줄도 김치 담을 줄도 모르는 여자는 결코 아니다. 그런데도 왜 이렇게 힘이 드는가, 왜 이렇게 숨쉬기마저 곤란한가. 저는 그만 가져온 버선도 속치마도 입지 않고 오로지 살림과 싸우기에만 분투했지요. 이 괴물 같은 살림아, 어디 니가 이기나 내가 이기나 한번 해보자라고 들러붙으며 저는 애꿎은 살림 쪽을 원망했습니다.

생일이나 환갑잔치 등으로 하여 친척집으로 가는 버스에서 그는 항상 눈을 샐쭉하게 뜨고 있었습니다. 친척들의 얼굴을 떠올리면 스스로 창피해지고 자존심이 상하여 잊고 있던 결혼 당시의 감정들이 되살아나는가 봅니다.

샐쭉하게 내려앉은 그의 눈초리를 보며 저의 마음은 말할 수 없이 썰렁해져서 버스 손잡이를 잡은 채 울음을 삼키는 시선을 창밖으로 돌리곤 하였습니다.

제게 돌아올 용기를 직접적으로 부어준 것은 눈입니다.

홀시아버님이 돌아가시던 때의 눈, 그 눈의 아우성을 잊을 수 없습니다. 저는 현관 가득히 벗겨져 있는 문상객들의 구두를 차례로 정돈해 놓고 있었습니다. 그러다가 눈을 들었을 때, 현관문 하나 가득히 새까맣게 떨어져 내리고 있는 눈을 보았습니다.

추운 엄동의 바람이 휘몰아치고, 그 사이로 눈은 내려오기에 고심하면서 비집을 틈이 없는 공간 속으로 새까맣게 떨어져 내렸습니다. 저는 검은 치마저고리의 상복을 입고 구두 정리를 하던 그대로 허리를 굽힌 채 잠시 눈을 바라보았습니다. 어마, 눈이, 라고 뜻도 없이 중얼거리며 주저앉을 때, 고무신이 벗겨져 나간 제 버선발이 내려다보였습니다. 며칠 동안 갈아 신지 못한 버선은 부엌 바닥에서 찐득한 때가 새까맣게 달라붙어 있었습니다.

급한 마음에 시댁으로 올 때 갈아 신을 버선을 가져오지 않은 탓이지요. 이상한 불행감이 저를 휩쌌습니다. 제 인생이 바로 이 버선 바닥처럼 더럽게 구겨져 있는 것이라고 생각했습니다.

장례차에 실려 장지로 가던 날도 눈이 쏟아졌습니다. 눈 때문에 세상은 환하고, 장례용 버스 밑에 관을 싣고 우리는 잠시 망자의 일을 잊은 채 며칠간의 고된 밤샘으로 인해 반졸음 상태에서 눈의 벌판 속으로 그저 달리기만 하였지요. 눈이 떨어져 차창에 수북이 앉았습니다. 성애가 가득한 유리창을 손바닥으로 닦아내고 밖을 보았습니다. 눈은 먼 곳에서 반가운 손님처럼 찾아와 제가 앉은 차창으로 다가왔다 멀어지고 다시 다가왔다가 멀어졌습니다. 그러다가 유리창에 찰싹 달라붙기도 하였습니다. 유리창에 달라붙은 눈에서 육면체·팔면체·십육면체의 눈꽃송이를 자세히 들여다볼 수 있었습니다. 어린 시절 품었던 눈의 세계가 갑자기 되살아났습니다. 반가운 손님처럼 찾아와 기쁨과 행복의 감정을 미리 맛보여 준다고 느꼈던 눈 오는 날의 정감 말입니다.

가까이 왔던 눈이 멀어지고 또 새로운 눈이 왔다가 멀어지고 하는 일이 반복되는 동안 공중에는 수많은 선들이 서로 얽히다가 하나의 뿌우연 면으로 변해 버리기도 했습니다.

눈벌판이 지나고 나무들이 군데군데 서 있고, 흙더미가 검게 뒤집혀져 있는 빈 들판이 계속되었습니다. 누군가 열심히 돌아다니며 부삽으로 흙을 뒤집어놓은 것 같았습니다. 저는 왠지 모르게 상을 찌푸렸습니다. 그 더러운 곳에서 제 더러운 버선발을 떠올렸기 때문입니다.

눈 속에 저런 더러운 자국이 있다니, 그냥 무한한 흰 눈의 세계일 수 없을까. 이 세상을 하얀 고요로 쌀 수 없을까. 저는 장지로 가는 동안 점점 세찬 어떤 감정 속으로 빠져 드는 것을 느낄 수 있었습니다.

장례가 끝난 후 드디어 저는 그를 원망하면서 짐을 쌌습니다.

"우리 어머니가 다른 집 어머니처럼 내게 그렇게 잘해 보내지 못한 것을 오히려 다행스럽게 여겨요. 그렇지 않았다면 일평생 모르고 살 뻔하지 않았어요. 일평생 남편을 제일인 줄만 알고, 제일 위에다 올려놓고, 그런 밑바닥에 깔린 감정을 볼 수 없었을 게 아니에요. 그런 것을 속속들이 볼 수 있었다는 게 무사한 결혼 생활보다 훨씬 다행스러워요."

이 말을 하고 난 직후의 그 자유스러움, 비로소 숨을 쉴 수 있을 듯하던 순간을 기억할 수 있습니다.

저는 결국 돌아오고 말았으며 그는 회사에서 파견되어 사우디아라비아로 떠났습니다. 그리하여 겉으로는 남편의 파견이 구실이 되어주었으나 실은 저는 돌아온 것입니다.

아까도 말했지만 제가 돌아온 것은 거슬러 올라가 그 원인이 결혼 예물 때문이려니 했습니다. 어려운 인생의 관문인 결혼이 출발부터 잘못이었다고 생각했습니다.

그러나 요즈음 차츰, 그것이 아니지 않은가 하는 생각이 들기 시작하는 것입니다. 그것은 무엇이었을까, 그런 지엽적인 것이 아니고 더 근원적인 것, 딸이 어머니 운명을 닮는다고 하는 것과 같은 어떤 것, 다시 말해 그것은 운명의 손길이지 않은가 하는 생각이 드는 것입니다.

아버지가 우리를 버려두었듯, 즉 어머니가 남편을 섬기며 사는 여자이지 못했듯 저 역시 그런 것입니다. 그럴 때면 남편이 꼭두각시처럼 느껴져 멀리 떠나 있는 그에게 미안감과 아울러 차라리 측은한 애정까지 드는 것입니다.

그는 사우디에서 몇 통인가의 엽서—햇빛이 너무 살인적이어서 옆건물에 잠시 갈 때 신문지를 머리에 펼치고 뛰노라면 우박 쏟아지듯 햇빛 쏟아지는 소리가 들린다—를 보내기도 했으며, 그곳에서의 임기를 마친 후 미국으로 건너가 재혼을 했고, 아이를 낳아 잘 살고 있다는 소식을 인편을 통해 들었습니다. 그는 그냥 제 운명의 역할을 충실히 해준 저의 엑스트라에 지나지 않는지도 모릅니다. 그는 음식이 마음에 맞지 않아 화를 내고, 친척집으로 가는 버스에서 눈을 샐쭉하게 내리떠야 하는 역을 맡은 것뿐인지 모르겠습니다.

이렇게 말한다면 밥상을 깨부순다는 표현처럼 너무 과격한 것일까요.

저는 왜 저 자신을 밥상을 깨뜨린다고 생각하려 드는 것일까요.

어머니와 살면서 저녁밥을 짓는 시간을 가장 아늑하고 보람되게 느끼면서…… 종종걸음으로 달려가 가까운 거리에 있는 시장에서 파를 한 단 사올 때, 이런 아늑함이 언제까지 계속될 것인가, 조바심 섞인 의구심마저 품으면서 말입니다. 집의 불빛이 창으로 보이면 저는 숨을 멈추듯 걸음을 멈추고 아, 하는 감회와 함께 다른 인생을 찾아 남의 인생을 살아주기 위해 어디 멀리까지 헤매다가 이제 제 운명 속으로 돌아온 안도감을 느끼곤 했습니다.

시집가기 전에 쓰던 장롱과 거울, 조그만 책상 같은 것들이 그대로 놓여 있는 내 방에 누워 있으면 제 본래의 자리로 돌아왔다는 이상한 안도감을 느낍니다. 제 어린 시절에 뿌리를 내린다고 할까요. 인생에 뿌리를 박는 것은 옛 시절이 배어 있는 내 집을 떠나서는 헷갈린다고 할까요.

그렇다면 운명이란 무엇일까요. 우리에게는 정말 운명이라고 하는 것이 있을까요. 우주의 질서 그 안에 인간 개개인이 타고난 시간과 공간이 만난 어떤 한 점, 이것이 운명의 사슬이 되는 것일까요. 그러면 제 운명은 과연 어떤 것이며 거기서 해방시킬 수는 없는 것일까요. 정녕 나보다 멀리 갈 수 없으며 나보다 창조적일 수는 없는 것일까요.

제가 돌아온 후로도 세월은 많이 흘렀습니다. 갓 삼십을 넘기고 돌아온 저는 어느덧 노모와 단둘이 사는 아늑함에 젖어 있는 중년의 여인이 되었습니다. 헐벗지 않아도 될 집이 있고, 그리고 절약해 가며 생활을 해나갈 만한 돈이 있어, 집과 시장만을 왔다 갔다 하며 그 누구의 간섭을 받거나 하지 않고도 이 세상에 살 수 있다는 기쁨이 큽니다.

알찌개를 한다거나 생선을 구워 남기지 않고 알뜰히 상 위의 것들을 비워나가며 텔레비전을 즐기는 저녁 시간의 안락함은 실로 이제까지 어머니와 제 인생의 어느 부분보다 빼어나게 즐거운 것이기도 합니다.

이런 운명의 줄기에서 제 동생만은 제외되어 있는데, 멀리서 행복한 가정을 꾸며 잘 살고 있는 동생 영혜를 생각할 때면 저는 항상 대견스럽고 가슴이 뿌듯해 옵니다. 동생이 간호원으로 서독에 파견되어 거기서 독일인과 결혼했다는 소식을 듣던 날 저는 터지는 웃음을 참을 길 없었지요.

그러나 그런 안락함 속에서도 왠지 모를 갈증을 솔직히 숨길 수 없었습니다. 저는 이따금 어머니에게 울면서 달려들기도, 또 무언지 모를 불만을 한숨 섞어 털어놓기도 했습니다. 어머니, 검버섯이 피어나는 칠순 노인인 당신과 내가 같을 순 없지 않겠어요, 그 한숨의 뒤끝에는 이런 속말이 저절로 중얼거려지는 것이었어요.

4

당신을 만난 것은 그 무렵이었습니다. 물극필반物極必反의 이치라는 것을 그런 데서도 엿볼 수 있는 것일까요. 사물이 극에 달하면 반드시 되돌아온다는 이치, 무엇인지 극에 달해 더 나아갈 수 없을 듯할 때 새로운 어떤 일, 어떤 현상이 벌어지는 것일까요.

저는 그날 가까스로 감자 두 알을 벗기며 제 몸이 움직여주지 않는 것을 느꼈습니다.

일이 진정 하기 싫고 몸이 움직여주지 않아 짜증스러웠습니다. 다른 아무런 생활도 없이 오로지 이 실내의 아늑함에만 젖어 방석 커버를 만든다, 스웨터를 떠본다, 그리고 텔레비전이나 보며 지내는 이 생활에 말할 수 없는 답답증을 느꼈습니다. 누구의 간섭도 받지 않고 된장찌개를 끓이거나 굴비를 구워 어머니와 단둘이 알뜰히 상 위의 것들을 남기지 않고 다 비워내는 일에도 저는 심한 갑갑함을 느끼고 있었습니다.

그 무렵부터 어머니는 관절염으로 바깥출입을 전혀 못하고 있었으므로 어머니와 제가 때로 외식을 하고 영화라도 구경하고 들어오는 작은 기쁨마저 생활에서 차단되어 있었습니다.

감자를 벗긴 후 볶음을 하려고 보니 면실유가 떨어져 있기에 손지갑을 챙겨 들고 동네 슈퍼마켓으로 향했지요. 현관문을 닫는데 어머니가 무어라 하는 소리가 들려왔지만 저는 왠지 심사가 사나워져서 못 들은 체 쾅 문을 닫아버리고 말았습니다. 쾅 하고 닫히는 문소리에 제 마음속에 무엇인가가 쾅 하고 닫히는 듯 어떤 어둠이 일시에 몰려드는 느낌을 맛보았습니다. 그러나 한편, 쾅 하고 닫히는 그것은 이제까지의 제 생활이 쾅 닫혀버리는, 어떤 새로움의 장을 기대해 보는 소망의 마음이 깃든 소리로도 느꼈습니다.

처음 어둠 속에 서 있는 당신을 발견했을 때 저는 당신이 저의 상상의 산물인가 하는 생각마저 들었습니다. 그만큼 당신의 출현은 의외였으면서도 또한 필연이라는 생각이 들었습니다.

당신은 제게 길을 물었지요.

당신의 부름에 잠시 멈추는 순간, 길에는 아무도 없고 당신과 저 둘만 있었습니다. 길에 있는 그 많은 사람들이 갑자기 전부 멀어져 간 것입니다. 당신은 물론 저를 알아보지 못했습니다. 저는 당신이 묻고 있는 집, 당신의 옛집을 충분히 잘 가르쳐드릴 수 있었습니다.

당신은 담 밖에 서서 그 집을 넘겨다보았습니다. 등나무 덩굴이 그리워진 창으로 불빛이 흐를 뿐 집 안은 조용하였습니다. 그 집에서인지 다른 어느 집에서인지 간간 텔레비전 소리가 들려오는 듯했습니다. 저는 조금 떨어진 곳에 서서 당신의 모습을 지켜보았습니다. 그리고 뒤꼭지에 미련을 남긴 채 몸을 돌렸습니다. 이상한 끌림, 이대로 돌아서고 싶지 않은, 한마디 얘기라도 건네고 싶은 마음을 그대로 이끌고 슈퍼마켓을 향했습니다. 슈퍼마켓에서 면실유와 몇 가지 물건을 사가지고 나오다가 그 골목에서 나서고 있는 당신을 발견할 수 있었습니다. 우리는 자연스레 조금 전 당신이 길을 묻던 그 지점에서 다시 만날 수 있었던 거지요.

당신은 미처 하지 못했던 인사를 제게 하였지요. 그리고 덧붙여 물었습니다. 그곳이 자신이 찾는 집인 줄 어떻게 그렇게 잘 알았는가고요.

지금 돌이켜보면, 그것은 수학의 공식과도 같다는 생각이 듭니다. 당신과 제가 만났던 일, 그리고 그 후에도 공중으로 떠도는 전자파와도 같은 것이 우리의 마음속에 어떤 수치를 끊임없이 제공하여 계속해서 이끌어왔던 걸로 생각됩니다.

　당신과 처음 만난 삼 일 후 다시 그 장소에서 당신을 만날 수 있었던 것은 바로 그 전자파와도 같은 수치의 공식이 아니고 무엇이겠어요. 저는 매일 저녁녘 어스름이 내릴 무렵 손지갑을 챙겨 들고 동네 시장이나 슈퍼마켓에서 저녁 찬거리를 사오는 길에 왠지 발걸음이 그쪽으로 향해지곤 했습니다. 골목 앞에서 골목 저쪽 당신의 옛집이 있는 부근을 바라보았습니다. 그곳은 늘 어둠이 몰려 있었고, 그러면 저는 당신은 제 상상의 산물인가 다시 생각하곤 하였습니다. 외로운 나머지 제가 어떤 일을 스스로 꾸며낸 것이라고요. 밤에 꾸는 꿈처럼 낮에 눈을 뜨고 꾼 꿈일 뿐이라고요.

　그 당시의 저는 어머니의 검버섯과 같은 그 칙칙함, 무미건조함에 젖어 있었으니까요. 밥상 위의 것들을 말끔히, 남기지 않고 비운 후 텔레비전 앞에 앉아 즐기는 그 즐거움이란 사실 내게 있어 허위가 아니었을까요.

　아니, 이렇게 말한다면 정확한 표현이 아닙니다. 거기에도 일상의 아늑함은 확실히 있었습니다. 저는 그 일을 무엇보다 고마워했습니다. 이런 조용하고 아늑한 생활이 언제까지 가려나 스스로 조바심마저 쳐졌으니까요. 그러면서 한편 텔레비전을 보고 있는 등줄기로 진땀이 주르륵 흘러내리며 나보다 더 멀리, 나보다 더 창조적으로를 구호처럼 속으로 부르짖었습니다. 인생이란 것이 이런 식으로 이렇게 스치고 지나가 버리는 것인가 하고 허망한 심정이 자주 되어졌습니다.

　이제 생각하면 그 당시의 저는 희망이 없는 노년과도 같았다고 할까요. 칠순을 넘긴 저의 어머니와 같은 형편에 저를 몰아넣고는 이대로 먹고살 최소한의 돈만 있으면 밖에 나가서 돈을 벌어오지 않아도 되고, 현관문을 닫은 후의 그 안의 생활에서만 진정한 아늑함을 찾으려 했던 것에는 확실히 무언가 무리가 있었습니다.

삼 일째 되던 날 우리는 다시 만났습니다.

당신의 얼굴에 역력한 반가움의 빛을 저는 어둠 속에서도 잘 분간해 낼 수 있었습니다. 새로 생긴 동네 지하 다방에서 우리는 차를 마시고, 그리고 위스키를 한 잔씩 마셨습니다.

저는 당신이 좋았으므로 몹시 부끄러워했으며 당신이 제게 전화하겠다고 했을 때 뛸 듯이 기뻤습니다. 당신은 또 제게 물으셨지요, 그날 당신이 찾는 집을 어떻게 그렇게 잘 알 수 있었느냐고요.

저는 대답하지 않았습니다. 그것을 말하는 것보다 하지 않은 쪽이 좋으리라는 생각이 들었습니다. 별다른 무슨 비밀이 있어서가 아니라 그냥 묻는 일에 대답하지 않음으로써 그 자체에 비밀을 간직하고 싶어서였을 거예요.

어린 시절 살던 집이 그때 골목에서 제일 막다른 집이었는데 그 위로 길이 트이고 새로 집이 많이 들어섰기 때문에 찾을 수 없었노라고 당신은 말했습니다. 정말로 동네가 많이 변했군, 중학생 때 이 집을 떠났는데 산 위로도 또 마을이 하나 생겼으니 못 찾을밖에, 혼잣말처럼 하였지요.

그 후 당신은 보름간이나 제게 전화를 주지 않으셨어요.

저녁마다 찬거리를 사가지고 오는 길에 그곳을 지났지만, 저는 잠깐 머물러 살필 뿐 시간을 지체하지 않았습니다. 집을 비운 그사이라도 당신이 전화를 걸면 안 되겠기에 말입니다.

저는 하루 종일 전화 옆에 붙어서 책을 읽거나 뜨개질을 했습니다. 목욕을 할 때면 물소리가 크지 않게 숨을 죽였습니다. 청소를 할 때나 빨래를 널기 위해 베란다에 나가 섰을 때일지라도 전화벨 소리가 잘 들리도록 신경을 썼습니다. 간혹 전화가 불통인가 수화기를 들어 확인해 보기도 했지요. 전화는 불통이기나 한 것처럼 계속 울릴 줄을 몰랐으니까요.

당신의 목소리가 아닌 다른 전화를 받을 때의 실망감, 드디어 저는 발광이 났습니다.

저는 옷소매를 걷어붙이고, 장이 서고 있는 시장 거리로 가서 동동주를 마셨습니다. 일 년에 한 번씩 여름에서 가을로 넘어가는 시기에 시장 한쪽에 장터가 서고 있었지요. 강원도 호박엿, 춘천 막국수, 평양냉면, 전주비빔밥 등 팔도의 음식이 소개되고, 싸구려 옷가지를 벌여놓고 여러 가지 놀이도 벌어집니다. 혼자 마시는 것이 안되었던지 제가 늘 가는 야채 가게 아줌마가 상대를 해주어 함께 마셨습니다. 제가 술을 잘 마실 소지의 여자임을 처음 알았지요. 술은 얼마든지 제 허한 속으로 들어갔습니다. 별로 취기가 오르지도 않았어요.

동동주를 마시고 나오는 길에 기분 삼아 동그라미 던지기를 하였습니다. 천 원을 내고 링 다섯 개를 받아가지고 겨냥도 별로 않고 되는 대로 던졌습니다. 콜라 한 병, 소주 한 병, 담배 두 갑, 해태 봉봉, 과자, 캐러멜 등이 여기저기 놓여 있었습니다. 그런데 제가 던진 링 하나가 제일 뒤에 있는 대두 한 되들이 소주병에 가서 걸렸습니다. 둘러섰던 사람들은 모두 놀라며 박수를 쳤습니다.

나중에 알고 보니 동네 사진관 집, 복덕방, 페인트 가게, 과일 가게, 슈퍼마켓의 젊은이들이 다 한 번씩 던졌지만 모두 실패였다고 해요. 물론 모두 다 그 대두 한 되들이 술병을 겨냥하고 던진 것이지요.

링은 무게가 전혀 없이 가볍게 만들어져 정확한 겨냥으로 되는 것이 아니었어요. 그러므로 아무렇게나 겨냥도 없이 막 집어던진 제 것이 덜컥 맞아떨어진 것이지만, 그러나 거기에는 어떤 숨은 힘이 작용했던 것은 아닐까요. 거기에는 바로 당신을 그리워하는 강한 힘이 작용했던 것이에요. 저는 그렇게 믿어요.

큰 술병을 들고 그곳을 빠져나와 집에 와서 거울을 들여다보니, 술이 올라 붉은 반점이 얼룩진 제 얼굴이 꼭 도깨비 같던 것을 기억합니다. 어마, 어쩌면 이렇게 도깨비 같을까, 도깨비가 꼭 이렇게 생겼겠지라고 혼자 속으로 중얼거렸습니다. 저는 동생과 제가 결혼 전에 읽던 서가에서 최면술이나 무슨 마술, 염력, 심령술 등의 책을 더듬어 보았습니다. 저의 간절한 마음을 전할 강한 주파수의 방법을 알고 싶어서지요.

아아 무슨 마술이 없을까, 그 어떤 묘법이 없는 것일까, 악마와 결탁할 수는 없을까, 어떤 흥정이 가능한 것일까. 제게 있어 중요한 어떤 것을 내어놓고, 그러고는 당신과의 연戀을 가능하게…… 내게 있어 중요한 것이란 무엇일까, 저는 숨 가쁘게 스스로에게 묻기도 했지요.

그러기를 며칠여 만에 드디어 당신에게서 전화가 왔습니다. 당신의 목소리를 듣고 저는 추운 바람이 불어오는 듯 몸을 흐읍 하고 떨었습니다. 정말 추운 바람이 제 몸을 강타하고 지나가는 것을 느꼈습니다. 그러고는 전화를 끊고, 목욕실로 달려가 거울을 보며 한바탕 웃었습니다. 예기치 못했던 웃음이 계속해서 터져 나왔어요. 그 순간의 행복, 그 찰나적인 행복, 어떤 불안의 요소도 있을 수 없는 첫 시작의 느낌.

분출되는 분수의 이제 막 솟아오르는 물줄기, 아직 절정으로 올라가기에 느긋한 여유가 있는, 아니 그런 것을 따져볼 필요도 없이 저는 물줄기가 되어 뿜어져 나왔던 것입니다.

탕에 물을 받아 목욕을 한 후 머리를 세트로 만 채 저녁을 지었습니다. 당신의 전화를 받고 집을 빠져나오기까지 저는 일 초의 여유도 없이 발을 동동동 구르며 바삐 움직여야만 했습니다.

그러고는 집을 빠져나갔을 때의 그 통쾌함이란. 외출다운 외출을 한지 까마득한 지경이어서 신고 있는 구두나 옷차림에 몹시 신경이 써졌습니다. 왜 무리를 해서라도 옷을 장만하지 못했는가 후회했지만 때는 늦었습니다. 당신의 전화에만 신경을 집중하느라고 다른 일을 염두에 둘 여지가 없었던 것입니다. 당신이 지명한 어느 호텔 커피숍으로 가기 위해, 택시 운전사는 차에서 두 번이나 내려 사람들에게 장소를 물었습니다. 그 호텔은 이즈음 새로 지은 아직 별로 잘 알려지지 않은 곳인가 봅니다. 고층 빌딩과 널찍한 길이 뚫린 새로운 도시 강남은 제게 무척 낯설고 조금 두렵기도 한 곳이었습니다.

그곳의 거리를 마음대로 활보하고 있는 사람들을 차창 밖으로 내어다 보며, 이곳을 걷기 위해서는 어떤 자격증을 가져야 하는 것일까 하는 생각을 문득 하였습니다.

국민학교 4학년 때던가요, 같은 반의 부유한 친구가, 이것 우리 아빠가 미도파에서 사온 거라고 말하며 얼음사탕을 조금 떼어 주었을 때, 미도파라는 처음 들어보는 그 리드미컬한 어음과, 그곳에 들어갈 수 있는 사람은 친구의 아버지쯤 되는 부자, 권위 있는 사람이어야 한다는 생각을 했던 것 같습니다. 보통 사탕이 아니고, 꼭 얼음처럼 생긴 얼음사탕의 모양도 무척 특이한 것이었지요. 그런데 커진 후 어느 날 중심가에 어머니를 따라서 나갔다가 미도파라고 쓰인 건물을 보았고, 그것이 백화점이며, 아무나 들어갈 수 있는 곳이라는 것을 알았을 때의 허전함이 기억났습니다. 바로 그렇게 강남의 거리는 아무나 걸을 수 있는 곳이겠지요. 그럼에도 제게는 어쩐지 자격이 모자라는 것같이만 여겨졌어요. 이곳을 걷기 위해서는 조금 더 아름답게 단장을 해야 하지 않을까, 조금 더 젊어야 하지 않을까, 아니 새로 생긴 이곳 길이라기보다 당신 앞에 나타나기 위해 저는 무척이나 모자란 듯이 느껴지는 것이었어요. 당신에게 애정을 구하면서도 이런 부수적인 것들이 자리하는 것을 쓸쓸히 느꼈습니다.

커피숍은 사람들로 몹시 붐비었고, 당신은 그곳 2인용 조그만 테이블에 앉아 있었습니다. 며칠 전에 무슨 일 때문에 이곳에 왔는데 이른 시간이어서인지 전부 비어 있고, 한적하고 그렇게 좋았다고 당신은 말했습니다. 당신의 그 말에 내 속에서 품었던 의문이 비로소 살아나며 저는 기어이 웃음을 터뜨렸습니다. 바로 이런 곳으로 오기 위해 운전사까지 택시에서 두 번 내린 것이라고 생각하니 웃음이 났던 것입니다.

당신을 만나기 위해 온 첫 장소가 어디 아늑하고 조용한 곳이 아니라, 바로 이렇게 도떼기시장 같은 곳, 당신은 사람들에게 떠밀리듯 겨우 가장자리 2인용 조그만 테이블에 자리 잡고 앉아 있어야 했으니까요.

당신을 몽상가라고 다시 생각했습니다.

예전에 살던 집을 세월이 흐른 뒤 찾아보는 그 행위도 보통 사람으로선 있기 힘든 일이지요. 한바탕 웃고 나자 당신과 저 사이는 한결 부드러워지고 급격히 간격이 좁혀진 것 같았습니다. 예부터 서로 잘 알고 있는 사람인 듯 생각되어지기도 했어요. 하긴 우리는 그 옛날 한 번 스친 일이 있지요. 당신은 기억 못하시지만 저는 당신을 기억합니다.

그날 우리는 플라타너스 가로수 밑을 걸었습니다. 누군가 우리를 보았다면 저녁 후 산보 나온 부부로 보았을 것이 틀림없습니다. 여름내 자란 플라타너스의 밑가지는 우리의 키보다 낮게 잎을 드리워 나무 밑을 지날 때마다 허리를 굽히는 행동을 하지 않으면 안 되었습니다. 천천히 느릿느릿 걸으며 나뭇가지가 우리의 키보다 밑으로 내려올 때마다 허리를 굽히는 그 리듬은 일정하게 반복되었고, 우리는 그저 간간이 몸을 서로 스치기도 하며 걸었습니다.

당신과 저의 만남은 그렇게 시작된 것입니다.

그것이 첫 시작이었습니다. 그렇게 시작되어 어느새 삼 년이 지났습니다. 횟수로 따지면 불과 서른 번을 넘지 못한 것 같습니다. 만나는 일을 두 달이고 석 달을 건너뛸 때도 있었으니까요. 그러나 그런 일은 별로 문제가 되지 않습니다. 누군가 있다는 것과 없다는 것은 크나큰 차이이지요. 오로지 그것이 중요하지요.

만나지 않아도 누군가 저기 있다는 것만으로도 저의 생활은 달라지며 매일 매일 노력하게 됩니다. 손지갑을 챙겨 들고 저녁에 시장에 나갈 때의 행동 하나만 보더라도 예전과 다릅니다. 감자를 벗기는 일, 빨래를 너는 일 하나에도.

그렇습니다. 당신이 말하는, 나이 들어 가는 여자의 떨림, 바로 그 떨림이 배어 있는 그런 표정과 행동이었다고 생각합니다. 무언가 조심스럽고 남자를 그리워하는 몸짓이란, 그렇지 않은 행동과 전혀 다를 것입니다.

## 5

쓰기를 멈추고 팔을 뻗어 담배를 찾습니다.

어느새인가 제게는 담배 피우는 습관이 생겼습니다.

책상에서 잠시 내려와 방바닥에 앉아서 담배 연기를 후욱 내뱉습니다. 지금 이 순간 옛날 할머니들이 담배를 피우던 기분 그대로가 제 숨속에 되살아나는 듯합니다. 밖은 괴괴하고 간혹 창문이 덜컹거리는 소리가 들립니다. 어머니 방에서 나는 밭은기침 소리도 들립니다. 늦가을의 바람은 예상외로 차고 매워서 아까 저녁 무렵 빨래를 거두러 베란다에 섰을 때 헝겊에 엷은 얼음이 낀 듯 빨래들이 굳어져 있었습니다. 바람이 계속 일어 소화 작업에 큰 지장을 주고 있다는 아나운서의 멘트가 생각나서 불안스러이 바람 소리에 귀를 기울입니다.

불은 아직도 타고 있을까요.

시커먼 밤 속으로 타들어 가는 거대한 불더미를 떠올리며 저는 두 개

비째의 담배에 불을 붙입니다. 실은 술을 마시고 싶습니다만, 지금 입에 술을 댄다면 정신을 잃을 정도로 마셔버릴 것이고, 그러면 이 글을 더 이상 쓸 수 없을 것 같기에 참습니다. 지금 펜을 놓아버리면 다시는 잡기 힘들 것이기 때문입니다.

불이 타고 있는 동안만 바로 그 기운에 힘입어 저는 무엇인가 제 안에 있던 것, 제 안에서 나오고 싶어하던 것을 끌어낼 수 있을 것 같기 때문입니다.


어마어마어마어마.

허둥거리며 음식을 싸가지고 갔던 무명 보자기와 벗어놓았던 코트로 불길을 향해 내려치면서 그 순간이 요원하게 생각되었습니다. 설명하기 힘듭니다만 여기가 이 세상이라 하는 것인지, 이 세상이 있는 것인지 없는 것인지, 내가 있는 것인지 없는 것인지, 아무것도 분간할 수 없으면서도 정신은 말짱하였습니다.

처음 여유를 가지고 삽으로 불길을 내리찍던 집안 아저씨도 갑자기 우리를 에워싸고 바람 부는 쪽으로 반원을 그리며 퍼져나가는 불길을 향해 정신없이 부삽으로 흙을 퍼대었습니다.

이렇게 해서 산불을 낸다, 그 무서운 산불이 우리에게 닥쳤다, 꿈이 아니다, 정말 어이없이 우리 앞에 벌어진 일이다, 삼촌도 저도 허둥거리며 점점 빠른 속도로 움직여지는 팔놀림에는 이런 뜻이 담기어 있었을 것입니다. 바로 그 느낌은 또한 당신과 만나게 되었을 당시의 느낌과도 흡사합니다. 이것이 바로 내게 다가온 일이다 꿈과 같이, 라고 저는 중얼거렸지요.

어머니와 현관 안에서의 생활로 인생은 지나가 버리는가보다, 이것으로 내 인생은 이제 마감을 하는가보다 생각하고 있을 때 당신이 나타났던 바로 그 느낌과 흡사합니다.

저는 조금 높은 지대, 마을과 논이 내려다보이는 곳으로 가서 소리쳤습니다. 여보세요오, 불이 났어요오, 얼른 와주세요오, 불났어요 불이요오—나무들 사이로 제 목소리는 퍼져나갔습니다만 올려 미는 바람 때문에 곧 내게로 되돌아오는 듯했습니다.

무덤들 사이로 불길이 퍼져나가는 소리, 군불 지필 때와 비슷한 냄새, 아저씨가 삽으로 내려치는 소리 속에 서 있으면서 잠시 순간이 영원으로 멎는 것 같았습니다.

마치 당신을 처음 만나던, 당신의 부름에 고개를 돌리는 순간 길에 있던 모든 것이 멀리로 물러나고 오직 당신과 저 둘만이 있는 듯 느껴지던 그 순간과 흡사합니다.

평화로운 산과 논밭·들판, 어디에선가 개 짖는 소리, 닭 울음소리 그리고 아이들 소리, 한낮의 햇빛과 바람 속에서 긴박감을 알리는 제 소리가 전혀 현실감이 없었습니다.

이것은 이 세상이래도 좋고 아니래도 좋다. 이 세상이 아닌 것 같다. 아마 이 세상이 아닌가보다. 도깨비방망이를 흔들어 어딘가 이 세상과 다른 세상이 잠시 열린 것 같은, 갈피를 잡을 수 없는 심정이 되었습니다.

저는 그쯤 소리쳐 놓고 다시 돌아와 아저씨와 떨어져서 다시 외투로 내려치기 시작했습니다. 다행히 논두렁에서 무엇인가를 하고 있던 마을 사람 몇이 달려왔습니다.

그들은 굵은 소나무 가지를 꺾어 들고 익숙하게 불길을 다잡았습니다. 불길은 잡히는 것 같다가 다시 더욱 밀려나고 다시 마을 사람들 손에 잡히기를 계속했습니다. 산에서 나는 연기를 보고 마을 사람들이 더 달려왔고, 결국 불은 십여 분만에 꺼졌습니다. 시계를 보니 그 정도의 시간이었지만 참으로 오랫동안 불끄기 작업을 했던 것으로 생각됩니다.

타버린 할머니의 묘 주위 여기저기 앉아서 마을 사람들은 아저씨가 권하는 담배를 땀을 닦으며 피웠습니다. 불길이 그만해서 잡혔기 다행이라고 입을 모아 말했습니다. 가을부터는 산에서 담뱃불 하나도 붙이지 말아야 하는 것이라고 말했습니다. 산에 있는 마른 잎, 마른 가지, 마른 덤불, 모든 것이 불감인 것이라고요. 아저씨와 저는 처음으로 알아듣고 고개를 끄덕였지요. 그런 것도 모르고 묘에서 키만큼 자란 억새 풀들과 마른 잔디 봉분 가장자리로 제멋대로 뻗어간 밧줄 같은 덩굴들을 낫으로 잘라내어 한쪽에 놓고 성냥을 그어댔던 아저씨가 차라리 천진스러워 보였지요.

우리는 마을 사람들에게 사과의 뜻으로 수없이 머리를 숙이고 막걸리나 받아 마시라고 아저씨가 가지고 있던 돈과 저의 것을 합해서 오만 원을 그분들에게 드렸습니다.

타버린 흙더미 속에서 간혹 피식피식 흰 연기가 오르는 것을 보며 아저씨와 저는 안심이 안 되어 한 시간여를 더 앉아 있었습니다. 다 꺼진 불이라고 별로 걱정도 안 하며 내려가는 마을 사람들에게서 자연에 익숙한 솜씨를 보았습니다.

저는 주섬주섬 김밥을 싸왔던 찬합과 김치를 담아온 스테인리스통을 챙겼습니다. 그것들은 꺼멓게 그을리고 숯검댕을 묻혀가지고 있었습니다. 여기저기 구멍 뚫린 무명 보자기에 그릇들을 챙기고 나서 그제서야 아까워하며 코트를 살피니 코트는 소매 하나가 떨어져 나가고 검댕이 범벅이 되었습니다. 오래된 것이지만 애착을 느껴 왠지 해가 갈수록 아껴 입었던 것입니다. 특히 고전적인 칼라의 선을 마음에 들어 했습니다만, 언젠가 당신도 잘 어울린다고 한번 얘기해 주신 적이 있지요.

흰 연기가 솟고 있는 흙더미를 밟아주며 돌아다녔습니다. 흙더미는 따뜻한 기운으로 녹직녹직하고 한결 부드러워져 있으며 소나무에서 송진이 흘러내려 짙은 송진의 냄새가 났습니다.

아직도 무언가 안정이 되지 않아 다리가 후들후들 떨렸습니다. 담배를 피우는 아저씨에게 한 개비 얻어 같이 피우고 싶은 마음 간절했으나 그냥 꾹 참아 눌렀습니다.

문득 고개를 드니 커다란 산줄기와 그리고 산의 능선을 따라 파랗게 일어나고 있는 하늘이 신선하게 눈에 들어왔습니다. 산줄기와 능선의 아름다움은 할머니의 묘를 찾을 때마다 돌아올 제 보게 됩니다. 묘를 향해 올라갈 때면 산봉우리를 뒤에 두기 때문에 돌아서서 잠시 멈추어 설 때 외에는 보이지 않습니다. 하나 내려올 때는 죽 산봉우리가 푸르른 하늘과 맞닿아 만들어내는 능선을 바라보며 내려오게 됩니다. 산줄기는 거대한 산맥을 이루어 아마 38선을 지나 이북까지 그대로 뻗어나갔을 것입니다만 이곳서는 높다란 여러 개의 봉우리를 볼 수 있을 뿐입니다. 이것이 태백의 줄기일까, 이런 생각을 하다가 이북 오도청에 등록되어 있는 단천 군민 묘지, 그런 고유 명사를 머리에 떠올렸습니다. 이곳이 단천 군민 묘지라는 것을 몰랐을 리 없건만 처음 그것을 깨달은 것이지요. 더구나 이곳에 누워 있는 망자들이 전부 실향민이라는 사실도.

왜 이제까지 거기에 생각이 미치지 못했는지 의아함마저 들며 불시에 어떤 감정이 솟아올랐습니다.

실향민, 그렇습니다. 어휘 자체에서부터 느껴지는 그 짙은 이북 지방의 색채, 그중에서도 함경도.

저는 우선 친척 중의 한 분인 순쟁이를 떠올리고, 그리고 그 비슷한 내음을 풍기는 많은 사람들을 떠올렸습니다. 함경도 사투리를 쓰는 사람을 어쩌다가 시장 포목점에서라도 만나게 되면 무언지 모르게 우선 반갑다는 생각이 듭니다. 함경도 분이시죠?라고 물으면 그쪽에서도 갑자기 얼굴을 펴며 어떻게 알았지요?라고 묻지요.

저의 어머니가 함경도세요.

함경도 어디?

남도 단천요.

어이구 저어 위구마. 어쨌든 반갑소이, 애기 엄마.

이런 말을 쉽게 건네고는 값을 조금 깎아주기도 하지요.

서울에서 지낸 지 오래되어 이제는 거의 서울말을 쓰고 있어도 그 억양이나 어투 어디에는 꼭 특이한 꼬리를 달게 마련이지요. 저는 함경도를 가본 적도 물론 없고 얘기도 별로 듣지 못했으며 친척들이 많은 것도 아니고 또한 가까이 지내지도 않았기 때문에, 할머니나 어머니 고향에 대해서 거의 모르고 어떤 느낌도 가지고 있다고 생각지 않다가도 함경도 사투리를 들으면 우선 반가운 마음이 듦을 어쩔 수 없습니다.

고향이란 정말 특이한 어떤 것인가 봅니다. 왜인지 그 훈훈한 냄새, 저절로 손을 잡고 싶어지는 마음, 그곳이 이남에 있지 않고 삼팔선 저쪽에 있기 때문에 그들이 자아내는 그 실향민의 분위기와 어우러져 더욱 절실해지는 건지 모릅니다.

"함경도 사람들 실루 측살하고 인색하지비."

제가 어린 시절 할머니와 어머니는 함경도 사투리로 얘기하곤 하셨지요. 어머니는 밖에 나가서나 우리들에게는 표준말을 쓰다가도 할머니하고는 함경도 말로 얘기하셨습니다. 할머니 먼 친척 되는 어떤 아저씨가 월남한 후 할머니 소식을 듣고 찾아왔는데 곶감을 한 꼬치 사 오셨습니다.

"그래, 그 곶감 한 꼬치가 뭐이오. 그만하면 살 만한데, 에구우 실루 측살하지비.”

어머니가 이렇게 얘기하시던 것이 생각납니다.

실루라든가 측살이라는 말을 이해하시겠는지요. 첨관이라는 말을 알아들으실 수 있으세요? 새쓰개는 어떻고요?

그런 말들은 그 해석이 불가능한 것은 아니지만 그 말 자체로 그냥 이해되는 것 외에 별 도리가 없는 듯이 여겨집니다. 그것을 번안하는 즉시 거기에 끼인 독특한 특질이 없어지고 마니까요.

함경도 사람이라고 하면 먼저 떠오르는 것이 순젱이입니다.

그녀야말로 제가 잘 알 수 있는 실향민입니다. 생김새부터가 몽골리안을 여실히 나타내주고 있지요. 높은 광대뼈와 반듯한 얼굴, 그 이마에 띠를 두르고 새털이라도 하나 꼽으면 영락없이 인디언 추장의 모습이 될 그런 용모입니다. 피부는 햇빛에 그을어 반들반들하고 눈에서는 정기가 납니다. 거무스름한 쥣빛 두루마기를 입고 서 있으면 그 몸 전체가 무슨 산악이 되는 것 같습니다. 맑고 강인하고 그리고 용맹스럽습니다.

이름은 순정, 성은 무엇인지 모릅니다. 할머니 사촌 언니의 딸이라고 하지만 할머니와 성은 다를 것이겠지요. 함경도 사투리로 그를 순젱이라고 부르는데 할머니의 손녀인 우리가 그녀를 어떻게 불러야 되는지 모르는 채 어른들을 따라 순젱이, 순젱이 하고 불렀습니다.

순젱이는 어머니를 아지미라고 불렀지요. 어머니는 그녀에게 아줌마가 되는가 봅니다.

그녀는 아들 흥을 한참 보고 돌아갑니다. 윗목에 앉아서 물 한 잔 청해 마시지도 않고 할머니나 어머니가 무어라도 좀 대접하려고 하면, 지금 금방 밥을 먹고 와서 배가 너무 불러 아무것도 못 먹는다고 말립니다. 아지미, 여기 가마아이 앉아 있소, 라고 절대로 못 일어나게 합니다. 그 힘이 어찌나 강한지 절대로 일어나지를 못하지요. 그런 모습을 바로 첨관이라고 말합니다. 그렇게 말리는 그 사양의 마음에는, 상대가 일어나서 무엇인가 먹을 것을 가져오는 그 일이 너무 미안한 것이지요. 절대로 폐를 끼치고 싶지 않은 최고의 겸손한 마음입니다. 적절한 예의, 사교 등이 세련된 요즈음의 인간관계에서는 이해하기 힘든 구시대의 마음인지도 모릅니다.

순젱이 아들을 흉보는 대범한 마음은 할머니와 어머니가 함경도 사람을 흉보는 그런 마음과 일맥상통한 데가 있습니다. 무엇인가에 대한 자랑은 간지러운 북방 여자들 특유의 강한 개성이 거기에 숨어 있습니다.

아들을 흉보는 내용은 대개 이런 것입니다.

아들이 양복을 해달라고 하도 졸라서 겨우 양복을 한 벌 해주었더니 이번에는 구두를 해내라고 해서 구두는 신던 것을 그냥 신어라, 엄마가 무슨 돈이 있어 한꺼번에 그렇게 새 양복에 새 구두까지 하느냐고 하니 새로 맞춘 양복을 면도칼로 찢더라는 얘기입니다.

"면도칼로 쪽쪽 찢소"라고 기가 막힌 얘기를 아무렇지도 않게 합니다.

말리는 순젱이를 냅다 밀쳐 저만큼 나가떨어지게 하고 세간을 부수고 해서 파출소에 신고하여 순경이 나와 잡아갔습니다. 유치장에 들어가서 좀 반성하라고 순경한테 잡아가게 했지만, 또 너무 얻어맞지는 않은지 걱정이 돼서 그 길로 담배 두 보루를 사가지고 뒤쫓아갔더니 그 밤으로 풀려났더라는 얘기입니다. 너무 때리지 말아 달라는 부탁이었는데 그 밤으로 풀려나왔다고요. 아시겠어요, 이 얘기의 골자를.

이북에서 살다가 피난을 나와 갑자기 산 설고 물 설고 사람 선, 모든 것이 어설픈 상황에서 빚어진 그 당시 실향민의 진면목이 들어 있는 얘기입니다.

저의 외삼촌, 바로 할머니의 외아들도 그런 타입이었습니다. 할머니를 곧잘 마당에다 메어 꽂곤 했다는 얘기를 들어서 알고 있습니다. 그러던 삼촌이 6·25가 터지니까 월북했고 그 후 소식을 모릅니다(해방되기 몇 해 전 어머니네 식구들은 월남해 있었습니다). 삼촌이 왜 월북했는지, 삼촌에게 뚜렷한 사상이 있었는지 아니면 해방되고 남북으로 갈리는 그 시기에 편승하여 그냥 북으로 넘어갔는지 알 수 없으나 제가 간간이 얻어들은 얘기로 보면 삼촌 역시 실향민이 낳은 실패자입니다. 아니, 저는 오늘 낮에 묘에 다녀온 바로 이전까지 그 실향민에 대해 별로 연관지어 생각해 본 적이 없습니다.

사람들은 각자 자기가 타고난 환경 능력·개성·성격들로 인해 자신의 운명을 사는 것이라고 생각하고 있었지요. 결코 사회나 어떤 제도에 연계를 갖고 생각해 보지 않았습니다.

그러나 오늘 묘에 다녀온 후 우리의 실수로 묏자리가 타버린 지금, 비로소 실향민이라는 무리에 대해 눈이 떠진 것이라고 할 수 있겠습니다. 지금 떠오르는 것이 있습니다. 어린 시절 우리가 살던 동네 산 위에 새까맣게 들어앉은 판잣집, 이제 생각하니 그것이 바로 실향민촌이었습니다.

그들은 모두 이북 사투리를 썼습니다. 아이들은 억세고 야생의 냄새가 느껴졌습니다. 좀체 산 밑 동네 아이들과 잘 어울리지 않았지요. 아니, 동네 아이들이 산동네 아이들과 어울리지 않았을 거예요. 어른들은 이른 새벽 집을 나가 밤늦게야 집에 돌아오므로 산동네에는 맨 아이들 뿐이었습니다. 간혹 산동네를 기웃거리노라면 집집마다의 아늑함에 놀라곤 했습니다. 저는 열려진 방문 안쪽을 들여다보기를 좋아했지요. 그 속에 있는 농이랑 거울, 개켜 올려진 이불, 벽에 걸린 옷가지, 문 쪽에 놓인 방비와 쓰레받기, 요강 같은 것을 볼 수 있었습니다. 방 한쪽이 부엌인 집도 있고 툇마루를 조금 붙여놓은 집도 있고 부엌을 따로 만들어

붙인 집도 있습니다.

　모든 것이 방 하나에서 이루어지고 있는 생활이, 소꿉장난하듯 재미있게 느껴졌습니다. 또한 어른들이 없는 산동네는 뭔가 특별한 나라같이도 여겨졌지요. 산은 어린 시절 우리의 놀이터였는데 전후 어느새 판자촌이 되어버렸지요. 그 판자촌은 밤중에 몰래 짓고, 날이 새고 나면 순경이 철근이나 몽둥이로 때려 부수고, 식구들이 울음바다가 되기를 거듭거듭 하여 생긴 동네입니다. 그런 장면들을 참으로 많이 보았지요.

　그곳에는 이북서 넘어온 의사와 간호부도 있었는데 의사는 판잣집에 사는 사람 같지 않게 언제나 검은 양복에 흰 와이셔츠를 단정히 입고 의사 가방을 들고 산을 오르내렸습니다. 검은 치마에 흰 저고리, 뾰족 구두를 신은 곱살하게 생긴 간호원은 점점 배가 불러와 동네 사람들이 수군거렸지요. 그러나 그들은 곧 결혼을 한다고 했습니다. 산동네의 어느 결혼식도 보았습니다.

　알록달록한 색종이를 단 택시에서 신부가 내려 산동네로 올랐습니다. 신부는 흰 레이스 장갑에 꽃을 들고 부축을 받으며 힘겹게 산동네로 올랐는데 동네 조무래기들이 길게 신부 뒤를 따랐지요. 신랑 집에서는 음식을 장만하고 술상을 벌였습니다. 새색시는 큰절을 한 뒤 방 한구석에 고개를 숙이고 얌전히 앉아 있고, 신랑의 어머니는 부엌에 앉아 큰 다라이 안에 놓인 음식들에 달라붙는 쉬파리를 쫓으며 자꾸만 웃었습니다. 판잣집 단칸방에서 아들을 장가보내며 잠시 시름을 잊고 자꾸 웃던 것입니다. 그때 판자촌의 그 아이들이 지금은 나와 같이 중년이 되어 있을 것입니다. 그리고 이른 새벽 나가서 깜깜한 밤에야 들어오던 어른들, 신랑의 어머니도 저의 어머니처럼 고령이거나 이미 세상을 떠났을 것입니다. 그들의 지난 세월은 타향에서 발을 붙여보려고 무척 힘겨웠을 것입니다. 포목 시장이나 어디서 고향 사람을 만나면 서로 반가워하는 이유가 거기에 있을 것입니다.

바로 그 무리들, 그중의 한 사람이 할머니나 삼촌, 어머니, 그리고 우리라는 것을 오늘 비로소 깨달았습니다. 아직 한 번도 고향을 잃었다고 생각해 본 적이 없었는데 오늘 비로소 그런 생각이 들었어요. 고향을 떠난 후 무엇인가를 잃었으며 끝없이 잃어가는 데 대한 두려움을 느끼는 사람들.

삼촌은 평소에는 얌전하다가도 술을 마시면 독째로 퍼마시며 사람이 돌변하여 걷잡을 수 없이 되었습니다. 세간을 부수고 있는 삼촌을 할머니가 말리려 하다가 냅다 마당에 내팽개쳐졌습니다. 할머니가 봉숭아 꽃밭 위에 나가떨어졌던 장면을 제가 실제로 본 듯합니다만 실지 보았던 것인지 아니면 얘기로 듣고 상상한 것인지 잘 분간할 수 없습니다.

또한 삼촌의 혼인날 이발소에 간다고 나가서 돌아오지 않았던 일도. 웅성거리며 당황하는 어른들 속에서 빠져나와 뒷동산에 오르니 삼촌이 거기 푸른 하늘을 보며 소나무 밑에 팔베개를 하고 누워 있었습니다. 술을 마시면, 제 손에 난 물사마귀를 면도칼로 밀어버리자고 위협을 하여 저는 그때마다 겁에 질려 울음을 터뜨렸습니다만 그날 삼촌은 전혀 무섭지 않았습니다.

"삼촌, 여기서 무어 하고 있어?"

"음, 가혜로구나."

"할머니랑 엄마랑 사람들이 막 찾아."

삼촌은 아무 일도 없는 듯 그냥 팔베개를 하고 드러누워 있었습니다. 그러나 그 장면 역시 저의 상상인지 실제인지 분간할 길 없습니다. 지금 이 글을 쓰고 있노라니 아득하게 외삼촌의 모습이 잡혀옵니다. 머리는 반곱슬로 숱이 많고 멜빵을 단 바지에 와이셔츠를 입고 손에는 대두 한 되들이 푸른 병을 들었습니다. 삼촌은 저와 동생을 데리고 논두렁길을 걸어 논으로 벼메뚜기를 잡으러 가는 것입니다. 벼메뚜기를 잡아서 푸른 병 속에 가득 집어넣습니다.

논두렁길, 누런 벼 그리고 벼메뚜기의 빛깔, 이런 것이 정말로 아득하게 넘어가는 저편 하늘처럼 떠오릅니다. 이러한 비현실적인 실체감을 어떻게 표현하면 좋을까요. 이것이야말로 존재의 본질일까요. 제가 삼촌을 생각할 때 떠오르는 이 무엇. 형상도 실체도 거의 잡히지 않게 아스름하지만 그럼에도 더욱 뚜렷이 뭉쳐져 오는 이 실체감. 제가 삼촌을 생각할 때 느끼는 아련한 실체감과 당신을 떠올릴 때 느끼는 실체감은 거의 비슷합니다. 아무것도 잡히지 않으며 그러나 없는 것이 아닌, 거기에 뚜렷이 있는 바로 이것이 우리 모두의 존재일까요.

다시 순젱이 얘기로 돌아가, 순젱은 남대문 시장 입구에서 달러 장사를 했습니다. 그 골목을 지나노라면 달러 있어요, 달러 있어요? 하고 묻는 아주머니들 사이에서 순젱이의 모습이 갑자기 우뚝 솟아납니다.

쥐색 두루마기를 입고 머리를 반듯이 쪽 진 그 모습에는 생명력이 넘쳐 있습니다. 분이 뜨고 머리를 함부로 볶아 푸시시한 모습의 동료 달러 장수들에 비해 순젱의 그 모습은 언제나 힘이 넘쳐 보였습니다. 그래서 망나니 아들 하나를 너끈히 이기고 거리에 나와서 의연히 서 있는 산악과 같았지요. 그러다가 아들이 이민을 갔고, 뒤따라갔다가 혼자 돌아왔습니다. 순젱이에게는 딸도 셋이나 있다고 합니다만, 그 부분은 잘 모르겠습니다. 오직 아들만을 기리는 옛 여자들의 마음을.

돌아온 후 갑자기 생기를 잃은 처진 모습으로 저희 집에 몇 번 오셨습니다. 이미 할머니는 돌아가시고, 어머니도 관절로 바깥출입을 거의 못하실 때, 그녀는 다리가 아파 이제 더 이상 못 올 것 같다면서 전화번호 하나를 적어두고 돌아갔습니다. 그렇게 생명력이 강해 보이던 모습이 어떻게 저렇게 빛을 잃을까, 돌아가는 모습을 뒤에서 바라보며 생각했습니다. 그리고 얼마 후, 함께 살던 같은 방 사람이 순젱이 죽었노라고 전화를 주었습니다.

순젱의 묘는 어디에 있는 것일까.
묘를 쓰기나 한 것일까, 그냥 화장을 하고 말았을까.
이런 생각을 하며 산을 내려왔습니다.
밤낚시를 하려는 사람인지 낚시 장비를 갖춘 남자가 우리 옆을 스쳐 지나갔습니다. 묘에 올 때마다 낚시하러 가는 사람을 만나는 것을 보면 이 등성이 너머 어디 저수지가 있는가 보다 생각하며 국도에 내려섰을 때, 산으로 난 오솔길 입구에 어둔리라고 쓴 팻말이 눈에 들어왔습니다. 동네 이름이 무엇인가고 묻는 아저씨 말에 어둔리요, 외우기도 쉽지요, 어둡다고 어둔리라고요, 말하던 마을 사람 얘기가 떠올라서 저는 그 푯말을 한참 들여다보았습니다. 왠지 오늘은 실향민의 묘지도 그렇고, 어둔리라는 그 마을 이름도 그렇고, 무엇이든 처음인 듯 새롭게 제게 들어왔습니다.
할머니가 묻힌 곳이 어둔리라는 마을인 것은 전혀 우연이 아닌 것처럼 여겨지며 할머니야말로 바로 이곳, 이북으로 뻗어나간 저렇게 높은 산봉우리를 바라보며 누워 있을 자격이 있는 듯 생각되어졌습니다. 그 무덤은 마루 끝에 나와 앉아 있는 할머니의 모습으로 화하는 듯도 했습니다.
할머니가 마루 끝에 나와 앉아 있는 모습이 지금 환히 제게 되살아납니다. 이 세상 아무 데도 없으며 그를 기억하는 사람조차 이 세상에 한두 명 정도일, 그리고 기억하는 사람마저 없어져 버리면 머잖아 할머니는 이 세상에 살다 간 다른 많은 사람들처럼 흔적조차 없어질 그런 존재입니다만, 바로 살아 숨 쉬던 그 생생한 존재로 지금 제 옆에

다가와 있습니다. 제가 보았던 할머니, 제가 느끼고 만졌던 할머니로 말이지요.

왜인지 늘 할머니 부분을 생각하기 싫고 어떤 죄책감을 느끼며 그러고도 무심히 강한 한 줄기 빛처럼 떠오르면 어쩔 수 없이 음, 하는 신음소리가 저절로 나오는, 그 부분을 두렵지만 더듬어 가지 않을 수 없습니다. 할머니를 떠올리면 사람이 얼마나 외로운 존재인가, 얼마만큼 시련을 겪어야 하는 존재인가, 기쁨의 순간이 과연 있었을까 하는 것들을 생각하게 됩니다. 마치 흑인 노예로 태어난 사람들에게서 느끼듯 말이지요.

역사는 구르고 사람들은 그 역사라는 것을 피를 흘리면서도 개선해 나가지 않으면 안 되는 이유가 바로 거기에 있는 것인지 모릅니다.

할머니라는 어떤 한 생명이 구한말기에 태어나 일제의 압박을 겪고 해방을 맞은 후 다시 6 · 25를 겪으면서 살아 나온 그 과정이 우리나라 역사와 꽉 맞물려 있으며 할머니를 통해 짓밟혀진 사람들의 생활을 구체적으로 볼 수 있기 때문입니다. 이렇게 말한다면 제가 무엇인가 대단히 아는 듯 들릴지 모릅니다만, 저는 이미 할머니가 된 여자인 할머니를 그것도 저의 유년의 보았을 뿐으로 할머니의 시절들을 모르는 것이지만 역사책에서 배우는 역사가 아닌 그저 막연하게, 복사꽃 피어 있는 어느 마당에서 할머니는 유년의 짧은 한때 즐거움을 누렸을까, 그런 생각을 해보게 되지요. 우리 할머니뿐 아니라 그 시대를 살았던 여자들의 삶은 대동소이할 거예요.

제가 오늘 여기에서 숨 쉬고 있는 것은 할머니와 그보다 더 위에 선 조들로부터 무등을 타듯 이어 내려온, 오로지 그 덕분이지요. 그것이 확실합니다. 당신과 플라타너스 밑을, 밑으로 처진 나뭇가지 때문에 간혹 허리를 굽혀 걷던 때 저는 문득 그 생각이 들었습니다. 제 몸속에 흐르고 있는 선조들의 피, 할머니와 할머니의 어머니, 까마득한 그 너머 어머니들의 숨결을 느꼈지요. 그녀들이 무등을 태워 저를 여기 이 아름 다운 플라타너스 거리에 결국은 세워놓은 것이라고요. 이렇게 아름다 운 순간을 맛보라고 말이지요. 훗날 어느 때엔가는 그들의 가슴속에 품 었던 한을 꽃피우라고 말이지요.

그렇게 생각해 본다면 운명조차 바로 그런 것이 아닐까요. 그 누군가 의 간절한 염원, 혹은 한들이 뭉쳐서 이루어지는 것이 아닐까요. 그러 니까 당신이 저를 저녁 어둠 속에서 부른 것도 그 누군가가 시켜서 그 누군가의 염원에 곁들여서 된 일이 아닌지요.

## 6

할머니의 존재가 제 머릿속에 뚜렷이 남은 것은 피난을 떠나던 날 아 침입니다. 할머니는 자루 밑에 조금 남아 있던, 아끼던 쌀을 꺼내어 보 리밥을 지어서 주먹밥을 싸주셨습니다. 할머니는 돌아앉아서 양손으로 밥을 뭉치셨어요. 주먹밥 속에는 소금을 조금 집어넣었습니다.

6 · 25 때 미처 피난을 떠나지 못했던 우리는 아버지의 친구 분이던 군인의 도움으로 뒤늦게 피난을 떠날 수 있었습니다. 할머니는 집에 그 대로 남겠다고 하셨습니다. 공산당들이라도 늙은이 혼자 남아 있는 것 을 해치지는 않을 것이라고 말하셨지요. 할머니는 대문 앞에서 옷고름 으로 눈물을 닦으며 우리를 태운 지프차가 모퉁이를 돌아설 때까지 서 계셨습니다. 우리를 실은 차가 안 보이게 되자 울음을 터뜨리셨을 것입 니다.

온 동네가 다 피난을 떠나고, 6 · 25 때 피난을 못 떠났던 사람들도 공산당 밑에서는 살지 못하겠노라고 몸서리를 치며 너도나도 다 떠나 버리고 난 후의 텅 빈 마을 속에 할머니 홀로 남아 계셨던 것입니다. 사람의 그림자라고는 얼씬도 않은 곳에서, 아니 사람의 그림자가 얼씬 않는 것이 차라리 덜 무섭지, 사람의 그림자가 보이면 더 무서워 해가 진 뒤에도 등잔불을 켜지 못하고 지냈습니다. 간혹 빈 마을을 털러 다니는 도둑이 그제까지 남아 있었던 것입니다.

동생과 저는 처음 타보는 지프차와, 어디론가 떠난다는 일에 들떠 있었습니다. 지프차를 타고 당도한 육군 본부가 우리의 피난처인 줄 알고, 이렇게 가깝다면 할머니에게 자주 가볼 수 있지 않을까, 왜 할머니는 눈물지으며 주먹밥을 쌌을까 의아하게 생각했습니다.

그러나 정작 피난행은 그때부터 시작되었지요.

군인 가족을 위한 트럭 한 대가 육군 본부 앞에 서 있었습니다. 벌써 사람들이 트럭 위에 가득 올라앉아서 산봉우리를 이루고 있었습니다. 저는 지금 구차하게 그 피난행을 쓰려는 것은 아닙니다. 단지 그때 내리던 눈, 그리고 할머니가 만들어주셨던 주먹밥을 얘기하고 싶습니다. 그것이 할머니에 대한 뚜렷한 저의 첫 기억이니까요. 그 쌀과 보리는 깊이 감춰두었던 아주 귀한 것이었을 것입니다. 할머니는 자신의 배고픔을 참고 새로 밥을 해서 찬물에 손을 적셔가며 뜨거운 밥을 뭉칠 때, 그 주먹밥이 참 먹고 싶으셨을 것입니다. 그럼에도 밥알 하나 남기지 않고 전부 주먹밥으로 뭉치셨습니다.

트럭 위에서 어머니가 주먹밥을 내밀었을 때 김이 무럭무럭 나던 주먹밥은 어느새 꽁꽁 얼어 있었습니다. 저와 동생은 배가 고프면서도 안 먹겠다고 고개를 저었습니다. 트럭이 멈출 때면 마을에 들어가서 몇 번 사 먹은 따뜻한 국밥에 어느새 맛 들려 있었습니다. 어머니 혼자 언 주먹밥을 트럭 위에서 먹었습니다.

우리는 피난민들의 짐이 산봉우리를 이룬 그 맨 꼭대기에 타고 있었으므로 아주 위태로웠습니다. 그래서 어머니는 동생 영혜가 굴러 떨어질까 봐 두루마기 옷고름에다 잡아매고 제 손을 붙들고 있었습니다. 며칠이고 계속해서 우리는 트럭에 실려 달렸습니다. 차가운 눈보라가 치기 시작하고 눈은 계속해서 내렸습니다. 밤과 낮을 끊임없이 내렸습니다. 트럭은 눈 때문에 하루 종일 굼벵이처럼 기다가 날이 어두워지면 마을에 멈추어 서는 일을 거듭하였습니다. 그러고는 이른 새벽에 다시 떠났습니다. 트럭이 멈추면 사람들은 잘 곳과 허기를 면하기 위해 마을을 찾았습니다. 트럭에서 내린 사람들이 다같이 행동하면 좋으련만 언제고 뿔뿔이 흩어지고 말았습니다. 저는 그것이 안타까웠지요.

왜 함께 가지 않는 것일까.

눈이 내 넓적다리 있는 데까지 쌓였습니다. 발을 옮겨 딛을 수가 없도록 늪 속에 빠지듯 한없이 빠져 들었습니다. 어머니는 동생을 업고 제 손을 꼭 붙들었습니다. 어디를 둘러보아도 마을은 보이지 않고, 눈속에서 솟아나온 나무들만 드문드문 서 있었습니다. 하늘 쪽으로 고개를 들지 않았기 때문에 나무가 얼마나 큰지, 나뭇가지의 형상은 어떤지 볼 수 없었습니다. 단지 나무는 눈 속에 허리를 박은 채 나무둥치의 가운데 부분만이 여기저기 유령처럼 서 있었던 것입니다.

저는 지금 생각해 봅니다.

눈 속에 박혀 있는 유령 같은 나무들의 영상. 그것은 무엇일까요, 막막하며 적막하고 깊고 고요한 그 풍경은. 전쟁도 포 소리도 추위도 배고픔도 어머니도 동생도 주먹밥도 그리고 나마저도, 모든 것이 멀리 물러가고 오로지 눈[雪]과 대면하던 그 눈[眼]이 보았던 것은……

그것은 이 세상이었을까요. 이 세상은 있는 것일까요 혹은 없는 것일까요. 당신이 저를 어둠 속에서 불렀을 때, 갑자기 거리의 많은 사람들, 모든 것이 다 물러가고 당신과 나, 아니 내가 아닌 내 눈만이 거기에 있던 것과도 흡사합니다. 그것은 인생에 있어서 어떤 것, 인생이라고 하는 것 속에서 우리가 뽑아낼 수 있는 가장 최선의 것을 순간적으로 맛보게 해준 것이었을까요. 순간이 영원으로 변하는 그 가능성, 아니 무엇인가를 만들어나갈 수 있는, 열리고 더욱 열리며 아름다운 자유의 개념 같은 것, 인간이 근본적으로 갖고자 하는 조건 같은 것, 그런 것에의 형상화가 아니었을까요.

혼돈이며 땅으로 떨어지는 쪽이 아닌 최선의 것, 아마 그것이었을 것입니다. 그것은 전쟁과는 정반대 쪽에 서 있었습니다.


피난지에서 돌아온 날 밤을 상기할 수 있습니다.

칠흑 밤 속에서 우리가 두드리는 대문 소리에 할머니는 한참 만에 마루 끝에 나와 서서 게 누구 왔소? 게 누구 왔소? 하고 소리치셨습니다.

할머니, 할머니,

우리가 부르는 소리에 할머니는 허겁지겁 대문을 열러 나오셨습니다.

이게 누구냐, 이것들이 살아 있었구나, 결국 살아서 보게 되는구나, 이렇게 수없이 중얼거리시면서.

그 밤 이후 우리는 할머니와 다시 함께 살게 되었습니다.

할머니는 몇 달이고 계속해서 그 기간 동안 지낸 일을 어머니에게 얘기하셨습니다. 지금 생각하면 할머니는 묘사력이 뛰어나신 것 같습니다. 눈에 본 듯이 환하게 장면 장면을 그리셨습니다. 어머니는 에구우, 에구우 실루 고생두 측살하게 했구마, 하고 눈물지으며 할머니의 얘기를 들으셨습니다. 우리가 그 얘기를 들을 수 있는 시간은 밖에 나가서 놀다가 잠깐 집에 들렀을 때, 그리고 밤에 자기 위해 누웠을 때뿐입니다.

내가 얼핏얼핏 들은 얘기는, 할머니는 인민군이 어디선가 가져온 쌀로 그들에게 밥을 지어주며 지냈다고 합니다. 여자 빨치산들도 있었는데 그들은 할머니에게 어마이라고 부르며 딸처럼 따르다가 동상이 걸린 발을 절룩이면서 며칠 만에 떠났다고요. 인민군들이 후퇴하고 나자 (그것이 1·4후퇴였지요) 다시 텅 빈 마을에 할머니 혼자 몹시 무서웠습니다. 우리가 피난지에서 오기까지(그때는 피난민들이 돌아오기에 아직 조금 이른 시기로 마을은 텅 비어 있었습니다. 어머니는 할머니 때문에 일찍 돌아왔던 것이지요) 할머니는 텃밭에 배추와 무를 심어서 김치를 담가 시장에 나가 파는 일을 하셨습니다. 그런데 김치를 무겁게 이고 가다가 미군 지프차에 치어 다리를 다치셨습니다. 그 후 조금 절게 되셨지요. 그래서 무거운 것은 이지 못하고 미군 부대에서 나오는 담배를 받아다가 파는 일을 하셨지요.

할머니는 안방이나 혹은 마루에서 방문을 열어놓은 채 허공을 향해 얘기하시고 어머니는 건넌방에 앉아서 듣습니다. 그들의 앉음새는 비슷합니다. 한쪽 무릎을 올리고 눈은 허공을 향한 채……

그리고 그 앉음새는, 몇 년 뒤의 어느 봄날로 이어집니다.

피난지에서 돌아와 몇 날이고 계속해서 끊임없이 얘기하시고, 어머니는 눈물지으며 듣던 그 자세대로, 이번에는 할머니와 어머니가 싸우고 계십니다. 어머니가 할머니에게 이모 집에 가서 좀 지내라고 하신 것입니다. 이모네는 살기도 넉넉할 뿐 아니라, 어머니의 몸이 아파 혼자 조용히 있고 싶다고요. 할머니는 싫다고 하셨습니다. 사돈이랑 있는 집에 남부끄러워 이제 어떻게 가 있는가 하셨습니다. 그때 할머니는 기력이 쇠하셔서 간혹 내려가 계시던 시골집을 정리하고 죽 저희와 함께 사셨지요.

"내가 아픈 동안만 좀 가 있소게나."

어머니는 마구 역정을 내고 할머니는 노여움에 눈물지으셨습니다.

왜 만날 나한테만 있는가, 남편이 없으니 내가 그렇게 만만한가, 고 어머니는 말하셨지요. 할머니는 네게 짐 지워주고 싶지 않아 피난도 가지 않지 않았는가라고 하셨고, 어머니는 피난을 안 간 것이 어디 나 때문인가, 외삼촌이 이북에서 내려올까 봐 아들을 기다린 것이 아닌가고 말했습니다.

밖에서 놀다가 들어와 보면 안방과 건넌방 문이 열린 채로 두 분이 싸우고 계십니다. 효녀라는 말을 들으시던 어머니가 어째서 할머니를 괴롭히는지 알 수 없었습니다.

드디어 어머니는 결단을 내리신 듯 학교에서 돌아와 마루에 앉아 있는 내게 심부름을 시켰습니다. 이모한테 가서 할머니를 모셔 가라고 전하라고. 꽤 먼 이모 집까지 걸어서 갔습니다. 이모는 경대 앞에서 머리를 빗고 옷을 갈아입은 후 나와 함께 집으로 왔습니다. 할머니는 피할 수 없는 운명을 만난 듯 울면서 조그만 보퉁이를 하나 싸셨습니다. 그리고 이모와 함께 집을 나섰습니다. 할머니는 진실로 가고 싶지 않으셨던 것입니다. 늘 있던 곳, 더구나 사위가 없는 그 집이 자신의 집 같고, 있을 곳 같았던 것입니다. 아니, 아들이 있다면 아들의 집이 바로 자신의 집이었을 것이지만.

할머니가 울면서 대문 밖으로 사라지자 어머니는 저더러 따라가 보라고 했습니다. 화창한 봄날이었습니다. 할머니의 흰 옷이 햇빛에 눈처럼 반사하던 것을 기억합니다. 할머니는 울면서 아픈 다리를 어기적어기적 떼어놓았습니다.

그렇게 해서 떠난 할머니의 뒷모습에 이어 이번에는 마루 끝이 아니라 이모 집 문지방이 높은 방 안에 오두마니 앉아 계신 할머니의 모습을 떠올릴 수 있습니다.

우리 집에서는 끊임없이 일을 하시던 할머니가 이모 집에서는 머리를 단정히 빗고 몸뻬 차림으로 방 안에 가만히 앉아 계십니다. 이모 집에는 방의 수가 많지만 아이들도 많고 또한 친척 대학생이 그 집에서 학교에 다니고 있으므로 할머니는 일하는 아줌마와 함께 방을 쓰고 계셨습니다. 할머니는 그 집에 가서는 아마 할 일이 없으셨을 것입니다. 아니, 일이 하고 싶어도 자신이 할 일이 무엇인지 잘 잡혀오지 않고, 성수 또한 나지 않으셨을 것입니다. 그리고 무엇보다 사돈이나 집안사람들 눈에 안 띄게 그저 조용히 숨고 싶은 심정으로 방 안에 앉아 계셨던 것입니다.

그곳에서의 생활은 일을 해야만 살 수 있는 할머니의 생명을 갉아먹는 셈이었을지 모릅니다.

저희 집에서는 끊임없이 아픈 다리를 끌고 고추를 널고 고추씨를 빼서 털고 방앗간에 가서 빻아 오고 메주를 쑤고 간장을 담그고 장독을 건사하느라고 붉은 고추와 숯검댕이를 장에다 담가놓으면 독 안에서 익어가던 그 풍성함, 집 근처 공터에 무와 배추를 심고 거름을 날라다 주시고 그러고도 끝없는 그 많은 일들, 우리가 밖에서 놀다가 집에 잠깐씩 들를 때마다 할머니는 무엇인가 일을 하시기 위해 돌아서는 모습을 보이셨지요. 우리가 우리의 소원은 통일을 노래 부를 때(그 시절 그 노래는 각 골목 속에서마다 고무줄놀이 때문에 울려 퍼졌지요) 할머니는 일을 하시기 위해 언제나 돌아서는 모습을 보이셨습니다.

"할머니 젊었을 때 이뻤어? 이뻤겠네."

바느질하시는 할머니 옆에 앉아 우리 형제가 물으면,

"얽은 게 이쁘긴 뭐이 이뻤게이냐"라고 말하셨습니다.

"어마, 할머니 곰보였어?"

우리의 놀란 물음에 할머니는 그냥 웃고 계셨지요. 할머니로서 손자들에게 웃는 그런 웃음이 아니라, 그저 조금 미안한 듯, 어쩐지 자기라는 것을 아직 간직한, 아니면 다 버린 그런 웃음이었던 것 같습니다. 그러니까 어른으로서의 웃음이 아니라 순쟁이, 아지미, 여기 가마아이 앉아 있소, 라고 첨관을 떠는 바로 그런 웃음, 최고의 겸손함을 간직한 그런 웃음이었던 것 같습니다. 할머니가 곰보라는 그 사실이 미안해서라기보다 할머니는 아마 언제나 그런 자세였던 것 같습니다. 그것은 어린 시절, 더구나 여자 아이가 마마를 앓고 곰보가 되어 자라난 데서부터 연유한 성격 형성일지도 모릅니다. 아마 그렇겠지요. 그리하여 할머니는 순쟁이보다 더 첨관을 떠는 사람이 아니었는가 지금 생각해 보게 됩니다.

할아버지는 타관에서 첩을 얻어 사시고 할머니는 일찌감치 체념하며 살아오신 것일 거예요. 아무것도 가진 것이 없는 여자가 딸 셋에 외아들을 데리고 그 어려운 시대를 살아온 고난의 세월을 짐작하고도 남습니다.

이모 집에 가 계신 다음부터 할머니를 잘 만나지 못하였습니다. 어머니 심부름으로 외삼촌이 살아 계시다는 소식을 전하러 갔던 날을 기억할 수 있습니다. 그때도 할머니는 단정한 몸뻬 차림으로 문지방 높은 방 안에 오두마니 앉아 계셨습니다. 어머니가 어디선가 전해 들은, 삼촌이 이북에 아직 살아 있다는 소식을 전했을 때 할머니는 주저하는 듯, 살았대?라고 한 번 반문하셨지요. 그것이 아마 할머니와의 마지막 만남이었을 것입니다.

그 후 얼마 안 되어 할머니는 이를 닦으시다가 갑자기 쓰러지셨고 며칠 동안 의식 없이 누워 계시다가 돌아가셨습니다.


# 7

그때 할머니가 울면서 조그만 보따리 하나를 꾸리던 모습을 보았으므로 저는 이즈음 어머니에게 곧잘 그 일을 들추며 달려듭니다.

어머니와 저의 싸움이 봄철에서, 여름철, 가을철로 접어들었다가 다시 겨울, 봄에 이르기를 몇 해인가 거듭했지요. 싸우고 또 싸우는 동안 어머니는 드디어 쓰러지셨습니다. 그날의 일은 생각하기도 싫습니다. 밥을 드시다가 갑자기 핑 하고 쓰러진 것인데, 곧 의식은 회복되었으나 입이 삐뚤어지고 반신에 마비가 왔습니다. 오늘같이 묘에 간 집안 아저씨에게 연락을 하고 이모님과 집안 내 사람들 몇이 모여들었습니다.

한의원이 와서 침을 놓고 한약을 달인다, 손님상을 차린다, 한바탕 법석을 떨고 난 후 조용해진 저녁 시간, 다른 친척들은 다 돌아가고 환자 시중 등 궂은일을 도맡아 해주었던 시집 안 간 사촌이 목욕물을 받아 목욕을 하고선 마루에 나와 앉았습니다. 초여름의 시원한 저녁이었습니다.

사촌의 긴 머리칼이 바람에 흔들리며 마르던 것을 기억합니다. 말없이 산을 내다보던 사촌이 우뚝 솟은 먼 산봉우리 하나를 가리키며 아마 저기일 거여, 그래 저기가 맞아, 백운의 줄기였으니까, 거기다가 부적을 묻었어. 내가 부적을 묻었던 데가 바로 저기야, 라고 말했습니다.

제가 결혼할 때 속치마와 버선을 많이 해주었던 바로 그 사촌입니다.

아, 하고 짧은 비명이 나올 정도로 충격을 느끼며, 결혼도 하지 않아 자식도 남편도 없는 여자가, 더구나 평소 자신의 감정을 잘 안 나타내며 절에 많이 다니는 보살처럼 겉으로는 무덤덤해 있는 그녀가 도대체 무엇을 위해 부적을 파묻은 것인가, 그녀의 원은 무엇인가 하는 궁금증이었습니다.

"어떻게 거기다 부적을?"

"나 절에 다니던 스님하고 같이 가서 묻었지. 그 스님은 중옷을 벗고

점괘를 보고 있었지. 올라갈 때는 괜찮았는데 내려올 때 날이 어둑어둑 해지기 시작하니까 좀 이상하더라. 눈이 많이 온 뒤라 굉장히 미끄러웠는데 스님이 먼저 내려가서 여기 잡으시오 해. 그때 공연히 쭈뼛쭈뼛하면 안 되겠더라. 그래서 자, 하고 스님보다 더 씩씩하게 손을 내밀고, 또 자, 자, 여기, 하고 더 크게 소리치면서 손을 내밀었지. 부츠를 신었기 때문에 산에 익숙지 않아 많이 뒹굴었어."

'무슨 부적?' 하고 물으려다가 그만두었습니다.

그때에도 저는 베토벤의 심포니 9번에서 느끼던 사람의 감정의 폭이란 것을 다시 한 번 생각했지요.

어머니는 비교적 쉽게 입이 제자리에 돌아오고, 마비도 풀렸습니다만 워낙 아프던 관절 때문에 다리에 더욱 힘을 잃고 침대에 드러눕게 되셨습니다. 화장실 출입만 겨우겨우 하셨지요.

어머니가 비뚤어진 입으로 저를 보고 웃으시던 그 처참한 몰골을 잊을 수 없습니다. 어머니와 싸울 때는 서로를 미워하고 있는지라 어머니도 저를 미워하다가 잠시 백기를 드는 기분으로 웃으신 것입니다만, 저는 무엇인지 아직도 응어리가 풀리지 않아 화가 난 듯 뚱하게 가만히 있었습니다.

어머니, 나를 좀 가만 놔두시지요.

어머니, 젊었을 때를 좀 기억해 보세요. 좀 뒤돌아보세요. 어머니는 정말 자유로웠지요. 할머니가 어머니에게 무엇 하나 간섭을 했어요? 오직 말없이 어머니를 도와주기만 했지 않아요. 그런데도 할머니를 쫓아내셨지요. 어머니는 제 생활을 전부 박탈해 가요.

제가 사는 일에 가지는 열정의 부분을, 가장 힘 기울이는 부분을, 바로 그 부분을 어머니는 타락이라고 생각하시는 거지요. 저보고 만날 미치광이라고, 새쓰개라고. 어머니와 저의 싸움의 내용은 이것입니다. 싸움이 한창 고조될 때면 어머니는 니가 결국 나를 죽이고 말겠다, 나는 다 알 수 있다, 자식이 아니고 원수다 나가라, 라고 하십니다.

항상 그 나가라는 말에 저는 주춤합니다. 그것은 결혼에 실패해 돌아온 여자의 약점을 가장 찌르는 말이기 때문입니다. 실지 나가보려고 이 근처 방을 얻으러 다니기도 여러 번 하였습니다만 방값이 예상외로 비싸고, 제가 생각던 방이 아닌, 남의 집 가정 한가운데 들어가서 앉게 되는 그런 방들뿐이었습니다. 화장실이나 부엌 또한 을씨년스럽기 그지없습니다.

제가 없으면 몸이 불편한 어머니를 돌보아드릴 사람도 없으면서 저는 그런 것을 사고할 여유도 없이 복덕방을 여기저기 헤매고 돌아다녔습니다. 그러다가 문득 당신과 처음 시작의 무렵 악마에게 한 약속이 떠올랐습니다. 저에게 있어 중요한 것을 내어놓고 당신과의 연戀을 가능하게……라고 저는 분명 중얼거렸지요.

그렇다면 이것은 악마의 짓인가, 악마가 우리 모녀를 이렇게 싸움으로 이끌어가는가, 그렇다면 그 끝이 도대체 어디인가, 당신과의 끝도 모르겠고, 어머니와의 끝도 모르겠는, 정말 아무것도 모르는 기분이 되어, 울어서 부은 눈을 손등으로 가리고 슬픔을 잔즐르기에 고심하였습니다.

당신을 얻게 되어 말할 수 없이 기쁘면서 도대체 언제를 위해 지금을 살고 있는 것인가. 어린 시절부터 꿈꾸던 꿈의 시간은 바로 언제인 것인가. 사랑하는 사람을 얻은 지금인가. 그렇다면 나는 지금 꿈의 한가운데 들어와 있는 것이련만 아직도 어디로 가기 위해 준비하고 있는 것 같은 기분은? 어린 시절 눈을 보면서 왠지 반가운 일이 이제 앞날에 올 것 같던, 그 앞날이 아직도 온 것 같지 않으며, 아직도 이제 앞날에 올 것이라고 생각하게 되는 것은 어쩐 일일까?

이런 의문을 당신에게 한 번 실토한 적이 있습니다. 우리가 언제를 위해서 사는 것일까 하고요. 그때 당신은, 어차피 사는 일은 하나의 준비 과정에 지나지 않는 것이라고 명대답을 해주셨습니다.

사는 일은 하나의 준비 과정, 정말 그런가 봅니다. 어디론가 향해서 끝없이 나아가는 과정일 뿐입니다.

이제는 어머니와의 싸움을 화해로 이끌어가고 싶은 기분이 조금씩 들기도 합니다. 이 화해를 하고 싶은 기분이란 당신과의 결별이라는 또 다른 의미를 내포하고 있는 것은 아닐까요. 당신에게로 가졌던 저의 열정이 고조됐을 때 어머니와의 싸움 또한 극에 달했지요. 저는 매일매일 머리를 싸매고 어머니에게 울며 달려들었습니다. 무엇인지 도저히 참을 수 없는 감정이 되곤 하였습니다. 그런 일을 의식처럼 되풀이하였지요.

이제 보니 그것은 악마의 내기였을 가능성이 큽니다. 분명 악마의 짓이지요. 당신을 사랑하는 한 내게 있어서 어떤 중요한 것을 내어놓아야 했던 것이지요. 그런 행복감을 쉽사리 어떤 희생도 치르지 않고 맛볼 수는 없는 것이겠지요. 저는 그 두 가지를 저울에 달아 어느 것이 더 무거웠다고 그 형량을 달지는 않겠습니다. 후회 또한 하지 않습니다. 후회란 있을 수 없는 일입니다. 그 시간 그렇게밖에 되지 않는, 않을 수 없는 운명과도 같은 것이었다고 봅니다. 저는 있는 힘껏 당신에게 달려갔고 당신 또한 저를 기꺼이 받아주셨지요.

어두운 거리를 걷고 있을 때 당신은 저만큼 먼저 걸어가고, 가로등 불빛에 그림자가 길게 드리워진 뒤를 멀리서 따라 밟아갈 때 그 형용할 수 없는 당신과 나의 고독감을 봅니다.

호텔을 찾아들기 위해서지요. 저는 언제나 술을 많이 청해 마셨고 어떤 격정 속으로 숨을 몰아쉬며 떨어져 가기까지 술을 마셨지요. 부끄러움, 혹은 두려움 같은 것을 이겨내고자 한 짓이었을까요. 그것은 아닙니다. 저는 당신과 함께 있는 한 그런 두려움은 없었습니다. 제가 있을 자리에 와 있다는 확신감을 느낄 수 있었습니다. 당신을 따라서 어디까지 가도 두렵지 않다고 생각했습니다.

그럼에도 저는 꼭 술을 마셨으며 한바탕 서로의 존재를 확인하고 난 후 호텔 문을 나서서 걸을 때—할머니와 어머니가 긴긴 봄날 한쪽 무릎을 세우고 눈은 허공을 향한 채 앉아 계시던 바로 그처럼 당신과 저는 긴긴 날들을 앞서고 뒤를 밟으며 걸었던 것이에요. 길디길게 줄을 이으며 마치 밤의 순례자와도 같았습니다—그때 저만큼 멀어져 가는 당신의 그림자를 보며 저는 죽으리만큼 외로워하지요.

무엇 때문일까요. 당신은 얘기하셨지요. 참말만 하기도 시간이 모자라는데 언제 거짓으로 살 시간이 있느냐고요. 당신의 그 말을 좋아하고 그런 말을 할 수 있는 당신을 좋아하면서도 그럼에도 전해져 오는 허기, 어린 시절부터의 갈증이 고스란히 내 몸을 둘러쳐 헉헉거려지는 것이에요. 무엇으로인지 일그러진 저의 얼굴을 살피며 당신은 꼭 버릇처럼 어디 가서 뜨거운 차를 마시는 게 어떻겠느냐고 제의합니다.

이렇게 안개 끼고 습지며 축축한 밤, 어딘가 밤 카페에 들어가 차를 마시며 마주 보고 얘기할 수 있는 그 시간을 정수로 느끼고 싶으면서도 왜인지 그 부분을 사양한 채 돌아서지요.

함경도 사람들의 첨관, 그것일까요. 할머니에게서 물려받은 내력과 같은 것일까요. 아니 그보다 더 직접적인 원인은 아버지가 없어서일까요. 내가 나의 몫이 없다는 것, 바로 이 부분을 양보한다는 것은 아버지가 없는 데서 얻어진 상황 탓이 아닐까. 영혜와 내가 크면서 어머니에게 무엇을 사달라고 조른 적이 없는 것이 그것을 증명해 주는 것이 아닐까. 무엇을 사달라는 말을 하면서 컸다면 나는 지금 그와 함께 카페로 들어가지 않을까, 이런 생각을 하며 저는 택시를 붙잡아 탑니다.

택시를 타고 차창으로 그 넓은 어두운 거리에 서 있는 당신을 보면 당신의 주위에 얇은 종잇장 같은 것이 찢어져 날리고 있습니다. 당신은 그냥 서 있을 뿐인데 당신 주위에 어둠을 밀치고 흰 종잇장들이 날리고 있는 영상을 봅니다. 그 모습은 몹시 애수 어려 보이며 무엇인가 잃어져 가고 있는 듯 제 눈에 비칩니다.

무엇을 잃고 있는 것일까요.

당신은 무엇을 찾기 위해 옛집으로 오신 것인가요.

언젠가 옛날에 먹던 동치미에 대해 얘기하신 적이 있지요. 어느 한식 집에 가서 저녁을 먹던 때로 기억되어요. 당신은 무심코 동치미에 수저를 넣어 한 입 뜨다가 내려놓고 얘기하셨어요. 옛날의 동치미 맛을 이제 어디 가서도 찾을 수 없다고요. 그 동치미를 먹기 위해서도 지금의 아파트에서 단독 주택으로 꼭 옮기고 싶다고요.

"고모님이 한 분 남아 계시거든. 그 고모님을 모셔다가 동치미를 꼭 좀 담가달라고 부탁해야겠어요. 땅속에 묻어두고 겨우내 먹었으면 싶어"라고요.

당신은 그 일을 꼭 그렇게 하실 양으로 얘기하셨어요. 그 말에 저는 속으로 얼마나 공감하였는지요. 아, 이이는 무언지 나와 아주 같은 것 같다. 심지어 어린 시절을 함께 공유한 듯이도 느껴지고, 이렇게 생각했지요.

그런데 왜 좀 더 사랑할 수 없는 것일까.

왜 이 정도에서 그치고 마는가, 정말로 사랑한다는 것은 어떤 형태의 것일까, 그것 역시 준비 과정일 뿐일까, 정말로 사랑하기 위한 준비 과정밖에 사람들은 살아가면서 할 수 없는 것일까. 아니, 그라는 대상보다 나라는 존재의 문제가 우선이고 나는 거기에서 헤어나지 못하고 있는 것이다, 저는 이렇게 중얼거릴 수밖에 없었지요.

밀려드는 나른한 피곤감과 함께 또 한 번의 만남을 치러냈다는 생각을 하며 저는 택시와 함께 당신을 뒤로하고 미끄러져 갑니다.

언제 언제까지일까? 저는 이렇게 중얼거립니다.

이것 또한 악마의 짓일까요. 모래시계 속에 인간을 가두어버리는 악마의 짓일 거예요.

당신은 저의 이런 의중을 잘 간파한 듯 가혜 씨가 50이 될 때까지는 이런 식으로 만나겠다고 얘기하셨지요. 그리고 60, 70이 될 때까지 가끔 카페에서 만나 얘기하는 좋은 여자 친구로 지내고 싶다고요. 그 말은 저의 마음을 살펴주는 뜻에서 한 것이었음에도 불구하고 저의 자존심은 상처를 입었습니다. 50이 될 때까지 연애를 하고 있는 여자를 상상할 수 없으면서도 솔직히 제 마음속으로는 50이라는 나이의 한정을 두지는 않았던 것입니다. 아아 50, 하고 구체적인 실체감이 들이닥치며 삼팔선이 가로막히는 기분이었지요. 언제 언제까지?

이렇게 스스로 반문하는 의미 속에는 일 년? 이 년? 아니 혹은 삼 년까지는? 하는 기대감 같은 것이 있었지요. 그리고 이제 우리는 삼 년을 지난 것입니다.

당신은 저의 이런 심리를 잘 파악하고 있었으므로 제게 나이 들어 가는 여자의 떨림을 한번 써보라 하신 것이지요.

갑자기 전화벨이 울려 저는 깜짝 놀라 수화기를 부둥켜안습니다. 집안 아저씨의 목소리가 수화기 속에서 흘러나옵니다. 새벽같이 경찰서에 다녀오는 길이라고요. 불은 할머니 무덤 반대편 등성이에서 붙기 시작했으므로 우리가 낸 것이 아니라고요. 아베크족의 담뱃불이 원인임이 판명이 났다고요. 아저씨는 밤새 스스로 시달렸는지 목소리가 쉬어 있었습니다.

전화를 끊으려 하다가 지금 첫눈이 오고 있다고 얘기하셨어요.

눈이요?

반문하는 동안 전화는 끊겼습니다.

제가 눈이요?라고 묻는 순간 저는 어린 시절의 눈의 느낌, 그간의 세월을 거치지 않고 막 바로 그때의 그 순백의 느낌이 되살아났습니다.

어제저녁 빨래에 끼었던 엷은 살얼음으로 보아 바깥 날씨가 성큼 차진 것 같습니다. 저는 전화를 끊고 한동안 가만히 앉아 있었습니다. 이제 불은 꺼지고 다 타버린 잿더미 속에서 흰 연기만 푸슬푸슬 날리고 있는 영상이 제게 잡혀왔습니다. 불이 붙고 있는 동안만 무엇인가 그 기운에 힘입어 내 속에서 빠져나오고 싶어하던 것들을 끌어내었는지, 과연 제 속에 재만 남도록 스스로를 연소하여 태웠는지 의문을 느끼며 저는 허탈감으로 담배에 불을 붙여 물고 앉아 있었습니다.

그러고 보니 북쪽으로 난 조그만 들창도 어느새 환해져 있고, 특히 눈이 온 날의 그 환한 느낌이 들창으로 전해져 오고 있었습니다. 저의 가족들, 제 주변의 사람들이 이유 없이 한 사람 한 사람 떠올랐습니다. 그들과는 어떤 관계인지, 어떤 끈을 서로 연결하고 있는 것인지, 같은 시대 같은 공간 안에 함께 혹은 엇갈려서 태어난 그 운명의 끈을 찾아보려 하였습니다. 그들은 도대체 어떤 관계인 것인가.

제가 사랑하는 동생 영혜는 왜 멀리 떨어져 있어야만 하는 것일까. 가장 가까우면서도 자랄 때 이외에는 모르는 사람보다는 더 멀리, 일생 떨어져 살아야 한다는 일이 이상하게 느껴졌습니다. 이제까지는 남편이 외국인이니까 어쩔 수 없는 일이며 그리고 서로 편지를 쓰고 하니까 함께 있는 것이나 다름없다고 생각했건만 이 새벽, 그것은 정말 크나큰 이별로 다가옵니다.

저는 그런 식으로 한 사람 한 사람 짚어가기 시작합니다.

어머니와 이제 화해를 한다고 해도 함께 산다는 것은 속박일 뿐이라는 생각을 합니다. 그러나 바로 그런 삶을 제가 사는 것이겠지요. 소멸해 가는 어머니를 담당하는 것이 저의 운명이라고 생각합니다. 그 옛날 어머니가 몸이 아파 조용히 있고 싶다고 할머니를 이모 댁으로 가시게 한 것도 바로 그런 연유가 아니었을까 지금 생각해 봅니다. 점점 소멸해 가는 할머니를 감당하기 벅찼던 것이 아닐까 하고요. 거기에는 제가 몰랐던 어머니의 고통이 있었는지 모르겠다고 지금 비로소 생각이 듭니다.

　또 기억 속에 아무런 영상도 없이 오직 무無인 아버지를 생각해 봅니다.

　그러나 아버지 역시 없는 것과는 다른 뚜렷한 존재이지요. 아버지가 계시다면 저의 성격, 저의 운명들은 훨씬 달라졌을 것입니다. 저는 좀 더 삶을 신뢰하고 당신에게도 무엇인가를 요구하고 있지 않을까요.

　그런데 지금 제게 갑자기 잡혀져 오는 영상이 있습니다.

　할머니가 군불을 지피며 밥상을 차리는 장면입니다. 소박한 나무 상, 칠이 번쩍이지 않는 다갈색의 네모진 조그만 소반 위에 할머니는 아들의 수저를 놓고 콩자반·무말랭이·호박오래기 등의 밑반찬을 놓으십니다. 국이 끓고 있고 밥도 뜸이 들고 있습니다.

　그리고 장면이 바뀌어 삼촌이 돌아오고 있습니다. 삼촌은 옛 모습 그대로 멜빵바지에 푸른 와이셔츠, 숱이 많은 반곱슬머리를 하고 있습니다. 전쟁 당시, 모두가 피난을 떠난 후의 아무도 없는 빈 동네, 빈집에서 할머니는 삼촌을 만나보았던 것일까요? 어머니 말대로라면 할머니는 삼촌을 기다리느라고 피난을 가지 않으셨지요. 어머니에게 짐 지우고 싶지 않은 마음과 혹시 아들을 만날 수 있지 않을까 하는 그 두 마음이 함께 있으셨을 거예요. 그리고 그 밤 다시 떠나는 삼촌을 문 앞에 서서 배웅하고 계신 할머니 모습입니다. 할머니는 문 앞에 붙박이듯 서 있습니다.

이 두 개의 영상이 참으로 조용히 다가와 제 안으로 들어옵니다. 저는 무엇인가의 열쇠를 끌어 쥐듯 그 영상을 소중히 끌어안습니다. 제가 제 안에서 끌어내고 싶었던 것은 바로 이것이었을까요. 바로 이 두 개의 영상, '밥상을 차리는'과 '싸리문 여잡고 기다리는' …… 이 두 개의 영상을 끌어내기 위해, 지난 밤새 진통을 하며 이 많은 말들을 쏟은 것 같습니다. 저는 삶의 열쇠를 찾은 기분입니다.

나이 들어 가는 사람의 떨림이 아니라 나이 들어 가는 여자의 떨림으로, 저의 성을 찾아 여기에 서는 일은 이리도 힘이 든 일입니다.

할머니가 제 손에 쥐어주셨습니다. 어린 시절부터 품어온, 먹게끔 차려진 따뜻한 밥상에 대한 갈증과 이제 앞날에 다가올 기다림에 대한 소망의 마음이 그 두 개의 영상이었음을 깨달았습니다.

사랑하는 사람들, 그리고 사랑하는 당신.

당신이 잃어가는 것은 무엇인가요.

당신은 왜 옛집에 찾아오셨나요(저는 지금 이 순간 당신을 비롯한 모든 사람이 실향민이라고 느껴집니다)?

혹시 당신도 저와 같이 그런 소망을 품고 지내온 것이라면 당신은 그런 사람을 이제 찾은 것이라고 생각하셔도 좋습니다.

우리의 이런 만남이 50까지라고요? 그것은 너무도 당연한, 아니 삼 년까지는, 하고 시간을 정해 놓고 있는 제게 오히려 과분한 시간일 터이지만 그러나 저는 그렇게 생각하고 싶지 않아요. 이 글을 시작할 때까지만 해도 더한 조바심 속에 있었습니다만 그런 모래시계 속에 저를 가두고 싶지 않아요. 저는 이제 그런 힘을 얻었습니다.

누구인가 제게 따뜻한 밥상을 차려주고 끝까지 기다려주었으면 하는 저의 소망의 마음을 이제 제 편에서 누군가에게 해주는 사람으로 자리 잡은 때문입니다.

저는 굳건하게 여기에 섭니다. 그것은 여자로서 서는 것일 뿐 아니라 또한 할머니나 순젱이, 그 이전의 선조들이 전해 준 마지막 인간의 조건으로서이기도 하지요. 피난 가던 때 본 눈 속에 서 있는 나무와 같이 순간이 영원으로 변하는 그 가능성.

당신이 만약 원하신다면 원하실 때 언제든 돌아올 곳이 있으세요.

참, 그리고 마지막으로 당신이 찾는 집이 그곳인 줄 어떻게 그렇게 잘 알았느냐고 물으셨지요.

그 옛날 제가 어렸을 때—저희가 살던 집자리도 지금은 아파트가 세워져 우리도 그중 한 호에 살고 있지요. 그리고 그 옛날 산 위의 실향민 촌도 지금은 불도저로 밀려 아파트나 연립 주택이 세워져 있지요—당신은 야구공을 던졌고, 길을 지나던 제 이마에 땅 하고 맞은 적이 있습니다. 저는 국민학생으로 밤이면 동생과 동치미를 뜨러 다니던 시절이었을 거예요. 그때 중학생이던 당신이 뛰어와서 야구공을 주워 가며 미안하다고 말했어요. 금방 혹이 부풀어 오르는 이마를 싸쥐고 돌아서다가 뒤돌아보니 당신은 유유히 그 집으로 들어가고 있었어요.

그때 아팠던 야구공의 기억 때문에 당신을 기억하고 있는지 모릅니다.

그러고서 몇십 년이 지났을까요.

어둠 속에서 처음 당신을 보았을 때 저는 당신의 얼굴을 알아볼 수 있었고 자신 있게 그 집을 가리킬 수 있었던 것이에요.

이제 한 자도 더 쓸 수 없도록 피곤이 한꺼번에 밀려옵니다.

저는 조금 눈을 붙여 한숨 자고 일어나서 아침을 지어야겠습니다.

그때 일어나서 들창을 열고 눈의 세계를 아주 새로운 눈으로 보고 싶습니다.

# 폭발 직전의 정점을 향해
## —생명력을 지닌 문학의 길을 가고 싶다

이제 차분히 앉아서 써보기로 하자.

공연히 왔다 갔다 서성이고 비 온 뒤의 부은 냇물 소리에 귀를 기울이거나 마시고 싶지 않은 찻물을 가스에 올려놓거나 이 책 저 책 뒤적이지 말고 차분히 맨 마지막 도구인 연필과 종이를 가지고 앉아보기로 하자. 그리하여 수상 소식을 전해 들었을 때부터 기쁨 뒤로 계속 밀려드는 막막한, 무언지 알 수 없는 참담한 마음이 어디서부터 오는 것인지 살펴보기로 하자. 무엇인가 들켜버린 듯한, 모든 것이 들통이 나버린 듯한 두려움, 다락 속으로 숨고 싶은 마음이 무엇인지.

아직 한 번도 구체적으로 생각하지 않은, 그동안 걸어온 문학적 행로라든가 나의 문학관 같은 것을 타의에 의해서라기보다 스스로 한번 처음인 듯한 눈으로 점검해 보기로 하자.

지난 시절을 뒤돌아보면 참으로 오랫동안 길 위에 서 있던 것으로 인상 지워 진다. 길 위에서 바들바들 떨고 있었던 것 같다.

지난여름 오랜만에 귀국한 언니와 여러 날 밤 새워가며 얘기를 한 적이 있는데, 이제 바들바들 떠는 일이 없이 하자고 서로 말하였다. 이제 모든 일에 의연히 대처하며, 아침에 눈을 뜨면 첫 생각으로 '오늘 또 하루 착하게 살아야지' 이렇게 떠올려 보자고 얘기하였다. 자기가 바르게 살겠다고 생각할 때 세상은 훨씬 힘차게 열리리라는 것을 터득했기 때문일 것이다.

어떻게 사는 것이 바르게 사는 것인가…… 파행이 미덕이 될 수도 있는 삶 속에서 바르게라는 그 말에 걸려 우리의 진정한 내부에까지 뚫고 들어가지 못하고 박제되어 버릴 수도 있을 것이다…… 하는 데에는 여러 갈래의 생각과 방법이 있을 것이다. 그리고 그 생각과 방법을 모색해 나가는 일이 바로 문학을 하는 이유가 되는 것인지 모른다.

문학을 한다는?

이런 표현이 갑자기 생소해진다. 그것은 사실 언제나 생소했다. 글을 쓴다라고 표현을 바꾸면 조금 괜찮아진다.

내가 글을 쓴다는 것은 너무도 작은 사적인 것에서 출발한다. 참, 이상하게도 언제 어느 자리에서든(시장 거리나 동회에서마저) 함부로 취급될 때면 나는 속으로, 이 사람들이 내 저력을 모르고 함부로 내게 이러는구나, 이런 마음이 절로 되어지곤 했다. 그렇게 함부로 팔꿈치로 밀어내지 말라고 말하고 싶을 때 나는 언제나 그 저력을 마음속에 다짐하곤 했다.

그 저력이란 무엇인가?

내게 무슨 숨은 힘이 있기에 그런 생각을 할까. 생각해 보면 그것은 바로 최후의 보루로 접어놓아 둔 문학이 아니겠는가 생각된다.

글을 써야지 하고 혼자 중얼거리곤 했다.

그러면서도 또한 문학이라는 것에 내 힘 전부를 쏟아 넣는 것이라고는 생각하지 않고 있었다. 무엇인지 모르지만 내 힘 전부를 아낌없이 쏟아 넣을 어떤 것이 따로 존재하리라고 생각해 왔던 것 같다.

지금 생각하니 이 부분이 이상하게 엇갈려 있다. 작사 작곡도 하는 어느 좋은 가수에게서, 그 길을 잡았을 때 이거다, 하고 하늘이 열리는 것 같았다라는 얘기를 듣고 몹시 부러웠다.

국민학교 3학년 때로 기억한다.

일제고사가 있기 바로 전날 급사 소녀가 나를 불러 두툼한 봉투를 주었다. 길에서 절대로 끌러보지 말고 꼭 언니에게 전해 주라고 몇 번씩 당부했다. 집에 와서 언니에게 전해 뜯어보니 작게 흘려 쓴 글씨로 베낀 일제고사 시험 문제와 간단한 편지였다. 등사하는 틈틈이 몰래 베낀 것이니 동생에게 가르쳐주라고 써 있었다. 경의에 찬 표정으로 언니가 (언니는 우리 학교 상급생이었다) 그 편지를 소리 내어 읽던 것을 떠올릴 수 있다.

그 며칠 후 아침 조회 시간에 나는 학급 대표, 학년 대표, 전교 대표로 상을 받기 위해 몇 번씩 단 위로 오르내렸다. 급사 소녀는 모험을 무릅쓰고 우리에게 왜 그런 은혜를 베풀었을까. 친척이라든가 특별히 아는 사이도 아니며, 또 상을 받기 위해 단 위로 오르내리는 내 모습을 그녀가 보았는지에 대한 확인도 하지 못했던 것으로 보면 감사함의 표시도 없이 그저 흐지부지 지냈던 것 같은데—.

근래에 와서 다시 그 일을 떠올리니 그녀는 혹 문학소녀가 아니었을까 생각된다. 어머니나 아버지의 글을 읽고, 소녀적인 감상으로 무언가 친근스러움을 나타내보고 싶었는지 모르겠다고, 그렇게 생각하니 가장 이해가 되어졌다.

유년의 그 일이 왜 간혹 떠오를까.

떠오를 때마다 즐거워서일까.

그 일은 내게 어떤 영향을 미쳤을까.

그 후 일을 감당 못하여 몹시도 힘이 들었으며 국민학교 4학년 때는 우리 반 아이 전체가 나와 말도 안 하고 놀지도 않아 아침 운동장 조회 시간 전에 혼자 울고 서 있는 것을 언니가 와서 위로해 준 적도 있다. 한 명이라도 놀거나 말을 붙이면 부반장 아이가 압력을 가했다. 3학년 때의 기쁨과 4학년 때의 괴로움을 따로 떠올리고 있었다. 그러나 그것은 파도의 앞뒤처럼 같은 일이었음을 뒤늦게 알 수 있다. 그리고 그 후 죽 길에서 바들바들 떨었던 것도 같은 파도타기임을 알 수 있다. 은연중에 급사 소녀의 것과 같은 희망의 손길을 언제 어디서나 원했다고 할 수 있겠다.

나는 지금 그 일을 기쁨과 슬픔의 이분법으로 나누려는 것은 아니다. 살아가면서 생기는 여러 가지 에피소드에서 진정한 인생의 묘미를 감지하고 싶다. 그럼에도 불구하고 수상 소감을 쓰고 있는 지금, 그 시절의 일은 어떤 힘을 가지고 다시 내게 아프게 다가오는 것 같기만 하다. 이제는 무모하게 그렇게 함부로 단 위를 오르내리고 싶지 않다.

스스로도 모르겠는, 숨고 싶은 기분 속에는 그런 마음이 있을 것이다.

나와 내 인생을 이해하기 위해 남을 이해하고자 한다. 내가 남을 구할 수 있다고는 생각해 보지 않았다. 이데올로기에 대해 그 허점이 보이는 것은 바로 그런 관점에서인 것 같다. 이것은 에고가 아닌 겸손이라고 열등의식을 가지고 스스로에게 말한다. 세상에는 진실로 남의 아픔을 부둥켜안고 눈물 흘리는 사람들이 있음을 알기 때문이다. 그리고 세상은 그런 사람들에 의해 조금씩 개선되는 것을 알기 때문이다.

세계를 인식하는 방법으로 생명력을 지니고 싶다. 한 작품이 다른 작품을 부르고 생명력을 지닐 수 있으면 좋겠다. 언어로 원고지의 칸칸을 메웠음에도 비어 있는 상상적 공간의 크기가 거대했으면 좋겠다. 색채가 일제히 아우성치며 하모니를 이루기 시작할 때라는 피카소의 말을 읽은 적이 있는데, 각 언어들이 일제히 소리 내기 시작하여 폭발 직전의 장점을 향해 치솟아 오를 수 있으면 좋겠다.

그렇게 되기 위해 내가 할 수 있는 일이 무엇인지 모르겠다. 그러나 매일 아침 눈을 뜨면 바르게 살아야지, 그 생각으로 되는 것은 결코 아닐 것이다. 문학은 결국 생활의 투영일까. 앞으로 찾아봐야겠다.

김채원

# 얼음벽의 풀

## 김향숙

1951년 부산 출생.

이화여대 화학과 졸업.

1977년 《여성동아》 장편소설 공모에 《기구야, 어디로 가니》 당선 등단.

1989년 연암문학상, 1990년 동인문학상 수상.

작품집 《겨울의 빛》《그물 사이로》《수레바퀴 속에서》《유라의 초록수첩》,

장편 《서서 잠드는 아이들》 등.

# 얼음벽의 풀

　제품이 든 가방을 끌고서 인애는 복도로 나왔다. 갑자기 엄
습한 현기증과 주위의 어두움 때문이었을까. 순간 퇴락하고 남루한 공
간을 담은, 다 낡은 흑백 필름의 한 장면 속으로 내던져진 듯한 느낌인
눈꺼풀을 문질렀다. 곧 손을 떼어야만 했다. 진종일 두 눈을 혹사해서
인지 조그만 자극에도 눈꺼풀 안쪽이 몹시 쓰라려왔던 것이다.
　통나무와도 흡사한 다리는 302호, 단춧구멍을 뚫는 작업장 쪽으로
향하고 있었다. 촉수 낮은 알전구가 매달려 있는 공동 화장실 맞은편이
었다. 기침이 거푸 터져 나오는 것은 복도 안을 감도는 밤공기가 무척
싸늘한 때문이었으리라. 시야를 가로막는 폭이 좁은 벽에는 기다란 창
이 있었는데 창틀의 페인트칠은 벗겨진 지 오래였고 틀마다엔 먼지가
검은 눈처럼 소복소복 쌓여 있을 뿐 아니라 끼워진 유리창은 한 장도
없었던 것이다. 바람은 거의 언제나 제멋대로 뚫린 창틀 사이로 드나들

었다. 오늘 밤엔 그러나 바람의 기척이 느껴져 오지는 않는다. 하지만 습기를 머금은 대기는 살갗 속으로 얼음 침같이 파고드는가 하면 코를 자극하는 악취는 어느 때보다 농밀해져 있었다. 바람이 잠잠하고 날이 흐릴 때면 언제나 그러했듯.

작업장이 세 들어 있는 건물 뒤쪽으로는 흐르다 말다 하는 내가 있었는데 그곳이야말로 여러 냄새들을 뿜어내는 진원지인 셈이었다. 때로는 진흙뻘 냄새를, 또 어느 때는 토할 것만 같은 화공 약품 냄새를, 악취는 그뿐만이 아니었다. 화장실에서 번져 나오는 지린내란.

계속해서 기침을 터뜨렸던 인애는 302호실로 들어갔다. 눈꺼풀의 따가움이 되살아나기 시작했다. 작업을 끝낸 제품들과 아직 작업에 들어가지 못한 채 대기 중인 갖가지 종류의 제품들에 둘러싸인 채 웅크리고 앉아 실밥 따는 일을 하던 시다 이 군이 졸음에 겨운 눈을 치켜뜨며 인애를 보았다. 눈 밑에는 멍이 들었고 입 가장자리는 터져 있었다. 무슨 일이 있었느냐고 인애가 묻자 이 군은 불량배들에게 매 맞고 처음 장만한 손목시계를 날렸다고 말했다.

"개새끼들. 눈이 삐었다구요."

나 같은 빈털터리 등을 치다니. 그 새끼들은 무슨 기운이 그리 센지 모르겠다고 이 군은 입술을 일그러뜨렸다. 그러고는 하품을 했다.

"매 맞고 시계 털린 것이 자랑이냐."

QQ 앞에 앉아 작업 중이던 재단사가 퉁을 주듯 말했다. 이 군은 입을 다물었다. 잠깐 동안이었다. 하품을 참을 수 없었나 보았다. 어제 밤을 꼴딱 새웠더니 술 먹었을 때처럼 눈앞이 흔들거린다고 말하고선 마지못한 동작으로 인애가 끌고 온 가방을 열고는 남방셔츠를 한 장씩 꺼내기 시작했다.

"저 새낀 밤낮으로 불평이라지."

재단사의 말이 끝나기 전, 피가 흘러요, 인애가 다급한 어조로 말했다. 이 군의 코에서 붉은 액체가 흘렀던 것이다. 이 군은 아무 일 아니라는 듯 바지 주머니에서 꺼낸 너덜한 종잇조각을 콧구멍으로 쑤셔 넣었다. 그러는 그의 손가락 끝마다엔 반창고가 붙어 있었다. 새까만 골무를 끼운 듯한 모습이었다.

"나이도 어린 것이 왜 그렇게 골골대냐."

재단사는 작업대 한쪽에 놓아둔 찌그러진 깡통에다 가래침을 뱉었다. 기운이 좋은 사람은 몸이 약한 사람의 괴로움을 이해하지 못한다고 이 군이 혼잣말하듯 웅얼거렸다. 건강이란 정신력에 좌우되기 마련이라고 재단사가 받아 말했다. 생긴 것부터가 야실야실해 가지고설랑, 내가 기운이 좋았다면 이 일을 붙잡지 않았을 거라고 이 군이 재단사의 말을 가로막았다. 기운이 없다는 주제에 주둥이를 나불대기는. 새꺄. 일이나 제대로 처리해 주라. 재단사가 몸을 돌려 이 군을 노려보았다. 그러고는 담배에 불을 달아 잿빛과도 흡사한 보랏빛 알따란 입술 사이로 밀어 넣었다. 안 그래도 허벅지며 어깨가 쑤시고 노골거려 죽을 맛인데 골골대는 저 화상 엄살까지 참아야 된다니. 난 어디서도 동네 북이었다구요. 마음이 손톱 같은 것이었다면 벌써 멍이 들어 뽑혀 나갔을 거라구요. 새꺄. 주간지 보는 게 좋겠다. 이건 입만 벌렸다 하면 계집애처럼 간지러운 말만 쑥석거리는 꼴이라 이거야. 이 군은 잠깐 동안 킬킬대며 웃었다. 그러는 동안 제품의 숫자를 헤아리는 일은 끝났다.

"마흔 세 장인가요."

이 군은 작업대 위의 선반에서 볼펜이 매달린 공책을 끄집어 내렸다. 마흔 세 장? 인애는 그렇지 않다고 말했다.

"제기랄, 처음부터 숫자를 밝혔으면 좋았잖아요."

인애는 미안하다고 말했다. 어째서인지 매수를 먼저 말한다는 것을 잊었던 것이다. 충혈된 실핏줄이 여러 갈래로 퍼져 있는 누르스름한 흰 자위가 자꾸만 번져나는 듯한 느낌의 이 군은, 그럼 몇 장인가도 되물었다. 마흔다섯 장이라고 인애는 대답했다. 확실하느냐는 이 군의 물음이 이어졌다.

"사장님과 같이 세었으니까요."

망설임 없는 인애의 말에 이 군은 고개를 끄덕이며 공책에 그 숫자를 적으려고 했다.

"게으름 부리지 마라."

담배꽁초를 깡통에 던져 넣던 재단사가 사나운 어조로 말했다.

내가 여러 번 말했지. 제품 숫자 확인만은 철저히 해야 한다고. 재단사는 한마디 덧붙였다. 사기 치려 드는 것들이 한둘이어야지. 정말 지겹다구요. 이렇게 빠안한 동네에서도 서로를 속이려 든다니 맥 풀리는 일이지 뭐예요. 이 군은 여전히 졸음에 겨운 눈을 한 채 제품의 숫자를 새로이 헤아렸고 인애는 누구네가 옳은 것일까 생각에 잠겼다. 단춧구멍을 뚫기 위해 가져온 제품 숫자와 작업 뒤의 숫자가 맞지 않는 일은 드물지 않았던 것이다. 그래서 언제나 공책에 적히는 숫자를 확인하게 되어 있었다. 문제는 공책의 숫자 확인 뒤에도 제품이 모자라는 일이 일어난다는 점이었다.

"마흔다섯 장 맞아요."

인애는 이 군이 공책 아랫부분에 312호 45라고 적는 것을 보았다. 오늘 또 철야라니. 아무래도 약을 먹어야겠는데요. 공책을 선반에 올려놓으며 이 군은 또 한 번 하품을 했다. 낮에 7호 사장이 다녀갔어. 단춧구멍 실밥이 제대로 손질되어 있지 않았다고. 그 뚱뚱인 트집 잡기 선수라구요. 너도 시원찮아. 모든 걸 건성으로 해치우려 들잖냐. 대충대충. 안 그래. 난 밤낮으로 눈앞이 출렁대는 것만 같은데요.

302호 작업장을 나온 인애는 자신의 일터인 312호로 돌아왔다.

재단 일을 겸하는 사장 김 씨만이 남아 있었다. 명자나 영주, 효순이며 기옥이 보이지 않을 뿐 아니라 혜옥 또한 퇴근해 버린 것이다. 어쩌면 혜옥은 기다려줄지도 모른다는 생각을 했던 때문이었을까. 맥이 풀린 인애는 출입문 가까운 곳에 놓인 동그란 의자에 앉았다. 이렇게 입을 꾸욱 다문 채로 세 들어 사는 빈방으로 걸어가야 한다. 서두르고 싶은 염이 생겨주지 않았던 것이다. 또 얼마 전부터 자신의 몸의 일부가 아닌 듯만 싶은 종아리며 허벅지를 주물러주어야만 할 것 같았으므로.

출입문을 등진 채 좁고 얄팍한 어깨를 구부리고 앉은 사장 김 씨는 인애가 돌아온 기척을 아는지 모르는지 하던 일에만 열심이었다. 형제사로부터 추가 주문을 받았던 남방셔츠 건은 오늘은 끝났지만 김 씨에겐 따로 해야 할 일이 남아 있는 참이었다. 재단을 전혀 모른다는 이가 소규모로 열고 있는 양장점에서 주문해 온 것이었다. 투피스 한 벌과 원피스 한 벌을 재단해서 내일 아침에 넘겨주기로 되어 있다고 하질 않았던가. 형제사의 갑작스러운 추가 주문만 없었더라면 벌써 마쳤을 일감이었으리라. 김 씨는 일 중독증 환자인 양 일에만 매달리는 성격인 것이었다. 밤새우기를 예사로 알았다. 입으로는 몹시 투덜대긴 했지만. 오늘 낮에도 일을 채근하는 독촉 전화가 걸려 올 때마다 몇 푼 되지도 않는 일거리를 맡기는 주제에, 못마땅한 표정을 하였다. 인애는 그때 사장의 얼굴이 하들하게 낡은 헝겊으로 만들어진 것 같았기에 그 일에서 손을 떼는 것이 어떠하겠느냐는 말을 입에 올리고 말았다. 인애 눈에 비쳐 든 사장은 단 한순간도 건강해 보인 적이 없었던 때문이었다. 누적된 피로의 퇴적물은 눈 주위의 피부를 검은빛으로 변색시켰고 햇빛 구경을 한 적이 없는 듯한 얼굴은 몹시도 메마르고 건조해 보여서 곧 바스러질 것처럼 여겨지는 모습이었다. 쉼 없는 중노동이 그 안의 물기를 모두 앗아가 버렸다고 생각하지 않을 수 없었다. 기계도 쉬게 해주지 않으면 문제를 일으키기 마련이다. 인애는 그러나 그 다음 말을 잇지 못했다. 자신을 바라보았던 사장의 눈에 깃들었던 형언하기 어려운 적대감이라니. 이 철없는 것. 기분 내키는 대로 입을 나불대지 마라. 사장의 눈은 그렇게 말하는 듯했던 것이었다. 인애는 무슨 말인가를 하고 싶었지만 그것의 실마리를 어떻게 풀어야 할지 막막했기에 입을 열 수가 없었을 뿐이었다. 어째서인지 그 순간 사장이 양장점의 주문 재단 일감에 집착하고 있을지도 모른다는 느낌이 고개를 내밀기도 했던 것이었다. 자신이 몰두하고 있는 일이 남들에게 하찮게 취급당할 때의 감정은 인애에게 낯선 것이 아니었기에 그 난데없는 느낌을 쉽게 떨쳐버릴 수 없었던 것인지도 몰랐다. 사장에게 해명의 말을 해야 하는 것이 아닐까. 생각은 그러나 행동으로 이어지지 않는다.

머릿속에 박혀 있는, 사장은 적의 땅의 사람이라는 믿음 때문이었으리라. 그렇긴 했지만 계속해서 뭔가 석연찮은 기분인 인애는 몸을 일으켜 갖가지 모양으로 조각난 감색 천들로 뒤덮인 작업장 바닥을 비질하기 시작했다. 불분명한 상념에 붙들리는 것. 인애가 싫어하는 것들 중의 하나였던 것이다. 뚜뚜뚜—. 여러분의 KBS가 열 시 시보를 알려드립니다. 아직도 잔업 중인 311호 얄따란 벽을 통해 아주 오래전부터 들어온 듯한, 특징 없음을 특징으로 여기는 성실은 여자 아나운서의 목소리가 들려오고 있었다. 밤이 깊어가고 있습니다. 정신없이 바빴던 일과를 끝내고 내일을 준비하며 조용히 휴식을 취하는 이 시간, 정겹고 흥겨운 음악으로 하루의 피곤함을 풀어보시기 바랍니다. 첫 번째 희망곡은…… 313호의 라디오 볼륨 소리도 높아졌다. 인애는 머릿속으로 뉴스를 전하는 남자 아나운서의 목소리와 명륜동의 누군가가 신청한 노래가 뒤섞여 들었다. 사랑이 무어냐고 물으신다면……. 들들대는 미싱

발판 밟는 소음들 또한 여전한 터였다. 그리고 갑작스러운 고함 소리가 복도로부터 터져 나왔다.

"사람을 공깃돌 가지고 놀듯 하지 마라, 이 말이오."

일주일만 기다려라, 그러면 밀린 임금을 어김없이 해결해 주겠다, 그렇게 장담한 게 대체 몇 번째냐 이거요. 그런데 또 오리발이라니. 난 여기서 나올 것 믿고 비싼 일숫돈 냈다 이거요. 아니, 무슨 얘길 그렇게 해, 어른한테 오리발이라니. 찢어질듯 날카로운 목소리는 미싱을 여섯 대 돌리는 308호 여 사장의 것인 듯했다.

"어른 좋아하시네. 아니 뭐, 어른은 어른 행세 안 해도 공짜로 어른 대접 받을 수 있답디까. 나요. 나 권철수도 본바 있게 자랐다 이거요."

"본바 있게 자란 인간이 어른 앞에서 담배 꼬나물고 턱주가리 치켜들고 그래."

"내 이 걸음이 대체 몇 번째 걸음이오. 여섯 번째요. 이 나이껏 이 바닥서 굴러 다녔어도 댁같이 질긴 사람은 겪어보지 못했는데, 이제 보니까 이게 댁의 수법이라 이거더만요. 다음에 오라 오라 해서 지쳐 나가 떨어지게 만들자는 속셈 아니겠소. 하지만 권철수야 호락호락한 놈이 아니니까 떼어먹을 생각은 지금에라도 떨쳐버리는 게 좋을 거요."

"누가 떼어먹는다고 그래. 나야말로 신일사가 보따릴 싸가지고 뛰는 바람에 제품 값을 몽땅 떼인 처진데. 신일사 그 대머리가 아주 계획적으로 다 해 처먹었던 거야."

악다구니는 계속되고 있었다. 몹시 고단해지면 소음에도 무덤덤해지는 것일까. 여러 종류의 높고 낮은 소리들에 별로 개의치 않는 듯한 인애는 쓰레기통 속에 쓰레받기 안의 것을 쏟아 넣으면서 작업장 안을 둘러보았다. 세 대의 미싱 발판 언저리의 천 조각들과 실오라기들이 제대로 치워지지 않았다. 하지만 그것들을 치운다고 해서 어지러운 작업장

안의 분위기가 달라질 것 같지도 않았고 또 꼼꼼하게 치우는 일에는 서툰 편이었기에 그것들을 굳이 치우려 들지는 않는다. 무엇보다도 어깨뼈가 무너져 내리듯 아프고 결리기도 했던 것이다.

쉬고 싶을 뿐이었다. 서두르는 동작으로 출입문 오른편 베니어 벽에 걸어둔 반코트를 입었는데 눈길은 별수 없이 사장의 뒷모습으로 향해져 있었다. 그냥 인사말만 하고 퇴근해야 하는 것일까.

패턴을 뜨고 있던 사장은 이제 양장점에서 보내온 옷 모양과 치수가 적힌 주문서를 들여다보는 중이었다. 그는 무엇인가 석연치 않은지 고개를 갸웃하였다. 다음 순간 마른기침이 터져 나왔다. 기침 소리는 꽤 오래 계속되었다. 빨리 쉬고 싶다는 생각에도 불구하고 인애의 몸은 움직일 줄 몰랐다. 사장의 기침이 단순한 감기 기침이 아닐 것이란 생각이 떠오르면서였다. 하루에도 몇 차례씩 사장은 주먹으로 메마르고 까슬한 입술을 누르고서 잔기침을 해댔던 것이었다. 그럴 때의 그의 얼굴은 지독한 통증을 참는 때문인지 흉하게 일그러지곤 했었다. 그리고 지금의 기침 소리란……. 인애는 그만 건강 진단을 받아 보는 것이 좋으리라고 말했다. 사장이 인애 쪽으로 돌아앉았다. 퇴근을 하도록 하라고 말했다. 싸늘하고 배타적인 목소리였다. 인애는 그러나 수그러들지 않았다. 사장의 얼굴빛이 조금 전보다 더욱 나빠져 보인 때문이었다.

"거울을 보시는 게 좋겠어요."

"남 걱정할 기운이 있으면……."

인애를 의혹이 깃든 눈으로 보기 시작한 사장은 일이나 제대로 배우도록 애쓰는 게 낫겠다고 말했다. 한껏 비아냥대는 어조였다. 인애의 입은 열리지 않았다. 얼굴은 엷은 분홍빛으로 물들었다. 자신의 염려를 염려로 받아들일 줄 모르는 사장에 대해 화가 나기도 했고 아픈 곳을 찔려 부끄럽고 마음이 움츠러드는 듯했던 것이다. 어쩌면 저리 눈썰미가 곰 발바닥이라냐. 날이면 날마다 흉을 보곤 하는 미싱사 명자의 목소리가 되살아나기도 했던 때문이었다. 어서 빨리 일을 익혀야 한다. 출입문을 열면서 날이면 날마다 하게 되는 결심을 다시 한 번 되풀이하는 인애의 얼굴은 풀 죽은 모습이었다. 솜씨 서툰 시다로 머무는 한 결국 시다 대접 이상을 받을 수 없음을 그동안 능히 절감했던 것이었다. 그리고 자신은 어째서인지 이 일을 잘 해낼 수 없을 것 같은 예감을 떨쳐버릴 수 없었기 때문이었다. 이 년씩을 시다 노릇을 했는데도 결국 미싱을 탈 수 없었던 애들도 더러 있었는데 니가 그 짝이 되는 것 아닌지 모르겠다야라고 말했던 명자의 이야기가 머릿속에 박혀 있기도 한데다 같은 시기에 일을 시작한 효순과 비교해 보더라도 솜씨가 매우 무딤을 인정하지 않을 수 없었던 것이다.

하지만 조금 전과 달리 몇 사람이 나와 웅성대고 있는 복도로 나오면서, 인애는 잠깐 동안의 상념에서 벗어났다. 자신의 솜씨에 대한 의심 또한 온몸을 짓누르는 고단함 앞에서는 흐릿해지기 시작한 데다(이 순간 인애는 문득 이와 같은 생각을 했다. 고단함이란 머릿속을 녹여버리는 불길이다 하는) 눈앞의 부산스러움에 맞닥뜨려졌던 것이다.

"암튼 물을 좀 가져와야 한다구."

"이 날씨에 물을 끼얹을 테냐."

"형씨도 참, 쇠털같이 많고 많은 날에 대충 하지 않고서 그렇게 탱크로 몰아 부치듯 정면 대결로 나갈 게 뭐요."

인애는 308호 여 사장이 복도 바닥에 주질러 앉아 고개를 기우뚱하고 있는 것을 보았다.

"제기. 재수 없는 놈은 뒤로 넘어져도 코가 깨어진다더니."

술 냄새를 풍기는 청색 점퍼가 꽁초를 구둣발로 짓밟으며 어깨에까지 닿는 뒷머리칼을 긁적였다.

"어떻게…… 병원으로 가시겠어요."

줄자를 목에 늘어뜨린 감색 작업복 청년이 그렇게 묻고 난 뒤 입을 크게 벌려 하품을 했다. 그때 그의 옆에 선 스웨터 차림의 남자가 윗몸을 308호 사장 쪽으로 수그리며 잘 알아들을 수가 없는데…… 투덜대더니 곧 고개를 주억거렸다.

"코트 주머니에 청심환이 있다니까…… 가져와라."

인애는 어깨를 웅크린 채 건물 외벽으로 철계단을 부착해 놓은 출입문 쪽을 향해 걸었다. 어서 이곳을 빠져나가고 싶은 마음과는 달리 걸음은 느렸다. 하루 열네 시간씩 엿새를 꼬박 일했던 피곤함이 한꺼번에 몰려오는지 걸음을 옮기는 것이 쇳덩이를 부리는 듯한 느낌이기만 했던 것이다. 몸 전체가 땅속으로 끌려드는 것도 같았다. 인애는 짐짓 고개를 들었다. 고단함에 짓눌리지 않으려는 나름대로의 안간힘에서였으리라.

반쯤 열려 있는 출입문은 몇 발자국 너머에 있었다. 누군가 바깥 철계단 쪽으로 나가 있는지 두런대는 말소리들이 들려오고 있었다.

"왜 이렇게 골통이 빠개지는 것 같으냐."

"패턴 뜨는 일이, 그게 생각보다 여간 해골 복잡한 일이 아닌 걸 몰랐었냐."

"그래도 그렇지. 이번 아이템은…… 아이구야. 난 아무래도 이쪽으로 발 잘못 들인 것 겉어. 지난주에 용호를 만났는데 얼굴이 하야니 살이 올랐어야. 무신 호테루 식음부론가 옮겼다네. 빵 맹그는 솜씨를 인정받았다 이거지."

"갸는 조리 학콘가를 댕겼지 않았냐. 게다가 그 자식은 어릴 때부터 음식 맹글기를 좋아했잖았어. 하지만 니놈이야…… 암튼 지금까지 니놈은 마음이 자주 흔들려쌓는 바람에 왔다리 갔다리……."

"야야, 설교는 끝내주라. 설교 듣자고 나오자고 한 거 아니잖냐."

인애가 철계단으로 나가면서, 꽁초를 태우며 빠른 어조로 말을 주고받던 청년 둘은 잡자기 입을 다물었다. 꼭대기에서 두어 계단 아래에서 있던 그들 중 키가 큰 한 사람은 곧 휘파람을 불었고 작은 쪽은 가래침을 뱉으며 곁눈으로 인애를 힐끗 쳐다보았다.

"좋겠시다. 퇴근이니."

철계단의 너비는 좁았으므로 인애는 길을 터주면 좋겠다고 말했다.

"누가 뭐, 댁의 발목이라도 잡았는가요."

태우던 꽁초를 층계 아래로 내던진 키 큰 쪽이 인애의 어깨로 팔을 뻗으며 느물대듯 웃었다. 인애는 그 손을 털어냈다. 그리고 무례한 상대방을 노려보았다.

"야, 그 눈총 한번 원기왕성해서 마음에 들었시다."

키 큰 쪽은 계속했다.

"댁은 312호에서 일하는 것 같던데…… 우리 통성명이나 하고 지내는 게 어떻겠수. 난 313호 이태호요."

워낙 우스운지 키 작은 쪽이 낄낄대었다. 이 새끼. 여느 시절하고는 다르게 폼 잡고 인사 챙기네. 어느새 눈도장 찍어뒀던 것 겉어. 재빨리. 몹시 재빨리. 힛힛힛.

"통성명은…… 낮이 좋겠어요."

피곤함 때문이었을까. 인애의 목소리는 아주 낮게 들렸다. 야. 쎈데. 쉽게 펄러덩대는 치가 아닌 것 겉잖냐. 키 작은 쪽이 말했고 키 큰 쪽은 고개를 저었다.

"난 성미가 급하니까…… 지금 해치우도록 합시다."

말을 끝내기도 전에 키 큰 쪽은 층계를 한 계단 올랐다. 싸구려 포마드 냄새가 인애의 코를 자극했다.

"댁은 격식을 챙기고 싶어하는 것 같은데…… 뭐, 여자들 태반이 그렇긴 하지만. 그렇더라도 그렇지, 이 바닥에서 댁은 신참이거든. 신참이라면 선배한테 인사를 챙길 줄도 알아야 하는 것 아뇨. 여자들이란 사리 밝히는 데 어두운지 여자라는 것을 벼슬로 여겨, 아래위 자리 매기는 데 서투르다 이거요. 지금만 해도 그렇잖소. 내가 댁한테 시비를 걸자는 것도 아니고 그저 안면이나 트고 지내자는데……."

그때 복도 저 안쪽으로부터 어이 돈팡, 언설 그만 풀고 원대 복귀 하라는 우렁우렁한 목소리가 들려왔다. 노는 틈틈이 일하려는 겐지, 틈만 났다 하면 달아나는 이 버릇 어떻게 고칠 수 없을까. 투덜거림이 이어졌다. 사쩹다. 키 작은 쪽이 김빠진 목소리로 말했다.

"댁에 운이 안 좋은데……."

키 큰 쪽이 한쪽 눈을 찡긋했다.

"씹할, 여자가 호들갑스럽기는…… 아무리 돈에 환장을 했기로서니 돈 떼어먹으려고 나뒹그러지는 쇼판까지 벌리다니."

"저 막되어 먹은 인종이라니. 니놈은 사람도 아냐. 겨우 숨 돌리고 회생한 사람한테 어디 할 말이 없어서……."

복도의 악다구니의 당사자들은 잠시 동안의 휴전을 끝내고 새롭게 시작했다.

"이태호. 지금 곧 원대 복귀 바람."

우렁우렁한 목소리는 출입문 쪽으로 다가오고 있었다. 짱돌이 열통 터뜨리기 전에 돌아가야지 않겠냐. 키 작은 쪽이 키 큰 쪽의 옆구리를 찔렀다. 키 큰 쪽은 출입문으로 윗몸을 내밀고 소리쳤다.

"사장님도 참. 이 동네선 안면이 바로 재산이어서 사업의 일환으로 바쁘게 움직이고 있다 이 말씀임다."

그러고는 또 재빠르게 얼굴을 인애 쪽으로 돌렸다. 오늘 밤은 여러

모로 시운이 맞지 않는 걸로 알고 이만 퇴각하겠시다, 통성명은 그럼 댁의 요청대로 대낮으로 미룬 거요, 말한 뒤 복도 쪽으로 몸을 움직여 갔다.

"야, 니들은 어쩌면 꾀피우기를 특기며 취미로 삼고들 있냐. 이번 아이템이 모처럼 히트 치는 모양인데 말 안 해도 좀 열심히 뽑아주면 오죽 좋겠느냐구."

"누군 뭐, 꾀피우고 싶어서 그렇겠습니까요. 잔업이다 특근이다 야근이다 철야로 여러 사장님들 재벌 만들어 드리느라 이 몸들은 그만 진이 빠져버렸다 이겁니다요."

"사람 너무 몰아세우지 마라. 이 노정구 덩치는 볼 게 없어도 스케일 치수는 쓸 만하다 이거야."

"그거야 우리가 판단할 일이겠지요."

낄낄대는 웃음소리가 악다구니 속에 뒤섞여 들었다. 철계단을 내려가던 인애는 어느 순간 몸을 떨었다. 습기에 찬 차가운 대기가 온몸으로 흡반처럼 달라붙고 있었던 것이다. 그리고 아직도 귀를 떠나지 않는 낄낄대는 웃음소리에 대한 역겨움 때문인지도 몰랐다. 싫다는 느낌만을 강하게 불러일으켰던 웃음소리……. 그러나 다음 순간 인애는 그와 같은 느낌을 떨쳐버리고 싶었던 것이었을까. 머리를 저으며 짙은 연기처럼 퍼져 나가는 안개를 바라보았다. 복도를 빠져나온 순간부터 시야를 가득 채웠던 안개는 몹시 빠른 속도로 짙어져서 주변의 여러 종류의 선들을 무너뜨리고 있었다. 천천히 사위어가는 듯한 저 너머 시가지의 찬란했던 불빛들 그리고 크고 작은 수용소만 같았던 여러 집들도 안개 속에는 곧 지상에서 사라져버린 듯이 아스라한 어떤 공간으로 비쳐 들고 있질 않은가.

자신도 모르게 어느덧 건물 쪽으로 바싹 붙어 선 인애는 허둥대는 몸짓으로 층계를 내려가기 시작했다. 나는 층계를 딛고 있다. 웅얼대면서, 갑자기 엄습했던 허공중에 떠 있는 듯한 느낌, 그리고 자신이 알고 있는 스스로의 한 자락이 무너져 내리는 듯한 막막함을 떨쳐버리고 싶었던 것이다. 혼자 내버려진 듯한 아주 고약한 느낌은 그러나 다행히도 인해를 붙들지는 못했다. 후각을 자극해 오기 시작한 지독한 악취가 너무도 강렬하고 생생했던 것이다. 멀지 않은 어느 곳에서 가죽들을 태우는지도 모를 일이었다. 인애는 그만 걸음을 멈추고 말았다. 층계는 아직 다 내려오지 못한 채였다. 구토가 치밀어 오르면서 두 다리의 힘이 빠졌던 것이다.

점심, 저녁도 라면으로 때운 데다 대기 속에 감도는 형언하기 어려운 냄새가 위를 자극하면서였다. 어둠의 너울 속으로 빨려 드는 느낌도 함께였다. 한동안은 무엇을 감지할 수 있는 힘도 잃었던 것만 같질 않았던가. 그리 길지 않은 순간의 일이긴 했지만. 등 뒤에서 들려오는 낮고 부드러운 휘파람 소리를 들을 수 있었던 것이다. 도란도란 받는 낮은 말소리들도. 인애는 몸을 움직여야 한다고 스스로에게 말했다.

"바로 퇴근할래."

"그래야지, 뭐. 주머니엔 먼지뿐인데."

"할머니 집에 가면 외상 그을 수 있잖아. 그러니까 뭘 좀 먹고 가자."

"자꾸 외상하다 보면 버릇될까 봐 그렇지. 입치레하다 보면 남아나는 것이 없잖아. ……돈도 좀 모으면 학원 등록을 해야 하는데."

"학원 좋아하시네. 중학교밖에 나오지 못했는데 학원 다닌다 해서 사무직으로 취직이 되겠니. 꿈속 헤매지 말고 일찍 찬물 마시고 속 차려."

"그러니까 검정고시라도 해야잖아. 몇 년만 죽도록 고생하다 보면 나중에는 사무직으로 돌 수 있는 것 아닐까."

"공연스리 엉뚱한 꿈 꾸지 말고 여기 일이나 차분히 익히도록 혀."

그렇게 말한 사람은 짧은 기침을 한 뒤 휘파람을 불었다. 철계단을 다 내려온 인애는 오른쪽 길을 따라 걸음을 옮겨 갔다. 작업장 옆 건물인 남선 목욕탕 앞에 서 있던 누군가가 인애 쪽으로 다가오고 있었다. 가로등도 없었고 안개 또한 여전히 짙었기에 그 사람이 자신의 코앞으로 바싹 다가서고서야 인애는 상대방의 형체를 알아볼 수가 있었다. 웃고 있는 모습이었다. 좀 작은 듯한 키. 구불하게 컬이 진 머리칼. 쌍꺼풀진 두 눈. 기름을 바른 듯 매끈한 입술을 한 이 사람은 누구일까.

"날…… 모르겠다는 표정이신데요."

인애의 얼굴과 맞닥뜨리면서 당황한 표정으로 바뀐 청년의 목소리는 그러나 부드럽고 상냥했다.

"이것 참…… 난 여옥 씨가 날 몰라보리라고는 생각도 못했는데……."

청년은 곧 바로 지난주에 명자들과 함께 차를 마신 적이 있지 않았느냐고 말했다. 인애는 그만 눈길을 떨어뜨리고 말았다. 작업장 바깥에서 누군가로부터 연옥으로 불리는 순간의 느낌에는 아직 익숙해지지 않던 것이다. 그러나 몇 초도 지나지 않아 곧 상대방을 맞바라볼 수 있었다. 이 같은 낯가림은 극복해야 한다.

"제 존재가 몹시 미미하게 비쳤던 모양인데요."

인애를 바라보는 청년의 눈에는 실망과 낭패의 빛이 뚜렷했다.

"제 이름은 신태환이라고 합니다만……."

생각났다고 인애는 말했다. 고개를 갸웃하며. 그러고는 새삼스러운 눈으로 신태환을 보았다. 신태환이 이렇게 불쑥 나타날 것이란 생각을 못했던 때문에 그를 쉽게 못 알아본 것은 아닐까 하는 의문을 떠올린 채였다. 인애는 머리를 저었다. 지금의 신태환의 표정은 지난주 처음 만났을 때와는 아주 다르다는 데 생각이 미쳤던 것이다.

그때 그는 아주 자신만만했고 여자 애들 사이에서 한껏 군림하는 행동을 보여주었다. 명자들과 함께 찻집으로 가는 동안 인애는 그 점을 느낄 수 있었고 곧 아무런 흥미도 느끼지 못하게 된 것이었다. 그리고 그 느낌은 인애만의 것도 아닌 듯했었다. 명자를 빼내 갈 요량으로 나타난 듯했던 그가 옮겨 오려는 애들은 꽤 있다구. 줄을 섰지. 내가 있는 곳은 그래도 이름이 없는, 너절한 메이커는 아니니까. 기숙사 시설도 갖추어져 있어. 방값 안 나가는 것만 해도 어디야. 사람을 이왕 늘리는 거라면 명자 씨한테 기회를 주는 게 낫겠다 싶었지, 하고 말했을 때 보여준 명자의 태도를 보아도 알 수 있었던 것이었다.

"고맙지만 거절하겠어. 이 나이에 철새처럼 옮겨 다닌다 해서 큰 이득을 볼 것도 아니니까."

명자는 코웃음을 치더니 계속해서 쏘아붙였다.

"난 명명백백하게 분명한 사람이 좋아. 제 필요에 의해서 나타난 주제에 공연히 선심 쓰는 척하는 것 비위 장에 맞지 않는다 이거야. 차라리 아이들 몇이 다른 데로 튀었다, 인원 보충이 급하니까 도와줄 수 없겠느냐 이렇게 나온다 해도 옮기기가 쉬운 일은 아닌데……."

신태환도 그냥 물러서려고는 하지 않았다. 옛날부터 그랬지만 무슨 성미가 그따위냐. 언제나 자기 식으로 생각하는 그 버릇 고치지 않았다가는 낭패당하게 될 것이라고 거친 어조로 말했었다. 어째서 꼭 나쁜 쪽으로만 생각을 몰고 가는지…… 그래도 옛날의 정리 때문에 찾아온 내가 어리석었다는 혼잣말도 이어졌다. 명자의 입가에 어렸던 비웃음은 사라지지 않고 있었다.

"난 말이지. 조금만 나은 데로 옮기고 나면 갑자기 옛날에 함께 일했던 친구들을 내려다보고 싶어하는 치들을 아니꼽게 여기는 사람이야. 그러니까 내 앞에서 어깨에 힘줄 생각은 마라."

신태환은 화를 내며 일어섰고 명자는 마지막까지 한마디 덧붙이는 것을 빠뜨리지 않았다. 좁아터진 소갈머리는 여전하구나야.

"그날은…… 좀 우스운 꼴이었어요."

명자는 사람 꼴을 이상하게 만드는 것을 취미로 여기고 있는 것 같다고 신태환은 덧붙여 말했다. 이 사람은…… 그러니까 명자를 만나러 온 것이라는 생각을 하게 된 인애는 명자의 퇴근 사실을 일러주었다. 그러고는 한 걸음 옆으로 비켜 선 뒤 앞으로 걷기 시작했다. 자신의 할 일이 더는 남아 있지 않을 것으로 여겼던 것이다.

"아, 조금 전에 명자는 만났습니다. 테이트가 있다면서 몹시 서두르던데요."

조금은 허둥대는 어조로 말한 신태환은 인애와 같은 속도로 걸음을 옮기고 있었다. 신태환과 자신을 아무래도 연결 지을 수 없어서였을까. 그가 왜 나타났을지를 생각하지 않는 인애는 묵묵히 걷기만 했다. 토요일에도 적막함이 감돌 뿐인 길을 오가는 사람이라곤 인애가 철계단을 내려올 때 뒤따랐던 일행들 말고는 달리 있지 않았다. 그들은 이제 인애보다 몇 걸음 앞서 가고 있었다. 짙은 안개에 몸의 아랫부분을 가려, 걷는다기보다 떠밀려 가는 듯한 모습으로.

"그런데…… 제가 오늘 여기 나타난 것은…… 명자에게 일이 있어서가 아닌데요."

신태환의 목소리는 낮았고 조금은 떨리기까지 했는데 인애에게 그것은 여전히 하나의 스쳐 지나는 목소리에 지나지 않았다. 좀 전에 엄습했던, 허공중에 떠 있는 듯한 느낌이 새롭게 되살아난 참이었다. 자신이 걸어가는 이곳. 기계 두서너 대를 들여놓고서 너트며 나사를 만들어 내는 소규모 작업장들, 그리고 폐지며 고철 조각들을 사들이는 고물가게, 싸구려 찬장이며 서랍장을 만드는 가내 공장이 마주 보며 늘어서 있는 이 거리가 비실제적인 어느 곳으로 여겨졌던 것이다.

"연옥 씨한테 드릴 이야기가 있어서……."

"저한테요."

인애의 목소리는 높았다. 발걸음도 멈추어졌다. 그러고는 신태환을 쳐다보았다.

"저한테 할 이야기가 있다고 했나요."

"잠시…… 시간을 내주시면 좋겠어요."

주위에는 어둠뿐이었지만 신태환은 눈이 부신 듯 눈을 껌벅였다. 아주 멀게 여겨지는, 그러다 당도해 보고 싶은 이상한 신세계를 떠올리는 눈이라는 생각을 하게 된 인애는 온몸을 짓누르는 피곤함 속에서도 뭔가 새로운 생기가 솟아오름을 느꼈다. 지난번에는 자신만만함뿐이었던 눈이 이렇게나 달라질 수 있다는 것도 놀랍게 여겨졌던 것이다.

연옥 씨한테 드릴 말씀이 있다는 말을 신태환은 다시 한 번 되풀이했다. 철조망 너머 드럼통과 빈 병들이 산더미처럼 쌓여 있는 오른쪽 공터 앞을 지날 때였다. 할 이야기가 있다면…… 듣겠다는·말이 인애의 입에서 흘러나왔다. 부드럽고도 생생한 목소리였다. 이렇게 누군가와 이야기를 주고받으면서 비실제적인 거리를 걷는 듯한 느낌을 잊을 수 있다면 그것도 큰 소득일 수 있다는 생각을 했던 것 같았다.

"여기서는……."

신태환은 곧 곤란하다고 말했다. 분위기 좋은 카페를 봐둔 곳이 있어요. 그 말이 끝나기도 전에 인애의 얼굴은 굳었다. 걸음도 순식간에 빨라졌다. 자신도 모르게 다시 한 번 옆 눈으로 신태환을 보았다.

"오픈한 지 얼마 되지 않는 곳인데 말이죠. 음악도 좋은 데다……."

이상한 신세계를 꿈꾸는 듯한 눈은 이제 아니었다. 자신이 찾아낸 보물을 자랑하는 아이의 눈빛과도 흡사해져 있었다. 카페까지 갈 기운이 없다고 인애는 신태환의 말을 가로막았다. 쌀쌀하고 냉정한 어조였다. 그때 맞은편 길 저쪽으로 자동차 한 대가 빠른 속도로 달려왔기에 인애는 철조망 쪽으로 붙어 섰다. 샛길 건너편은 세차장이었다. 군데군데 천막과 루핑으로 얽어 만든 집들도 여러 채 들어서 있었다. 쏜살같이 달려온 택시는 포장마차 앞을 지나 세차하는 곳보다 멀리 떨어져 있는 드럼통들이 세워진 곳으로 가고 있었다.

"솔벤트를 섞은 휘발유를 사러 온 거죠."

택시가 샛길로 접어들면서 인애 옆으로 바싹 붙어 선 신태환은 어깨를 으쓱했다.

"솔벤트를 섞으면 휘발유값의 반밖에 먹히지 않으니까 운짱들이 좋아할 수밖에요. 새끼들은 차야 어떻게 되든 돈만 꿍치면 대수다, 이런 심뽀라구요."

인애는 아무런 말도 하지 않은 채 어제 내린 비로 아직까지 질척거리는 길을 걸었다. 잠시 후, 샛길이 끝나면서 큰 길이 나타났다. 벽돌과 블록을 찍어내는 공장, 장유 공장, 앵글 조립 공장, 작은 규모의 인쇄소, 목재소, 유니폼, 가운들을 판매하는 가게들이 모여 있는 곳이었다. 창고만 같은 가게들 사이에는 라면집, 인삼찻집, 그리고 다방도 있었지만 안에서 번져 나오는 불빛은 약했고 오가는 사람들 또한 드물어 폐업한 곳들일지도 모른다는 느낌을 불러일으키는 터였다. 번화한 곳으로 가려면 곧바로 길을 건너 좁다랗게 뻗어 있는 샛골목을 지나야 했다. 인애는 어느덧 왼쪽 방향으로 걸어가고 있었다. 잠깐 동안 입을 다물었던 신태환이 많은 시간을 달라고는 않겠다고 사정하듯 말했다. 서로의 허리에 팔을 두른 남자와 여자가 그들 옆을 지나갔다. 연탄불이 꺼지지 않았을까. 남자의 입에 사탕인가를 넣어주던 여자의 말이 인애의 머릿속에 남았다. 생각은 자신의 방으로만 내달렸다. 아침에 불구멍을 막아두면 막아두는 대로 또 조금 열어두면 열어두는 대로 연탄불은 거의 예외 없이 꺼뜨려지곤 했던 것이었다.

퇴근이 빠른 날에는 새로 불을 피울 수도 있었지만 늦은 경우에는 별수 없었다.

"아니, 이렇게 사람을 무참하게 만들 수 있어요."

신태환은 갑자기 인애의 팔목을 잡았다. 목소리는 카랑했고 부릅뜬 두 눈은 인애를 노려보고 있었다.

"호락호락 누구에게나 헤픈 여자 애는 딱 질색인 터이지만…… 지금 연옥 씨는 너무 한다고 생각하지 않아요."

이렇게 사람을 무시할 수 있는 거요. 신태환은 버럭 고함을 질렀고 인애는 팔을 들어 올려 신태환의 손을 털어냈다. 그들은 서로 똑바로 쳐다보았다. 신태환은 그러나 곧 눈을 길바닥으로 떨어뜨렸다. 가까운 곳으로 가서 차를 한 잔 하도록 하자고 인애는 말했다. 그가 고함을 질렀던 것은 못마땅하고 역겨웠지만 다음 순간 그의 눈에 떠올랐던 당황함을 볼 수 있었기도 했고 누구에게나 헤픈 여자는 질색이라는 말에 대한 이상한 거부감이 솟구쳐 오르기도 했던 것이다.

"진작부터 그래주었으면 좋았을 텐데요."

순식간에 즐거운 표정으로 변한 신태환은 주위를 둘러보기 시작했다. 인애의 얼굴도 조금은 그 긴장이 풀어진 듯했다. 자신이 누군가에게 이처럼 생생한 즐거움을 맛볼 수 있게 했다는 것이 얼마쯤 기쁜 일로 여겨진 때문인지도 몰랐다.

"저곳은 아무래도 시원찮아 보이는데요."

길 건너편의 에덴 다방을 쳐다보던 신태환은 자신이 봐둔 곳으로 가자고 간청하듯 말했다. 에덴 다방의 문은 싸구려 새시였고 그 옆의 기다란 유리벽에는 청색 선팅이 된 모습이 밥집 하던 곳을 물려받은 외양이었지만 인애에겐 상관없는 일이었다. 인애는 머리를 젓고는 길을 건넜다. 무거운 몸을 앉힐 수 있는 의자가 있고 따뜻한 무엇을 들이켤 수만 있다면.

신태환은 어쩌지 못하고서 인애 뒤를 따랐다. 짐작했던 대로 다방 안은 살풍경했다. 나뭇잎 무늬의 벽지 위에는 말을 타는 여자의 패널이 붙어 있을 뿐이었다. 손님은 생각했던 것보다 많았다. 카운터를 바라보며 앉은 초로의 사내, 그리고 안쪽 구석 자리를 차지한 사십대 초반인 듯한 남자와 여자가 있었던 것이다. 신태환은 음악하구선…… 혀를 찼다. 카운터의 카세트에선 미아리 눈물 고개 님이 넘던 이별 고개…… 철지난 유행가가 흘러나오는 중이었다. 다행인 점은 볼륨이 높지 않던 것이었다. 카운터 앞의 석유난로도 타오르고 있지 않았던가.

인애는 난로와 멀어지고 싶지 않았으므로 초로의 사내 건너편 의자에 카운터를 등진 채 앉았다. 몸에서 잘디잔 얼음 비닐이 떨어져 나가는 듯한 느낌이 시작되면서 등이며 팔다리 곳곳이 가려워졌다. 신태환은 얼마 동안 카운터 앞에 서 있었지만 인애가 옴짝하지 않는 것에는 별수 없었던지 인애의 맞은편 자리로 와서 앉았다. 껌을 짝짝 소리 내어 씹는 차 나르는 아가씨가 그들의 탁자 옆으로 다가왔다. 인애는 커피를 주문했고 신태환도 그렇게 한 뒤 입은 지 며칠 되지 않는 듯한 자주색 점퍼에서 담뱃갑을 꺼냈다. 인애는 하품을 했다. 몸 안으로 전기가 흐르는 느낌이 뚜렷해지면서 졸음이 몰려왔던 것이다.

"그렇게…… 고단해요?"

담배 연기를 내뿜는 신태환의 매끈한 이마에는 굵은 주름이 몇 줄 잡혔다. 커피 두 잔이 탁자에 놓여졌다. 인애는 머뭇대지 않고 초콜릿빛 액체를 마셨다. 얼마 동안이긴 하겠지만 정신이 맑고 새로워지는 느낌을 맛볼 수 있기를 기대하면서. 그러나 커피 한 잔의 효능은 그리 크지 못했다. 눈꺼풀 안쪽에는 아교풀을 칠한 듯했고 피곤할 때면 때때로 나타나는 눈앞에 불투명한 막이 드리운 것 같은 느낌에는 별다른 변화가 없었던 것이다. 또한 위 안에 쓴 물이 넘쳐드는 듯도 하질 않았던가.

"허긴 이번 주 계속 야근을 했었다니까."

신태환은 그 말을 스스로에게 들려주는 얼굴이었다.

"하지만 내일은 쉬는 날이죠."

내일 다른 약속이 있느냐고 그는 물었다. 인애는 머리를 저었다. 꿍쳐둔 빨랫감들이 눈앞으로 튀어나오고 있었다. 그러나 그것보다 더욱 급한 것은 잠을 자는 일인 듯만 했다. 잠을 충분히 자야만 다음 한 주일을 버틸 수 있을 것 같다고 인애는 말했다.

처음 얼마 동안이 가장 힘들다고 신태환이 받아 말했다.

"열 명 남짓 일을 시작하면 대여섯 명은 나가떨어지기 일쑤라구요. 그 고비를 넘기기만 하면 일이 몸에 익기 마련인데."

의자에 등을 대고 앉은 신태환은 고참으로서의 여유를 떠올린 얼굴을 하고 있었다. 이 사람은 명자에게 했던 제안을 나한테도 하려는 것일까. 과연 신태환은 처음에 어디서 일을 시작하느냐가 중요하다는 말을 꺼냈다. 싸구려 일을 하다 보면 손끝이 야물지 못하게 되니까…… 인애는 입을 열지 않는다. 할 말이 없어서만이 아니었다. 그저 쉬고 싶을 뿐이었고 신태환으로부터 느닷없는 무슨 충고의 말을 듣는다는 것 자체가 엉뚱한 일로 여겨져서였다. 그러는 동안 신태환의 눈에는 새삼스러운 호기심의 빛이 떠올랐다. 그리고 그 빛 속에는 차츰차츰 아주 멀게 여겨지는 낯선 세계로 발을 들여놓고 싶다는 열망도 뒤섞여 들었다. 인애는 어째선지 신태환의 그 같은 눈이 이번에는 그물로 여겨진 때문이었을까. 눈길을 다른 곳으로 돌려 갔다. 몸이 조금만 더 따뜻해지면 일어서야겠다는 생각과 함께.

너무나도 그 님을 사랑했기에…… 그리움이 변해서 사무친 미움……
차 나르는 아가씨가 부르는 생소한 저음의 노래가 인애의 귀를 스쳤다.

"이제 와서 발 빼겠다 이따우 심뽀인 모양인데…… 나 그러면 가만
못 있어요."

갑자기 구석 자리 여자가 목청을 높였다. 이 나이에 마도메 일이나
하고 있으니까 내 주위에는 사람도 없는 줄 알고 날 하찮게 여기는 모
양인데, 뾰족하고 날카로운 목소리였다.

"사람 만만히 보지 마요."

"아니, 누가 당신을 만만히 본다고 그래. 내 얘기인즉슨 마누라가 냄
새를 맡았다 이거야. 두 눈을 화등잔만 하게 부릅뜨고선 일거수일투족
을 감시하려 드니까 당분간은……."

"흥, 누가 당신 수법을 모른답디까. 군내가 날 만하면 사자 마누라 핑
곌 댄답디다. 이때껏은 여자들이 만만해서 마누라를 핑계대면 숨죽였
지만 난 서방도 없는 처지니까 겁날 게 뭐 있겠어요. 당신이 이렇게 발
빼려고 하면 나한테도 무기가 없지 않다구요. 난 당신이 원단 납품 건
으로 재미를 쏠쏠히 본다는 것도……."

"자…… 자리를 옮깁시다."

남자가 벌떡 일어서서 출입문으로 걸어 나갔다. 여자는 군말 없이 남
자의 뒤를 따랐다. 신태환은 머리를 흔들었다. 오나가나 아줌마들이 골
때린다니까…… 물귀신처럼 물고 늘어지는 데는 당할 수가 없는 거지,
뭐. 혼잣말하듯 웅얼대면서 남자들은 여자들이 감정이라곤 없는 인형
처럼 움직여주기를 바라는 것 같다고 인애는 말했다. 어조는 강경했다.
어째선지 그 순간 아버지의 모습이 떠오른 때문인지도 몰랐다.

"감정이라곤 없는 인형처럼……."

신태환은 고개를 갸웃했다. 그러고는 다른 곳에서 일한 적이 있었느

냐고 물었다. 인애는 망설이지 않고 머리를 저었다. 얼굴이 붉어지는 느낌이었다. 남성 동무들한테 감정이 좋지 않다는 것은…… 뭔가를 살펴려 하는 신태환의 눈이 인애의 얼굴을 더듬었다. 기분이 언짢은 인애는 눈길을 다른 곳으로 돌려 갔다. 이 남자가 이런 식으로 나온다는 것, 너무나 엉뚱하고 어처구니없는 일로 여겨졌던 것이다. 참기 어렵도록. 용건이 있으면 말하라고 다그치듯 말하였다. 신태환은 왼쪽 손등으로 이마를 몇 번 쳤다. 뭔가 당황해하는 느낌이 다시금 그의 얼굴에 떠올랐다.

"난 단지…… 뭐라고 할까. 연옥 씨한테서 특별한 느낌을 받았기 때문에……."

이런 기분을 제대로 설명하기는 쉽지 않지만…… 아무튼 난 연옥 씨한테 좀 더 나은 곳을 소개해 주고 싶어서…… 신태환은 피우던 담배를 찌그러진 양은 재떨이에 비벼 껐다. 인애는 팔목시계를 보았다. 열 시 사십 분. 구석 자리의 테이블에 물걸레질을 치기 시작한 차 나르는 아가씨가 인애 들도 들으라는 듯, 영감님은 집에 안 가세요, 하고 말했다.

"미쓰 김이 퇴근할 때까지 기다린다고 혔잖여. 오늘은 주머니도 두둑허니 찼다 이거여. 아주 뽀줄 수도 있는 문제여."

초로의 사내는 정말로 점퍼 안주머니에서 지갑을 꺼내고 있었다.

"정말요. 어디 봐요."

차 나르는 아가씨는 물걸레를 내던지곤 초로의 사내가 보여주는 지갑을 뚫어져라 쳐다보았다. 이번에는 정말 뻥이 아니네.

"가봐야겠어요."

인애는 일어섰다. 차 나르는 아가씨의 허리를 안는 초로의 사내를 더는 보고 싶지 않았던 것이다. 맥 풀린 얼굴의 신태환은 별수 없이 카운터로 다가가 찻값을 냈고 인애는 에덴 다방을 나왔다. 곧 심호흡을 하고서는 아주 빠른 걸음을 옮기기 시작했다. 불유쾌한 느낌을 떨쳐버리는 데는 몸을 움직이는 것도 하나의 방법이었던 것이다. 신태환은 어느덧 인애의 옆으로 돌아와 있었다. 인애는 그것을 문제 삼지 않았다. 오히려 혼잣말을 할 수 있지 않게 된 것이 다행으로 여겨지는지도 몰랐다.

"어른답지 못한 어른들 때문에……."

인애는 말을 맺지 못했다. 이 순간 인애의 눈앞을 스쳐 지났던 것은 에덴 다방의 인물들뿐만은 아니었던 터였다. 세상의 중심 되는 규범을 헝클어놓았던 수많은 어른들이 아니었던가.

"꼰대들 흉을 보자면…… 어유. 말 않는 게 좋겠어요. 잘난 꼰대들이나 못난 꼰대들이나 하나같이……."

바지 주머니에 두 손을 찌른 신태환은 고개를 쳐들고는 먼 곳을 보는 눈을 한 채로 걷고 있었다. 그러는 동안 난데없이 난 너를 자식으로 여기지 않겠다고 말했던 아버지의 목소리를 떠올리게 된 인애의 눈에는 어떤 격앙의 빛이 스쳤다. 정치 현실의 자연스러운 흐름을 방해했던 아버지가 속한 집단으로 향한 적대 의식 또한 머무르고 있었다. 그것은 갑작스러운 비약이었지만 이즈음의 인애에겐 드문 일이 아니었다. 인애가 파악하는 현실의 뒤틀림은 모두 아버지가 속한 집단에서 연유한 것인 때문이었다.

"우리네 삶이 이런 꼴로 뒤죽박죽인 것은……."

신태환은 인애의 말을 잘못 알아들었던 것 같았다.

"꼰대들에 대해서라면 나도 할 말이 많은 사람들이라고 할 수 있어요. 우선 우리 집 꼰대만 하더라도…… 하지만 이제 더는 기운 빼지 않기로 작정했다구요. 꼰대들이란 대부분 엇비슷하다는 것을 깨우친 때문이죠. 바위에 대해 이러쿵저러쿵하기보다 체념이 편하더라구요."

인애의 가슴속은 차가워졌다. 화제가 이런 방향 전환을 하게 된 것은 아무래도 자신의 책임인 것 같다는 생각을 하게 되었던 것이다. 뿐만 아니라 신태환이 낯선 존재임을 새삼스레 깨우치게 되기도 한 때문이었다. 그리고 그 다음은 어떠했던가. 상대방을 속이고 있다는 자책감마저 맛보게 되질 않았던가. 인애는 달리듯 걸었고 신태환은 자신의 이야기가 인애의 기분을 상하게 했다고 여겼는지 입을 다물었다.

목재소를 지난 그들 앞에 2차선 차도가 나타났다. 버스며 목재들을 가득 실은 트럭들이 아주 빠른 속도들로 달리고 있었다. 안개는 그 사이 조금 옅어져 있었다. 신호등이 없는 횡단보도를 건넌 인애는 길모퉁이 식품 가게 앞을 지나 약간씩 경사가 지기 시작하는 둔덕길을 오르기 시작했다. 갑자기 엄습한 이상한 부끄러움에 휩싸여 든 채, 어쩌면 자신에 대한 실망감도 떨쳐버릴 수 없었으리라. 그런 것들은 아마도 얼마 전부터 맞닥뜨리게 된, 신태환을 조금도 존중하지 않았다는 느낌 때문인 듯했다. 난데없이 불쑥 나타나 차 마시자고 했던 상대방을 진심으로 대하지 않았다는 것. 당연한 일이라는 생각을 했음에도 자신에 대한 실망감은 물러가 주지 않았던 것이다. 난 지금까지 어느 한순간도 이 사람을 대등한 맞수로 여기지 않았다.

여인숙, 철학관, 미장원, 세탁소, 이발소, 잠옷이며 화장품을 함께 갖춘 양품점, 라면이며 튀김 등을 파는 떡볶이 가게들이 늘어선 길은 점점 가팔라졌다. 인애가 세 들어 있는 집으로 가려면 둔덕의 끝 강약국에서 왼쪽 계단을 올라가야 했다. 인애는 멈추어 섰다. 강약국과 두어 걸음 떨어진 곳에서였다. 신태환은 돌려보내야 한다는 생각이 들었던 것이다. 강약국에서 나온, 애 띤 티가 가시지 않은 젊은이 한 쌍이 고개를 수그린 채 그들 옆을 지나갔다.

내일 만났으면 좋겠다고 신태환이 먼저 입을 열었다. 인애는 머리를 저었다. 그러나 골똘한 빛을 띤 두 눈은 상대방의 얼굴에 박혀 있었다. 한 사람의 남자로 보아야 한다는 다짐과 함께. 다음 순간 인애의 얼굴로는 동요의 기색이 떠올랐다. 더는 머뭇대지 않고 급하게 몸을 돌려 가고 말았다. 자신이 누군가에게 이토록 진지한 열망의 대상이 되고 있다는 것. 그것이 너무나 놀라운 일로 여겨진 것이었으리라. 내가 잘못 본 것인지도 모른다. 뛰다시피 층계를 오르고 있던 인애는 문득 걸음을 멈추고는 주위를 둘러보았다. 축대 너머의 집들이 구름의 바다 위를 떠돌아다니는 작은 배만 같은 것은……. 아무래도 안개 때문인 듯했다.

난간과 방들 사이의 복도에는 플라스틱 함지박, 크고 작은 독들, 먼지를 뒤집어쓴 아이스박스들이 제멋대로 놓여 있었다. 요강 단지며 세제 봉지, 그리고 출입문 옆 벽 앞으로는 연탄들이 쌓여 있었다. 복도의 너비는 좁았으므로 아무렇게나 걸음을 옮겨놓을 수는 없었다. 지나다니는 사람들 생각은 조금도 하지 않는다. 입속말로 투덜대는 인애는 함지박들을 난간 아래로 던져버리고 싶은 충동이 치밀어 오름을 느꼈다.

신경이 송곳 끝처럼 날카로워진 것은 어쩌면 복도를 떠도는 냄새들 때문이라는 생각을 하면서. 복도 언저리엔 여러 냄새가 들끓고 있었던 것이다. 지린내, 연탄가스 냄새, 라면 국물 냄새, 여러 가지 음식물 냄새들이었다.

인애는 속이 울렁거렸고 두 다리도 후들대기 시작했으므로 강약국에서 약을 사가지고 오지 않은 것을 후회했다. 그러나 왔던 길을 되짚어 내려간다는 것은……. 반코트 주머니에서 열쇠를 꺼내 옥상으로 오르는 층계로부터 두 번째 방인 자신의 방 출입문을 열었다. 출입문과 방 사이의 좁은 공간이 부엌이었다. 연탄아궁이 위 벽으로 늘어뜨려진 스위치를 누르자 불이 들어왔다. 신발을 벗으려는데, 바닥에 내던져진 편지 봉투가 눈에 띄었다. 누가 보낸 것일까. 가슴이 뛰기 시작하는 인애는 그것을 짐짓 못 본 척하려 했다. 그러나 손은 재빨리 편지 봉투 쪽으로 내밀어졌다.

어머니로부터였다. 얼마 동안 그것을 뚫어져라 들여다보던 인애는 방문을 열었다. 편지 봉투는 인애의 손을 떠나 어둠에 갇힌 방의 안쪽에 놓여졌다. 그런 다음 방문턱에 윗몸을 수그린 채 웅크려 앉은 인애는 손도 씻고 세수를 해야 한다는 생각을 했지만 몸을 움직이게 되지는 않았다. 얼마 전부터 저녁의 세수를 주욱 빠뜨려온 형편이 아니었던가. 손가락 까딱하기도 싫을 만큼 고단해서 이만 겨우 닦고는 아침에 빠져나온 이불 속으로 몸을 들이밀곤 했던 것이었다. 바지도 입은 그대로였고 양말 또한 벗지 않았었다. 연탄불이 꺼뜨려졌던 형편이어서 한 가지라도 껴입어야 했던 것이었다.

지금도 손 씻을 기운이 없는 것은 어제와 마찬가지였다. 그러나 오늘밤은…… 인애는 반코트를 벗고 몸을 일으켰다. 어머니가 보낸 편지가 자신을 지켜보는 눈으로 여겨진 때문인지도 몰랐다. 인애는 연탄아궁이 위의 솥 안으로 손을 넣어보았다. 물은 조금도 따뜻하지 않았다. 얼음물 같지 않다는 것이나마 다행으로 여겨야 하겠지만 무엇인가 낙담이 되면서 화가 끓어오를 뿐이었다. 아침에 겨우 살려놓았던 연탄불이 불구멍 조절에 실패한 때문인지 오늘 저녁에도 예외 없이 죽은 것을 확인하게 되었던 것이다. 새벽녘이 되면 차거운 냉기가 온몸을 파고들리라. 번개탄을 사러 가야 한다는 생각이 떠올랐지만 몸을 움직인다는 것이 참기 어려운 고통으로 여겨지는 탓이었을까.

인애는 복도 쪽 창 벽의 선반에 올려진 칫솔로 이를 닦고 세수를 했다.

"우리 방으로 돌아올 때 이 기분 좋은 편안함을 자기는 모를 거야."

층계 쪽에서 들려오는 명랑하고 기대에 부푼 듯한 목소리였다.

"이때까지는 줄곧 기숙사 생활을 했었는데…… 말만 그럴싸해서 기숙사인 것 있지, 수용소나 다름없질 않았겠어. 두 사람만의 방을 가진 다는 것은 정말 좋은 일인 거야."

"이노무 자슥, 하라는 공부는 안 하고."

벽력 같은 고함 소리가 아래층에서 터져 나오면서 종달새의 지저귐 은 묻혀버렸다.

"대갈빡에 피도 안 마른 것이 사…… 살림을 차려. 엑키 이노무 자 슥. 열일곱밖에 안 된 것이."

"목청 좀 낮추소. 영감. 이래 고함을 질러봐야 동네 우세만 할 낀데."

"치아라. 내 오늘은 이놈하고 사생결단을 해서라도 이노무 자슥이 지 멋대로 집 들락거리는 버릇 뿌리 뽑을 것이라. 이날 이때까지 이노무 자슥이 학교를 대체 몇 번씩이나 옮기고 다녔는가 말이다. 우리는 그저 지놈 하나 바라보고 뼈 빠지게 밤낮으로 죽을 동 살 동 일해 왔는 데…… 인자 한숨 돌릴 만하이까네 이 망둥이 같은 놈이 하라는 공부는 안 하고 계집년 치마폭 밑으로 기어드는 일에 날 가는 줄을 모르다이."

주인 영감의 목소리였다. 방으로 들어간 인애는 이불 속으로 들어가 누웠다. 어머니가 보낸 편지는 뇌리의 한가운데 박혀 있는 참이었다. 가시처럼. 그러나 그것을 펴보는 일만큼은 아무래도 미루고 싶기만 했 던 것이다.

"공부는 취미에 안 맞는다고 했잖아요. 난 정말 아버지가 이상하게 보인다구요. 공불 잘하지 않아도 얼마든지 돈을 잘 벌 수 있는데 아버 지만 해도 공부와는 담쌓은 처지지만 3층집 주인까지 되었잖았냐구요. 그러니까 날 볶지 마라 이거예요. 제 말씀은……."

"예끼, 이놈."

주인 영감은 아들의 말을 가로막았다.

"애비는 공부를 못한 때문에 이날 이때까지 세상 밑바닥에서 허우적거릴 수밖에 없었던 거라. 그 설움과 원한이 뼈에 사무쳐서 잊을 수가 없는데."

"무슨 소릴 하시는 거예요. 아버지는 동서기 했던 큰아버지가 아버지보다 배움이 많았어도 전셋방 신세라고 딱해하지 않았어요."

"이노무 자슥이 꼬박꼬박 말대꾸라니. 이런 호로노무자슥."

주인집 아들이 아버지의 팔목을 움켜잡았나 보았다. 주인 영감은 고함을 쳤다.

"이놈이 지 애비한테 완력을 행세하려 들어. 머리 꼭대기에 피도 안 마른 것이. 네 이놈."

"아버지도 참."

주인집 아들은 느물대는 목소리로 계속했다.

"아버지가 큰누날 떨어뜨려 놓았을 때가 지금 내 나이라는 것 잊지 않았을 텐데요."

"이, 이놈이 기껏 이 나이까지 키워놨더니. 썩 나가. 니깐 놈 이 세상에 없다고 여기면 고만이라."

"여기 있어달라고 부탁을 해온다 해도 난 절대 사절이라구요. 오늘 내가 온 것은 엄마가 하도 성화를 해대어서 얼굴이나 잠깐 보여주려고 왔던 것인데…… 운 나쁘게 아버지와 부딪쳤다구요."

여닫이문이 쾅 닫히는 소리가 났다. 부자 사이에 무신 살이 끼었는지…… 얼굴만 마주했다 하면 난리 통이니. 안주인의 푸념 소리. 이노무 할망구. 이후 또 저 인간 말종을 집안에 들이기만 했다가는 내 가만 있지 않을 끼라. 주인 영감의 고함 소리는 한동안 계속되더니 마침내 들려오지 않게 되었다. 인애는 머리를 저었다. 니가 원하는 삶이 그렇다면 별수 없는 거야. 그러나 이것 한 가지만은 명심해라. 난 이 집안의 가장으로서 니가 이곳에 발을 들여놓는 것을 금하겠다. 이제부터 넌 내 딸이 아니다. 아버지의 냉엄한 목소리가 떠올랐던 것이다. 인애는 어느덧 입술을 씹고 있었다. 아아, 어머니. 어머니가 어떤 고통을 겪고 있을까에 생각이 미쳤던 것이다. 인애야 어쩌면…… 어쩌면…… 어머니는 울기만 했을 뿐이었다. 어쩌면…… 인애한테 그런 말을 할 수 있어요. 어머니가 아버지한테 했던 말은 그것이 고작이었다.

인애는 더는 참지 못하고 몸을 일으켜 형광등 스위치를 눌러 방을 밝혔다. 어머니가 보내준 편지를 펴 들었다. 이곳에 자리 잡고서 열흘인가 지난 뒤에 집으로 엽서를 보냈던 것이었다. 집을 떠나올 때는 그렇게 해주도록 어머니가 간절한 부탁을 했던 것이었다. 인애야. 눈에 익은 어머니의 글씨들이 시야를 파고들면서 인애는 침을 삼켰다. 자꾸만 침을 삼켰다. 그동안 몇 차례나 너에게 편지를 써야 한다고 생각했는데…… 그때마다 몸도 마음도 자꾸만 오그라드는 것 같아서…… 얼굴이 달아오르고 숨이 막히는 것 같고 마음에 수십 개의 바늘이 꽂혀 드는 듯만 해서…… 이렇게 되기 전까지 내 딸이 그 들어가지 어렵다는 대학을 그만두게 될지도 모른다는 두려움—너는 엄마에게 그런 내용의 편지를 여러 번 보내주었으니까—때문에 잠 못 이룬 적도 많았는데 그러나 그 두려움이 정작 현실로 나타난 뒤에…… 그때의 두려움은 그래도 견딜 만한 것이었다는 생각이 드는구나.

인애야.

지금도 엄마는 손도 떨리고 온몸이 무슨 덫에 갇혀 든 것만 같은 느낌에서 빠져나오는 것이 불가능하다. 머릿속이 몽롱한 어느 순간에는 내 딸 인애는 여전히 학생이거니 하는 생각에 잠시씩 붙들리기도 한단다. 그래서인지 엄마는 맑은 정신을 되찾게 되는 것을 겁내온 듯도 싶다. 너도 알다시피 엄마는 겁쟁이니까.

엄마는 옛날서부터 마음이 약하고…… 집안일 이외의 일이 맡겨지면 가슴이 뛰고 어떻게 그 일을 감당하나, 걱정에서 헤어나지 못하는 못난 위인이었단다. 그래서 이날 이때까지 느희 아버지가 시키는 대로만 해오며 살아오는 일에 별 불만이 없었을 거야. 느희 아버지는 함께 살아오는 동안 허튼 생각, 허튼 행동을 보여준 적이 없었던 단정한 가장이었고 또 한 가정을 이끌어가는 몫은 가장의 것이라는 믿음을 품고 있었던지라 엄마가 매사에 소극적으로 행동하는 것을 큰 허물로 여기지 않을 수 있었던 모양이야.

엄마는 이렇게 사는 것이 엄마한테는 적당한 것이라고 다행으로 여겼던 것도 같았어. 그런데 지금은…… 엄마는 자신이 한없이 미웁기만 하구나. 인애는 아버지의 딸이기도 하지만 엄마의 딸이기도 한 것은 어김없는 사실인데…… 엄마가 내 딸을 만나러 갈 수 없다니…… 느희 아버지 심장은 시멘트로 만들어졌는지. 아니야. 느희 아버지를 원망할 일이 아닐 거야.

엄마는 지금 엄마 스스로가 싫고 또 싫어서…… 난 대체 무엇일까 하는 생각이 머리를 떠나지 않는구나. 딸아이가 이 지경이 되도록 가만히 내버려 두었다니. 당신은 어머니 자격이 없는 사람이라는 느희 아버지 타박 앞에서 할 말을 찾을 수 없는 나. 당신이 인애를 만나러 가는 날에는 난 당신도 보지 않으리란 말의 족쇄에 걸려 옴짝하지 못하는 나. 아아, 이게 대체 무슨 꼴인지 모르겠구나.

인애가 엄마를 실망시키고 혼돈에 빠뜨리게 하고 엄마의 마음을 몹시도 아프게 한 것만은 사실이지만, 그렇긴 해도 인애를 보고 싶은 마음에는 변함이 없을 뿐인데…… 인애가 잘못을 빌고 돌아올 때까지는 만날 수 없다니.

인애야. 어젯밤 엄마는 꿈속에서나마 너를 만날 수 있었단다. 대문 앞을 서성이고 있던 너는 여윈 모습이었어. 얼굴빛은 납빛인 데다 눈 주위로는 피로의 기색이 너무나 역력하게 드러나 있어 엄마 마음이 얼마나 상했던지. 그런데도 엄마는 너를 집안으로 들이게 할 수가 없었단다. 네 아버지가 대문을 열어서는 안 된다고 못을 박아서였지 잘못했다고 빌기 전에는 용서할 수 없다는 말을 느희 아버지는 꿈속에서도 되풀이했던 것이었어. 그래, 나는 너에게 애원하고 매달릴 수밖에 없었지. 잘못했다고 말을 한마디만 하라고. 너는 고개를 젓기만 하더라. 지나가는 길에 인사차 들렀다며. 잘못 알고 있고 잘못 생각하는 것은 아버지신데요 하는 말을 되풀이할 뿐이었어.

인애야. 끝까지 대문을 열지 말라고 고집 부리는 네 아버지나 한결같이 제 고집을 꺾으려 하지 않던 내 딸이 얼마나 야속했던지. 엄마는 울음을 터뜨리고 말았단다. 네 아버지가 그만 울라고 흔들어서 깨어보니 꿈속에서의 일이 아니었겠니. 새벽빛이 몰려드는 시각이라 방 안의 어둠은 푸른빛으로 변하고 있었는데 그 순간 난 이불을 머리끝까지 끌어올리고 말았구나. 네 아버지가 내 꿈을 들여다보았을 것 같다는 생각이 들기도 했고 또 엄마는 남편이나 딸로부터 조금도 존중을 받지 못한다는 야속한 마음을 감당하기 힘들었던 거야. 한동안이 지나서도 네 아버지가 야속하고 인애도 내 딸 같지 않다는 느낌은 물러가질 않았단다. 느희 아버지는 출근하고 인경, 인석도 학교에 가고 난 후 이렇게 너한테 편지를 쓰고 있는 지금은 그래도 꿈속에서처럼, 꿈을 꾸고 난 바로 다음처럼, 인애가 내 딸 같지 않다는 느낌이 생생하지는 않아 위안이 되기도 한다만.

엄마는 또 어쩔 수 없이 네가 보내주었던 편지를 들여다보게 된다. 인애가 어김없는 이 엄마의 딸임을 확인하고 싶어서. 너의 글씨는 변함없이 낯익구나. 단정하면서도 힘 있어 보이는 글씨 모양새는 얼마나 보기 좋은 것인지. 그러나 그것을 읽어내려 가노라면…… 볼펜을 쥔 손가락의 힘이 풀리려고만 하는구나. 인애야. 방을 구하고 일자리도 구한 너는 새로운 생활을 잘해나가고 있다고 써놓았다. 네가 거짓말을 하지 않는다는 것을 모르지 않는 엄마는 내 딸이 스스로 선택한 생활 속에서 아직은 조금도 움츠러들지 않았음을 알아볼 수가 있었단다.

그리고 바로 그 점 때문에 엄마는 인애가 두렵고 무섭기조차 하다면…… 무엇이 이토록 너를 변화시킨 것일까. 대학에 가기 전까지의 내 딸 인애는 모두가 칭찬하는 모범생이었는데…….

인애는 편지지를 이불 위로 내려놓았다. 날 이해한다는 것이 그다지도 어려운 것일까 혼잣말을 하면서……. 어머니의 마음을 아프게 했다는 것이 미안하면서도 조금 전에 읽은, 엄마는 인해가 두렵고 무섭기조차 하다면……이라는 구절이 어머니와의 거리감을 넓혀주었다는 생각을 떨쳐버릴 수 없었던 것이다. 그리고 자신의 행동이 어머니께 두렵고 무서운 일로 비쳐 들었을 뿐이다라는 생각에 붙들려 있는 동안 어머니로 향한 미안한 마음은 점점 엷어져 갔다. 어머니야말로 자신이 살아온 삶의 눈으로만 다른 삶을 보려 한다고 여겨진 때문이었다.

이해받지 못한다는 서운함이 인애의 심정을 사납게 만든 결과인지도 모를 일이었다. 어머니가 조금만이라도 진정으로 딸을 이해하려 들었다면 딸의 행동을 충분히 납득할 수 있으리라고 믿었던 인애였기에 어머니를 가엾이 여기게 되기보다 딱하다고 생각하게 된 것이었다. 어머니는 날 무섭게 여기기보다 눈을 똑바로 뜨고 세상을 보아야 한다……. 인애는 마음속으로 부르짖었다.

고통을 외면하기 위해 진실을 알려고 하지 않는 것. 그런 자세야말로 대부분의 어머니들의 태도라고 믿는 인애였기에 이 순간 자신의 어머니가 더욱 마뜩찮게 여겨지는지도 몰랐다. 그러나 격정의 태풍이 정신을 뒤흔드는 순간이 지나자 갑자기 감당하기 힘든 어머니로 향한 깊고 뜨거운 그리움이 인애를 휩쌌다. 아, 어머니. 인애는 두 손으로 얼굴을 감쌌다. 아버지가 보는 앞에서 집을 떠나야 했을 때 마당에 앉아 하염없이 울기만 했던 어머니 모습이 눈앞에 어른대었던 것이다. 심장이 조각나고 있는 듯한 그 울음소리 때문에 얼마나 발걸음을 옮겨놓기가 힘들었던지. 딸을 어서 빨리 내쫓고 싶어하는 듯했던 아버지로 향한 반발감이 없었다면 그 울음소리에 발목을 잡혔을지도 몰랐다. 너의 머릿속은 유언비어들의 집합장에 불과할 뿐임을 알아야 한다. 그 사람들은 집권욕 때문에 남쪽 지방에서의 유혈 사태를 불러일으켰던 것은 아니었어. 오히려 집권욕에 가득 찬 무리들의 아귀다툼 속에 나라를 표류시킬 수 없다는 역사적, 시대적 책임감으로 역사의 전면으로 걸어 나오게 되었던 것임을 알아야 할 것이다. 반대를 위한 반대를 업으로 삼는 무리들의 교언에 느희들이 한 번쯤은 빠져 들 수도 있겠지. 그러나 느희가 지성인으로 자부한다면 교언의 세례로부터 벗어 나올 수 있어야 하는데. 너는 아버지의 말을 믿지 않고 세상을 살았어도 두 곱은 더 산 아버지에게 맞서려 들다니. 아버지의 격노했던 목소리. 그때의 인애에게 아버지는 조금도 무서운 존재로 여겨지지 않았다. 무섭기는커녕 아버지가 속한 집단들 중의 단단하고 완강한 또 하나의 복제품으로 다가왔을 뿐이었다. 진실을 알려고 하지 않는 것에 지나지 않고 반역사적 행위에 정당성마저 부여하려 드는. 인애가 할 수 있었던 말은 무엇이었던가. 진실은 밝혀진다는 것이었다. 의심해 본 적 없는 신념이었으므로 머뭇대지 않고 그렇게 말할 수 있었던 것이었다. 그 살육의 현장, 남녘 땅 사람들의 입을 지금은 묶어놓을 수 있다. 그러나 언제까지 가능한 일은 아니다. 이 얼어붙은 대기 속에서도 진실을 밝히려는 사람들의 노력은 계속되고 있다. 그 같은 노력이 있음으로 해서 불과 이 년 전까지 아무 것도 몰랐던 나 같은 부류들도 이제는 사실을 알게 된 것이다. 그 숫자는 점점 늘어나게 될 것이므로 머지않아 진실을 밝히려는 마음들은 큰 강물을 이루게 된다. 아버지는 반역사적 세력 집단 속의 핵심은 아니라지만 그 안의 일원이므로 이 같은 얼음벽 속을 흐르는 따뜻한 물줄기를 알아야만 한다. 입을 닥쳐라. 아버지는 마루방의 의자에서 벌떡 몸을 일으켰다. 니가 감히…… 이 아버지한테……. 오늘의 대학은 불온 세력의 집결지인가. 혼잣말을 하던 아버지는 인애의 옆에 앉아 울기만 하는 어머니를 향해 소리를 질렀다. 당신은 아이를 잘못 키웠어. 어머니는 아무런 말도 하지 못하였다. 어머니의 잘못이 아니라고 인애는 말하였다. 아버지의 몫은 책임의 전가인가 하는 반문이 뒤따랐다. 그러고는 곧 그 말을 취소하였다. 자신이 양육을 당할 뿐이었던 비주체적인 존재는 아니었다는 생각이 떠오른 때문이었다.

그즈음 인애는 겉으로 드러내고는 싶지 않았지만 대학에 가기 전의 자신을 경작되지 못한 땅으로 여겼던 터였다. 그토록 오래 내버려 둘 수 있었다는 것을 부끄러워하지 않을 수 없질 않았던가. 부모에게 그 책임을 추궁한다는 일은 자존심 상하는 일로 여겨졌기에 나에게 관계되는 모든 일은 결국 나 자신의 책임이란 말을 하고야 말았던 것이었다.

그 말 또한 아버지의 격분을 더욱 깊게 했을 뿐이었다. 이제부터 너한테 관여하지 않겠다. 학교를 관두건 공장 생활을 시작하건 우리한테 보고하러 올 필요도 없어졌으니 네 일은 네가 알아서 하도록 해라. 아버지는 인애와 더는 이야기를 하려 들지 않았다. 인애 역시 아버지와 충분한 의견 교환을 하고 싶어했던 처음의 바람을 더는 지닐 수 없었다. 벽으로 여겨진 때문이었다. 그 벽을 단숨에 허물어버리고 싶은 뜨거운 열망에 휩싸여 들게 되었던 것이었다. 감정의 상승작용 탓이기도 했고 인애의 성정 속의 일부인 지기 싫다는 오기가 작용하기도 했던 것이었다. 이제껏 자신을 부정당하는 일을 별로 경험해 보지 못했던 인애는 자신을 밀어내는 손의 임자의 주인이 비록 아버지임에도 불구하고 견딜 수 없는 기분이 되고 말았던 것 같았다.

그리고 그러한 기분은 지금껏 스러지지 않은 채 남아 있다고 할 수 있었다. 가끔씩 아버지를 떠올릴 때마다 인애는 자신이 더욱 더 강해져 감을 느끼게 되곤 했던 것이다. 이번 일이 있기 전까지 아버지가 특별히 큰딸을 좋아해 주었던 것을 상기해 보았어도 아버지에 대한 반발감은 줄어들지 않았던 것이다. 그제껏의 친밀감은 진정한 서로의 모습을 몰랐던 데서 가능할 수 있었던 감정으로 여겨졌을 뿐이질 않았던가. 부모의 기대감을 한껏 충족시켜 주었던 딸에게 아버지는 여자로서의 역할만을 요구하지 않는 크나큰 양보의 미덕을 발휘해 주기도 했던 것이었다. 여자에게 적합한 과를 선택해야 한다거나 적령기엔 꼭 결혼을 해야 할 것이라는 등의 주문을 한 적도 없었던 것이었다. 어머니에겐 매사에 여자다운 처신(아버지에게 그것은 아버지에 대한 복종, 소극적인 생활 태도 등을 뜻했던 것 같았다)을 원했던 아버지가 딸인 자신한테는 다른 척도의 눈으로 지켜봐 주었음을 인애는 어째선지 너무나 당연한 일로 여겨온 터였다. 무의식의 저 깊은 어느 곳에서는 어머니의 삶을 존경받지 못할 것으로 여겼을지도 몰랐다. 대등하게 맞서려는 의지를 보이지 않을 때 그 흐릿한 생명력의 주인은 굴종의 맛을 보아야만 한다.

명료한 형태의 생각을 했던 것은 아니었으나 그 같은 느낌만은 맛보았던 것 같았다. 자연스레 나는 그렇게는 살지 않는다라는 생각을 하게 되었고 아버지뿐 아니라 어머니까지도 그 생각의 지지자였음을 알게 되었던 것이다. 마음속의 말을 담아두려 하지 않는 어머니는 누구에게나 이렇게 말하길 좋아하질 않았던가. 인애는 조금도 날 닮지 않은 것 같아요. 생각하는 것이 자질하지 않고 시원시원하지요. 오랫동안 반장 노릇을 해와서인지 무슨 일이든 앞장서서 해결하려는 추진력도 대단하답니다. 머리도 뛰어나서 성적 또한 우수한데 조금도 자랑하려 들지 않는 착한 마음씨까지 지녔어요. 그런 말을 들을 때마다 인애는 아주 많이 겸연쩍은 느낌이 들곤 했었다. 인애가 자신을 자랑할 수 없었던 것은 뛰어남에 대한 스스로의 기준 때문이었지 겸손한 마음씨 때문이 아니라는 생각을 떨칠 수 없었던 까닭에서였다. 진실로 뛰어난 사람들의 동네를 조금 동안이나마 기웃거려 본 적이 있다면. 과학자가 되기를 꿈꾸었던 인애는 자신이 몸담으려는 동네의 입구를 서성이는 일만으로 자신이 얼마나 범상한 존재인가를 깨닫게 되었을 뿐이었다. 어머니께 딸의 뛰어남을 자랑하는 말을 거두어달라고 부탁하지 않을 수 없었다. 그 일이 인애의 겸손함을 두드러지게 하는 데 한몫을 하게 되어 더더욱 인애가 바라지 않는 인애를 만들어냈을 뿐이었다.

아아. 인애의 메마르고 핏기가 가신 입술 사이로 낮은 한숨이 새어나왔다. 부모들에게 비쳐지는 자신의 모습이 진정한 자신과는 다르다는 사실, 그러면 진정한 자신의 모습은 무엇인가 하는 물음이 머릿속을 어지럽혔던 것이다. 그러나 지독히 고단하기만 한 오늘 밤, 이렇게 안간힘을 다해 앉았다고 하여 명료한 해결점을 찾을 것 같지도 않다는 생각이 떠오르면서 인애는 어머니의 편지를 다시금 읽기 시작했다.

지금껏 네가 열심히 공부했던 것도 대학에 들어가기 위해서가 아니었겠니. 네가 이해해야 했던 그 수많았던 책들의 세계를 어쩌면 그다지도 선선히 떠날 수가 있었을까. 인애야. 엄마는 우느라고 너의 이야기를 자세히 듣지 못했던 것을 후회하면서 그래도 지금 어떻게든 떠올려보려고 애써 본다.

아버지는 정치는 어디까지나 정치인들에게 맡겨야 한다고 말씀하셨지만, 그 말씀은 이 땅에 정치다운 정치가 이루어지고 있지 않다는 사실을 간파하고 있음을 말해 줄 뿐입니다 하고 너는 이야기했던가. 그리고 또…… 학살자들은 그것을 용공적 사주에 의해 선동된 폭도들의 폭거라고 매도하고 그 살인적 진압을 국가의 안녕과 질서를 위해 불가피했던 정치적 용단이라는 식으로 말하지만, 사실은 그 항쟁은 군부의 재등장에 일시에 입을 닫아버렸던 모든 사람들의 양심을 파고들었던 용감한 시민들의 외롭고도 외로운 싸움이었던 것입니다. 그때 그 말을 하던 너의 눈빛이라니. 인애야. 엄마는 여기까지 쓰고 난 뒤에 또 한참을 기다려야 했다. 내 딸을 이해해야 한다는 다짐에도 불구하고 내 딸의 입을 통해 들었던 그 끔찍한 단어들을 견디어야 한다는 것이 너무나 고통스러웠던 것이다. 내가 그때 그렇게 말했던가. 인애는 눈을 감았다. 학교 게시판 곳곳에서 또는 서클에서 그 같은 격렬한 어휘들을 들었을 때의 감정 변화에 생각이 미쳤던 것이다. 처음엔 내용의 뜨거움에 정신이 해면처럼 흡수되었다. 사용되는 어휘의 강도가 높으면 높을수록 마음의 뜨거움도 깊어졌다. 그러나 시간이 지나자 낱낱의 어휘들은 심장을 두드리려 드는 망치처럼 여겨졌다.

인애는 눈을 떴다. 그러고는 고개를 저었다. 그런 생각을 하게 된 자신이 야멸치게 여겨진 때문이었다. 같은 순간 뭔가 알 수 없다는 느낌에 사로잡혀 들기도 했던 것이다. 아버지 앞에서의 자신이 앵무새처럼 여겨져서인지도 몰랐다. 말하고자 했던 내용 때문만은 아니었으리라. 귀에 익은 어휘들을 고스란히 반복했다는 것. 스스로도 하나의 복제품에 지나지 않는다는 생각을 떠올리지 않을 수 없었던 것이다.

그러는 동안 인애의 입술 언저리는 일그러진 모습으로 변하였다. 자신만을 명제로 삼는 수없는 무리들에 식상했던 때문이었을까. 될 수 있는 대로 스스로를 염두에 두는 일을 피하려 했던 마음과는 달리 상념은 결국 자신에게로 돌아가고 말았다는 것. 그것이 낭패스러운 일로 다가

왔던 것이다. 그렇다면 이제부터라도 상념의 고삐를 단단히 움켜잡아야만 한다.

인애는 다시금 어머니의 편지로 되돌아갔다. 아아. 인애야. 엄마는 왜 이렇게 정신을 차리는 것이 힘들게 여겨지는지. 너를 이해하려면 네가 했던 말을 똑똑히 상기해 내어야만 하는데…… 엄마 귓가에 맴도는 너의 말들은 폭탄같이만 여겨져서…… 머릿속에 떠올리는 것만으로도 심장이, 온몸이 찢기는 듯한 아픔을 느끼게 될 뿐이란다.

아버지. 80년, 빛고을에서의 일을 사태라고 불러서는 안 될 것입니다. 그것은 하나의 사태가 결코 아니기 때문입니다. 쓰러진 광주 시민들은 반동의 도래를 철저히 인식하고 막아내지 못했던 민중들을 대신해서, 모두가 침묵하고 있던 그 얼어붙었던 시기에 분연히 일어서 싸웠던 민주 투사들인 것입니다. 그러므로 그들의 싸움은 반동의 도래를 철저히 인식하고 막아내지 못했던 민중 전체를 향한 통렬한 고발이고 또 그 불철저함의 대가를 짊어지려는 민족사에의 투신이며 대속이고 피의 교훈이었던 것입니다. 인애야. 엄마는 아무래도 믿고 싶지 않을 뿐이다. 엄마는 몇 해 전의 그 일에 대해 분명하게 알고 있지는 못하지만……. 무섭고 감당하기 힘든 일은 외면해 오면서 살아왔다고 할 수 있을 거야. 여기서 엄마는 그 일에 대한 어느 쪽의 평가가 옳은가도 별로 생각하고 싶지 않을 뿐이란다. 엄마에게 이해하기 어려운 것은 내 딸 인애가 왜 대학을 떠나서 공장 생활을 하겠다고 하는 것인지.

네가 세 들어 있을 방, 이부자리하고 몇 가지 옷이 든 트렁크 말고는 아무것도 없을 네 방이 떠오르면서 엄마는 이것이 정말로 내게 일어난 일인가, 아니면 꿈을 꾸는 것은 아닐까 멍하기만 할 뿐이로구나. 마음속 깊은 곳에서는 내 딸이 너무 낯설게 여겨져서……. 너는 아버지, 엄마 그 누구도 어려워하는 것 같지 않았단다. 조금도, 어쩌면 네가 말했던 엄청난 내용보다 너의 그 거칠 것 없었던 태도가 아버지의 마음을 얼어붙게 만들지는 않았을지.

무엇인가가 너를 바꿔놓았음에 분명한데…… 그것이 무엇인지 어쩌면 그리도 무서움 힘으로 너를 움켜잡고 있는지. 엄마는 이 괴로움을 혼자 견딜 수 없어 큰이모에게 털어놓고야 말았단다. 이모부가 학교에 계시니만치 큰이모는 느희 또래에 대해 좀 더 잘 알 수 있으려니 해서였다. 큰이모는 그러시더라. 인애가 그렇게 되고 만 것은 서클의 영향 때문이었을 것이라고. 순진한 아이들이 서클의 영향권 내에 갇혀 들면 그쪽의 이야기에 경도되기 마련이라고.

인애는 잠깐 동안 어머니의 편지 읽기를 멈추었다. 큰이모의 모습이 눈앞에 떠올랐던 것이다. 모든 면에서 어머니와 대조적이었던 큰이모가 아니었던가. 집에서도 언제나 은은하고 맵시 있는 빛깔의 한복 차림으로 지내는 큰이모는 크게 웃는 일이 드물었다. 헝클어진 몸가짐을 보여준 적도 없었다. 한결같이 정성스러운 손길이 집 안 곳곳에 고루 미쳤기에 고풍스러운 한옥은 전시품처럼 반짝이곤 하였다. 집안 식구들 중 제일 먼저 일어나고 가장 늦게 잠자리에 든다던 큰이모는 그 부지런함과 알뜰함과 철저함으로 하여 현부인의 귀감으로 꼽혀온 터였다. 이상했던 점은 그런 큰이모가 인애에겐 진정으로 정겨운 사람으로 다가오지 않았다는 것이었다. 인애한테라고 해서 다른 태도를 보여준 것도 아니었는데 큰이모를 대할 때마다 마음이 긴장되면서 자연스레 자신의 활력을 잃게 되는 느낌이곤 했던 것이었다.

그것은 어쩌면 큰이모한테서 전해져 왔던 큰이모의 생활 방식이야말로 모두에게 본이 되는 규범적인 것이라는 믿음 때문인지도 몰랐다. 큰이모를 만나는 사람은 누구나 큰이모 모습을 닮도록 해야 하리란 압박감에 짓눌리게 되리라는 것이 인애의 생각이질 않았던가. 그리고 인애는 어떤 종류의 것이든 압박감 자체를 혐오해 온 형편이었다.

뿐만이 아니었다. 인애의 머릿속엔 국민학교 6학년 봄 어느 날, 큰이모와 어머니가 주고받았던 이야기가 아직까지 잊혀지지 않은 채 남아 있었던 것이었다. 이제 와서 이런 얘기 하는 것도 소용없는 일이지만…… 그래서 그때 느희들 결혼을 집안에서 반대했던 것 아니었겠냐. 아무리 당자 한 사람은 뛰어나다고 해도 그 사람이 자라온 환경이라든가 주변 사람들은 평생 동안 그림자처럼 따라다니게 되기 마련이거든. 김 서방 주위에 온당한 사람이라곤 없다본즉 모든 책임이 너희 몫이 될 수밖에 없는 것이야. 어쩔 수 없는 일인 거지. 어쨌든 김 서방은 문자 너한테 많은 짐을 지우고 있음이 사실이야. 그렇다면 너한테 좀 부드러운 태도를 보여줄 수도 있을 텐데. 어쩌면 그렇게 한결같이 강압적이기만 한지.

열세 살. 속마음으론 자신도 어느 정도 어른과 가까워져 간다고 믿기 시작했던 인애는 그 이야기를 듣던 순간 어머니 큰이모 모두를 못마땅하게 여기지 않을 수 없었다. 너무나 차이가 나는 외가와 친가의 형편이 되살아난 때문인지도 몰랐다. 지주였던 돌아가신 외할아버지의 재산을 물려받은 외삼촌은 상공회의소 부회장인 기업인이었다. 외숙모는 참판 댁 후손임을 자랑으로 내세우는, ○○부인회 회장을 역임한 활동가였다. 외숙모의 형제들은 대학 교수, 검사, 종합 병원 원장 등이었는데 외숙모는 그것들을 내세우기 좋아해 이모들의 눈총을 받나 보았다.

그러나 인애 눈에 집안 자랑하기 좋아하는 점에서는 큰이모나 작은이모도 별반 외숙모에게 뒤지지 않는 것만 같았다. 큰이모부네 집안이나 작은이모부 집안 역시 양반의 후예임에는 틀림없었고 그들 구성원들 역시 대학교나 관계, 금융계, 법조계 등에서 윗자리를 차지하고 있었던 것이었다. 인애가 기억하는 것은 큰이모부가 대학 학장이라는 것,

작은이모부가 시청의 국장이라는 것 등이었다. 그리고 큰이모부와 작은이모부는 중고등학교 선후배 간이기도 해서 매우 친밀한 관계를 유지하고 있다는 점이었다. 그에 비해서 아버지의 집안은 대대로 이어져 온 소작농 출신이었다. 노름빚에 쪼들리다 못해 객지로 줄행랑을 놓았다던 할아버지는 노상 객사 했다는 소문을 끝으로 다시는 그 모습을 찾을 길이 없었는데 큰아버지나 작은아버지들은 지금껏 아버지의 도움을 바라는 처지들일 뿐이었다. 우리 집안에서 도련님 겉은 인물이 나온 거는 큰 광영이지 뭐겠노. 우혜든지 도련님이 성공을 해야지만도 집안 모두가 발 뻗고 살게 될 것이니 동세가 뒷바라지 잘해야 안 되겠나. 어머니와는 모녀지간으로 보이는 큰어머니는 어머니를 만날 때마다 간절한 어조로 그렇게 말하곤 했던 것이었다. 정말이지 인애 눈에도 아버지는 아버지 형제들과는 달라 보이는 모습이었다. 나이가 들었어도 아버지한테서는 정신의 허물어진 느낌이 전해져 오지 않았던 것이었다. 피부만 나이 든 이십대의 모습을 그대로 유지하고 있다고 해도 과언이 아닐 것이었다. 지금도 우리 도련님 관상이 귀골상이지마는…… 한참 젊었을 때는 옥으로 깎은 듯이 깨끗하고 훤칠해서 도련님 아니면은 시집 안 가겠다고 목을 맨 처녀들이 어데 한둘이었겠나. 동서는 운이 좋았던 기라. 큰어머니는 입버릇처럼 그렇게 말하곤 하질 않았던가. 어머니는 그러면, 인애 아버지는 정말 특별한 사람이지요, 여러 면에서 보통 사람하고는 다르니까요, 방긋 웃으면서 고개를 끄덕이곤 했는데 어느 때부터인가 그냥 입을 다물게 되었던 것이었다. 인애는 그 이유가 무엇인지 잘 알 수 없었지만 어머니가 어머니 형제들에게 아버지에 대한 불평을 늘어놓는 것이 싫은 일로 여겨졌을 뿐이었다. 너는 연애를 해서 힘든 결혼 생활을 한다만 아이들한테만은 그런 일이 일어나지 않도록 단속을 해야 할 거야 하는 큰이모 말을 들었을 땐 어머니가 더없이 못나 보이기까지 했던 것이었다.

어른들이란, 혼잣말을 하는 인애의 눈에는 조금 전보다 좀 단호한 빛이 떠올랐다. 어른들의 눈에 비친 자신은 일종의 감염 상태에 빠진 비주체적인 존재일 것이라는 생각이 들었던 것이다. 어른들이 신뢰하는 것은 기존 질서를 따르는 맹목적 정신들뿐이다. 진실 그 자체는 조금도 중요하지 않은 것이다. 그런 까닭에 지금의 나의 행동도 하나의 꼭두각시 몸짓으로만 여기는 것이다. 인애는 차츰 화가 났고 그러는 동안 어머니의 마음을 상하게 해드렸다는 자책감의 늪으로부터 빠져나올 수 있었다.

날 이해하지 못하는 것은 결국 어른들 스스로의 한계 때문이라는 결론에 이르렀던 것이다. 인애는 그렇지만 어머니의 편지를 내던지지는 못하였다. 인애야. 엄마는 요즈음 많이 후회하며 지낸다. 큰이모한테 물어본다 해서 내 딸을 이해할 수 있는 지름길이 보이는 것도 아니고…… 그저 너의 겉모습만 알고 지냈던 것이 결국은 엄마 책임이라는 생각을 떨쳐버릴 수 없기 때문이겠지. 하지만 후회한다고 해서…… 요즈음 엄마의 나날들에 어떤 변화가 온 것도 아니란다. 매일매일 더욱 바빠지곤 해서. 느희 아버지가 진급하신 지가 얼마 되지 않기 때문에 여러 가지 면에서 해야 할 일이 늘어나는데 엄마는 그 일을 감당하는 것도 숨이 찬 형편이니까……. 인애, 너는 알 거야. 엄마가 얼마나 소극적이고 게으름보인지. 오라는 모임도 많아지고 맡아야 할 일도 많다는 것을 엄마가 몹시 부담스럽게 여길 것인가를. 그러나 이렇게 바쁘지 않았다면 엄마는 아주 무너져버렸을지 모를 일이라는 생각이 들기도 하는구나. 그렇긴 하지만 엄마는 이즈음의 엄마 자신이 아슬하게 여겨지는 것도 사실임을 고백해야겠다. 느희 아버지의 아내로서 감당해야 할 일이 엄마에게는 너무 힘겹게 여겨지는데도 엄마는 그것을 느희 아버지에게 얘기할 수 없는 형편이니까. 의례적인 인간관계라는 것이 엄마에게는 큰 부담으로 여겨질 뿐이구나. 이런 부담감을 큰이모나 우혜 엄마한테 이야기해 보았지만 엄마는 이해받지 못하는 느낌을 떨쳐버릴 수 없었을 뿐이었어. 큰이모는 곧 익숙해질 것이라고 말했고 우혜 엄마는 이해는 할 수 있지만 그런 괴로움은 진급하지 못한(우혜 아버지는 이번 심사에서 누락되었다) 사람들의 낙망감에 비하면 아무것도 아니라는 식으로 이야기하니까 더는 엄마의 답답함을 하소연할 수도 없는 거야. 엄마는 그 순간 또 한 번 깨달을 수 있었단다. 사람들은 저마다의 생각의 울타리에서 벗어날 수 없는 것이라고. 우혜 엄마에게 얼마나 미안했던지. 엄마의 괴로움이 컸다 했어도 우혜 엄마에게 그것을 이야기해서는 안 되는 일이었는데……. 엄마는 그 괴로움을 가슴속에 가두어 놓을 수 없었기 때문에 오랜 친구한테 못할 이야기는 없는 거야 하는 생각을 앞세운 채 마음속을 열어 보였던 것이 아니었겠니. 인애야. 엄마는 요즈음 한없이 쓸쓸하다는 생각에서 헤어날 수가 없구나. 느희 아버지도, 친구인 우혜 엄마도 엄마가 가장 믿었던 딸인 인애도 멀어져 갈 뿐이기 때문이다. 왜 우리는 서로의 마음을 자신의 것인 양 헤아릴 수 없는 것일까.

이런 생각을 하는 엄마도 아직 우혜 엄마에게 네가 집을 나가 공장 생활을 한다는 얘길 꺼내지는 못한 처지란다. 네가 학교를 그만두고 싶어한다는 것까지는 말할 수 있었는데. 우혜가 아무 문제도 일으키지 않는 모범생이었기 때문이었을까……. 지난겨울 방학 동안 우혜는 선을 보았다는구나. 상대방은 치과 의사이고 섬유 공장 사장 넷째 아들인데 학교 졸업하지 않아도 좋다고 하며 결혼식을 올리고 싶어한다는 것이었어. 그 전화를 받았을 때 엄마 가슴이 얼마나 철렁했던지. 우혜 엄마 극성이야 유별난 데가 있어 결혼 문제도 남달리 빨리 나선 모양이었지만······.

제가 학교를 떠난 것은······ 학교에서 배울 것이 없다는 자만감하고는 상관없는 일인데요. 아버지. 전 이제 충분히 자신의 삶을 꾸려갈 수가 있으니까요. 저 아닌 누군가는 열심히 공불하고 있고······ 또 누군가는 잠든 사람들의 가슴을 흔들기 위해 구호를 외치고 있어요. 그리고 저는 착취를 당할 뿐이어서 껍질뿐인 사람들의 일원이 되려는 것이죠. 엄마는 다시금 너의 이야기를 떠올리게 된다. 아아. 말할 수 없이 가슴이 답답해지는구나. 우혜와 너는 왜 이다지도 다른지. 내 딸 인애가 공장 생활을 그만두지 않는다면 우혜 들과는 다른 삶을 살게 될 것이라는 생각을 하노라면, 엄마의 심장은 찢기는 것만 같구나. 인애야. 엄마는 지금까지 누구네보다 특별히 잘살아야겠다는 욕심을 품어본 적이 없었는데. 느희 아버지와 결혼할 수 있었던 것도 아마 물질적인 면을 등한히 여길 수 있었던 때문이었을 텐데······ 인애가 우혜 들과 다른 삶을 살지도 모른다는 추측은 추측만으로도 가슴이 떨리도록 싫을 뿐이구나. 이렇게 적다 보니 엄마는 또 멍청하게 적절한 예를 들지 못했다는 자괴감을 맛보게 된다. 엄마가 느희 아버지와 결혼할 수 있었던 것과 지금 인애가 살려는 삶의 선택은 비교할 수도 없는 일인데······. 엄마는 자꾸 너를 원망하고 싶기만 할 뿐이다. 내 딸 인애는 왜 우혜 들과 다른 것일까.

인애는 어느덧 어머니의 되풀이되는 탄식에 싫증을 느끼고 있었다. 이미 치수가 맞지 않아 벗어 던졌던 옷을 입어야 한다는 강요를 받는 기분이기도 하질 않았던가. 어찌하여 어머니는 갇힌 삶의 타성에서 벗어날 수 없는 것일까. 어찌하여 가정이란 울타리 너머의 사회적 삶을 알려고 하질 않는가. 아무런 변화 없는 나날의 삶이 지루하게 여겨지지도 않는 것일까. 어머니들이 삶에서 궁극적으로 얻고자 원하는 것은 가족 구성원들의 안락함뿐인 것일까. 그것이 가정이란 둥지를 지켜야 하는 몫을 책임진 자들의 방어 본능이란 것일까. 그렇다면 가정이란 단위는 그 구성원들의 자유 의지를 신장시키기보다 그 반대의 역할을 하게 되는 것인지도 모른다……

짧은 얼마 동안 머릿속이 텅 비는 상태가 찾아왔다. 피곤함 때문인지도 몰랐다. 그런 상태가 지나고 나자 어머니는 더는 인애의 상념의 주인이 되지 못했다. 자신과 맞서 싸우려는 대상의 힘이 너무 약할 때면 오히려 전의를 잃게 되는 인애의 성벽 때문이었을까. 어머니보다는 오히려 우혜 쪽으로 관심이 옮겨 갔던 것이다. 우혜가 선을 보았다니. 그것은 분명 우혜 어머니의 강요에 의해 이루어진 일이었으리라. 선이란 행위 자체를 비인격적 만남으로 여기는 인애의 머리를 스친 생각이었다. 우혜를 잘 알지는 못했지만 작년 9월 하순의 ㅎ대학 교정에서의 우혜와의 만남이 되살아나기도 했던 것이다.

하늘이 몹시 무겁게 내려앉았던 그날의 시위는 특별히 격렬했었다. 각 대학마다의 산발적인 집회가 아닌 여러 대학이 사전에 연대한 집회였던 것이었다. 민주화를 위한 뜨거운 열망들이 사회 곳곳을 짓누르는 지배 세력에 맞서기 위해 한자리에 모였던 것이었다. 더 이상 움츠러들어서는 안 된다는. 얼음 창고 속에 내던져진 민주주의에 피가 돌게 해야 한다는 바람의 분출장이었다. 모두의 마음들이 얼어붙지 않았음을 알려야만 했었다. 플래카드와 함성과 화염병, 돌멩이들, 각목들의 각출은 치열했지만 시위 행렬의 시가지 진출은 결국 좌절할 수밖에 없었다. 진압 세력의 막강함을 넘어설 수 없었던 것이었다. 시위 행렬은 무너졌고 행렬을 이루었던 개개인들은 원래의 출발지인 개개인들로 흩어져 가야만 했었다. 울면서, 이를 갈면서, 두 주먹을 불끈 움켜쥔 채로. 눈코 목젖으로 고춧가루 후춧가루가 파고드는, 몸이 떨리는 고통은 개개인이 감당해야 할 몫이었던 것이다. 인애가 몸을 앉혔던 곳은 본관 앞 층계 한 구석이었다. 자꾸만 울음이 나왔던 것은 열패감 때문이었다. 성벽이 철옹성 같다는 느낌, 그리고 그 철옹성 앞에서 번번이 무릎 꿇고 말아야 한다는 것이 견디기 힘든 치욕으로 여겨졌을 뿐이었다.

그렇게 울던 한 순간 문득 고개를 들었을 때 자신처럼 울고 있던 모습의 우혜가 눈에 들어오질 않았던가. 그들은 대학에 합격했던 첫 여름 방학에 원조의 주선으로 한 번 만난 이래 다시는 만난 적이 없었던 터였지만 오랜만이라거나 하는 말을 입에 올리지는 않았다. 그날 그 자리에서의 해우가 너무나 당연한 일로 여겨졌던 것 같았다.

"우리는 밀렸어. 언제까지나 그럴까."

본관 앞 광장의 물을 뿜지 않는 분수 쪽을 바라보던 우혜의 입에서 흘러나온 말이었다. 아주 낮은 목소리였다. 멀고 먼 곳을 바라보는 듯한 두 눈에는 얼마나 깊은 쓸쓸함이 떠올라 있었던지.

"그렇지는 않아. 그런 일은 있을 수 없는 일이야."

인애는 부르짖듯 말하였다. 그 순간 우혜를 사로잡는 절망감이 너무도 깊다는 느낌이 전해져 오면서 우혜의 절망감을 흩트려주고 싶었던 것이었다. 이 년 전까지 우리는 이 시대의 광기를 몰랐다. 그러나 이제는 알게 되었다. 한 해가 다르게 사람들은 깨우치게 될 것이다. 결국 둑은 무너지게 되고 말 것이다. 계속해서 말하였다.

"넌 확신을 품고 있구나."

사뭇 부러운 듯한 우혜의 목소리였다. 진실이 아닌 것은 밝혀지기 마련이라고 인애는 받아 말했다. 어둠이 지나면 새벽이 오듯.

"그럴까."

고개를 갸웃하며 인애를 쳐다보던 우혜는 이윽고 천천히 교정을 오가는 학생들 쪽으로 눈길을 돌려 갔다.

"여기 이곳 안에서도 새벽에 대한 합의는 이루어지지 않은 느낌인데."

많은 학생들은 도서관을 떠나지 않았다고 우혜는 혼잣말을 했다. 그들의 마음은 우리 편이라는 말이 인애의 입에서 튀어나왔다. 그러자 우혜의 입가로는 비웃음이 떠올랐다.

"안전지대에 머물러 있는 자들의 자기변명의 말을 믿어도 좋을까."

행동하지 않는 무리들은 또 다른 괴로움을 맛보기 마련이라고 인애는 우혜의 말을 가로막듯 말했다. 그러는 동안 우혜의 눈길은 인애의 얼굴에 박혀 있었다.

"모두들 저마다의 괴로움의 몫이 있다고 믿으면 관대해질 수도 있겠지. 그렇지만 인애는 믿고 싶은 것만을 믿는지도 모를 일이야."

우혜는, 난 안전지대를 떠나려 하지 않는 무리들의 이기심에 대해 잘 알고 있다고 덧붙였다. 그들은 결국 자기 우선주의의 감옥에 갇혀 그 감옥 속에서의 생활에 길들어 갈 뿐이라고. 난 그들을 혐오한다는 말도 이어졌다. 그리고 그 이야기를 끝으로 우혜는 약속이 있다며 인애와 헤어졌던 것이었다. 몹시도 서두르는 걸음걸이로.

그랬던 우혜가 선을 보고 결혼 이야기를 진척시켰다니, 인애는 아무래도 납득하기 힘들었던 만큼 우혜 생각에서 벗어 나오지 못했다. 우혜 자신, 결혼을 받아들일 의향이 없는데도 우혜 어머니가 강제로 선을 보게 하는 일은 있을 수 없다는 생각이 떠오르기도 했던 것이다. 우혜는 어떤 아이인 것일까. 인애는 다시금 신입생 여름 방학 때의 우혜 모습을 떠올리게 되었다. 그 모임엔 한때 같은 사택 단지에 살면서 같은 국민학교를 다녔던 정태도 나왔던 터였다. 정태는 원조 아버지의 차를 운전했던 이선모 씨 아들이었는데 인애와 같은 대학에 다니고 있었다.

거의 칠팔 년 만의 만남이었지만 아주 서먹한 느낌은 들지 않았던 것 같았다. 그들은 만나지 않았던 동안에도 모임을 계속할 수밖에 없었던 어머니들을 통해 서로에 관한 이야기를 들어온 때문이었다. 정태는 내 내 수석을 지킨다더라. 인물은 또 어떻게나 수려한지 정태 어머니 말로는 모르는 사람들은 부모 자식 간으로 여기지 않는다는구나. 원조는 아버지와 뜻이 어긋나서 사모님이 속상하신 모양이야. 원조 아버지께서는 법대 아니면 안 된다는 것이고 원조는 음악 대학엘 가고 싶어한다니까. 하는 식이었는데 우혜에 대해서는 말할 나위도 없는 노릇이었다. 어머니가 우혜 어머니와 특히 친한 때문이었다. 우혜는 갈 데 없는 모범생이지, 뭐. 한눈파는 일 없이 공부에만 매달린다고 했어. 언제나 칭찬의 말을 늘어놓았는데 딸들은 어머니들처럼 가까운 친구가 되지 못한 처지였다. 학교가 달랐다는 것, 그리고 우혜한테서 전해져 왔던 어떤 거리감 때문인지도 몰랐다. 우혜는 자신의 어머니와 너무 밀착된 까닭에선지 다른 사람들과의 교류에 별다른 흥미가 없는 것으로 알려져 있었는데 신입생 여름 방학의 만남에서도 그 점을 다시 한 번 확인할 수 있길 않았던가. 전화를 받고 나오지 않을 수 없어 나왔다는 표정이었다. 자연 이야기를 이끌어갔던 축이 재수생이면서도 조금도 풀 죽지 않은 듯한 원조와 인애가 될 수밖에 없었던 것은 정태 또한 우혜와 엇비슷한 태도를 보여준 때문이었다. 아주 침착하고 위엄 있는 태도를 흩트리려 하지 않았던 정태는 고개를 끄덕이거나 소리 없는 웃음을 입가에 띄워 올리곤 했으므로 이야기는 일치점을 찾지 못했던 것이었다. 그러자 원조는 더 이상 재수생답지 않은 여유를 보일 필요가 없다고 느꼈던 것이었을까. 대학생의 첫째 조건은 입에다 자물쇠를 채우는 일인 거로군. 비아냥대는 어조로 말하였다. 그리고 바로 그제야 우혜는 원조의 마음을 더듬어볼 수 있는 여유를 회복했음인지 대학인으로서의 느낌을 모두 이야기한다는 것도 상당한 용기를 필요로 하는 일이라는 생각이 든다는 말을 입에 올렸다. 결과는 나빠졌을 뿐이었다. 인애는 우혜가 말하려는 뜻을 이해할 수 있었지만 원조는 자기 나름으로 받아들였던 것이었다. 재수생하고는 이야기가 통할 수 없다는 식이군. 그래. 난 그래도 뭔가 어렸던 때의 우정을 생각해서 일류 대학생이 된 늬들을 축하해 주려고 이렇게 자리를 마련했는데 재수생하고는 통할 수 없다면 이 몸이 퇴장해야지 않겠어. 그 말을 끝으로 원조는 자리를 박차고 일어났던 것이었다. 그러자 우혜는 냉담한 어조로 이렇게 말하질 않았던가. 제멋대로인 것은 여전한데. 아마도 마음속에서는 아직도 우리들의 반장인 모양이야. 정태는 가만히 웃기만 하였다. 그리고 그 웃음이 우혜의 감정을 건드렸던 것 같았다. 원조 때문에 가장 힘들었던 것은 정태였는데 넌 그걸 다 잊은 얼굴을 하고 있어. 정말 마음이 너그러워서일까. 아니면 불필요한 감정 노출은 피해야 한다는 작전에서인지 난 알 수가 없다는 느낌이야. 정태를 똑바로 쳐다보며 말하였다. 어렸을 적 한때의 이야긴데……. 정태는 여전히 웃는 얼굴이었다. 원조가 내게 제 가방을 들고 가야 한다고 투정을 부렸던 것. 아이들을 시켜 때려주기 좋아했던 것. 어렸을 때는 우리 아버지가 원조 아버님 운전수이기 때문이라고 여겼지만 지금은 꼭 그런 식으로 생각하지 않으니까. 잠시 열리는가 했던 마음의 문이 닫힌 얼굴이 된 우혜는 더 이상 입을 열지 않았다.

그 모습이 인애가 더듬을 수 있었던 우혜의 마지막 표정이었다. 얼마 전부터 눈꺼풀이 따갑고 머릿속은 사고의 기능을 하는 곳이 아닌 무겁기만 한 덩어리로 여겨지는 느낌이 시작되었는데 어느 한순간 전선이 끊어지듯 생각하는 일도 불가능하게 되었던 것이다. 계속되었던 열네 시간의 작업으로 연유한 피곤함은 물리칠 수 없는 바윗덩이가 되어 인애의 몸과 마음을 짓눌러 왔던 것이다. 이불 속으로 들어가서 누웠다.

따뜻함을 찾는 본능이 시킨 일이었다. 지금까지 벽에 등을 기댄 자세로 앉아 있었다는 것이 마지막 안간힘이었던 것 같았다. 인애는 곧 잠의 급류 속으로 휩쓸려 들었다. 시냇물 위를 떠내려가는 한 잎 나뭇잎인 양 잠의 급류를 벗어나려는 어떤 시도도 할 수 없는 채였다.

눈을 떴다.

형광등 불빛 때문이었을까. 얼마 동안 시각이 가늠되질 않았다. 가늠하고 싶다는 생각도 떠오르지 않았다. 잠에서 깨어났다는 느낌뿐이었다. 의식의 절반쯤은 그러나 잠의 휘장 속에 묻혀 있는 듯도 했다. 좀 더 잘 수 있다면. 인애는 눈을 감고서 옴짝하지 않았다. 땅속 저 아래로 끌려드는 느낌이 조금 더 계속된다면……. 의식을 잠재우려는 노력은 무위로 그치고 말았다. 두통 때문이었다. 몸의 관절 부분 부분이 저릿해 오는 아픔도 되살아났던 것이다. 등으로 파고드는 방바닥의 냉기는 또 얼마나 싸늘했던지.

뿐만이 아니었다. 몸 안의 전부가 텅 빈 듯한 헛헛함이 느껴져 오기도 한 터였다. 따뜻한 물을 조금이라도 마실 수 있다면……. 인애는 그러나 누워만 있었다. 연탄불이 꺼뜨려진 상태에서 따뜻한 물이라니. 내일은 시장에 가서 보온 물통을 사야 한다. 지갑에 남아 있을 돈을 헤아리기 시작한 인애는 미간을 찌푸리고 말았다. 한 달 꼬박 일한 대가가 방값, 쌀값, 연탄값을 제하고 나면 남는 것이 없다는 것이 너무나 부당한 일로 여겨졌던 것이다. 셋방의 보증금으로 이십만 원밖에 준비하지 못한 형편이어서 달마다는 사만 원씩을 내야하는 것이었다. 저임금은 우리를 쩨쩨하고 비정한 인간으로 만든다. 서로 쪼들리다 보니 부부 싸움이 잦고 옆방 이웃과도 수도세, 전기세 백 원, 이백 원 가지고 악착같이 다투고 싸운다. 친구와 동료와의 사이조차 내게 이득을 줄 놈인가 손해가 될 놈인가를 먼저 통박부터 잰다. 누구와 악수를 하고 눈빛이 마주치고 미소를 지어도 거기에는 전자계산기가 차갑게 째깍거린다. 동료들이 결혼식을 한다 해도 생일잔치에 초대한다 해도 함께 축하하기보다 이달의 지출 비용을 헤아리며 걱정부터 앞선다. 동료들과 포장마차에서 술 한잔을 하거나 회식 모임을 가져도 내 몫으로 돌아올 계산에 신경이 곤두선다. 저임금은 가정의 평화와 인간적 자존심을 여지없이 좀먹는다. 결혼기념일이 와도 부모님께 효도를 하고 싶어도 사랑도 효도도 마음대로 표시할 수가 없다. 우정도 의리도 웬수 놈의 돈 때문에 점점 엷어져 간다. 우리의 관심은 자연히 먹고사는 걱정에만 매이게 되어 전 가족의 유일한 밑천인 내 몸뚱아리와 직장의 일자리와 처자식 이상을 벗어날 수가 없다. 그리고 삶이 허망하고 공장과 사회에서 당한 억울함이 엄습해 올 때 한잔 술과 싸구려 향락으로 위안할 수밖에 없다. 그리하여 뚜렷한 희망도 없이 텔레비전 상식 이상을 벗어나지 못한 채 무지하고 폭 좁고 편협한 인간으로 점차 몸마저 노쇠해 간다. 드디어 우리는 이기적이고 폐쇄적인 인간, 꿈과 희망조차 상실한 비참한 임금 노예가 되어 허덕이며 죽어가고 만다. 하루에도 몇 차례씩 되뇌곤 하는, 얼마 전에 읽었던 어떤 노동자의 글을 새롭게 떠올린 인애는 이 순간 그 글을 쓴 이의 마음을 자신의 것인 듯 받아들였다. 우리는 먹고사는 걱정에서 벗어나 떳떳한 공동체의 일원으로서 발전하는 세계를 이해하고 여기에 참여할 수 있어야 한다. 아니, 이 사회의 주역으로서 미래의 운명을 주도할 수 있도록 지적으로 고양되고 자각되어야 한다. 그리하여 자본가에게 판매한 노동력의 대가, 즉 노동력의 재생산 비용을 받아낸다는 상거래적 의미만이 아니라 이러한 자본주의 제도 자체를 폐지시키기 위하여 정치권력의 주체로 스스로를 조직하고자 악마의 저임금을 격파시키는 투쟁을 전개해야만 하는 것이다.

인애의 눈에 남아 있던 졸음의 기운은 씻은 듯 사라졌다. 하루 평균 6
명이 죽어가고 460명이 평생 불구자가 되고 있는 우리 노동자의 운명.
거의 모든 직종마다 이것은 생산하는 작업장이 아니라 목숨 걸고 피땀
흘리는 전투장 바로 그것이다. 날카로운 철판과 납땜 연기와 암모니아
의 독기가 휘도는 작업 조건에서 금성사 노동자가 만들어낸 전자레인
지나 냉장고는 얼마나 편리하고 세련되었는가. 소음 진동과 톱밥 먼지
로 앞뒤를 구분 못하고 폐가 굳고 원목 절단과 운반 시 아차하면 조지
고 마는 현대 종합 목재 노동자가 생산하는 리바트 가구는 얼마나 중후
하고 매끈한가. 동양나이론 노동자들이 33도가 넘는 속에서 작업복을
벗어 땀을 쥐어짜고 섬유 먼지에 폐병, 안질병이 걸리며 만들어낸 실크
원피스는 얼마나 물 흐르듯 우아한가. 아, 우리는 돼지우리에서 돈가스
를 만들어내고 있는 것이다. 우리의 작업 환경은 매연과 악취와 굉음과
먼지가 가득하고 곳곳에 도사린 죽음의 사자가 날름거리는 전쟁터다.
우리 노동자가 인생의 절반을 보내는 작업장이 생사를 걸어야 하는 전
쟁터라니. 신성한 생산터에서 나날이 조금씩 죽어가야 하다니. 우리의
위대한 노동으로 자연의 재난과 죽음의 환경과 싸워서 이만큼 사회를
진보시켜 왔는데 우리는 야만적 작업 환경에서 병들어 가고 죽어만 가
는 것이다. 우리는…… 인애는 불현듯 넌 너 자신을 착취당해 온 계급
의 일원이라고 여기는가 하는 물음에 붙들렸다. 지금은 분명 그러하다.
인애는 고개를 끄덕였다. 학교를 떠남으로써, 가족과 결별함으로써 알
몸인 채 삶을 시작한다는 무섭기조차 한 자유로움을 맛보았질 않았던
가. 의식하면서이건, 그렇지 못하건 부도덕함을 호흡할 수밖에 없는 집
단으로부터의 일탈이야말로 도덕적 삶을 향한 첫걸음으로 여겨진 것이
었다. 도덕적 삶을 향한 희구는 인애 안의 가장 강렬한 바람 중의 하나
였는데, 그것은 아무래도 대학생이 되면서 파악하게 된 이 시대의 정치

적 현실이 너무나 뒤죽박죽으로 엉키어 있었음에 기인한 것임에 틀림없었다. 제자리 매김을 해놓아야 한다는 열망을 품지 않을 수 없었다.

시위에 빠짐없이 참여하고 서클 활동에도 열심으로 매달렸는데 그러던 어느 날 현장 생활을 해야 한다는 결론을 얻게 된 것이었다. 진정한 민주화란 것이 사회의 저변에서부터 자연 발생적으로 이루어지지 않는 한 그것은 언제까지나 허공에서 나부끼는 깃발에 불과할 것이란 생각이 들었던 것이었다. 그리고 또 어쩌면 반민주 세력에 맞서는 집단에 대한 정결한 애정을 간직하고 싶다는 마음을 누를 수 없기도 한 때문이기도 했을 것이었다. 인애는 어렴풋하게나마 투쟁 지양론을 주장하는 쪽이나 직접 투쟁론을 부르짖는 쪽, 어느 쪽에서나 다소간의 비민주적인 요소가 깃들어 있음을 알아보게 된 것이었다. 뒤로 물러서지 않을 수 없었다. 어쨌든 이 캄캄한 암흑기의 시대에서 그들이야말로 꺼지지 않는 양심의 핵이라 할 수 있었으므로 자신에게는 그들을 자신의 눈으로 판단할 자격이 없다고 여기게 된 때문이기도 했던 것이었으리라. 그런데 이러한 결론은 이성적 판단에서라기보다 감정적 충돌에 의한 것인지도 몰랐다. 이대로 언제까지나 머물러 있는 한 자신도 종내에는 또 하나의 닮은꼴이 될지도 모른다는 조바심을 누를 수 없었던 것이었다. 또한 이 무렵 유능한 이론가이기에 앞서 참존재로서의 삶을 살아야 한다는 내부의 열망도 한껏 드세어지고 있던 참이었다. 참존재로서의 삶에 대한 명료한 인식을 하게 된 것은 아니었지만 현장 생활이 보다 더 그것을 선명하게 깨우쳐주리란 기대 속에서 방향 전환이 이루어진 셈이었다. 몽상이나 정관에 의해서 참존재로서의 삶이 이루어지지 않을 것만은 분명했기에 우선은 착취당해 온 계급과 그 반대편 진영의 경계선을 무너뜨려야 했는데 인애의 바람은 자신을 내세우지 않고서 그 일에 동참하는 것이었다. 그리고 그 바람이 하도 컸던 때문이었을까. 인애는 별다른 저항감 없이 스스로를 노동자 계급의 일원으로 여기는 데 주저하지 않을 수 있었던 것 같았다.

우리 노동자가…… 인애는 입속말을 했다. 학습을 통하여 변화하는 세계를 이해하고 관심사와 시야를 넓혀가기 위하여는 무엇보다도 우선 시간이 필요하다. 노동자의 투쟁 능력을 고양시키기 위하여 우리는 맑은 정신과 건강한 육신을 유지할 수 있어야 한다. 그리하여 항상적으로 노동자의 과학적 사상을 학습하고 동료들과 토론하고 단결을 도모하고 조직 활동을 할 수 있는 조건을 구비하는 것이 필요하다. 최근 각 노조에서 주 44시간 노동을 단체 협상 안에 채택하고 있고 또 국회에서 법제화시키는 것은 무조건적으로 필요하다. 그러나 실상은 8시간 노동제나 주 44시간 노동제는 임금 계산용으로 쓰일 뿐 잔업 특근은 여전하다. 이 지긋지긋한 임금 노예 상태에서 해방되기 위하여 특별히 중요한 것은 임금 시간이 아닌 노동 시간의 단축이다. 임금 인상과 노동 시간 단축 투쟁은 둘 다 자본주의하에서 상교환법칙에 의거하여 노동력이란 상품의 권리를 주장하는 싸움이다. 그러나 임금 인상 투쟁이 노동력의 가치를 제값으로 받으려는 필요 노동 시간 내의 부분이라면 노동 시간 단축 투쟁은 자본가에게 완전히 착취당하는 잉여 노동 시간 부분을 줄여나감으로써 노동력의 가치를 지불받으려는 투쟁이다. 따라서 임금 인상 투쟁은 그 성격상 한 공장의 자본가 대 노동자의 투쟁이지만 노동 시간 단축 투쟁은 전 자본가 계급 대 전 노동자 계급의 투쟁이기에 명확한 계급투쟁으로 나타나는 것이다.

인애는 머리를 저었다. 현장의 분위기가 계급투쟁 쪽으로 나아가는 것. 지양해야 될 일이 아닐까. 서클에서의 목소리가 되살아났던 것이다. 그것은 또 다른 폭력 의식의 발로라고 여겨지니까. 상념은 이어지지 않았다. 어디선가 튀어나온 카랑한 목소리가 밤의 적막함을 뒤흔들면서 인애의 귓가를 어지럽혔던 것이다. 지금까지 어디서 술 처먹은 거야. 어디라고 대면 임자가 찾아가서 확인이라도 하겠다는 거야, 뭐야. 어유. 속 뒤집혀서. 눈이 있으면 시곌 똑똑히 보고 다녀. 지금이 대관절 몇 시야. 남들은 토요일이라고 과자 봉지 사 들고 들어오는데 이건 보통날이나 토요일이나 가리지 않고 퍼마셔대기만 할 뿐이니. 제기, 집구석이라고 기어들어 와봐야 양철 바가지 뚜들기는 소리밖에 들려오지 않으니 무슨 재미로 살아가냐 이거야, 내 말인즉슨. 재미. 어쩜 그렇게 이 몸이 옳고 싶은 말을 또박또박 되풀이하는지 모를 일이야. 애새끼들 방에 가둬놓고 일 댕겨봐야 서방이란 게 모두 퍼마셔 없애는 통에 먹고 살기에만 급급이니. 제에기. 누가 너보고 일 댕기라고 했더라면 아주 칼부림 났겠다. 야. 그러게 내가 뭐랬어. 집에서 국으로 애들이나 키우랬지. 이건 일 댕기면서부터 서방한테 대드는 것만 늘었는데 이쯤해서 아구통 닥치는 게 좋아. 쇠푼이나 벌어들인다고 유세하는 여편네 꼴 이 몸은 그냥 내버려 두지 않는 성미니까. 알았어. 그러니까 조심하는 게 좋아. 요새같이 시간을 가리지 않고 양철통 뚜드리면 이 몸은 어느 날 갑자기 튀어버릴 수 있다 이거야. 서방 놓치기 싫으면 입 조심하는 게 좋다구.

소동은 그것으로 가라앉았으나 연이어서 층계를 올라오는 발자국 소리가 들려오기 시작했다. 한 사람의 것이 아닌 듯했다. 그리고 그 발자국 소리들은 인애의 방 쪽으로 다가오고 있었다. 인애는 이불을 머리끝까지 올렸다.

"조용히 하도록 해. 옆방 사람을 깨우면 안 되잖아."

"언니 목소리 때문에 자던 사람도 일어나겠는데."

낮은 웃음소리에 이어 출입문이 열리고 방으로 들어가는 기척이 전해져 왔다.

"미안하다, 영순아. 이 시간까지 붙잡고 있어서."

"또 미안하단 소리."

"그냥 금영 언니가 말하는 대로 내버려 두는 게 좋아."

일행은 세 사람인 듯했다. 목소리가 제각기 달랐던 것이다. 인애의 입에서는 낮은 한숨이 새어 나왔다. 자신의 머릿속이 어지러워진 데 대한 아쉬움을 누를 수 없었던 것이다.

"금영 언니는…… 정말은 우리한테 미안하다는 말을 하는 것은 아닐 테니까. 자꾸만 자꾸만 미안하다는 말을 할 수밖에 없는 기분 아니겠어."

"형자 니년은 남의 속을 제 손바닥처럼 들여다보고 있어. 형자 넌 그 버릇 고치지 않으면 사람들한테 귀여움 못 받는다."

걸걸하고 힘 있는 목소리는 어쩌면 방 주인의 것인 듯했다.

"금영 언니 말이 옳아. 형자는 때로 무당 같을 때도 있다구요."

"말만……. 정말로 내 생각을 신용했더라면…… 금영 언니 오늘 이렇게는 되지 않았어요. 사 년 전에 내가 뭐랬게요. 두 사람의 결혼 어려울 거라고 하지 않았어요."

말소리들은 멈추어졌다. 침묵이 찾아왔는데 오래 계속되지는 않았다.

"그래. 형자 말이 옳아. 그런데…… 난 그때는 잘해 나갈 수 있을 것이라고 믿었지, 뭐야."

걸걸하고 힘 있는 목소리의 임자가 자신의 패배를 인정하고 나섰던 것이다. 그러고는 곧 말머리를 돌려 갔다.

"좀 더 마시자. 지금까지 계속 마셨는데도 왜 이렇게 머릿속이 말똥거리는지……. 영순이 너 나가서 술잔이랑 좀 챙겨 와라. 오늘 밤은 아무래도 술걸레가 되어야 될 모양이야……. 제기랄 살다보니 웃기는 일이 한두 가지가 아닌 걸 알게 되는 꼬락서니라니. 야, 느희들도 알다시피 내가 우리 아버질 얼마나 미워했게. 날이면 날마다 술에 젖어 지냈던 그 영감 때문에 자식들이 모두 죽어라 고생하게 됐는데……. 난 술방울은 입에도 대지 않겠다 작정하면서 살아왔는데……. 서른 겨우 넘긴 지금 내 꼴은 어떠냐 이거야. 술이 제일로 만만한 친구가 되지 않았겠냐. 인간들이라는 것은 너 나 할 것 없이 서로 아픈 데를 찢어발기려고 덤벼들기 일쑨데 술은 그렇지 않으니까. 야, 명태포같이 비쩍 마른 그 인간도…… 얼마 전부터는 눈을 떴다 하면 병나발을 불어대는데…… 인간이란 게 얼마나 요사스러운 동물인지…… 내가 퍼마시는 건 참겠는데 그 인간이 일도 안하고 술에 빠져 드는 것은 죽어도 못 봐주겠더라 이거야."

얄따란 벽을 통해 후유 내쉬는 한숨 소리까지 들려오고 있었다.

"언니, 이제 슬슬 술기운 번지는 것 같은데…… 또 술 하는 것보다 차 마시는 것이 좋지 않을까. 금영 언니 목소리가 자꾸 커지고 있다는 것을 언니는 못 느끼겠지만…… 지금 또 술판 벌이다 보면……."

"울지도 않고 떠들지도 않을 테니까…… 걱정 마라. 사실은…… 어젯밤에도 한숨을 못 잤다구. 조금만 더 마시면 곯아떨어지게 될지도 모를 일이잖냐. 그러니 차 마시잔 소린 넣어주라, 제발. 난 정말 형자 널볼 때마다 신기한 생각이 든다구. 이건 냉혈 동물인지 아니면 감정 조절의 명수인지……. 사람들 마음이 모두 저 같다고 여기는지……. 내가 오늘 어떻게 술을 마시지 않을 수 있겠냐. 자식 떨구고 돌아선 에미 마음이……."

옆방에서 들려오는 낮은 흐느낌 소리를 듣는 동안 인애는 별수 없이 어머니 모습을 떠올렸다. 집을 떠나온 지 처음으로 인애의 눈시울은 젖었다. 어머니와 나 사이의 이 거리는 어머니에 의해서만 좁혀질 수 있다는 생각에도 불구하고 이 순간 어머니로 향한 그리움을 누르기 힘들었던 것이다.

"미안해요. 난 그저 금영 언니가 결혼 생활을 마감하고 돌아섰다는 것은…… 나름대로의 정돈이 끝났다고 믿었던 것 같았어요. 그래서 새롭게 상처를 들여다보고 괴로워하느니 덮어두는 것이 언니를 위하는 길이라고 생각했는데……."

"어유, 참 형자 너도 어쩌면 그렇게 맹하냐. 덮어놓고 싶단다고 그럴 수 있다면 이 세상에서 흔들리고 기우뚱거리는 사람은 한 사람도 없겠다."

방문이 열리고 난 다음 잠시 후에 부엌 쪽에서 야, 먹을 것이 가득 찼네 하는 탄성과도 같은 목소리가 들려왔다.

"몰라. 어제 이곳으로 이사를 한 뒤에 갑자기 내가 너무나 가난뱅이라는 생각이 들더라. 가진 것이라곤 몸뚱아리 하나뿐이라는……. 시장에 가서 눈에 띄는 대로 먹을 것을 사고 말았지. 그러니까 그 순간에는 비참했던 마음이 조금은 물러가는 것 같더라구."

가난뱅이라는 생각. 차라리 잠자는 게 낫겠다고 작정한 인애의 의식 속으로 옆방의 그 말이 뛰어들었다. 이곳으로 이사 오던 때의 일이 생각나기 시작했다. 대학 생활을 하는 동안 늘어났던 짐 대부분을 집으로 부치고 난 뒤 최소한의 물품들을 가지고 이 방으로 옮겨 왔던 당시 인애는 오직 복잡한 설렘의 감정을 경험했던 것이었다. 군살이라곤 없는 단단한 뼈뿐인 몸을 바라보는 느낌이기도 했던 것 같았다. 난 이제 가난뱅이라는 말을 스스로에게 일러주는 일도 빠뜨리지 않았는데도 비참함을 맛볼 수는 없었다. 새로운 삶에 대한 기대감에 사로잡혀 들었음이 분명했다.

"스트레스 해소에는 먹는 일이 최고 아니겠어요."

옆방 사람들이 상 주위에 둘러앉아 무엇인가를 먹고 마시는 기척이 전해져 오면서 인애는 갑자기 이불을 밀어내고 일어나 앉았다. 따뜻한 물 한 모금을 구하는 몸의 욕구를 더는 억누를 수 없었던 것이다.

"난 참 나쁜 년이야. 병든 서방하고 자식새끼 내팽개쳐 두고 나만 살겠다고 뛰쳐나오다니."

울고 난 다음이었을까. 걸걸한 목소리는 쉰 듯한 음조로 변해 있었다.

"그렇지만 이렇게 된 것이 꼭 이금영이 혼자의 잘못은 아니다 이거야. 내 서방이었던 그 인간도 얼마나 기괴망측한 별종이었기에. 하긴 별종이 아니었으면 대학을 온전히 마쳤던 인종이 중학을 댕기다만 이금영이하고 혼인을 하지도 않았겠지만 말이야."

"목소릴 낮춰요, 금영 언니."

"그래. 고맙구나. 넌 교통 같애. 그치 영순아. 형자 이년은 늘 호루라기 삑삑 불어대는 감시꾼 같지. 내가 다음에 사장되면 형자 널 기숙사 사감 시킬 거야."

"고마워요, 금영 언니. 그 말 명심해야 한다구요."

"걱정 마. 난 한다면 하는 사람이라구. 이제부터 열심히 미싱 돌려서 언젠가는 우리 모두가 주인이 되는 업첼 키우겠다, 이 얘기야."

운동은 어떻게 하느냐는 물음이 뒤따랐다.

"운동은 생활 그 자체이니까 따로 들먹일 필요조차 없는 얘기겠어. 결혼 생활 하는 동안 제일 답답했던 것이 무엇이었는데. 운동에서 멀어지는 것이 물을 마시지 못하고 사는 것과 꼭 같았다 이거야. 서방 그 인간은 결혼 전과 뒤가 그렇게 달라질 수가 없었다구. 결혼 전엔 모든 걸 하고 싶은 대로 하면서 살 수 있다, 무조건 오케이다 그랬지. 얼마 동안이야 운동을 계속할 수 있었지."

차츰 금영 언니가 늦게 들어가고 동료 후배들을 집으로 끌고 가는 일이 거듭되자 그분은 짜증을 내기 시작했으리라는 말이 방 주인의 말을 가로막았다.

"우리 올케 언니는 운동을 하지 않는 직장 일을 했을 뿐인데도 오빠와 늘 말다툼하기 일쑤였어요. 야근하면 퇴근 시간이 일정하지 않으니까 오빠가 저녁 식사를 준비해야 하는 일이 거듭되었으니까. 조카 녀석들도 꼴이 영 말이 아니었구요."

"야, 정형자. 너 지금 누구 약 올리는 거야. 이게 함께 운동하고 다닐 때와는 색깔이 아주 달라졌잖아. 야, 넌 여기 와선 이 말 하고 또 저쪽으로 가서는 딴 말 하는 이중 분자가 된 거냐."

이제 보니 정형자 이거 시금털털 개살구된 것 아냐. 방 주인은 소리쳤다.

"내가 이야기하고 싶은 것은 8시간 노동, 임금 인상 못지않게 중요한 것은 아이들이 제대로 자라는 문제라는 것이죠."

감정의 동요 없는 조용한 목소리는 자신의 이야기를 계속했다. 어머니의 일터에 탁아소를 만드는 일의 중요성을 잊지 말아야 하는 것 아니겠어요. 옆방의 이야기를 듣게 된 것을 어느덧 다행으로 여기게 된 인애는 자신도 모르게 미간을 찌푸렸다. 오른 쪽 옆방에서 무슨 기척이 들려온 듯해서였다. 그러나 귀를 기울여 본 순간 소리의 형체는 잡혀들지 않을 뿐이었다.

"서방하고 싸우느라 내가 온 힘을 다 쏟던 동안에 형자는 저만치 간 모양이네. 듣고 보니 할 말을 찾기 어렵지 뭐냐. 제기랄, 이제는 형자가 선두에 서야 할 형편이야. 난 북이나 두드리고 말이야."

"아이들은 분명 금영 언니 쪽으로 모여들게 되어 있어요. 난 또 연락병 노릇에 불만이 없는 처지구요."

"연락병은 무슨. 금영 언니가 형자 너한테는 사감 선생 시켜 줬잖아."

왼쪽 방의 웃음소리는 이제 인애의 의식 밖으로 밀려나 있었다. 오른쪽 옆방에서 분명한 신음 소리를 들을 수 있었던 것이다. 그리고 또 뚫린 층계를 통해 2층 어느 방에선가 난데없는 고함 소리가 터져 나왔던 것이다.

"야, 사람 말이 말 같지 않게 들리나. 내가 몇 번씩이나 말해야 되겠노. 자리끼 좀 안 떠 올 끼가."

"말로 하지 왜 발로 엉덩이를 차구 그래."

"몬 들은 척하고 죽은 소겉이 들입다 잠만 자니 그렇지. 이 물건은 잠귀신에 씌었는지 밤이면 밤마다 누가 업어 가도 모를 형상이라."

"잠귀신 좋아하네. 일 나가지 않고 하루 종일 잠만 잔 작자가 누구기에. 이제 너무 자고 나선 할 일이 없으니까 잠자는 사람 깨워가지곤. 조용히 물 좀 떠다 마시면 손목에 부스럼 날까."

"이 종자가 남자를 일꾼 부리드끼 할라 드네. 야, 숨 맥히고 코가 맥히서 말을 몬할 지경이라. 이런 순 소갈머리 없는 것아. 모름지기 일에는 구분이 있는 것인데. 남자가 부엌 출입하다 보면은 그 물건은 아예 남자라고도 할 수 없다는 거 니 모리고 살았더나. 이거 참, 말을 하다 보니 점점 더 속에서 열 치솟네. 내 보자 보자 하자니 이게 아주 형편없이 놀구 자빠졌어. 야, 아무리 배운 거 없이 자랐기로, 그래, 너거 집에서는 남자들 부엌 출입 시키고 살았드나."

"배운 거 없이 자랐기로?"

언쟁 중인 두 사람에게는 다른 방 사람들이 이미 까마득히 잊혀졌을지도 몰랐다. 사정없이 높아져 가는 목청들이 그것을 말해 주고 있었다.

"그렇게 말하시는 분은 어지간히 본때 있는 집안 출신이신지 묻고 싶은데 그래. 술주정뱅이 아버지에, 망령 난 할머니에, 행상하는 어머니에 큰집에 들어앉은 형님이랑, 바람나서 어딘가로 떠돌아다니는지, 죽었는지도 모른다는 여동생에."

"이 물건이 함부로 주둥아릴 놀리고 있어. 이 망할 년이 물 한 대접 떠다 달라는 말에 대한 대접이, 그래, 고작 그따우 말 대접밖에 할 줄 모르다이. 이런 년은 그저……."

여자의 비명 소리가 높아졌다. 아이구구. 아이의 울음소리도.

"왜 사람을 개 잡듯 하고 그래. 내가 뭐, 없는 애길 만들어냈니. 만들어냈어?"

"이 승질 더럽기가 꼭 뭣 겉은 이 물건아. 니년이 쪼매라도 우리 집안을 두려버하는 마음이 있다면은 그렇게는 말을 몬 하는 것이라."

"웃기고 자빠졌네. 니네 집이 뭐가 대단해서 이 몸이 두려워하겠어. 그런 말 하는 넌 우리 집을 발가락 때만큼도 여기지 않았어."

"이 물건이 점점 적반하장이라. 야, 당장 일어나서 꿇어앉아. 사사건건 사내 말에 시비 걸고넘어지는 버릇 오늘 밤에 뿌리 뽑아줘야 할 모양이니. 일어나 쌍."

"일어나서 꿇어앉아? 이 개자식아. 야. 이 새끼야. 니가 뭔데 날 꿇어앉혀. 니가 뭔데 자는 사람 깨워서는 북어 두드리듯 하려고 해. 생활비도 못 내놓는 주제에."

"말 잘했다. 니년이 내가 일 나가지 않으면서부터 슬슬 날 귀찮게 여기게 된 거를 내가 모릴 줄 알았드나. 아주 인간이 돼먹지 않았다 이거야. 이 물건 겉이 돈에 빌붙는 종자도 드물 것이다. 쇠푼이나 들고 오면은 얼굴에 화색이 돌고 입 안에 쳇바닥같이 짤짤거리다가도 쳇가루 냄새가 떨어지면 그때부터 저녁 굶은 시에미 상이니."

"그딴 말 하는 니 새낀 뭐야. 일 나가고 싶으면 나가고 바람이 들었다 하면은 쏘댕기기만 하는 주제에. 지금까지 여자들 등에 얹혀 먹고살아오지 않았냐구."

"얹혀살아? 누가? 햐, 이 물건 쳇바닥 더럽게 놀리고 자빠졌네요. 남자 하는 일이 날씨처럼 매양 고를 수는 없는 것인데. 그런데 이건 밤낮으로 양양대기만 하는 꼴이라."

그 다음은 육탄전이었다. 다행인 점은 아주 오래 계속되지는 않았다는 것이었다. 마음 같아서는 운신도 몬하구로 늘씬하게 패주고 싶다마는 손을 더 봐주다 보면은 아주 발목아지 뿌사뿔까 싶어서 내 참는 기라. 너그러운 처사시로군. 인애는 혀를 찼다. 거침없이 폭력을 행사했던 자가 그것을 그만두면서 스스로의 관대함에 도취한 듯한 목소리를 냈던 것이 더없이 불유쾌했던 것이다.

"도처에 쓰레기 같은 남자들이 널렸어. 골수에까지 남자들 저희들이 여자들 상전이라는 생각이 인처럼 백여 있는 거야. 지지배들, 쓸모없는 지지배들 하며 딸년들을 밤낮으로 못마땅한 눈으로 보았던 우리 아버지에서부터 운동한다고 나선 것들 중에서도 여자들한테는 저희 보조 역할이나 떠맡기려는 것들이 얼마나 많은 형편인데. 운동하는 여자가 좋다고 나하고 결혼했던 우리 서방도 결국엔 다르지 않았는데, 뭘. 자식새끼 남편은 어떻게 되든 운동만 하고 다니면 다냐. 술에 취하면 본심을 털어놓기 일쑤 아니었겠어."

"남자들만 흉 볼 일 아니죠."

우리네 어머니들이 아들들을 어떻게 키웠느냐는 옆방의 말소리는 여전히 침착한 어조를 띠고 있었다. 남편과 대등한 관계를 만들려는 노력보다는 아들을 통해 어머니들 또한 억압 계급이 되려고만 했었다는 옆방의 이야기에 귀 기울였던 인애는 그 흔들리지 않는 목소리의 주인 얼굴을 보고 싶다는 생각을 했다. 그러는 동안 오른쪽 옆방의 신음 소리가 되살아났다. 지독한 아픔을 토해 내지 않으려고 안간힘을 다하는 데도 잇속을 뚫고 나오고 마는 끙끙대는 소리.

완전히 잊고 지냈던, 그저께 밤, 화장실에 다녀오던 길에 마악 자신의 방 출입문을 열고 나오던 오른쪽 방 임자를 보았다는 생각이 인애의 머릿속으로 떠올랐다. 인애 자신과 엇비슷한 연배인 듯한 모습이었던 것 같았다. 어쩌면 몇 해 위였을지도 몰랐다. 한순간 두 사람의 눈길이 부딪쳤는데 그때의 느낌으론 초췌해 보인다는 인상만이 뚜렷했을 뿐이었다. 그리고 인애를 어째선지 곱지 않은 시선으로 본다는 인상도 전해져 온 것 또한 사실이었다. 비웃음과 질시의 감정, 그러면서도 그 너머엔 약간의 호기심이 깃들었던 것도 같았다. 그렇다고 해서 그 눈빛이 인애에게 특별한 것으로 비쳐 들지 않았던 형편이었다. 어디서든 쉽게 만나게 되었던 그런 눈빛들 중의 하나로 여겨진 때문이었다. 기숙사 생활을 하던 동안에도 숱하게 만났으며 지금 일하는 작업장 주변에서도 수시로 부딪치게 되곤 하는. 한동아리에 속하면서 아직 친밀해지지 않은 관계에 놓여 있을 때의 감정이 빚어내는 산물쯤으로 여겨서였을까. 특별히 마음에 담아두게 되지 않았던 것 같았다. 어쩌면 그런 소소한 일에까지 마음을 쓸 수 있는 여유를 가지지 못한 때문인지도 몰랐지만.

인애는 어느덧 방문 쪽으로 걸음을 옮겨놓고 있었다. 신음 소리에 이끌려서였다. 자신의 몸도 쇳덩어리로 여겨졌지만 끙끙대는 소리로부터 피해 갈 수는 없었던 것이다. 그 소리야말로 신경을 긁는 금속성의 끝만 같았으므로.

"난 말이야. 인간들은 다른 누구보다도 자기 자신을 소중히 건사할 줄 알아야 한다고 믿었는데……. 희생의 아름다움 어쩌구 떠들어대는 것들 주둥아릴 닥치게 하고 싶은데. 그런데 지금은 왜 이렇게 내가 모질고 독한 년만 같은지. 심장이 녹아나는 것처럼 떨쳐버리고 온 자식새끼들이 보고 싶은지. 나는 나쁜 년이야. 서방도 지금 온전한 몸이 아닌데. 이런 모질고 독한 년이……."

다시금 새어 나오는 왼쪽 방의 울음소리를 등 뒤로 한 인애는 출입문을 열고 복도로 나갔다. 몇 시나 되었을까. 어둠은 아직 짙었다. 개 짖는 소리, 고양이의 울음소리가 축축한 밤공기를 가르고 있었다. 살을 파고드는 차갑고 습한 대기가 싫은 인애는 어깨를 웅크린 채 306호 출입문을 두드렸다. 아무런 소리도 들려오지 않는다. 몇 번 더 두드렸어도 마찬가지였다. 조심스레 출입문을 옆으로 밀어보았다. 잠겨져 있지 않았다. 안으로 들어갔다. 방문턱에 웅크리고 앉은 방 임자의 모습이 드러났다. 인애가 기침을 터뜨리는 순간 방 임자가 천천히 고개를 들었다. 세상에. 인애는 자신의 눈에 떠올랐을지도 모르는 놀람의 감정을 드러내지 않기 위하여 다른 곳으로 얼굴을 돌려 갔다. 그러고는 옆방에 살고 있는 사람이라는 말을 했다.

306호 방 임자는 고개를 끄덕였다.

"우린 초면이 아냐."

말을 하고 나를 알아볼 기운이 있기는 하구나. 완전한 흙빛 얼굴을 한 상대방을 바라보는 인애의 눈에는 그러나 불안해하는 기색이 떠나가지 않았다. 306호 방 임자의 겉모습은 땀에 전 허깨비와도 흡사했던 것이다.

"난 정화야. 유정화라고……."

목소리는 당연히도 아주 낮았다. 갈라져서 피가 맺히고 딱지가 앉은 유정화의 조그맣고 얄따란 입술은 뒤틀렸다. 아마도 누군가가 나타난 것이 몹시 반가웠던 나머지 웃는 것이리라. 하는 느낌을 받은 인애는 자신의 이름을 빠르게 말하고 난 다음 무엇이든 도움이 필요하면 얘기하라고 덧붙였다. 물을 마시고 싶다고 유정화가 말했다. 너무나도 조그마해서 공 같기도 한 머리 무게마저 힘들게 여겨졌는지 고개는 문틀에 기대어져 있었다. 인애는 방으로 들어가서 눕는 것이 어떻겠느냐고 말했다. 유정화는 기관지가 좋지 않은지 갸르륵 대는 숨을 거푸 내쉬더니 인애의 말에 따랐다. 물을 좀 데워야 한다는 생각을 하는 인애는 아궁이 쪽을 보았다. 불은 꺼지고 없었다. 어떻게 해야 좋을까. 인애는 방안을 들여다보았다. 방문 건너편 벽엔 커버를 씌운 상이 있었고 그 위의 커피포트가 눈에 들어왔다. 커피포트에 물을 채운 뒤 플러그를 꽂은 인애는 다시 부엌으로 나왔다. 유정화가 며칠 동안 아무것도 먹지 못했을지도 모른다는 생각이 들었던 것이다.

아궁이 옆의 찬장을 열어보자 새것 같은 밥공기, 대접, 접시, 컵들 이외에도 분유 깡통이 있었다. 커피며 설탕들도. 필요한 것들을 챙겨 든 인애는 방으로 들어갔다. 잠시 후에 물이 끓었다. 플러그를 빼고는 커피포트의 뚜껑을 열어 물이 어느 정도 식기를 기다렸다. 끓는 물의 온도에선 분유가 엉기기 때문이었다. 이불을 들쓴 채로 벽에 기대어 앉은 유정화는 인애한테서 눈을 떼지 못하고 있었다. 좀 더 짙어진 듯한 얼굴의 흙빛. 인애는 서둘러서 분유를 넣은 컵에다 물을 부었다. 잘 저어서는 유정화에게 건네주었다. 유정화는 고개를 저었다. 마시는 게 좋다고 인애는 말했다. 그리고는 자신을 위해서도 분유를 듬뿍 넣은 커피 한 잔을 만들었다. 뭔가를 마셔서 몸 안의 냉기를 누그러뜨리고 싶다는 충동을 더는 잠재우기가 불가능했던 것이다.

"몸 안에서 아무것도 받질 않아."

유정화의 목소리는 떨리는 듯했다. 그래도 뭔가를 마셔야 한다고 인애는 주장했다. 그러자 유정화는 이 주일째 설사가 계속되고 있다는 말을 했다. 위도 망가지고 장도 이상해졌고 안구를 도려내는 듯 아플 때가 많다는 이야기가 이어지고 있었다. 인애는 난감한 느낌이었다.

유정화를 이대로 내버려 두어서는 안 될 것이다. 하지만 의사의 왕진을 청하는 일도 아침이나 되어야 할 것이다. 그동안에 할 수 있는 일이라곤…… 인애는 뒤늦게야 유정화가 물을 마시고 싶어했다는 것을 떠올렸다. 이번에는 물이 든 컵을 전해 주자 유정화는 아주 느릿느릿 입술을 축이듯 그렇게 마시기 시작했다. 몇 모금도 들이켜지 않다 컵은 방바닥에 놓여졌다. 눕는 것이 어떠하겠느냐고 인애는 말했다. 유정화는 머리를 저었다. 줄곧 누워 지냈다고 말하면서. 내가 이야기하려는 것을 막지 말았으면 좋겠다는 이야기도 이어지고 있었다. 그러는 동안 인애와 유정화의 시선이 부딪쳤다.

"내 보기에…… 넌 대학을 이 년 쯤 댕겼을 거야."

유정화의 입에서 흘러나온 말이었다. 분유가 든 커피를 마시던 인애는 흠칫 놀라 커피 잔을 내려놓았다. 그러고는 자신도 모르게 고개를 주억거렸다.

"난…… 그것을…… 처음부터 알아보았는데……."

유정화의 입가에는 웃음이 어렸다. 그렇다면 유정화도? 인애는 유정화를 뚫어져라 쳐다보았고 유정화는 자신도 같은 처지임을 말하려는 것이었을까. 머리를 끄덕였다. 눈꺼풀은 몇 번씩이나 경련하고 있었다.

"널 처음 보았을 때…… 그러니까 이사를 오던 날…… 난 옆방으로 가고 싶었는데…… 그러나 가지 못하고 말았어. ……그때는 이미 떠나고 싶은 마음뿐이었으니까."

그리고 뭔가…… 떳떳하지 못한 느낌이기도 했었다고 유정화는 눈길을 방바닥으로 떨군 채로 말했다. 또 내가 참을 수 없이 옆방으로 가고 싶었을 때면 그 방 불은 꺼져 있곤 했었다고 덧붙였다. 그러고는 곧 숨을 헐떡였다. 몹시도 불규칙적인 호흡이 계속되었다. 인애는 이야기를 그만 하는 것이 좋겠다고 말했다. 유정화를 바라보노라면 말을 할 기운이 있다는 것이 도무지 믿기지 않았던 것이다.

"넌 지금…… 내가 얼마나 기쁜지 모르는 것 같아."

무인도 생활을 끝낸 듯한 느낌이라고 유정화는 말했다. 인애는 커피포트의 물을 따라 마셨다. 추위 때문이었다. 몸의 아랫부분엔 얼음 방석이 붙어 있는 듯만 하질 않았던가.

"넌…… 추운 모양이야."

유정화가 미안한 목소리로 물었고 인애는 주저하지 않고 고개를 끄덕였다. 그러고는 몸을 옮겨 갔다. 이리로 오겠니. 여긴 전기장판이 있어 하는 유정화의 말이 채 끝나기도 전이었다.

"이게 없었더라면…… 난……."

유정화는 말을 맺지 못했고 인애는 이불 속으로 몸을 들이밀었다. 바닥은 따뜻했다. 오래 감지 않은 머리칼에서 나는 냄새, 땀 냄새가 훅 끼쳐 왔다. 그러나 그런 것은 문제될 것도 없었다. 지금으로서는 몸 안의 차가움을 녹이는 일이 가장 중요할 뿐이었다.

"난…… 말이야."

유정화의 눈에 물기가 어렸다. 입술이 뒤틀리고 눈썹도 지렁이 모양으로 변했다. 뼈마디가 앙상하게 드러난 두 손은 얼굴을 덮고 있었다. 쿡 울음이 터져 나왔다. 귓불이며 겨드랑이를 문지르던 인애는 당황했지만 아무 말도 하지 못했다. 무슨 말을 해야 좋을지 어떤 생각도 떠오르지 않았던 것이다. 몇 분인가가 흘렀다. 유정화는 울기를 그쳤다. 그러곤 내가 우스꽝스럽게 여겨지지 않느냐고 물어 왔다. 그렇지는 않다고 인애는 대답했다. 유정화가 우스꽝스럽기보다는 마음이 무겁기만 했던 터였으므로.

"이곳 생활을 하는 동안…… 내 심장은 너무 심하게 멍이 들었는데…… 그런데 그것은 조금씩도 튼튼해지려 하지 않았고 어쩌면 종잇장처럼 얇아져서……."

유정화는 다시금 숨을 헐떡였다. 이곳 사람들은 사납고 거칠고 작업장에서는 또 얼마나 구박덩어리였는데. 내가 만났던 대부분의 사람들은 거의 한결같이 순결한 피해자가 아니었다고 유정화는 떨리는 목소리로 말했다. 난 그동안에 내가 받았던 모욕감을 결코 잊을 수가 없을 거야. 인애는 유정화가 무엇을 말하고 싶어하는지 알아들었다.

"현장에 나오기 전에 내가 생각했던 삶이 펼쳐지는 곳이 결코 아니었었어. ……아아…… 무엇이라고 얘기할 수 있을까. 내가 일했던 곳의 사장은 미싱사 출신이었는데…… 그 여자의 마음속에 깃든 것은 돈에 대한 욕심뿐인 것 같았어. 그 여자는 자신이…… 미싱사로 일해 왔던 동안의 고통은 완전히 잊은 것 같았어. 성공하려면 자신과 같이 일해야 한다고 말하며."

유정화의 목소리는 차츰 낮아졌다. 완전히 기진한 모습이었다. 흙으로 빚은 토기에다 가발과 옷을 걸쳐놓으면 저 같은 형상이 될까. 인애는 제발 누우라고 말했다. 조금은 두렵기도 했던 것이다. 유정화가 혼절이라도 하게 된다면. 옆을 떠나지 않을 테니까 잠을 자도록 하라고 간절한 어조로 말하지 않을 수 없었다. 지금 내게 필요한 것은 잠이 아니라고 유정화는 말해 왔다.

"실망스러웠던 것은…… 사장뿐만이 아니었어. 반장 노릇 하는 영분이도 얼마나 독했는지……. 갠 날…… 형편없이 무시하고 하찮게…… 여기고…… 그 애들 눈에 난 솜씨 없는…… 그러니까 조금도 대우해 줄 필요 없는…… 언제든지 대체가 가능한 소모품에 지나지 않았으니까."

넌 내 말을 알아들을 수 있을 거야. 유정화는 혼잣말을 하듯 낮게 말했다. 인애는 고개를 끄덕였다. 작업장에서의 일이 생각났던 것이다. 고참 미싱사인 명자는 또 하나의 영분인 듯했다. 그 애들 눈에 난 솜씨 없는…… 그러니까 조금도 대우해 줄 필요 없는…… 언제든지 대체가 가능한……. 얼마 전부터 보고 싶지 않은 것, 듣고 싶지 않은 것으로부터 짐짓 외면하려고 해왔던 인애는 어째선지 이 순간 명자와의 사이에서 있었던 일로부터 놓여나지 못했다. 자신이 형편없는 대접을 받고 있다는 느낌이 새롭게 되살아났던 것이었으리라. 썩을 년. 다림질 좀 제대로 할 수 없겠냐. 소매통에 카우스를 붙이려던 명자는 짜증 섞인 목소리로 왁왁대었던 것이었다. 바로 어제의 일이었다. 가사리 쪽을 꽉 누르지 않아 주름이 잡힌 것 니 눈깔엔 안 보여. 박고 난 뒤엔 주름 펴기가 어렵다는 것 따위는 일일이 안 배워줘도 알 수 있는 일이잖냐. 어째 갈수록 애들 일하는 게 이 지경들인지. 일을 빨리 제대로 배우려는 성의가 없으니까 이 꼴들 아니겠어. 인애는 다리미를 세워놓은 뒤 몸을 돌려 명자의 미싱대 옆으로 갔다. 눈깔이 있으면 똑똑히 봐. 카우스나 에리 쪽이 매끈해야 옷이 제대로 빠진 것 같은데. 니가 해논 이 꼴 좀 봐. 꼭 잔주름이 져 있어. 이게 면이 많이 섞여 주름이 지기 쉽다고는 하지만 처음에 대리미를 누를 때 잘만 하면 이런 꼴이 되지는 않아. 알겠어. 옆에서 일을 제대로 받쳐주어야 속도가 나갈 텐데 이건 시간을 두 곱씩 잡아먹게 만드니. 승질나서. 명자는 에리와 카우스 조각들을 내던졌다. 인애는 그것들을 들고 다리미질을 하는 작업대로 돌아왔다. 난 혜옥의 시다라는 말을 목젖 아래로 우겨넣으면서였다. 명자를 돕는 영주가 아무 말 없이 빠짐으로써 효순과 둘이서 명자의 시다까지 하게 된 형편이 아니었던가. 명자는 그 사실을 명심해야 했다. 사정은 전혀 그렇지 않았을 뿐이었다. 자신의 작업량 매수만을 채우기 위해 골몰하였다. 터무니없는 일이었다. 혜옥과 인애가 한 조라는 것을 아예 무시하려 든다는 것은. 특히 인애가 혜옥의 일을 돕고 있는 동안 명자는 계속해서 트집을 잡곤 했던 것이었다. 내가 와키를 박고 있으면 몸판과 에리를 준비해 주어야지 엉뚱한 일을 하고 있으면 어쩌겠다는 거야. 속도를 내서 일하고 있는 쪽의 흐름이 끊이지 않도록 도와줄 생각은 않고. 그와 엇비슷한 말을 몇 차례나 듣고 나자 인애 눈에 명자는 참으로 이기적인 존재로 비쳐 들었다. 자신의 일이 중요하면 다른 사람의 일도 소중하게 여겨야 한다고 소리치고 말았다. 명자는 가만히 있지 않았다. 시다 일을 하는 주제에. 건방지게 말대답을 하고 있어. 요즈음 것들은 어째 위아래를 알아볼 줄도 모른다냐. 야, 이 쌍년아. 누군 뭐, 내 임금만 챙기려고 동동대는 줄 알아. 하청받은 작업량을 채우지 못하면 사장님이 신용을 잃게 되기도 하니까 정신없이 미싱 돌리고 있는데. 이런 형편에 아무것도 알지도 못하는 주제에 니 편 내 편 가르기나 하고 있으니. 야, 말이야 바른 말로 오늘 혜옥이 일하는 꼬락서닐 봐. 작업 속도도 솜씨도 형편없어 사장님한테 소리 들었잖아. 그럴 때는 혜옥이를 몰아세우기보다 별 문제없이 속도가 나가고 있는 쪽을 도와야 하는 것 아니겠어. 인애는 입을 다물어야만 했다. 이번에는 사장 김 씨가 혜옥을 상대로 잔소리를 시작했던 것이었다. 여기 이것 좀 봐. 갬볼해 가지고 카우스를 달아야 하는데. 대체 정신을 엇다 빠뜨리고 있는 거지. 이 것은 또 에리하고 카우스에 이중 자리가 때려져 있질 않잖아. 청조사 윤 사장도 이 바닥에서 뼈가 굵어 눈이 맵기가 면도날 같은데 이따위 것을 들이민다면……. 어떻게 이런 식으로. 사장은 문제가 된 남방셔츠들을 혜옥의 얼굴에다 대고 내던졌다. 그러고는 인애에게 주의를 주었다. 영주가 나타날 때까지 명자를 중점적으로 도와야 한다고. 작업량 채우기 앞에서 인애는 할 말을 찾기 어렵기만 했던 것이다.

"넌…… 내가 비겁하다는 생각을 하고 있을까."

잠시 이야기하기를 멈추었던 유정화가 입을 열었다.

"내가 이곳을 빠져……나가기 위해서 핑계를 만들어내고 있다고 그렇게 여길 수도 있을 거야."

인애는 머리를 흔들었다. 그렇지는 않다고 말하며. 어쩌면 유정화는 열 시간 이상씩의 노동을 견디어낼 수 없게 된 것이리라. 그렇다면 떠나도 좋은 것이 아닐까. 인애는 그렇게 말해야 한다고 생각했다. 하지만 인애의 입술은 다물려 있을 뿐이었다. 유정화가 나약하게 여겨지는 마음을 외면할 수 없었기 때문인지도 모를 일이었다.

"넌…… 날 비겁한 도망자로 여기고 있는 것 같아."

유정화가 인애를 쳐다보았다. 마음으로는 상대방의 말에 동감하는 인애는 유정화가 환자였기에 망설여야만 했다. 언제까지나 그럴 수는 없었다. 무슨 말인가를 해야 한다고 재촉하는 유정화의 간절한 눈빛 때문이었다. 아는 것이 없으니 무슨 말을 해야 좋을지 모르겠다고 말하고 말았다. 아는 것? 그렇구나. 우리는 서로에 대해 아는 것이 없는 처지야. 유정화는 깊은 한숨을 내쉬더니 그렇지만 난 첫눈에 널 알아볼 수 있었다고 말했는데 그러는 동안 그 애의 두 손은 자신의 가슴을 짓누르고 있었다. 가슴 언저리의 통증 때문인 듯했다. 기관지에…… 밤송이가 박혀 있는 것처럼……. 이렇게 되기까지 왜 누구의 도움도 청하지 않았느냐고 인애는 질책하듯 말했다.

"누구에게? 무슨…… 도움을……."

난 부끄러웠다고, 유정화는 말했다.

"그렇지만…… 좀 전에 니가 이곳으로 왔을 때는 말할 수 없을 만큼 기뻤던걸……."

유정화는 가슴 윗부분을 누르고 있던 두 손을 끌어 올려 관자놀이 부근을 눌렀다.

"니가 아까 이름을 말해 주었던 것 같은데…… 그런데 생각이 나질 않아."

목소리는 어느덧 축축하게 젖어 있었다. 마음 쓰지 말라고 인애는 말했다. 유정화는 고개를 끄덕였다. 그러고는, 난…… 이제 살아난 느낌이라고 낮게 말했다. 어쩌면 이렇게…… 혼자…… 죽어가게 될지도 모른다는 생각에서 벗어날 수가 없었는데……. 인애는 조금은 아연한 느낌이었다. 혼자 죽어가게 될지도 모른다. 그런 생각을 했으면서도 옴짝하지 않을 수 있다는 것이 납득하기 어려운 일로 여겨졌던 것이다.

"난 대학을 여섯 학기 동안 다녔는데……."

니가 나보다 위라고는 생각하지 않았기 때문에…… 유정화는 계속해서 입술을 달싹였지만 무슨 말을 하는지 알아듣기 힘들 뿐이었다. 인애의 짐작으론 지금까지 줄곧 너라고 불렀던 것에 뒤늦게 신경이 쓰였던 유정화가 그 점에 대해 양해를 구하고 싶었던 것으로 여겨졌기에 난 네 학기를 다녔다고 말했다. 인애의 짐작은 어긋나지 않았다.

"내가 옳게 보았던 것이었어."

유정화는 자신이 다녔던 대학의 이름을 밝혔다. 멋 부리는 아이들이 많기로 유명한 여자 대학.

"난…… 이제…… 내가 속했던 세계로 돌아가겠지……."

유정화의 눈에 떠올랐던 아주 잠깐 동안의 기쁨의 빛은 스러졌다.

"무엇인가…… 더는 꿈꾸지 않은 채로…… 삶의 온갖 부조리함을 속수무책으로 견디어가면서 살아가야만 할 거야."

삶의 질서. 그 무겁고 혼돈된 흐름에 떠밀려 가기만 해야 한다는 유정화의 혼잣말은 곧 멈추어졌다. 말을 그만 하고 잠을 자도록 해야 한다고 인애가 다그치듯 말했던 것이다. 그러자 유정화는 넌 날 지겨워하느냐고 물어 왔다. 인애의 어조에 깃들었던 아주 엷은 짜증스러움을 감지했던 것 같았다. 인애는 솔직히 자신의 방으로 돌아가고 싶은 느낌에 휩싸여 들고 말았다. 상대방의 예민한 반응은 부담스럽고 또 유정화의 독백 같은 이야기란 것이 빠져나오기 힘든 늪 같은 것으로 여겨지기도 했기 때문이었다. 삶의 질서. 그 무겁고 혼돈된 탁류와도 같은 흐름에 떠밀려 가야만…… 하는…… 이야기는 전혀 처음 듣는 것이 아니었던

것이었다. 서클에서 만났던 몇몇 아이들도 그와 엇비슷한 내용을 입에
올리곤 하질 않았던가. 그들은 세상의 변화를 꿈꾸었지만 그 꿈의 실현
을 위해 헌신하려고는 하지 않은 채, 아니 헌신에의 몸짓 자체를 열망
하면서도 스스로의 한계를 벗어나지 못함을 탄식하곤 했던 것이었다.
자아의 울타리를 벗어난다는 것. 그것의 어려움을 부풀려 말하기 일쑤
였고 울타리를 벗어나지 못한다는 것을 가장 인간적인 몸짓으로까지
말할 때도 있었던 것이었다. 저마다 만들어진 자아에 충실할 수밖에 없
는 것이 아닐까. 인애는 그들의 말에서 고인 물의 악취를 어렴풋하게나
마 맡게 되었을 뿐이었다. 자아의 꼴은 날마다 새로워질 수 있다. 그러
나 그것은 사념의 저작질에 의해서는 아니다. 오로지 행동에 의해서만
가능하다. 그러나 무엇보다도 인애에게 끔찍했던 것은 저마다 자아의
명령에만 따를 때 삶의 터전은 사냥터가 되고 말리란 점이었다. 철저한
약육강식의 싸움터. 피비린내가 진동하는. 그 사실을 똑똑히 직시해야
만 하리라. 그리되면 결국 더불어 잘 살 수 있는 터전을 만들기 위한 행
동이 없을 수 없는 것이다.

"아아. 아무것도 모르겠다는 생각이 들어. 내 머릿속은 온갖 인쇄물
들의 창고 같기만 한데…… . 모두들 저마다의 방식이 옳다고들…… ."

유정화는 머리를 싸안았다. 인애는 침묵을 지켰다. 그러자 유정화는
넌 여전히 날 가여운 패배자로 여기고 있다고 말했다. 패배자임을 받아
들인다는 것이 내키지 않는 것일까. 인애는 입을 열지 않는다.

"넌 나보다는 단단해 보이고…… 자신의 믿음 이외의 것에는 한눈팔
지 않을 것 같은데…… ."

무슨 연유에선지 유정화의 눈에는 미움의 빛이 뚜렷하게 떠올라 있
었다. 나에 대해 어떻게 생각하든 관계없는 일이라는 말이 인애의 입에
서 흘러나왔다. 스스로를 방어하기 위해서 날 공격하려는 것일까. 하는

물음이 떠올랐던 것이다. 그러자 유정화로 향한 싫증의 염이 솟아올랐다. 왜 날 과녁으로 삼고 싶어하는 것인지. 부당하다는 느낌이기도 했던 것이다. 인애 자신 유정화가 환자임을 의식해, 하고 싶은 말을 참고 있는 형편이었으므로 더욱이나. 그리고 또 어쩌면 유정화처럼 약해 보이는 부류한테까지 내재해 있는 공격 의지 자체에 대한 못마땅함을 참기 어려웠던 것이리라.

"넌 어쩌면…… 너의 믿음이 헝클어지는 것을 겪지 않기 위해 보고 싶지 않은 것, 듣고 싶지 않은 것들로부터는 눈 막고 귀 막고 그럴지도 모를 일이야."

유정화와 인애의 눈길이 얽혔다. 차츰 인애의 눈에는 못마땅해하는 기색이 떠오르고 있었다. 유정화의 현실 인식이 지나치게 표피적이라고 여겨진 때문이었다. 현장 사람들의 거칠음을 비난하기보다는 그렇게 만들었던 현실을 직시해야만 한다는 것이 인애의 생각이었던 것이다. 그뿐이었을까. 인애는 유정화가 자신을 몰아세우려 한다는 것이 불유쾌하게 여겨지는 형편이었다. 무슨 근거에서? 인애는 눈으로 묻지 않을 수 없었다. 다른 어떤 일보다도 자신이 과녁이 되는 것. 그것이야말로 인애에겐 부당한 일로 다가왔던 것이었다. 인애는 기실 스스로를 신뢰하는 마음이 깊었던 터였다. 그렇지 않았더라면 지금의 삶의 방식을 택하게 되지도 않았을 것이었다.

"아무래도…… 넌……."

유정화는 이야기를 계속하지 못했다. 나에 대한 이야기라면 듣고 싶지 않다고, 인애가 말했던 것이다. 자신이 존경하는 인물일 경우 인애는 그 상대방으로부터 온갖 종류의 엄혹한 이야기를 들을 수 있을 것 같았지만 유정화들한테서까지는 그럴 수 없었던 것이다. 관심과 열정을 개인사의 울타리 안에 국한시키는 사람들에 관하여 난 입을 열지 않는다. 그러니 그쪽에서도 날 통행금지 구역으로 여겨야만 한다. 인애는 난 지금 아픈 사람을 내버려 둘 수 없어 이 방에 와 있을 뿐이라는 말을 했다. 분명한 어조로. 금을 그어두고 싶었으므로. 자신이 다른 사람 눈에 어떻게 비쳐 들든지 문제 삼고 싶지 않다는 바람과는 달리 이 순간 인애는 유정화에게 관대해질 수 없었던 것이다. 작업장 주변의 사람들이 인애 자신을 어떻게 여기든 개의치 않으려고 노력해 왔다면 유정화에게도 그러해야 하지 않을까 하는 생각은 얼핏 떠올랐다 스러졌을 뿐이었다. 공평하지 않은 셈. 그러나 그것은 인애만의 책임이 아닐지도 몰랐다. 도처에서, 그러니까 떠나온 학교, 집, 거리의 사람들 속에서 인애는 늘 불공평함의 단단한 벽에 부딪혀온 것이었다. 그들은 그들이 삶을 영위해 가는 방식의 척도로 인애를 재단하려 들었을 뿐이었다. 인애들을 이해하기 힘든, 또한 불가능한 삶의 이단아들로 취급했던 것이었다. 대다수의 사람들이 걷지 않는 길 쪽은 눈길조차 주려 하지 않는 무리들의 단호함에 숨이 막힐 지경이 아니었던가. 그런 와중에서 유정화들로부터까지 진단받고 싶지는 않았던 것이다. 대체 누가 누구를 진단하려든단 말인가.

미안하다는 사과의 말이 유정화의 입에서 새어 나왔다. 잠을 자도록 하라고 인애는 부탁하듯 말했다. 유정화의 상태가 정상이 아니라는 데 생각이 미치면서 아무래도 자신의 여유 없는 태도가 마음에 걸렸던 것 같았다.

"난…… 사실은…… 모르겠어……. 내 자신이 얼마나 미운지……. 그런데도 당치 않게도…… 난 뭐야. 이게 뭐야. 난 널 보기가 부끄러웠는데……."

유정화는 울고 있었다.

"난 처음부터…… 여기로 올 생각 같은 것은 하지 않았는데……."

유정화는 자신이 이곳으로 오게 된 것은 변절자란 말을 듣는 것을 피하기 위해서였다는 말을 했다. 서클에 머물러 있다가는 결국 감옥행을 면할 수 없을 것 같았다. 서클의 핵심 멤버 몇이 이미 감옥엘 가고 나자 뒤에 남은 내게 서클의 재건 작업이 맡겨졌다. 아니, 맡겨질지도 모를 것같이 여겨졌다. 갑자기 난 두려워졌다. 자신의 능력 없음의 노출도 겁났지만 핵심은 역시 감옥엘 가게 될지도 모른다는 위기감이었다. 감옥도 겁내지 않고서 일을 해나가기엔 나는 너무 약했을 뿐이었다. 탈출구를 찾아야 했다. 공부에만 몰두한다는 것은 너무 참혹한 패배만 같았다. 노동 현장으로의 방향 전환을 하지 않을 수 없었다. 그리고 몇 달도 지나지 않아……. 유정화는 계속해서 울었다. 인애는 한숨을 삼켰다. 이와 같은 이야기 또한 낯선 것이 아니었던 것이다. 서클의 남자 선후배들 중에서 유정화와 엇비슷한 경로를 밟게 되었던 무리들이 없지 않았던 때문이었다. 감옥이 무서워 현장으로 나갔는데 그곳에서 내가 얻었던 것은 디스크뿐이었지. 서클에서도 주목받지 못하는 존재였는데 현장에서 역시 다르지 않았으니까. 결국 난 자신을 주체할 수가 없어 정신과 의사의 도움을 받기에 이르렀던 것이었어. 난 지금은…… 내가 별 볼일 없는 미물임을 받아들이게 된 것이지. 한동안 사라졌다 복학했던 서클 선배의 말이었다. 그리고 그는 이렇게 덧붙이지 않았던가. 현장 말뚝이가 될 수 있다는 것은 일종의 수도 생활을 하는 것과 다르지 않으리라는 것. 참으로 힘든 일이라는 말도 빠뜨리지 않았던 선배는 그러면서도 인애는 잘해 낼 수 있으리란 격려사를 잊지 않았던 터였다. 인애는 적어도 감옥이 두려워 현장을 택하지 않았음을 모르지 않으니까. 인애는 서클 지도부의 정치적 선별 의식을 마음에 들어 하지 않았던 것 아니었을까. 아니, 지도부의 공명정대함이 마음에 들었다 해도 인애는 현장 생활을 택했으리라 여겨지곤 했는데, 전략적 차원에서 그 같은 선택이 이루어졌다기보다 심정적 요구에서. 인애는 그때 아무런 말도 하지 못하고 벙긋 웃기만 했을 뿐이었다. 인애는 심정적으로 자신의 몫을 챙기기보다 자신을 증여하기를 바라는 쪽에 가까우니까. 그리고 난 어째선지 후자 쪽에 더 많은 점수를 주게 된다고 서클 선배는 말하였던 것이었다. 인애는 그제서야 입을 열지 않을 수 없었다. 자신이 언제까지나 자신의 몫을 챙기지 않을 수 있을지 단언할 수는 없다고.

"그동안의 실패에서 얻게 된 것이 하나 있다면……."

울기를 그친 유정화는 느리고 낮은 목소리로 말했다. 삶은 이성의 가르침만을 나침반으로 삼게 되지는 않는 것이라는. 무슨 말을 하고 싶은 것일까. 다시금 자신을 변호하고 싶어진 것인지도 모른다. 인애는 유정화에게 시선을 옮겨 갔다. 인애의 추측은 어긋나지 않았다. 유정화는 그들이 날 다치게 하는 것, 내가 보잘것없는 존재로 취급당하는 것, 그것을 뛰어넘어야만 한다는 것을 모르지 않는데도 그럴 수 없었다는 이야기를 계속했던 것이다. 내가 그것들을 넘어서기도 전에 먼저 망가지고 말 것이란 두려움을 감당할 수 없었을 뿐이었다. 나 자신이 폭풍우 앞의 가건물처럼…….

인애는 따뜻한 물을 마시는 것이 어떠하겠느냐고 물었다. 자신이란 원 안을 쉼 없이 돌고 도는 유정화가 지겨워서만은 아니었다. 말을 멈추게 하지 않으면 완전히 기진해 버릴지도 모른다는 의구심 때문이었다.

"넌 날 이해할 수 있을까."

유정화의 안타까운 시선은 인애의 대답을 재촉하는 듯했다. 나의 이해가 대체 무슨 연유에서 중요하게 여겨지는 것인지. 인애는 유정화를 이해하기 어려워 망설였는데 그러는 동안 자신도 모르게 좀 전에 유정화가 했던 이야기의 한 구절 속으로 빠져 들게 되었다. 삶은 이성의 가르침만을 나침반으로 삼게 되지는 않는 것이라는. 인애는 잠시 후에 나의 이해 따위는 중요한 것이 아니라고 말하고 말았다. 그 구절이 일말의 진실을 담고 있는 듯 여겨지면서 바로 그 점 때문에 그 구절을 외면하고 그것을 말했던 유정화로 향한 연민의 마음을 거두어들이고 싶었던 것인지도 몰랐다.

"넌 바위 같아."

유정화는 머리를 흔들었다. 격렬하게 다시금 울음을 터뜨렸다. 인애는 갑자기 참기 어려운 화가 치밀어 오름을 느꼈다. 유정화의 얼굴 위에 어머니 모습이 겹쳐 떠오르면서였다. 바위는 바로 어머니 유정화들이 아니겠는가. 이곳의 생활을 견디지 못해 떠나고 싶다면 그냥 그렇게 하면 될 일이다. 응석을 부려서는 안 된다. 왜 다른 사람의 면죄부가 필요한가. 인애는 소리쳤다. 그러는 동안 깨달았다. 자신의 마음속 깊은 곳에서는 유정화를 몹시도 못마땅해했음을. 이 방으로 오기 전부터 무엇인가 협공을 다하는 느낌에 사로잡혀 들었음을. 그리고 그 느낌은 얼굴도 모르는 외쪽 옆방 주인의 결혼 실패담을 듣는 동안 생겨났음을. 그리고 또한 그 느낌은 뭔가 온전한 것이 아니었음을. 그것을 의식하는 순간 자신 또한 유정화처럼 또 하나의 바위일지도 모른다는 생각마저 떠올리게 되었던 것이다. 그러자 인애는 입을 다물 수밖에 없질 않았던가. 한동안 방 안에는 침묵이 놓였다. 침묵의 벽을 먼저 흩뜨린 것은 유정화였다.

"넌…… 내가 이렇게 되고 만 것, 내 책임이라고 말하고 싶은 것 같아."

전적으로 나 자신의 약함 때문이라고…… 유정화의 목소리가 높아졌다. 나 역시…… 가능하면 변명을 하고 싶지 않았어. 모든 걸 내 탓으로 돌려야 한다고 생각했는데…… 니가 생각하는 이상으로 자신한테 절망하고 또 절망하면서 날 변화시켜 보려고 애썼는데…… 내가…….
유정화는 긴 숨을 들이켰다.

"사막 속의 야영 생활을 끝내 관두기로 한 것은…… 난 등을 떠밀린 거야. 열흘 전에 옆 작업장의 재단사한테서…… 청혼을 받았는데…… 그 순간 난 진흙 구덩이 속으로 빠져 드는 것 같……."

유정화는 말을 끝맺지 못하고 이불 위로 쓰러졌다. 그러고는 눈을 감았다. 당황한 인애는 유정화의 이마를 만졌다. 다행히도 열은 없었다.

"걱정하지 마라……. 이제는 잠을 잘 수 있을 테니까……."

유정화는 들릴 듯 말 듯 낮은 목소리로 웅얼거렸고 그때 어디선가 짐승이 포효하는 것 같은 높고 거칠고 생생한 울음소리가 터져 나와 인애의 마음을 흔들었다. 아아아아아. 비명과도 같으며 탄식 또는 마음의 몸부림 같기도 한 사설 없는 울음소리는 계속되고 있었다. 이러면…… 언니…… 다른 방 사람들이…… 그러게 내가 뭐랬니. 금영 언니한테 술을 더 먹게 하면 곤란하다고 하잖았니. 두런대는 목소리들도 들려오는 것을 보면 급류와도 흡사한 울음소리는 인애 외쪽 옆방의 것이 분명했다. 유정화의 방으로 오기 전 외쪽 옆방의 임자가 끝내는 큰 울음을 터뜨리지 않을까 생각했던 인애는 울음을 우는 당사자의 입장을 이해는 하면서도 지금은 자신도 모르게 짜증 나는 느낌에 휩싸인 채였다. 유정화의 잠이 방해당하지나 않을까 걱정스러웠던 것이다. 좀 더 가까이 유정화를 내려다보기 시작했다.

유정화는 어느덧 잠 속으로 빠져 든 듯했다. 이다지도 빨리. 이와 같은 소음의 소용돌이 속에서도. 인애는 선뜻 눈길을 유정화의 얼굴에서 거두어들일 수가 없었다. 그러나 유정화의 잠은 얕은 잠이 아님이 확실했다. 인애는 이불을 끌어 올려 유정화의 야윈 어깨가 차가운 방 안 공기에 드러나지 않도록 잘 여며준 뒤 다시 한 번 가슴 언저리의 숨소리를 확인하고는 방을 나왔다.

"난 나쁜 년이야. 난 죽일 년이야. 대체 나란 종자가 무슨 가치가 있

기에…… 자식새끼 내버리고…… 병든 남편한테서 등 돌리고…… 잘
난 남편…… 잘난 척하는 꼴 죽어도 못 본다고…… 제 살길을 찾겠다
고…… 아이고, 이 징그러운 년. 이 징글징글하고 독한 년…… 미친년
마음속같이 뒤죽박죽인 년……."

급류와도 같았던 울음소리는 푸념으로 변해 있었다. 그러자 느닷없
는 울음소리 때문에 잠에서 깨어난 몇 사람들 입에서 터져 나왔던 욕설
들도 차츰 잦아들었다. 복도의 난간에 기대어 선 인애는 문득 하늘을
보았다. 머릿속을 파고드는 여러 말들로부터 놓여나고 싶었던 것이었
으리라. 청혼을 받았는데…… 그 순간 난 진흙 구덩이 속으로 빠져 드
는 것 같…… 잘난 남편 잘난 척하는 꼴 죽어도 못 본다고…… 아니,
이렇게 사람을 무참하게 만들 수 있어요. 신태환의 목소리마저 되살아
나고 있질 않았던가.

인애는 머리를 흔들었다. 이 순간 그 남자를 떠올리는 것은 합당한 일
이 아니다. 혼잣말을 하면서. 그러나 인애는 느낄 수 있었다. 온몸을 파
고드는 한밤의 차가운 대기 속에서도 두 볼만은 붉어지고 있다는 것을.
그리고 그 붉어짐의 연유를 헤아리기가 결코 쉽지 않다는 것을. 자신의
느낌 또한 자신에게조차 불가해한 것으로 여겨질 때가 있다는 것을.

인애가 할 수 있었던 것은 하늘을 뚫어져라 쳐다보는 일뿐이었다. 머
리와 마음을 짓누르는 무거움이 계속해서 여일했던 것은 하늘을 덮고
있는 남빛의 두께가 너무 두터운 때문이었을까. 별빛이 거의 드러나지
않은 밤하늘은 거대한 장벽과도 흡사했던 것이다.

# 어느 무정부주의자의 하루

## 최수철

1958년 강원도 춘천 출생.
서울대 불문과, 동 대학원 졸업.
1981년 《조선일보》 신춘문예에 〈맹점〉 당선 등단.
1993년 이상문학상 수상.
작품집 《모든 신포도 밑에는 여우가 있다》《공중 누각》《화두, 기록, 화석》,
장편 《고래 뱃속에서》《무정부주의자의 사랑》
《벽화 그리는 남자》《몸에 대한 은밀한 이야기》 등.

# 어느 무정부주의자의 하루

## 1

하늘에는 점점이 뜯겨진 솜덩이 같은 크고 작은 구름들이 가득 널려 있었다. 구름들 각각 나름의 정밀한 구도를 따르고 있는 듯하여서, 한편으로는 북동쪽의 한 점을 중심으로 주위로부터 서둘러 까맣게 몰려드는 듯이 보이고 있었다. 그러나 동시에 달리 보면 북서쪽의 저기 한 곳에서 지금 이 순간 수류탄이 터져 파편이 사방팔방으로 튀어 나가듯 온갖 형태와 크기와 여러 색깔의 구름들이 자욱하게 퍼져 나가는 광경이 연출되고 있었다. 그 모습은 한동안 눈길을 통해 넋을 끌어내기에도 거의 부족함이 없었다. 사람들은, 매 순간 급격한 변전이 이루어지고 광대무변한 규모를 지니며 긴박감이 넘쳐나는 구름, 하늘, 더나아가 자연의 드라마 혹은 서사시를 각자 머리에 이고 살아가고 있는 것이었다.

저녁 어스름이 내리기 시작하는 무렵, 도심지를 벗어난 다소 한적한 거리의 한쪽 구석에서는 한 떼의 아이들이 몰려서서 방금 불이 켜진 가로등을 둘러싸고 있었다. 가로등 주변에는 그것과 키가 엇비슷한 나무들이 제법 비죽비죽 솟아 있었고, 그 아래쪽으로 흔히 눈에 띄는 여러 종류의 관목들과 어린 교목들, 그리고 몇 개의 긴 의자들이 자리 잡고 있어서, 그 일대는 가히 길가의 작은 공원이라 불릴 만하였다. 저쪽으로는 중부 지방의 침엽수들 사이에 어색하게 서 있는 사철나무의 이파리들이 가로등의 불빛을 받아 반질거리며 희미하게 빛나고 있었다. 대여섯 명의 남자, 여자 아이들이 모두 양손에 무엇인가를 쥐고 있었다. 그들은 가로등 아래에 쭈뼛거리며 서서 고래를 뒤로 젖혀 금속 기둥 끝에 올라앉아 있는 유리구를 올려다보고 있었다. 미미하게나마 빛을 발하고 있는 그 둥근 덩어리는 주위가 점점 더 어두워짐에 따라 차츰 조금씩 공중으로 떠오르고 있는 듯이 보였고, 아이들은 그 밑에서 손가락을 꼬물거리며 꼼짝 않고 서 있었다. 당장이라도 그 구형의 발광체는 하늘로 풍선처럼 날아올라서 달의 자리에 붙박일 것이었다. 이윽고 한 아이가 팔을 어깨 뒤로 젖혔고, 곧 작은 돌멩이 같은 것이 하나 그의 손을 떠나서 빛의 근원을 향해 솟아올랐다가 목표물을 맞히지 못하고 뾰족한 포물선을 그리며 떨어졌다. 그러자 마치 그것이 발포 신호이기라도 한 양 모든 아이들이 손에 쥐고 있던 것을 던지기 시작했다. 한동안 대부분의 탄환들은 아무것에도 닿지 못하고 헛되이 떨어져 내렸다. 아이들은 입을 굳게 다물고 가로등의 전구처럼 눈을 빛내며 바닥을 뒤져 돌을 집어 들었고, 머리 위로 떨어지는 돌을 피하여 자신의 손아귀에 단단히 잡혀 있는 돌을 위로 날려 보냈다. 가로등의 기둥을 두드리는 뗑그렁 소리가 몇 번 계속 울리고 났을 때, 이윽고 퍽 하는 소리와 함께 불빛이 꺼지면서 유리구의 오른쪽 반 이상이 깨어져 나갔다. 아이들은 고개를 움츠리며 잠시 주춤했다. 그러나 곧 다시 돌들이 날아올라서 간신히 붙어 있는 유리구의 나머지 부분마저 조각을 내 떨어뜨렸다. 그제야 아이들은 두 손을 하늘로 쳐들고 발을 동동 구르며 와하는 함성을 지르더니 작은 공원 다른 쪽 끝에 있는 다음 가로등 쪽으로 몰려갔다.

## 2

나지막한 언덕 위쪽으로는 경사면 위에 세워진 한 낡은 이층 건물 옆으로 좁고 허름한 계단이 곡선을 그리며 위로 뻗쳐 있었고, 그 옆의 시멘트 벽 위에 작은 직사각형 나무판 하나가 못으로 고정되어 있었다. 여기는 공용 계단이 아니므로 사고 발생 시 이용자에게 책임이 있습니다. 곳곳이 훼손되어 있고 잡초들에 의해 여기저기가 침식당해 있는 그 침침한 계단이 끝나는 곳에는 좁은 인도 너머로 팔 차선의 차도가 펼쳐져 있었다. 그리고 인도 위에는 예닐곱 개가량의 포장마차들이 낡고 찢어지고 변색된 비닐포를 뒤집어쓰고서 공원 쪽으로 바짝 붙어 늘어서 있었다. 각각의 포장마차들은 바야흐로 장사를 시작할 준비를 하고 있는 중이었다. 몇몇 남자들이 연탄집게로 불붙은 연탄을 집어 들고 밖으로 나오다가 몸을 비틀며 늘어지게 하품을 하고 있었고, 어떤 아낙들은 걸레로 탁자와 의자를 훔치다 말고 머리카락 속이나 목덜미 밑으로 손을 집어넣었다. 공원 전체에서는 어떤 정체 모를 악취, 퀴퀴하면서도 암모니아처럼 코를 찌르는 자극적이고 불쾌한 냄새가 풍기고 있었는데, 공원 한쪽에 일렬로 늘어서 있는 포장마차들의 존재가 그 연유를 알 수 있게 해주고 있었다. 밤마다 술에 취한 남자들은, 때로는 여자들까지도, 요의를 참다못해 부풀어 오른 방광을 움켜쥐다시피 하고서 포장마차를 나와, 공원과 인도를 가르고 있는 낮은 철제 방책을 넘어 안으로 들어가서는 주위에 서 있는 나무들처럼 몸을 꼿꼿이 세우고 요란하게 방뇨를 했을 것이었다. 얼핏 보기에 소변을 보는 그들은 그들이 머리를 박고 있거나 어깨를 기대고 있는 나무들과 거의 구별이 되지 않을 것이었다. 단지 그들은 키가 좀 더 나지막하고 바람을 이기지 못하는 듯 조금씩 전후좌우로 흔들리고 있을 뿐이었다. 어쩌다가 가로등이나 주변의 전광 간판 쪽으로 가까이 다가간 취객은 일을 치르면서 고개를 비스듬히 치켜올려 못마땅해하는 시선으로 거북한 빛의 근원지를 노려보았을 것이고, 어쩌면 볼일을 미처 끝내지도 않은 상황에서 조금 전에 아이들이 그러했듯 몸을 굽혀 돌을 집어 들어 빛을 향해 내던지느라고 바지 앞을 온통 적셔버렸을지도 모르는 일이었다. 때로 사람들은 나란히 서서 소변을 보며 두런두런 말을 나누기도 했을 것이고, 초면임에도 불구하고 바로 그 순간에 의기가 투합된 어떤 사람들은 어깨동무를 하고 포장마차로 돌아가서 합석을 하기 위해 이쪽 포장마차에서 저쪽 포장마차로 옮겨 가기도 하였을 것이며, 간혹 무릎 높이밖에 되지 않는 그 철책에 걸려 넘어져서 포석에 부딪혀 머리가 깨진 사람도 없지 않을 것이었다. 그렇다면 매일 저녁부터 새벽까지 사람들이 뿌린 눈물과 오줌과 토사물로 인하여 그곳의 나무들과 풀들에게 있어서는 비료가 지나치게 풍부한 셈이었다. 그러고 보니 곳곳에 노랗게 말라 죽은 관목들의 모습도 보이고 있었다.

## 3

차도 위에서는 비둘기 몇 마리가 어지럽게 날아다니고 있었다. 서로 직각으로 교차되기도 하고 함께 치솟아 올라가기도 하는 그것들은 간간이 차도 위의 자동차들에 닿을 듯이 하며 몸을 공중으로 솟구쳐 날아올랐다. 그들은 그 아슬아슬한 곡예 같은 행동을 즐기고 있는 것이었다. 그들은 온갖 공해로 찌든 도시에서도 훌륭하게 살아남을 수 있었던 자신들을 매 순간 자축하면서, 달리는 자동차들 위로 바짝 붙어 날기와 그 사이로 빠져나가기라는 자신들이 고안해 낸 위험한 신종 스포츠를 감행하고 있는 것이었다. 그들은 자신들의 생리 구조가 변해 버린 돌연변이라는 사실을 알고 있는 것이고, 그렇기 때문에 그들은 점점 더 위험성이 높아지는 무모한 도전에 자신들을 내맡길 수밖에 없는 것이었다. 그렇게라도 해야만 그들은 포도 위에서 사람들의 가랑이 밑을 빠져다니고 때로 구둣발로 걷어차이기도 하고 자전거의 앞바퀴에 놀라 날아오르기도 하면서 땅바닥에 떨어진 음식물 조각을 집어 먹으며 견딜 수 있는 것이었다. 그들은 이제 사람들이 자신들을 아직까지와는 다른, 다분히 냉소적이고 무관심한 눈길로 바라보고 있음을 알고 있는 것이었다. 그들은 아이들에게조차 호기심의 대상이 되지 못했다. 아이들은 그들을 발견하기만 하면 으레 다짜고짜 달려들 뿐이었다. 물론 그것도 일종의 관심이라고 할 수는 있겠지만, 아이들은 오로지 그들의 숨통을 틀어쥐려고만 하는 것이었다. 그들의 생명을 건 비상으로 인해 당황하는 쪽은 오히려 자동차들과 그 안에 타고 있는 사람들이었다. 사람들은 차 안에 앉아 있으면서도 그들이 앞 유리창을 향해 돌진하듯 날아오는 것을 볼 때마다 반사적으로 눈을 감으며 목을 움츠리는 것이었다. 그러나 사람들은 새들이 살아남기 위해 그렇듯 죽음을 무릅쓰고 있음을 결코 이해하지 못하고 있었다. 사태가 계속 그런 식으로 진행되면 사람들의 마음에 남아 있던 그들에 대한 최소한의 관심은 결국 적대감으로 변해 버릴 것이고, 어느 시기가 오면 그들에게 총을 쏘아대거나 극약이 들어 있는 낟알들을 거리마다 살포할 것이었다. 그러나 이번에는 새들이 그 점을 전혀 예상하거나 내다보지 못하고 있었다. 하지만 여하튼 적어도 아직까지는 비둘기에 의해 유발된 교통사고는 한 건도 없었고, 달리는 차에 부딪혀 부리가 부서지고 날개가 부러진 채 차도 위에 떨어져 있는 비둘기가 눈에 띄는 것도 아니었으며, 인도와 차도 사이를 어슬렁거리는 고양이들이 있는 것 또한 아니었다. 하지만 어쩌면 그 모든 것은 단지 시간문제에 지나지 않는 것인지도 모르는 일이었다. 세대가 바뀌어 다른 젊은 비둘기들이 거리를 날아다니게 될 때에, 그들은 심지어 자동차 밑을 날거나 자동차의 한쪽 창문으로 날아 들어갔다가 다른 쪽 창문으로 날아오르는 극단적인 모험까지도 시도하려 들 수도 있기 때문이었다.

## 4

정류장에 잠시 정차했다가 다시 달리기 시작한 버스 안에서는 운전수가 켜놓은 라디오 소리가 요란스럽게 울리고 있었고, 창밖으로는 이미 어둠이 제법 짙어졌음에도 불구하고 여전히 박쥐처럼 낮은 하늘을 헤집으며 날아다니는 비둘기들의 모습이 보이고 있었다. 앞 유리창 너머의 전경은 온통 초록색으로 칠해진 청소 대행 쓰레기차의 뒷모습에 의해 가로막혀 있었다. 위로 올려서 열게 되어 있는 쓰레기차의 뒷문은 손잡이에 매어진 굵은 가죽끈에 의해 아래쪽으로 고정되어 있긴 하였지만 차가 흔들릴 때마다 수시로 틈이 벌어지면서 안에 있는 잡동사니들이 조금씩 흘러나오고 있었다. 그리고 그 뒤를 따르는 버스가 바퀴로 그 쓰레기들을 납작하게 만들어주거나 길 밖으로 튕겨버리고 있었다. 그 장면을 오랫동안 지켜본 사람이라면 누구나 어느 순간 어찔한 현기증을 느끼며 손잡이나 의자의 등받이를 움켜쥐었을 것이었다. 그들의 눈에는 차도 위를 달리는 모든 차량들이 내용물들을 질질 흘리며 내달리면서도 그 사실을 전혀 깨닫지 못하고 있고, 곧이어 달려온 뒤 차량들이 그것들을 깔아뭉개고 있는 것으로 비치고 있을 것이었다. 이삿짐을 나르는 대형 트럭의 뒷문이 열리고 고무끈이 풀어지면서 가재도구

들이 뒤로 밀려 차례로 떨어져 내렸고, 그 위로 덤프트럭의 육중한 타
이어가 조금도 주저하는 기색이 없이 새로운 길을 내듯 돌진했다. 소형
승합차의 뒤 칸에 실려 있던 페인트통들이 바닥으로 떨어져 차도를 온
갖 색으로 물들였으며, 그 뒤로 여러 종류의 차량들이 마치 울긋불긋하
게 장식되어 한 줄에 꿰어진 장난감 자동차들처럼 꼬리를 물고 있었다.
뿐만 아니라, 온갖 종류의 버스, 택시, 자가용 등등의 모든 승용차들에
서도 그 뒤꽁무니로 남녀노소의 승객들이 줄줄 흘려지고 있었다. 차들
사이를 매끄럽게 빠져나가는 모터사이클의 뒷자리에 앉아 두 팔로 남
자의 배를 끌어안고 있던 가죽점퍼 차림의 젊은 여자도 바닥으로 떨어
져 엉덩방아를 찧었지만, 운전을 하는 젊은 사내는 그 사실을 모르는
듯, 혹은 그따위 일에 신경을 쓸 상황이 아니라는 듯, 그냥 내처 내달려
그곳을 떠나버리고 말았으며, 심지어 승용차의 운전자 자신도 핸들을
두 손으로 움켜쥔 채로 차 밑으로 쑥 빠져버려 바닥에 나뒹굴었다. 그
러다 보니 차도 위에는 운전자들을 잃고서 좌충우돌하는 자동차들과
차 밖으로 쓰레기처럼 내버려진 사람들로 뒤죽박죽되어 버렸고, 그 뒤
를 이어 달려온 차량들에서도 똑같은 장면이 연출되고 있었다. 그 와중
에 대부분의 사람들이 차체에 부딪히거나 옆으로 튕겨졌으며, 삽시간
에 그 도로 위에는 마네킹들의 잘려진 머리, 팔, 손, 다리, 발, 몸통, 엉
덩이, 가발, 구두, 찢겨진 옷가지들이 수북하게 쌓였다. 그들은 자동차
의 경적과 똑같은 비명 소리를 지르고 있었고, 때로 몇 개의 두개골들
이 나란히 보조를 맞추어 차바퀴보다 훨씬 빠른 속도로 굴러가고 있기
도 하였다. 그래도 여간해서는, 길이 막혀 차들의 발이 묶일 것 같지가
않았다. 주인을 잃은 차들이 서로 충돌하여 엔진이 폭발하고 화염이 공
중으로 치솟는다 해도, 마네킹들의 으깨어진 지체가 차바퀴에 감겨 차
체와의 사이에 낀다 하여도, 그 어느 것도 차도 위의 움직임을 끊어놓

을 수는 없을 것이었다.

　라디오에서 흘러나오는 성우들의 목소리가 버스 안을 온통 쾅쾅 울려대고 있었다. 느닷없이 한 젊은 남자의 절규에 가까운 외침이 버스 천장의 가운데쯤에 붙어 있는 스피커에서 터져 나왔다. 네가 어찌 늙은 어머니를 버리고 갈 수 있어, 어떻게 그럴 수 있느냐구, 곧이어 어색하기 이를 데 없는 한 노파의 울음 섞인 목소리가 느릿느릿 풀려 나와 한데 얽혀 바닥으로 낮게 깔렸다. 여엉지인아아아…… 그 목소리의 뒤에서는 삼십대 초반의 젊은 여자가 머리에 헤드폰을 쓰고 구겨진 방송 대본을 손에 들고 혓바닥과 어깨를 축 늘어뜨리고 이맛살을 필요 이상으로 찡그리고 붉게 칠해진 입술을 마이크에 가져다 대고서 목이 멘 소리를 발하고 있었다. 이윽고 그녀의 울음소리와 갈매기 울음소리, 뱃고동 소리가 겹쳐졌으며, 다급하게 단편적으로 터져 나오는 여러 남녀들의 말소리들이 다투어 스피커를 빠져나왔다. 짧은 시간 동안에 스피커 속에서는 해설자의 몇 마디 말을 통하여 많은 시간이 흐르기도 하고 수년 전으로 거슬러 올라가기도 하고 있었고, 남녀 성우들은 연출자의 지휘봉 끝의 움직임에 따라 순간온수기처럼 뜨거운 물과 차가운 물을 번갈아가며 마구 틀어대고 있어서 급기야 버스 안은 미지근한 물로 가득 차고 말았다. 사람들은 앉거나 선 채로 떠올라 겨우 코 윗부분을 물 밖으로 내어놓고서 간신히 호흡을 이어가고 있었다. 게다가 물은 사람들에게 가장 큰 불쾌감을 느끼게 하는 온도를 계속 유지하고 있었다. 그리고 그동안에도 라디오에서는 슬픔과 즐거움과 노여움과 기쁨 등등의 채널이 이리저리 함부로 돌려지고 있었다. 버스가 정류장에 이르러 차문을 열었을 때, 사람들은 열린 문으로 쏟아져 나가는 물살에 휘말려 떠내려가듯 밖으로 내던져졌다.

# 5

그는 문 앞에 서서 잠시 머뭇거렸다. 복도에는 아무도 없었다. 복도 끝의 화장실에서 물소리가 낮게 들려올 뿐이었다. 그는 손을 들어 노크를 하려다가 문이 조금 열려 있음을 알았다. 그는 손가락 두 개로 가볍게 두드리자 문은 그 힘에 밀려 조금 더 넓게 틈을 벌려주었다. 그러나 실내에서는 아무런 목소리도, 인기척도 들려오지 않았다. 그는 천천히, 조용히 안으로 들어섰다. 방의 주인은 그를 기다리고 있다가 잠시 다녀올 데가 생겨서 그를 위하여 문을 열어놓고 출타를 한 것이었다. 그는 문을 열어놓은 채 방 안을 서성거렸다. 그는 긴 안락의자 쪽으로 걸어가서, 자리에 앉는 대신 그 뒤쪽으로 돌아 책장에 꽂혀 있는 많은 책들을 유심히 살펴보았다. 그러고는 크고 작은 메모지들이 무수히 널려 있는 널찍한 책상 주위를 돌며 눈에 띄는 것들을 건성으로 읽어나갔다.

그때 텅 빈 방 안 어디에선가 갑자기 쏴 하는 기묘한 소리가 울리기 시작했다. 그는 깜짝 놀라서 걸음을 멈추고는 주위를 두리번거렸다. 그 소리는 분명 가까운 곳에서 들려오는 것이었으나 아무리 돌아보아도 주변의 어느 물건이 그런 소리를 내는 것인지 알 수 없었다. 하지만 곧 그는 책상과 벽 사이의 구석에서 그 소리가 일어나고 있었으며 그곳에서 지금 물이 끓고 있는 것임을 알 수 있었다. 방 주인은 그가 도착하면 곧 차를 마실 수 있도록 전기 주전자에 물을 올려놓았던 것이고, 이미 한차례 끓고 난 물이 조금 식었다가 주전자의 전기 장치에 의해 다시 끓기 시작한 것이었다. 벽 쪽으로 걸어가서 확인할 필요도 없는 일이었다. 그는 다시 걸음을 옮겨 창가로 걸어갔다.

시간이 제법 흐른 후에도 방 주인은 돌아오지 않았다. 전기 주전자는 그런 식으로 몇 번이나 저절로 작동을 시작했다가 멈추곤 했고, 그때마다 그는 번번이 조금 놀랐다가 마음을 가라앉히곤 하였다. 그러면서 그는 차츰 자신의 감정이 주전자 속에서 물이 끓고 식고 하는 것과 매우 비슷한 주기를 가지고서 변화해 가고 있음을 느낄 수 있었다. 물 끓는 소리가 들려오는 것과 동시에 그는 오랫동안 방 주인이 돌아오지 않고 있음에 의하여 무료함과 답답함과 거북함을 느꼈다. 그럴 때면 그는 고개를 떨구고 걸음을 빨리하여 방 안을 왔다 갔다 하다가 갑자기 우뚝 멈춰 서서 전화기를 우두커니 바라보곤 하였다. 그러다가 잠시 후 주전자가 잠잠해질 때쯤에는 그는 자신도 모르게 초조함이 사라져버리고 마음과 몸이 함께 여유로워져서 물건들 하나하나를 손으로 만지고 쓸어보고 하면서 찬찬히 눈으로 더듬어보곤 하였다. 그리고 심지어 그는 차라리 방 주인이 아예 돌아오지 않아도 상관없겠다는 생각을 하기도 하였다. 하지만 다시금 주전자가 수선을 피우기 시작하게 되면 그는 영락없이 조금 전의 상태로 되돌아가서 안절부절못하는 것이었다. 그러다 보니 마침내 그는 주전자에게 사로잡히고 말아서 그의 감정 상태는 정확하게 반복되는 주전자의 전기 작동에 종속되기에 이르렀다. 물이 끓으면 그도 달아올랐고 결국에는 어느 쪽이 먼저이고 어느 쪽이 나중인 것인지, 혹은 양쪽이 어떤 관계에 있는 것인지조차 갈피를 잡을 수 없었다. 그러나 그로서는 전기 주전자의 플러그를 뽑아버릴 수도, 그렇다고 그 물로 차를 타서 마실 수도 없었다. 그러기에는 이미 늦어버린 것이었다. 그는 어느 순간 긴 의자에 앉은 채로 하나의 커다란 주전자가 되어버려서, 외부로부터 주어지는 어떤 에너지를 동력원으로 하여 주기적으로 속에 든 모형의 내용물을 끓이고 있었다. 그는 아무런 생각도 할 수 없었고 꼼짝도 할 수 없었다. 그때 그는 문득 자신이 내심으로는 철저히 속수무책이고 피동적인 그 상황을 오히려 조금은 편안해하는 것이 아닌지, 자신이 암암리에 그 상황을 의도적으로 자초한 것이 아닌지 하는 의혹을 잠깐 느꼈다. 그러나 그는 결론을 내리지 못하고 곧 주전자로 되돌아갔다. 시간은 계속 흘러갔고, 때로 그는 벽에 걸린 마름모꼴의 시계가 되기도 하였지만, 그때마다 금방 다시 주전자가 되어버렸다. 그대로 그렇게 속절없이 시간이 지나간다면, 주전자 속의 물이 조금씩 수증기로 변하듯이 그의 속에 들어 있는 그 어떤 내용물도 차츰 증발되어 공기 속으로 사라져버리고 말 것이었다. 그러면 나중에 방 주인이 나타난다 하더라도 기다림이라든가 만남 자체가 무화되어버려서 아무런 할 말도 들을 말도, 보여줄 행동도 확인할 몸짓도 남아 있지 않게 될 것이었다. 그는 팔짱을 낀 두 팔을 무릎 위에 올려놓고 눈을 내리깔고서 미동도 없이 언제까지고 그렇게 앉아 있었다.

# 6

그는 바지 주머니에서 열쇠를 꺼내 든다. 잠긴 문 앞에 서서 열쇠를 더듬거릴 때면 그는 항상 공연히 마음 한구석이 다급해진다. 그러나 그보다는, 막상 열쇠를 손에 쥐고 자물쇠 구멍에 막 꽂으려 하는 순간에 그는 더욱 초조해진다. 그는 지금 쫓기고 있다. 그는 있는 힘을 다하여 오 층까지 계단을 뛰어 올라왔다. 숨이 턱에 차 있고 다리와 허벅지가 천근이나 되는 것처럼 무겁게 느껴지며 온몸에서 땀이 비 오듯 흘러내리고 있다. 그를 쫓는 자의 발소리가 요란하게 울리고 있다. 쇠를 댄 구두 밑창이 시멘트 바닥에 부딪치는 시끄러운 소리가 벌써 아주 가까이 다가와 있다. 서둘러야 한다. 이마에서 흘러내린 땀이 눈초리를 타고 눈으로 흘러 들어가서 눈알이 쓰리고 시야가 뿌옇게 흐려진다. 그는 눈살을 찌푸려 눈을 껌벅이며 여러 개의 열쇠들이 매달린 열쇠 뭉치 속에서 현관의 자물쇠에 맞는 것을 고르기 위해 애쓴다. 이제 시간이 거의 없다. 당장이라도 그자가 모습을 나타낼 것이다. 땀이 밴 그의 손 안에서 열쇠들이 자꾸 미끄러진다. 혓바닥이 타들어 가는 듯하며, 온몸이 당장이라도 오그라들 것 같은 느낌이다. 그는 불안한 눈초리로 연신 층계 아래쪽을 힐끔거린다.

드디어 찾았다. 그는 열쇠 하나를 엄지와 검지로 단단히 틀어쥔다. 열쇠가 자물쇠의 홈에 닿은 순간, 마침내 그자가 아래쪽 층계참에 모습을 나타낸다. 그자는 왼손으로 난간을 잡고서 막 한 발을 올려 딛으려 하다가 고개를 들어 그를 올려다본다. 그는 미처 그자의 얼굴도 보지 못하고 얼른 고개를 돌려 열쇠를 돌린다. 그자가 쿵쾅거리며 계단을 뛰어 올라온다. 보통 때 같으면 그자의 손이 그의 몸에 닿으려 할 때 문이 열리고 그는 아슬아슬하게 문틈으로 빠져 들어간다. 그러고는 황급히 자물쇠를 채우고서 문에 등을 기대고 선 채로 온몸으로 숨을 헐떡거린다. 그를 쫓는 그자는 결코 그를 잡을 수 없는 것이다. 그자는 매번 바로 문 앞에서 그를 놓쳐버리고 만다. 그러면서도 그자는 전혀 포기할 기색을 보이지 않으며, 모든 종류의 잠긴 문 앞에서 그를 기다린다. 그의 동행자가 열쇠로 문을 여는 동안 그가 옆에 서서 기다리고 있을 때에도 그자는 어김없이 자신의 존재를 드러낸다. 다른 사람의 집을 방문하여 초인종을 누르고 났을 때도 마찬가지다. 하지만 여하튼 어떤 경우에도 그 자는 그를 잡을 수 없다. 그렇게 되어 있음을 그는 잘 알고 있다. 그럼에도 불구하고 그는 여전히 실제로 쫓긴다.

그런데 웬일인지 이번에는 돌발 사태가 일어나고 만다. 지나치게 손에 힘을 준 탓인지 열쇠가 두 동강이 나버린다. 계단 아래쪽을 내려다보니 사태를 파악한 그자는 입가에 회심의 미소를 지으며 천천히 걸어 올라온다. 열쇠의 반 조각은 홈 속에 박힌 채로 있다. 그는 어찌할 바를 모르고 망연히 고개를 떨어뜨린다. 그의 손에는 열쇠의 나머지 반이 들려 있을 뿐이다. 그는 주먹으로 문을 탕탕 두드리며 열어달라고 소리치고 싶은 충동을 느낀다. 이제 그는 자신을 쫓던 그자가 어느새 그보다 먼저 집 안으로 들어가서 안으로 문을 잠가버린 것이라고 생각한다. 그렇다면 그가 아무리 소란을 피워보아도 소용없는 일이다. 그는 온몸에서 맥이 풀리는 것을 느끼며 돌아선다.

그 다음의 일들은 그리 중요한 것이 못 된다. 그는 집 앞의 상가 골목으로 나가서 철물점을 찾았다. 그리고 그곳에서 끝이 뾰족한 집게를 잠시 빌리기로 하였다. 자초지종을 듣고 난 철물점 주인은 고개를 설레설레 저으며 공연히 헛수고를 하는 것이라고 말했으나 그는 자신의 생각을 관철시켰다. 그러나 그 자신도 가능성이 그다지 높다고는 생각하고 있지 않았다. 집으로 돌아와서, 자물쇠의 홈 밖으로 빠져나와 있는 열쇠 조각의 끄트머리를 집게의 끝으로 단단히 틀어쥐고 시계 방향으로 돌려보려는 시도를 몇 번이고 되풀이하였다. 하지만 여러 가지 상황이 여의치가 않아서 번번이 집게가 열쇠를 놓쳐버리고 말았다. 그렇게 하는 와중에 열쇠의 끄트머리는 조금씩 점점 문드러져가고 있었고, 그는 더욱 초조해질 수밖에 없었다. 그러나 그는 포기하지 않았다. 그때 어느 순간 철커덕 소리가 나면서 의외로 너무나 간단하게 자물쇠가 풀렸다. 그는 오히려 일종의 허탈감을 느끼며 자물쇠에서 열쇠를 뽑아 들고 천천히 문의 손잡이를 돌렸다. 그러고는 문을 반쯤 열고 우선 머리와 상체를 들이밀어서 어두운 실내를 살폈다. 이제 그자는 구석진 곳에 숨어서 그가 완전히 안으로 들어서기를 기다리고 있을 것이다. 그는 등 뒤로 문을 닫았다.

## 7

차가 고갯마루에 가까워지면서 갑자기 날씨가 흐려지기 시작했다. 낮은 지대에서도 날이 그리 화창했던 것은 아니었지만 그런대로 쾌적한 분위기를 잃지 않고 있었는데, 지금은 시야를 가로막는 짙은 안개와 함께 주위가 어둑어둑해질 정도로 찌푸려 든 것이었다. 고속버스의 커다란 차창들에 뿌옇게 김이 어렸다. 그러다가 급기야 빗방울까지 듣기 시작했다. 그러나 마치 주변의 안개가 액화되어 흩뿌려지듯이 빗줄기는 그리 굵지 않았고, 때때로 바람에 실린 빗방울들이 한데 몰려 유리창을 두드리고 있었다. 차창에 떨어진 빗물은 곧 가늘고 불규칙한 선을 그으며 밑으로 떨어져 내렸다. 유리창 위에서 빗물은 차가 가속과 감속을 하고 모퉁이를 돌 때마다, 그리고 바깥의 바람의 영향을 받아서, 갈지 자로 내달리며 날카로운 각도의 직선들을 긋기도 하고, 때로는 아예 물줄기가 떨어져 나가 그 흐름이 중간에서 끊어져 버리기도 하였으며, 유리창 전면을 대각선으로 누비며 파행적인 움직임을 현란하게 보여주고 있기도 하였다. 그것은 흡사 지진계의 바늘이 땅의 진동에 민감하게 반응하는 장면을 지켜보는 듯하였다. 지금 수없이 떨어져 내리는 작은 빗방울들은 매 순간 하나의 덩어리를 이루어 뿌옇게 유리창을 타고 흐르며 차의 속도의 변화와 흔들림, 그리고 바람의 계수를 정확하게 시각적으로 재현하고 있는 것이었다.

  실로 고지대의 날씨는 변화무쌍하기 그지없었다. 바람에 머리채를 휘날리는 짙푸른 숲의 전경이 안개와 빗발 사이로 아스라이 내려다보이고 있었다. 하지만 이제 곧 고개만 넘으면 다소 가파른 내리막길이 나오고, 그러면 날씨는 진정될 기미를 보일 것이었다. 고개가 웬만한 산마루에 못지않게 높은 탓에 하늘의 구름에 너무 근접해 있다 보니 그런 예측할 수 없는 기상 변화가 일어나는 것이며 특히 안개가 끼고 비바람이 자주 몰아치는 것이었다. 중력과 관성과 가속도의 팽팽한 대립 상태에 힘입어 빗줄기들이 종횡무진으로 그어져 있는 유리창과 그 너머로 어지러이 흔들리는 바깥의 풍경은, 그것을 지켜보는 사람의 마음속에 그것과 비슷한 스산하고 착잡하고 난해한 추상화를 옮겨놓고 있었다. 지금 이곳은 구름과 거의 맞닿아 있어서 이 지경이라면, 대체 나의 심정은 그 무엇에 너무 근접해 있어서 이리도 지리멸렬하다는 말인가. 이제 차는 굽이굽이 고갯길을 내리 달리고 있었다. 무엇인가에 가까이 다가가려면 그것이 주는 영향과 불편과 혹은 고통 같은 것을 감수할 마음의 준비가 되어 있어야 할 것이었다. 벌써 기상의 동요는 훨씬 가라앉아 있었다. 차는 비와 안개와 바람의 격전 지대를 꿰뚫고 통과한 셈이었다. 얼마 후 차창에 어려 있던 김이 서서히 걷혔고, 아직 유리에 남아 엷은 자국으로 번져 있는 빗물에 의해 바깥의 풍경이 기묘하게 굴절을 일으킨 채 눈에 들어오고 있었다.

8

그래, 내게 신경증 증세가 있다는 건 나도 인정해. 하지만 내 이런 증세가 의학적으로 어느 정도의 단계에 이르러 있는 것인지 나로서는 알 수가 없어. 책이나 남들과의 대화를 통해서 나의 경우를 남들과 비교를 해본 적도 없고, 그렇다고 신경정신과를 찾아가 보지도 않았으니 그건 지극히 당연한 얘기지. 그러니까, 왜 내가 그런 당연한 말을 했느냐 하면, 평소에 나는 나 자신이 더할 나위 없이 평범한 사람이라는 사실을 의심치 않고 있지만, 때로는 스스로 생각해 보아도 내 신경증이 상당히 심각한 상태로까지 발전되어 있다는 자각이 들기도 하기 때문이라는 거야. 이를테면 나는 나 스스로도 나 자신에 대해 갈피를 잡을 수 없는 셈이야. 하기야 자기를 완전히 파악하는 사람이 세상에 어디 있겠나? 하지만 내 경우는 그런 일반적인 것들하고는 상당히 다르지. 예를 들어 말하는 편이 더 나을 듯하군. 내가 어느 날 문득 이를테면 굴욕감 내지는 치욕감에 사로잡히게 되면, 나는, 물론 항상 그런 건 아니지만, 종종 꽤 오랫동안 그런 감정에서 벗어나지 못하곤 하는 거야. 하루나 이틀은 다반사이고, 심지어 일주일이 넘을 때도 있지. 그럴 때면 세상의 모든 것들, 모든 일들이 굴욕스럽게 느껴지게 돼. 어느 정도냐 하면, 굴욕스러워야 할 것은 물론 굴욕스럽고, 굴욕스러운 것도 굴욕스럽고, 굴욕스러울 수 있는 것도 굴욕스럽고, 굴욕스러워하지 않아도 되는 것도 굴욕스러울 뿐만 아니라, 굴욕스럽지 않은 것도 굴욕스러워지는 거야. 충분히 이해가 가긴 하겠지만, 이게 무슨 말인고 하니, 의당 굴욕스러워해야 할 것에 대해서는 나는 물론 굴욕스러워하며, 그렇게 강도가 심하지는 않더라도 일반적으로 보아 굴욕스러운 일에 대해서도 또한 나는 당연히 굴욕스러워하고, 나아가 어떤 사람에게는 굴욕스러울 수 있고 또 어떤 사람들에게는 그렇지 않을 수 있는 것들, 그리고 대개의 사람들이 전혀 굴욕스러워하지 않고 넘어가는 것들까지도 나는 굴욕스러워하게 되는 것이고, 그러다가 급기야 종국에는 굴욕스러움과는 아무런 상관이 없는 것들에 대해서마저도 굴욕감을 느끼지 않을 수 없게 되는 지경에 이르고 마는 것이야. 대부분의 경우, 이런 심리적인 양상들이 차례로 진행되어 맨 나중의 가장 심한 단계에 이르게 되곤 하지. 어느 시구를 인용해서 말하자면, 결국 나는 잎새에 부는 바람에도 굴욕스러워하는 셈이야. 그런 상태에서는, 예를 들어 나는 고개를 숙여 인사를 한다거나 존댓말을 쓰는 것이 여간 어렵지 않다 못해 거의 불가능해지는 것이고, 마지못해 그렇게 하는 경우에는 금방 그 자리에서 얼굴이 벌겋게 달아오르고 숨이 가빠와서 스스로 견딜 수 없게 되어버려. 그리고 그럴 때마다 나는 내 신경증이 어느 겨를에 상당히 무거워졌다는 생각을 떨칠 수 없게 돼. 그렇지만 시간이 지나면 나는 천천히 정상적인 평소의 나 자신에게로 돌아오거든. 그러니 나로서도 뭘 어떻게 해야 하는 건지 모르겠어. 그런데 그건 비단 굴욕감 같은 감정에만 해당되는 얘기가 아니야. 허탈감이나 행복감 등등의 감정이 문제될 때에도 상황은 마찬가지지. 허탈감이야 굴욕감과 일맥상통하는 것일 테고, 행복감을 놓고서 말하자면, 나는 처음에는 당연히 행복해해야 할 일을 가지고 행복해하다가 몇 개의 감정상의 단계를 거치면서, 얼마 후에는 마찬가지로 하찮고 사소한 일들, 행복감과는 전혀 무관한 일들 앞에서도 행복해하게 되는 것이고, 그러다 보니 사람들은 나를 몹시 싱거운 위인이라고 생각할 뿐만 아니라 심지어는 내 정신 상태까지 의심하려 드는 거야. 나는 그들의 태도를 충분히 납득할 수 있어. 하지만 그들은 내가 그러는 게 나의 신경증 탓이라고는 생각하지도, 그렇게 믿으려 하지도 않아. 그러니 내가 이렇게까지 말을 하고 있는 이상, 이제는 나만이 아니라 남들도 내가 신경증 환자라는 사실을 인정해 줘야 해.

## 9

애청자 여러분, 지금부터 들려드리는 새 울음소리를 통해서 여러분이 가지고 계신 음향기기의 스테레오 분리도를 확인하시기 바랍니다. 먼저 뻐꾹새 소리를 왼쪽 채널에서 들려드립니다. 다음에는 휘파람새 소리를 오른쪽 채널에서 들려드립니다. 이번에는 새들의 합창을 스테레오 음향으로 들려드립니다. 저희 방송 에프엠과 함께 맑은 스테레오 음향을 즐겨주시기 바랍니다.

"그럴 때는 말이야, 나는 항상 나 자신이 스테레오 분리도가 좋지 않은 음향기기 같다는 생각이 자주 든다 이 말씀이야. 솔직히 말하면 나는 반쯤은 정상이 아니야. 왠고 하니 보통 사람들은 오른쪽 채널로 정상적인 삶을 연출하고, 간간이 기저음 같은 걸로, 그렇지 않으면 거의 귀에 안 들릴 정도로, 왼쪽 채널을 통해 자신의 비정상적인 모습을 드러내는 것일 터인데, 도대체 나는 그렇지가 못하거든. 당연히 그래야 하고, 그렇게 하는 게 당연한 일인데, 나는 그럴 수가 없다구. 물론 나도 하루 중의 어느 부분에 있어서는 그런대로 왼쪽 채널과 오른쪽 채널을 분간하여 행동을 할 수 있기는 하지. 하지만 그 나머지 부분의 시간에는 왼쪽과 오른쪽 사이에서 전혀 감을 잡지 못하고 우왕좌왕, 좌충우돌하는 거야."

"그야 대부분의 사람들이 다 그런 거 아닌가? 스테레오 문제는 둘째 치더라도, 살아가면서 내내 그저 주파수가 맞지 않거나 전파에 혼선이 생겨서 지지직거리는 거고, 어쩌다가 간신히 맑은 소리를 내거나 들을 수 있게 되는 거 아니겠느냐는 말이야. 그렇지 않고서야 세상이 왜 이토록 혼탁한 소음과 잡음투성이이겠어?"

"그럴지도 모르지. 하지만 그건 너무 단순하게 인생을 바라보는 거야. 최소한 양쪽으로는 봐야지, 이를테면 에프엠으로. 여하튼 아까 하던 말을 계속하자면, 나는 요즘 이쪽저쪽 채널을 가리지 않고 내 멋대로, 함부로 왕왕 입을 놀려대고 있다는 생각이 들어. 그런 내 모습이 사람들의 눈에 얼마나 우스꽝스럽게 비칠지 짐작이 가고도 남아. 하지만 이미 나는 나 자신을 통제할 수 없어. 결국 나는 정말 고물 음향기기만도 못한 존재야. 최소한 에프엠 라디오이기라도 하다면 수리를 해보거나 아니면 이렇게 주먹으로 쾅쾅 두드려보기라도 할 텐데."

"말하자면 당신은 이 술집 스피커와 별다를 바가 없군. 이곳의 스피커들도 이미 시설이 낡아서 고장이 잦을 뿐만 아니라 주방 쪽의 것은 소리가 심하게 울려 나와서 아예 제거를 해버렸어. 그 정도의 이곳 사정은 나도 잘 알고 있지. 들어봐, 소리가 영 시원치 않잖아. 조금 전에 유선 방송을 끄고 에프엠 방송을 틀어놓았어."

"하지만 문제는, 나라는 음향기기는 뜯어고칠 수 없을 뿐만 아니라 이곳의 스피커들처럼 일부분을 제거해 버릴 수도 없다는 점이야. 그러니 나는 지금도 이렇게 계속하여 소리를 내고 있고, 누군가가 나를 완전히 망가뜨리기 전에는 결코 소리를 멈출 수 없는 거야. 내게는 전원 플러그 같은 것이 있지 않거든. 하지만 따지고 보면 그 대신 내 몸에는 일종의 조정 스위치가 여러 개 부착되어 있기는 하지. 어떤 면에서는 당신도 때로 내 그 조정 스위치들을 만지작거리는 경우가 있지. 물론 또 때로는 아예 나를 더 큰 혼란 속으로 밀어 넣기도 하지만."

"아까부터 자꾸만 자신의 스테레오 분리도에 이상이 생겼다는 말을 입에 담고 있는데, 그런데 그게 과연 그렇게 반드시 분리되고 구별되어 있어야만 하는 건가?"

"그건 참 큰 오해구만. 나는 분리나 구별 그 자체를 놓고 이야기하고 있는 게 아냐. 생각해 보라구. 우리는 서로 분리되어 있는 두 개의 눈과 두 개의 귀를 가지고 있어. 그렇지만 우리가 사물을 볼 때, 왼쪽 눈과 오른쪽 눈이 따로 기능하기는 하여도 결국에는 하나를 이루어내는 것이 아냐? 청각에 있어서도 마찬가지지. 하지만 그건 단지 예에 지나지 않고, 지금 나는 그저 시각이나 청각과 상관없이 나 자신을 두 개의 채널을 가진 스테레오 음향기기에 비유하고 있는 것일 뿐이야."

"그렇다면 그 말은 단순히 인간은 양면성을 가지고 있다라는 말의 다른 표현에 지나지 않을 수도 있지 않겠어?"

"내 말은 양면성 운운하는 그 말의 다른 표현인 것이 아니라, 그 말까지 포함하는 더 넓고 깊은 것이라고 해야겠지. 왜냐하면 내 말에는, 사람의 어느 한 면과 다른 한 면으로 나뉠 수 있는 것이 아니라, 그의 행동거지 하나, 혹은 짧은 말 한마디에 있어서도 이미 그의 이를테면 정상적인 면과 비정상적인 면이 겹으로, 입체적이고 불가분리하게 진동을 하고 있다는 나 자신의 믿음이 들어 있기 때문이야. 사회적이고 제도적으로 생활을 유지하려면 그 두 요소 간의 배합에 항시 신경을 써야 하는 법인데, 내게는 요즘 그게 힘들기 짝이 없어. 어쩌면 내가 그 사실을 너무 심각하게 의식하고 있기 때문에 더욱 그런 것인지도 모르지. 하지만 적어도 이것이 나만의 잘못이 아니라는 것은 확실해. 결국 나도 상당히 사회적이고 제도적이거든."

"지금 우리가 나누고 있는 대화들 역시 한자리에 모아놓으면 당신 말마따나 마치 그야말로 스테레오 장치가 고장 난 라디오를 듣는 듯한 느낌이 들 것이라는 생각이 방금 떠올랐어. 그러고 보니 미안하기도 해. 당신 옆에서 다른 채널의 역할을 제대로 수행하고 있지 못하니까 말이야. 하기야 당신 자신이 흔들리고 있으니까 내가 당신과 잘 어울리려면 우선 나 자신도 흔들려버리는 것이 필요하겠지. 하지만 그건 단순한 선택의 문제가 아닐 터이니 나로서도 어쩔 수 없어."

"이 말을 듣는 여러분, 지금부터 들려드리는 이야기를 통해서 여러분이 가지고 계신 이해력 혹은 사고력의 스테레오 분리도를 확인하시기 바랍니다. 먼저, 이를테면 일종의 평범한 뻐꾹새 소리라고 할 수 있는 것을 왼쪽 채널에서 들려드립니다. 다음에는 마찬가지로 일종의 날카로운 휘파람새 소리라고 할 수 있는 것을 오른쪽 채널에서 들려드립니다. 그리고 끝으로 그들의 합창을 스테레오 음향으로 들려드릴 것입니다. 저의 이야기와 에프엠과 함께 맑은 스테레오 청취를 즐겨보시기 바랍니다."


# 10

매일 아침에 눈을 떠서 그날 하루의 일과를 머릿속으로 그려볼 때면 항상 어김없이 눈앞에 무수한 계단들의 모습이 한데 겹쳐져서, 혹은 순차적으로 떠오르는 것을 느끼곤 하였다. 그는 왜 그리고 언제부터 자신이 하루를 계단들의 영상과 더불어 시작하게 되었는지 스스로도 이해할 수 없었다. 그러나 여하튼 막 눈을 뜬 그의 눈에는 매번, 그날도 그가 오르내려야 할 계단들, 건물 안의 것들과 길 위에 나 있는 것들, 그리고 자동차나 배 등과 같은 탈것에 부착된 계단들의 구체적이고 생생한 모양들이 보이는 것이었다. 그렇다고 해서 일상적으로 그가 계단 오르내리기를 힘들게 느끼고 있다거나, 계단 기피증이나 공포증 같은 것이 있다거나, 그것도 아니면 계단 위에서 어떤 일상적이지 않은 사건을 경험한 적이 있다거나 한 것도 아니었다. 하지만 굳이 말하자면 그런 사건들이 비록 사소하나마 전혀 없었던 것은 아니었다. 단지 그것들이 그다지 중요하지 않은 것으로 여겨지고 있을 뿐이었다.

우선, 언젠가 한 건물의 층계를 오르던 중에 그는 층계참과 층계참 사이의 중간쯤 되는 한 계단에 한 움큼쯤 되는 검은색 천 뭉치가 떨어져 있는 것을 발견했다. 얼핏 보기에 그것은 누군가가 신던 양말을 구겨서 그곳에 던져놓은 것인 듯했다. 그러나 어딘가 그것의 모습은 심상치 않은 구석이 있었고, 하여 그는 그것을 발끝으로 툭툭 건드리며 한동안 내려다보았다. 하지만 겉모양이 꽤나 불결한 듯했기 때문에 그는 선뜻 그것을 집어 들 엄두를 내지 못하고 있었다. 그러다가 그는 그냥 그곳을 떠났다. 물론 그는 곧 그것에 대해 더 이상 생각하지 않았다. 다음 날 다시 그 층계를 오르던 그는 그것이 여전히 그곳에 떨어져 있는 것을 보았다. 그러고 보니 전날 다시 그곳을 지난 적이 없었다. 그러나 이상한 일이었다. 그가 알기로 하루 한 번 청소가 이루어지고 있고 게다가 그곳은 사람들의 왕래가 제법 있는 곳인 편이었는데, 그것이 하루가 지난 시간에도 여전히 그곳에서 뒹굴고 있는 것이었다. 그것은 사람들의 발길에 차인 듯 몇 계단 더 아래쪽으로 떨어져 내려 있었다. 그는 자신도 모르게 멈춰 섰고, 시간이 조금 흐른 후에도 역시 스스로도 이유를 모르는 채 다시 발걸음을 떼놓기를 주저하고 있었다. 그는 그러는 자신을 이해할 수 없었다. 그는 층계를 오르면서 손끝으로 그것을 조심스럽게 헤쳐보았다. 그것은 놀랍게도 여자용 삼각팬티였다. 가장자리에 레이스 같은 것도 달려 있고 고무줄이 팽팽하여 잔뜩 오그라들어 있는 그것은 게다가 어떤 끈적거리는 액체가 묻었다가 굳어버린 듯한 구석이 뻣뻣하게 말라붙어 있었다. 순간 그는 그것을 층계참 한쪽 모퉁이로 던져버렸다. 그러고는 화장실로 가서 손을 씻었다. 하지만 놀란 마음과 꺼림칙한 기분은 여간해서 가라앉거나 사라질 것 같지 않았다. 그러나 그와 동시에 그는 자신의 마음 한구석으로부터 어떤 섬뜩한 성적 충동과 흡사한 열기가 꿈틀거리며 당장이라도 솟구쳐 올라올 것 같은 위기감을 느끼고 있었다. 그 충동은 반드시 조금 전에 보았던 그 물건에서 비롯된 것이라고만은 할 수 없었다. 매번 그는 휑하니 텅 빈 비상구를 올라가거나 내려가면서 자신이 아무리 애를 써봐도 어쩐지 밑바닥이나 위쪽 끝에 결코 닿을 수 없을지도 모른다는 까닭 모를 막막함이 느껴졌던 것이고, 방금 느낀 충동은 그 막막함의 종착점에 해당되는 감정일 수도 있었다. 그러나 여하튼 조금 전 그 종착점에는 더럽혀진 여자용 속옷이 떨어져 있었다는 것만은 분명 부인할 수 없는 사실이었다. 그는 자신의 온몸이 그 순간 그대로 공중분해되어 버리는 듯한 고통을 느끼며 서둘러 계단을 뛰어 올라갔다.

그리고 또한, 어느 날 밤늦게 술집에서 나와 계단을 내려가던 그는 갑자기 발밑에서 무엇인가가 와지끈 부서지면서 요란한 소리를 내는 것을 듣고는 깜짝 놀라 걸음을 멈춘 적이 있었다. 밑을 내려다보니 구두 뒤축에 빈 요구르트통이 밟혀서 깨어져 있었다. 그로서는 그 작은 통이 그토록 큰 소리를 낼 수 있으리라고는 미처 생각하지 못했고, 실제로 자신의 귀로 그 파열음을 확인한 후에도 한동안 얼떨떨함에서 벗어날 수 없었다. 게다가 그는 방금 발밑에서 일어난 그 소리로 인하여 자신이 무심결에 지뢰를 밟은 것이라는 느낌을 강하게 받은 것이었다.

그는 다시금 자신의 몸이 공중으로 떠오르면서 갈가리 찢기고 산산이 부서져버리는 듯한 착각을 느꼈다. 그는 쉽사리 발을 떼어놓을 수 없었다. 자신도 모르게 지뢰 지대에 들어서 있는 것이니 도처에 지뢰들이 묻혀 있을 것이기 때문이었다. 그때 여전히 발밑에 밟혀 있던 지뢰의 파편들이 다시 작은 폭발을 일으키듯이 청각을 자극하는 소리를 냈고, 그제야 그는 걸음을 옮겼다.

그 며칠 후, 그는 벌써 주변이 환하게 밝아오는 새벽 무렵에 술과 피로에 지친 몸으로 귀가를 했다. 층계를 올라가는 그의 두 발은 자꾸 흔들거리면서 간신히 그의 몸을 지탱하고 있었다. 때로 층계참에 아무렇게나 놓여져 있는 배달용 음식점 그릇들이 그의 흔들리는 발길에 부딪혀 요란한 소리를 내며 정적을 깼고, 그때마다 그는 곳곳에 널려 있는 지뢰들의 존재를 다시 상기하면서 조심스럽게 발을 움직이고자 애를 썼다. 마침내 자신의 아파트 현관 앞에 이르렀을 때, 그는 그곳에서 우유가 들어 있는 종이팩이 언제나처럼 바닥에 놓여져 있는 것을 발견했다. 그것은 희끄무레한 여명을 받아 푸르스름하게 빛나고 있었다. 그렇게 이른 시각에 우유가 배달되는 것이었다. 그는 그 자리에 선 채로 우유팩을 내려다보았다. 사실, 그에게는 팩에 든 우유를 마실 때마다 자신만이 비밀스럽게 머리에 떠올리곤 하는 내밀한 생각이 있었다. 팩의 한쪽을 찢어서 그 끝을 뾰족하게 만들어 우유를 한 모금 마시고 난 후 그것을 위해서 내려다보자면 그에게는 그것으로부터 항상 여자의 성기가 연상되곤 하는 것이었다. 처음 그 생각이 떠올랐을 때 그는 자신의 외설스러운 상념에 스스로 놀라 머리를 휘휘 저어대기도 하고 우유를 반드시 컵에 따라 마시기로 하기도 했다. 하지만 그는 곧 그런 생각이 결코 외설과는 관계없이 매우 자연스러운 것이라는 결론에 이르렀고, 하여 이제 그는 아무런 거리낌 없이 열려진 책을 내려다볼 수 있게 되었다. 그러나 물론 그 이상의 구체적이고 분석적인 연상이나 상념은 가급적 피해야 하는 것이었다. 그러자고 들면 한이 없을 수도 있을 것이었고, 게다가 나중에는 팩 자체의 모양과 구조뿐만 아니라 거기에 묻어 있는 우유 자국을 바라보면서 낯 뜨거움을 느끼게 될지도 모르는 일이었는데, 그 부끄러움과 외설이나 음란과의 사이에는 그야말로 백지 한 장 정도의 아슬아슬한 차이가 있을 뿐일 것이기 때문이었다. 하지만 그렇다고 그가 외설이나 음란을 피하려고 하거나 하는 것은 결코 아니었다. 단지 우유가 든 팩을 앞에 놓고서 그쪽으로 빠져 든다는 것은 어딘가 다분히 스스로 한심스럽게 느껴지는 구석이 있는 것으로 여겨진 탓이었다.

그러나 그것이야 하여튼, 그는 적어도 그날 새벽에만은 팩을 내려다보며 여자의 성기를 연상하지도, 혹은 의학 백과사전에서 보았던 그것의 해부도를 떠올리지도 않았다. 대신 그의 눈 밑, 문 앞에는 실로 특이한 모양의, 그리고 그 성능을 가늠할 수 없는 지뢰가 놓여져 있는 것이었다. 그리고 그것으로부터 수시로, 성분 무조정, 양쪽으로 여십시오, 누르십시오 따위의 글귀들이 그의 얼굴에까지 툭툭 뛰어오르고 있었다. 그것이 지뢰라고 의식한 순간 그는 다분히 충동적인 묘한 반발심을 느꼈다. 왜 지뢰는 예기치 못한 곳에 숨어 있다가 그의 발이나 엉덩이 밑에서 터져서 그를 놀라게 하는 것이고, 또한 왜 그는 그렇게 그것에게 일방적으로 당해야만 하는가 하는 생각이 든 것이었다. 때로는 그 자신이 지뢰를 놀래줄 수도 있는 것이었다. 그는 침을 꿀꺽 삼키고 숨을 죽인 후 발끝에 힘을 모았다. 그러고는 투박한 구두를 신은 발을 들어 올려서 팩 바로 위로 가져가서는 지그시 눌러보는 듯하다가, 갑자기 발을 높이 치켜들어서는 그것을 힘껏 밟아버렸다. 그 순간, 팩 한 모서리가 터지면서 우유 한 줄기가 솟구쳐 올라 그의 바짓단과 무릎 부위를 적셨고, 그와 동시에 팩은 그의 발 옆으로 튕겨 나가서 계단 아래쪽으로 굴러 떨어졌다. 그는 지뢰에게 불의의 일격을 가한 것이었다. 그러나 지뢰는 역시 지뢰답게 그 창졸지간에도 그에게 반격을 가한 것이었다. 그는 우유가 어지럽게 묻어 천천히 배어 들어가고 있는 자신의 푸른색 바지를 내려다보며, 그때 비로소 자신이 방금 벌인 아무런 의미가 없는 무의식적인 행동을 의식할 수 있었다. 그는 발로 바닥을 쾅쾅 굴렀다. 방울을 이루고 있던 장딴지 쪽의 뿌연 액체가 바지 위에 흰 줄을 남기며 아래로 굴러 내렸다. 결국 무심결에 지뢰를 밟은 것이나 하등 다를 바가 없는 결과인 셈이었다. 그는 마치 자신이 아무런 이유 없이 오른쪽 발로 자신의 왼쪽 발을 밟아버리기라도 한 듯한 낭패감에 젖어 들었다.

대충 이 정도가 아침 녘에 그가 계단을 눈앞에 떠올리면서 상기할 수 있었던 사건들이었다. 그러고 보면, 그 사건들은 어떤 면에서는 모두 조금씩 성적인 분위기를 지니고 있는 것이고, 그렇다면 아마도 그는 잠에서 깨어날 때 자신의 몸에 퍼져 있는 민감한 성감의 움직임에 무의식적으로 자극을 받아서 자기도 모르게 층계를 머릿속으로 그려보게 되는 것인지도 모르는 일이었다. 하지만 반드시 그런 것은 아닐 수 있었다. 왜냐하면 그는 아침에 눈을 뜨고서 잠시 육체적인 나른함에 잠긴 채로 있다가 얼핏 계단의 모습에 생각이 미치게 되곤 하는 것이었는데, 그때마다 그는 곧, 어깨를 늘어뜨리고 등뼈를 구부린 채 허벅지를 간신히 끌어 올리며 그 계단을 올라가는 자신의 모습을, 혹은 두 팔을 제멋대로 흔들리게 내버려 두고 두 다리를 중력에 내맡겨 고개를 떨구고선 그 계단을 허청허청 내려서는 자신의 모습을 생생하게 목도하곤 하는 터였기 때문이었다.

요컨대 그로서는 도시 알 수 없는 일이었고, 막연하게나마 갈피를 잡기도 그리 수월치 않았다. 그러나 결국 그것 역시 자연스럽게 아침의 일상으로 편입되었고, 그리 오래지 않아서 그는 거기에 아무런 의문을 제기하지 않을 수 있게 되기에 이르렀다.

## 11

옆머리는 어떻게 자를까요?—짧은 편이 좋겠소.—귀가 드러나게 요?—아니, 약간 덮이게.—그렇게는 안 되죠. 머리 자를 때는 항상 귀가 기준이거든요. 그러니 귀가 살짝 덮이면서 옆머리를 짧게 자를 수는 없어요.—그럼 귀가 완전히 나오게 해줘요.—요즘 얼굴이 아주 좋아 보여. 거 뭐랄까, 물오른 메추리 같다고나 할까?—물오른 메추리가 좋아 보일 게 뭐 있어요. 하필이면 왜 메추리람. 메추리는 그저 메추리일 뿐 이라구요.—내 눈에는 그렇게 보이는 걸 낸들 어쩌나.—자장면 먹고 트림 한 번 하니까 배가 푹 꺼지네.—이봐요, 머리 자르는 사람이 왜 그렇게 예의가 없어? 자장면 먹으면서 양파를 집어 먹고는 이렇게 옆에 바싹 붙어 서 있으니 골치가 아파 견딜 수가 없잖아. 양파를 먹지 말거나, 아니면 이라도 닦아야 하는 거 아냐? 거기다가 트림까지 해대니 이거야 정말…… 아저씨는 평생 자장면 안 먹어요?—내 말은 그게 아니잖아? 영업하는 사람이 상대방 입장도 생각해 주지 않으면서 무슨 사업을 하겠다고 그래 사업을.—알았어요, 잠시 기다려요. 이거야 참.—저 친구 오늘 왜 저래?—이봐, 김 씨, 요번 주 일요일에 전에 그 비디오 촬영기 좀 빌려줘. 내 여동생이 결혼하는 데 가져가려구 그러니까.—어머, 그런 거 할 줄 아세요?—그게 뭐, 별건가? 아무나 어깨에 둘러메고 눈을 붙이고서 돌려대면 되는 거지. 안 그래?—그게 그렇게 간단한 게 아니야.—이거 왜 그래, 전에 한번 나도 찍어봤잖아?—그게 아니라, 결혼식 촬영하는 거라면 평생 한 번 찍는 건데 행여 잘못되기라도 하면

어쩌려고 그러느냔 말이야.─근데 어디 아파요? 걷는 게 이상해요.─
어젯밤에 마누라하고 말다툼을 하다가 홧김에 의자를 걷어찼는데, 엄
지발가락이 삔 모양이야. 아파죽겠어. 어디 가서 말도 못 하구. 제발 부
탁이니 나중에 시집가서 남편 속 좀 끓게 하지 말라구. 나라구 그러고
싶어서 그러나?─머릿결이 아주 부드럽습니다.─그래서 혹시나 때 이
르게 다 빠져버릴까 걱정이오.─머릿결 부드러운 거하고 빠지는 게 무
슨 상관이 있겠어요?─저 친구 면도하는 모습은 꼭 일식집 주방장이
칼 휘두르는 것 같아.─왜요, 어디 불필요한 살이라도 있어요? 말하세
요. 내가 저 면도칼로 적당히 손봐드릴 테니까요.─다 됐어요. 어때요?
마음에 드십니까?─벌써 끝났어요? 내가 잠깐 졸았나 보군요.─어, 이
아저씨 벌써 반팔을 입으셨네.

## 12

환한 대낮에 활활 크게 타오르는 불을 본 적이 있어? 그렇다고 지금
내가 낮에 화재가 난 곳에 가서 불구경을 해보았냐고 묻고 있는 것은
아니야. 이런저런 것들을 태워버리기 위해 사람들이 지펴놓은 불, 그냥
불 말이야. 내 얘기가 따분해지지나 않을까 걱정이 되는 모양인데, 장
담할 수는 없어도 꼭 그렇지만은 않을 거야. 그날은 공휴일이었어. 그
날 낮에 결혼식에 가서 술을 한잔하고 집으로 돌아오던 길이었지. 우리
동네 어귀에는 작은 공원이 하나 있는데 그날 마침 그 옆으로 지나게
되었어. 아무 생각 없이 걷다가 문득 고개를 들어보니 공원 입구 양쪽
으로 세워져 있는 가로등에, 불이 켜져 있는 등을 보고 있자니 느낌이
이상하더군. 뭐랄까, 분명 빛을 발하고 있긴 한데, 그 빛이 주위로 퍼져
나가지 못하고 한데 모여 있는 것처럼 보였어. 그렇게 보니까 그 빛 자
체가 음울하다 못해 음산하고 우울하게까지 내 눈에 비쳤고, 그러다가

당장이라도 파삭하고 부서져버릴 것같이 생각되기도 하더라구. 그 모습을 한참 바라보고 섰다가, 나는 결국 그 허약한 불빛에 이끌리듯이 나도 모르게 걸음을 옮겨서 공원 안으로 걸어 들어갔지. 돌이켜보아도 무엇인가에 홀린 듯한 기분이었어. 하지만 불쾌해할 것도, 주저할 것도 없었지.

　가로등 밑을 지나 잡목림이 이루어져 있는 모퉁이를 돌아서 안으로 들어간 순간, 나는 눈앞에 펼쳐져 있는 의외의 광경에 놀라 걸음을 우뚝 멈추었어. 그곳에는 사람들의 모습이 전혀 눈에 띄지 않았고, 대신 곳곳에 현수막이 세워져 있었고, 간이 무대 하나와 여러 개의 천막이 여기저기에 설치되어 있었지. 간이 무대 주변에 걸려 있는 플래카드의 글귀를 보아하니, 아마도 며칠 전에 그곳에서 서민들 주최의 어떤 행사가 있었던 모양이었어. 각각의 천막들 앞쪽에는 전국 각자의 소위 고유 음식들의 이름이 적힌 큼지막한 종이조각들이 나붙어 있었는데, 그것들은 그동안에 내린 비로 거의 모두 훼손되어 있었어. 글자가 번지고 종이가 찢어지고 구겨지고 야단이었지. 아마도 며칠 계속해서 비가 쏟아지기 전에 그 행사가 주최된 모양이고, 그 시설물들이 아직 철거되지 않고 있었던 거지. 한때 온갖 사람들이 북적거렸던 그곳이 그렇듯 황량하게 버려져 있는 모습은 쓸쓸한 정도가 아니라 아예 살벌하더라구. 그리고 요란스러운 장식물들만 남은 채 인적이 끊어져 버린 그 텅 비고 음산한 무대를 바라보고 있자니, 그 구경 위로 조금 전에 보았던 그 불 켜진 가로등들이 천천히 겹쳐지더군. 눈앞에 그려봐. 그럴듯하지? 환한 대낮에 망가지고 더럽혀진 가건조물들이 간신히 형체를 유지하며 비죽비죽 솟아 있는데, 사람은 하나로 보이지 않고, 그 위로 수은등 두 개가 짐승의 한 양쪽 눈알처럼 퀭하니 빛을 발하고 있는 거야. 그 낯선 세계 속에서는 모든 게 전도되어 있는 듯한 느낌이었어. 게다가 약간의 술기운에 편승하고 있었던 탓에 나는 마치 외계의 어느 낯선 도시에 와 있는 듯한 기분이었어. 그 생소한 세계 속으로 내가 천천히 들어서고 있는 거야. 그곳에서는 밤과 낮이 구별되지 않고, 사람과 물건도 서로 다를 바가 없어. 간간이 바람이 불어와서 나무와 풀과 헝겊 자락과 내 머리카락이 함께 흔들렸지.

그렇게 한참을 서 있다가, 집으로 돌아가야겠다는 생각을 하면서도 선뜻 걸음이 돌려지지 않아, 하릴없이 주변을 서성거리기 시작했어. 그때 고양이 한 마리가 쓰레기통에서 튀어나오더니 공터를 가로질러 맞은편 나무숲으로 뛰어 들어갔어. 쓰레기통을 뒤지다가 내 기척에 놀란 모양이더군. 하지만 나도 그 고양이만큼은 놀란 셈이지. 못지않게 환상적이고 비현실적이었어. 그런데 어디선가 사람들이 두런두런 말을 나누는 소리에 섞여서 무엇인가가 서로 부딪치는 듯한 타다닥 하는 소리가 계속 들려오고 있었어. 방금 전까지만 해도 그 소리를 전혀 듣지 못하고 있었던 것이 이해가 안 가는 일이었지. 그 소리는 내 뒤쪽 천막들 너머에서 일어나고 있었어. 나는 이번에는 빛이 아닌 음향에 이끌려서 그쪽으로 걸어갔어. 그때 누가 나를 봤다면 아마 넋이 나간 사람 같다고 했을 거야.

제법 큰 천막 뒤로 돌아가 보니 그곳에는 벽돌담 앞쪽으로 쓰레기장 같은 것이 만들어져 있었고, 그 앞의 땅바닥에 대여섯 명의 남자들이 모여 서서 한가운데에 커다란 불꽃을 피워 올리고 있었어. 대낮에, 그 것도 한참 더운 여름에 활활 타오르고 있는 불을 그야말로 두 눈으로 목격한 순간, 나는 아찔한 충격을 받았어. 이를테면 그 충격은 조금 전에 불이 켜져 있는 가로등을 보았을 때 가졌던 느낌을 몇백 배로 증폭을 시켜놓은 듯한 강렬함을 지니고 있다고 할 수 있었지. 나는 무수히 많은 혀를 널름거리는 불의 흡입력에 사로잡힌 듯 멍한 표정으로 그쪽을 향해 걸어갔어. 불은 공중으로 높게 뾰족한 혀를 내밀었다가는 눈 깜짝할 사이에 다시 입 안으로 감추어버렸고, 바로 그 순간 또다시 입에서 온갖 종류의 혀들이 온갖 방향으로 솟구쳐 나오고 있었어. 태양의 빛이 너무 강했기 때문에 불꽃의 색은 기분 나쁜 음산하고 투명한 분홍빛에 가까웠지만, 태양이 뜨거운 한여름이었기 때문에 그 열기는 몇 배더 강하게 느껴지고 있었지. 내가 다가가자 사람들이 나를 힐끔거리기는 했어도, 아무도 내게 말을 걸거나 어떤 최소한의 관심도 보내오지 않았어. 그건 물론 당연한 일이었고, 내게도 그편이 마음 편했지. 나는더 이상 다가갈 수 없는 곳까지 걸어가서 멈춰 섰어. 특히 얼굴이 마구화끈거리기 시작하더군. 아직 완전히 소화되지 않고 몸 안에 들어 있던술이 얼굴로 치받는 듯했어. 열기란 서로 친화력을 가지는 법인 모양이야. 내 속에 들어 있는 것은 이제는 술이라기보다 차라리 열이었고, 그래서 결국 나는 바깥과 속의 열기를 견디지 못하고 몇 걸음 뒤로 물러설 수밖에 없었지. 내 주위에는 소주병이 몇 개 나뒹굴고 있더군. 나는옆에 놓여 있는 작은 나무상자 위에 걸터앉아서 눈알이 빨갛게 충혈되는 걸 느끼며 불을 바라보았어. 그러다가 문득 깨달았지. 나는 실제로엄연히 존재하고 있는 환상을 보고 있고, 환각을 구체적으로 경험하고있는 것이라는 생각이 든 거야.

그동안에도, 짐작건대 아마도 구청의 하급 직원들인 듯한 그 남자들은 잡동사니들이 잔뜩 쌓여 있는 곳에 서서 챙길 것은 챙기고 버릴 것은 모두 불 속으로 던져 넣고 있었어. 남자들의 얼굴은 모두 벌겋게 달아올라 있었고, 불은 물건들을 삼키면서 더욱 탐욕스러워지고 있었지. 불길이 내는 요란한 소리 사이사이로 사람들이 소리 지르다시피 하며주고받는 말을 들을 수 있었어. 대충 이런 것들이었지. 굿 끝난 다음 날장구 친다더니, 우리가 바로 그 꼴이구만. 이게 대체 무슨 미친 짓이야,

이 더위에. 나도 속옷까지 흠뻑 젖었어. 이따가 벗어서 저 불에 말려 입고 가야 할 판이군. 내 참. 그럼 자네들이 이것들 한데 쓸어서 쓰레기 소각장으로 가져갈 테야? 쓸데없는 소리 그만두고 빨리 서둘러 일들 하라구. 네 시까지는 사무실로 돌아가겠다고 했단 말이야. 오늘이 노는 날이라는 걸 잊지 마요. 지금 우린 달력뿐만 아니라 팔자에도 없는 고생을 하고 있는 거라구요. 아까 들어오다 보니까 고양이 한 마리가 뛰어다니던데, 우리 그놈을 잡아서 이 불에 구워 먹으면 어떨까? 중복도 얼마 남지 않았는데, 고양이가 그래봬도 맛이 괜찮다고. 암, 보신에도 그만이지. 고양이 맛은 내가 잘 알아. 전방에 근무할 때 여러 마리 잡아 먹어 봤어. 거기 취사장 부근에는 들고양이들이 수십 마리가 들끓는다구. 근데 자네의 그 굼벵이 같은 걸음으로 고양이를 잡을 수 있겠나? 일단 잡아만 오라구. 요리는 내가 할 테니까.

그 말들을 들으면서 나는 당연히 조금 전에 보았던 고양이의 모습을 머리에 떠올렸지. 그러자 야행성 동물인 그 짐승의 눈빛은 낮에 보면 흡사 대낮에 불이 켜져 있는 가로등이나 성냥불을 보는 듯하다는 사실이 상기되더군. 그 흐릿하고 침침한 눈알이 밤이 되면 파란 불똥을 튀긴다는 게 선뜻 인정하기 어려울 정도지. 그런데 바로 그때 내가 무슨 생각을 했는지 알아? 나는, 지금 이렇게 존재하고 있고, 이런 식으로 살아가고 있는 나 자신이 이를테면 대낮에 지펴진 가로등이나 고양이 눈깔이나 모닥불과 다를 바가 없다는 걸 깨달은 거야. 물론 주위의 모든 것을 자기 자신의 상황으로 환원시켜 생각한다는 게 사실은 그다지 바람직한 일이 아니라는 걸 내가 모르는 바는 아니야. 또 그러자고 들면 한이 없는 일이기도 하지. 하지만 그럼에도 불구하고 그때 나는 일단 그 생각에 빠져 들어 버리자마자 머릿속이 온통 그것에 사로잡혀서 정신을 가다듬을 수가 없었던 거야. 눈앞에서는 희끄무레하게 붉은빛이 계속 타오르고 있었지. 나는 내 손을 내려다보았어. 몸이 태양빛을 받아 흐늘흐늘해져서 어느 순간에 투명한 막 같은 것으로만 남거나 아니면 아예 흔적도 없이 사라져버릴 것 같았기 때문이었지. 머릿속은 여전히 혼돈 그 자체였어. 그동안 무거운 돌로 내리눌러 놓았던 잡다하고 유치하기 그지없는 상념들이 마구 튀어나오더군. 내게는 무엇인가 나를 붙들어둘 것이 필요했어. 그렇지 않았다가는 그 자리에서 내 몸이 증발되어 버리거나, 나 스스로 몸을 날려 불 속으로 뛰어들어 버리게 될지도 모르는 일이었지. 차츰 의식도 흐릿하게 엷어져 갔어. 얼굴이 화끈거렸지만 고개를 돌릴 수도 없었어. 그대로 그렇게 돌처럼 주저앉아 있었지.

그때였어. 어디선가, 이봐 조심해, 하는 소리가 들려오는 듯한 것과 동시에 불 속에서 탁탁 하는 요란한 소리와 함께 난데없이 불덩어리 하나가 튀어나와서 내게로 날아왔어. 누군가가 불길 속에 뭔가를 집어던졌는데, 그 반동으로 불붙은 나무토막 하나가 튕겨진 것이었지. 나는 깜짝 놀라서 반사적으로 오른팔을 들어 그것을 막았어. 그 불덩어리는 내 팔뚝에 맞고 땅바닥에 떨어졌고, 나는 그것으로부터 몸을 피해 몸을 일으켜서 뒤로 물러섰지. 사람들 몇이 내게로 달려왔는데, 팔뚝을 보니 어느새 붉게 덴 흔적이 나 있었어. 타박상과 화상을 동시에 입은 셈이었지. 그 와중에도 나는, 뒤쪽에서 몇몇 사람들이 나지막한 목소리로, 내가 자기들을 도와주지는 못할망정 그 옆에 앉아서 불구경이나 하더니 결국 그 꼴을 당한 거라고 수군거리는 소리를 들을 수 있었어. 얼굴이 더욱 뜨거워지더군.

잠시 후에 뒤늦게 달려온 한 늙수그레한 남자가 사람들을 헤치고 내 곁으로 다가와서는 어디에서 퍼 왔는지 모를 진흙을 내 팔에 발라주었어. 내가 그 남자에게 팔을 맡기고 말없이 그 손길을 내려다보고 있자 그 남자가 이런 말을 하더군. 이렇게 하고 있으면 한결 나을 거요. 진흙은 열기를 빨아들이는 법이니까. 곧 통증이 많이 가실 거외다. 피차가 조금씩 실수를 한 거니까 액땜한 셈치고 털어버려요. 그편이 훨씬 마음이 편할 테니까. 물론 나는 그 남자 말에 전적으로 동의를 했지. 그러고는 팔에 붙인 진흙을 손으로 누르고서 그곳을 떠났어. 모퉁이를 돌기 전에 돌아보니까 어느새 불길이 많이 죽어 있었어. 시커먼 재와 타다 남은 물건들 밖에는 거의 보이지 않더군.

공원을 나서면서 나는 그 남자의 말을 곰곰이 되씹어보았어. 따지고 보면 액땜한 셈 치는 게 아니라, 실제로 액땜을 한 것인지도 모르는 일이었어. 액이라는 게 정말로 존재하고, 그것을 때울 수 있는 방법이라는 것도 따로 있는 것이라면 말이야. 그러니까 나는 아까 백일몽 속으로 몸과 마음이 빠져 들어서 급기야 존재 자체가 스러져버릴지도 모르는 위기에 처해 있다가, 불붙은 나무 조각에 얻어맞고 퍼뜩 정신을 차림으로써 나를 수습할 수 있었던 게 아니었을까? 내 이런 생각이 너무 터무니없고 지나친 걸까? 그럴지도 모르지. 하지만 어쨌든 나는 그날 이후로 나 자신이 너무 허약하고 얇고 가볍고 흐릿하다는 느낌을 수시로 도처에서 경험하게 되었어. 그 느낌이 지금도 나를 고통스럽게 해. 지금 나는 내 입술이 너무 가볍게 움직이고 있다는 생각을 떨칠 수 없어. 이렇게 제스처를 쓰는 손과 팔의 동작은 또 어떻고? 내 표정은 한마디로 희끄무레해. 걸음걸이는 또 얼마나 경박한지. 겉이 이러니 속은 또 어떻겠어? 보나 마나지. 어쩌면 속이 텅 비어 있어서 투명하기만 할는지도 모르지. 나는 지금 자학을 하고 있는 게 아니야. 자신에 대한 정확한 진단을 하는 거지. 물론 함께 있는 상대방을 위해서라도 조금은 자신의 자존심을 세우는 게 그 상대방을 위한 예의일 수도 있다는 것을 나도 인정해. 하지만 이건 예의의 문제가 아니라는 게 중요한 거야. 그러니 어떻게 해야 할까? 내게 남은 건 대체 무엇일까? 내가 풍선처럼 조금씩 둥둥 떠올라서 저 천장에 닿기 전에 내게 아무 말이나 대답을 해줘. 혹시 지금 내가 너무 흐릿해지거나 너무 얇아져서 남들의 눈에 보이지 않는 건 아닐까? 하지만 그렇다고 정작 내가 남들에게 보이지 않으면 어쩌나 하는 걸 가지고 걱정하고 있는 게 아니라는 건 분명한 일이야. 그렇게 되는 것 자체는 그리 대수로울 게 없어. 문제는 내가 그렇게 되어버리는 추락의 과정이지. 나는 결코 그 순간을 견뎌낼 수 없어. 하지만 또한 어떻게 보면 견뎌내는 것 자체는 그리 대수로울 게 없지. 단지 견뎌내야만 한다는 게 견디기 힘들 뿐이지. 이러다간 끝이 안 나겠군. 마치 뫼비우스의 띠를 뒤집고 있는 꼴이야. 그래도 아직은 멈출 수 없어. 스스로 호흡을 끊어서 자살을 할 수 있을까? 그게 정말 전혀 불가능할까? 그렇다면 나는 계속 말을 해야만 해.

할 말이 없으면 대답하지 않아도 좋아. 할 수 없는 일이지. 그런데 그건 그렇고, 방금 생각이 들었는데, 조금 전 그 액땜한다는 말 말이야, 그건 우리가 우리 자신에게 가해지는 아픔을 우리의 논리로써 교묘하게 완충시키는 일종의 심리적인 장치인 것이 아닐까? 그렇다면 그건 예각을 무디게 하고 집중력을 흐리게 하고, 허위의식을 조장하고, 방향성을 잃어버리게 하는 이른바 패배주의적인 소시민 근성의 전형이 아닐까? 왜 이제야 이런 생각이 들었는지 모르겠어. 바로 여기에서 내 생각과 말이 출발했어야 하는 건데, 그러고 보니 남아 있는 게 있긴 있었군.

## 13

너무 오랫동안 소식 못 드려 죄송합니다. 만난 지가 벌써 일 년이 다 돼가는군요. 계절이 한 바퀴 돌았는데, 그저 편지만 두 번 오간 셈이고, 나는 이렇게 편지 쓰기마저도 늑장을 부리고 있군요. 형이 말씀하신 대로 그날 돌아오던 길에 차가 고갯마루에 이르니 과연 비가 내리더군요. 고개 정상에서 멀리 마주 보이는 산의 복사면에는 깊은 골짜기가 검푸르게 산자락까지 흘러내리고 있었는데, 그곳에 비를 머금은 산안개가 잔뜩 끼어 있던 모습은 아직도 눈에 선연합니다. 하지만 역시 예상하신 대로 비는 곧 그쳤습니다.

지난번 편지에서 나는 나의 나 자신에 대한 모멸감에 대해 말하면서, 내가 풍토에 지극히 약한 존재인 듯하다고 쓴 적이 있습니다. 그 말에 대해 형은 조금은 의아해하면서 내가 공연히, 그리고 그다지 심각하지 않게 그런 표현을 쓰고 있다는 투로 짐짓 일축을 해버리려 하였습니다. 하지만 나는 형이 내심으로는 나의 말에 대해 진지하게, 그리고 모르긴 해도 아마도 나만큼 고통스럽게 생각을 되풀이하였을 것임을 충분히 짐작할 수 있습니다. 그러면서도 형은, 나의 그런 자기모멸적 사고와 행위를 제삼자가 인정해 주는 것이 아무런 실천적 이득이 없다는 결론을 내리고서, 그저 무심하게 지나치는 듯 시치미를 떼고 있는 것입니다. 그러고는 나의 다음 반응을 주시하고 있겠지요. 지금 나는 형을 분석하고 있는 것이 결코 아닙니다. 우리는 피차 서로를 헤아려주고자 노력하고 있는 것이 아닐까요? 사실을 말하자면 지금 내게는 시간이 별로 없습니다. 대략 삼십 분가량 남았군요. 요즘 나는 일정한 시간을 정해 놓고서 편지를 쓰기 시작하는 습관을 가지기로 하였습니다. 특히 형에게 쓰는 이런 편지에 있어서는 철저히 시간을 엄수해야 합니다. 하지만 또한 나는 이런 편지 쓰기 방식이 수신인에게 결례를 범하는 것이라고는 결코 생각하지 않습니다. 왜냐하면 이렇게라도 하지 않으면 우선 나 자신이 편지 쓰는 일에 선뜻 다가서지 못하고서 상당히 오랫동안 마음속에 생각만 지닌 채 시간을 보낼 터이고, 나중에 겨우 마음을 정하고서 편지지를 대한다 하더라도 그 편지를 끝내기까지에는 그야말로 한세월이 소요될 것이기 때문입니다. 그러니 나 자신의 고통에서 조금은 벗어나고, 그리고 상대방에게 좀 더 자주, 빨리 편지를 쓰기 위해서는 그런 외부적인 장치가 내게는 필요한 것입니다. 그런데 나는 여기에서 시간 엄수라는 말을 확대 해석 하기로 하였음을 아울러 밝혀드립니다. 말하자면 나는 형에게 편지 쓰는 시간을 한 시간으로 잡았는데, 한 시간이 지나면 편지는 어떤 상태에서든 그 자리에서 끝이 날 터이고, 뿐만 아니라 나는 한 시간이 되기 전에는 편지 쓰는 일을 멈출 수 없는 것입니다. 그렇기 때문에 편지 자체의 입장에서 보자면, 이득과 손해가 적절히 조화를 이루고 있는 셈이라고도 할 수 있을 것 같습니다. 내가 하는 짓이 조금은 도가 지나친 것임을 물론 나는 잘 알고 있습니다. 하지만 나는 그렇게 할 것입니다. 내가 그럴 수 있는 것은 형이 나를 헤아려주리라는 믿음이 있기 때문이기도 합니다. 이 또한 내가 너무 풍토에 약하기 때문일 것입니다. 사실 나는 이 편지에서 그 풍토라는 것에 대해 이야기하고 싶었습니다. 지난번 편지에서 그 풍토라는 것에 대해 이야기하고 싶었습니다. 지난번 편지에서는 슬쩍 지나치듯이 언급을 했기 때문에 형이 자세히 이해하기에는 다소 무리가 있었을 것입니다. 물론 내가 어떤 말을 하고자 하는가는 대충 감을 잡기는 했겠지만 말입니다. 제한 시간을 의식하여 서둘러 그 부분에 대해 이야기하도록 하겠습니다. 하지만 그 전에…… 아, 아닙니다.

형도 마찬가지일지 모르지만, 나는 특히 형에게 편지 쓰기가 고통스럽습니다. 우리 사이에 어떤 현실적이거나 구체적인 용건이 있어서 편지를 나누고 있는 것도 아니고, 그렇다고 소위 흉금을 날것으로 모두 털어놓기에는, 다시 말하면 우리가 편지를 통해 서로 붙잡고 앉아서 엉엉 울음을 터뜨리기에는 우리는 너무 늙고 병들어 버린 것이니까요. 그런 탓에 나는 형에게 편지를 쓸 때마다 나 자신과 나의 주변을, 이를테면 본질적으로 돌아보게 되고, 그러다 보니 대개의 경우 삶에 대한 회의와 좌절에 번번이 발목이 잡혀서 글의 내용도 음울하게 될 뿐만 아니라, 글 쓰는 것 자체도 극히 고통스러운 일이 되어버리곤 합니다. 하지만 그렇게 씌어진 편지의 답장으로, 나의 것 못지않게 삶이라는 것과 부대끼고 있는 형의 글을 받게 되면, 내가 겪었던 고통은 그 순간 그만큼의 즐거움으로 변하는 것입니다. 그렇기 때문에 나는 고통스러워하면서도 계속 형에게 편지를 쓰는 것이고, 그렇기 때문에 우리 사이에서 계속 편지가 오고 가는 것일 터입니다.

여하튼 내가 저번에 밑도 끝도 없이 풍토 운운하는 말을 불쑥 던져놓고서 편지를 끝내버린 것도 방금 위에서 말한 그 고통에 결정적으로 치여버린 결과인데, 지금 나는 형에게 그것에 관한 이야기를 하면서 나 스스로도 전체적으로 곰곰이 되씹어보고자 합니다.

대략 십 년 전쯤의 일이었습니다. 그 무렵에 나는 자주 탁구를 치곤했는데, 내 경우는 어느 정도 자세를 잡아가며 공을 길게 쳐서 상대방과 호흡을 맞추는 것을 즐겨하는 편이었습니다. 그런 식으로 나는 탁구를 자주 쳤고 조금은 안정된 자세와 기술을 얻을 수 있었습니다. 그런데 이상한 것은, 평소에 탁구를 그리 자주 치지도 않고 자세와 기술도 불안정한 다른 친구들과 시합을 하게 되면 예상보다 훨씬 자주 지는 것이었습니다. 그래도 나는 내가 공이 되는 대로 받아 넘기려 하지 않다보니 그런 것이려니 하고 자위를 했습니다. 그러던 어느 날, 그날도 나는 한 친구에게 의외로 지고 말았는데, 그때 나를 이긴 친구가 내게 이렇게 말했습니다. 너는 너무 풍토에 약해. 한마디로 그 말은 나를 그 자리에 얼어붙게 만들었습니다.

그 말은 분명 사실이었습니다. 한 예로, 글씨 쓰는 일만 해도 그랬습니다. 나는 내게 적당한 필기도구와 어느 정도 마음에 드는 질감의 종이를 얻게 되면 상당히 보기 좋고 균형 잡힌 글씨를 쓸 수 있다고 스스로 믿고 있고, 또 다른 사람들에게도 그렇게 인정을 받아왔습니다. 그런데 어쩌다가 펜이나 종이가 신경에 거슬리게 되면, 내가 아무리 애를 써도 내 손끝은 평소의 내 글씨체를 기억조차 할 수 없게 되는 것이었습니다. 물론 이런 상황은 비단 내게만 한정되는 것은 아닐 터입니다. 하지만 내 경우는 특히 정도가 심해서, 때로는 심지어 내 글씨체를 익히 알고 있는 가까운 사람들이 그것이 내가 써놓은 것이라는 사실을 믿으려 들지 않았던 적도 있었습니다. 너무도 다르다는 것이지요. 그때마다 나는 그들에게 같은 말을 반복하면서, 참담한 심정이 되어 필적 감정사라면 이럴 때 어떤 대답을 할까 하는 생각을 하기도 했습니다. 그리고 많은 사람들이 어떤 상황에서든 거의 똑같이 닮은 필체로 글을 쓴다는 사실이 내심으로 놀랍기 짝이 없었습니다. 돌이켜보면 나의 그런 면 역시 풍토가 약한 탓이었습니다. 나는 나 자신을 곧게 세우고서 의연하게 바깥의 것들과 마주 대하지 못하고, 오히려 그것들에 의해 거꾸로 크게 지배당하곤 하는 것이었습니다. 만약 내가 한 알의 씨앗이었다면, 나는 내가 떨어지게 된 지리적인 상황에 짓눌려 나 자신의 속성을 발휘하지 못하고서, 기껏해야 교묘하게 굴욕적인 타협을 하고서, 결국 잡종이나 돌연변이의 싹을 틔울 것이었습니다. 아니, 어쩌면 지금 나 자신이 돌연변이인 것인지도 모릅니다.

깜빡 잊은 것이 있습니다. 문득 시계를 보니 어느새 약속한 삼십 분이 지나 있습니다. 이 또한 내가 풍토에 약하다는 사실의 증거입니다. 하지만 이제는 어쩔 수 없습니다. 풍토에 약한 자의 면모를 계속 발휘하는 수밖에. 그동안 살아오면서 나는 내가 유리한 상황에서도 어쩌면 내가 불리할지도 모른다고 생각하여 그 생각만으로 여지없이 무너져버린 경우가 비일비재했을 것입니다. 나는 터무니없이 불안해하고, 경황 없어하고, 덤벙거리기 일쑤였습니다. 그러니 때로 형편없이 무력해지지 않을 수 없었지요. 아마도 지금은 내가 모든 현실적인 어려움을 공연히 풍토에 약하다느니 하는 묘한 논리로써, 이를테면 벌충을 하려 한다고 생각할지도 모릅니다. 물론 그럴 수도 있습니다. 요컨대 풍토에 약하다는 것은 곧 나 자신이 중심이나 균형이 제대로 잡히지 않아서 마구 흔들리고 있음을 말하는 것이기 때문입니다. 그것도 분명한 사실입니다. 하지만 내 말이 일방적으로 그런 쪽으로 몰아붙여지게 되면 지금까지 한 모든 말은 어느 소심한 남자의 자가당착적인 자기변명에 불과하게 될 것입니다. 그 판단은 전적으로 형의 몫입니다. 평소에 형이 보아온 내 모습을 염두에 두고서 결론을 내려주십시오.

다시 아까의 화제로 돌아가겠습니다. 지금까지는 개인적이고 일상적인 차원에서의 풍토에 대해서만 언급했습니다. 그러나 당연한 말이 되겠지만, 그 풍토라는 것은 개개인의 정황을 넘어서, 그리고 심지어 각자의 깊은 속까지 교묘하게 파고들어 있는 것입니다. 좀 더 합리적으로 말하면 나 자신과 풍토의 싸움에서 나는 번번이 풍토에 지는 쪽인 듯합니다. 보통 상황에서도 그러할진대, 이를테면 사회 전체와 같은 좀 더 넓은 의미에서 그 풍토가 개인을 억압하는 전체적인 지리적, 기상학적 경향을 지닌다면, 그야말로 나 같은 사람은 존재의 흔적도 남기지 못하고 썩어서 그 풍토 속에 흡수되거나 아니면 산 채로 매장되어 버리지 않을까요? 나는 당장이라도 내가 이대로 무화되어 버리지 않을까 두렵습니다. 이런 생각들도 내가 풍토에 약한 결과일 수도 있다는 자각이 나를 철저히 절망시킵니다. 나는 지금 진흙 수렁에 빠져서 몸이 벌써 반 이상 잠겨 들고 있습니다.

내게 남겨진 자구의 수단은 어떤 것이 있을까요? 무엇보다도 우선 내가 풍토에 동화되거나 아니면 아예 풍토의 일부가 되어버리는 수가 있을 것입니다. 하지만 나는 결코 그렇게 할 수 없습니다. 나는 그토록 자주 풍토의 힘에 굴복당할 때마다 그것과의 싸움의 필요성을 절실하게 느끼곤 하였기 때문입니다. 그렇다면 이제 나 자신이 내던져져 있는 마지막 보루는 어떤 것일까요? 아마도 그것은, 나 자신이 풍토의 일부가 되어가는 것이 아니라, 나 스스로 나의 의지를 통해 그 풍토라는 것과 일체를 이루려 하는 것임을 매 순간 확인하기 위하여, 그리하여 궁극적으로 나 자신이 풍토가 되기 위하여, 그 풍토 자체를 전적으로 부정하고, 그것의 존재를 전복하는 것일 터입니다. 하지만 아직 내 앞에 놓여져 있는 여러 갈래의 길들은 하나같이 그 끝이 요원하기만 합니다. 게다가 길을 걷다가 나는 새로운 각성의 돌부리에 부딪쳐 넘어져서 아직까지 오던 길과는 전혀 다른 길을 찾아 더듬거려야 합니다. 그러나 나는 적어도 이 문제에 있어서는 신중함이라는 이름으로 조급함을 피합니다. 나는 나의 발목을 움켜쥐는 모든 종류의 풍토를 답사할 것이고, 만약 필요하다면 때로 그 자리에 주저앉아 땅을 파고서 내 몸 중의 한 부분, 팔이나 다리 같은 것을 하나 떼어내어 그곳에 묻어두고 다시 길을 떠날 것입니다. 그렇게 하면 적어도 그곳에서 지표면을 뚫고 올라오는 싹은 돌연변이를 피할 수 있지 않을까 생각하지만, 그것마저도 내게는 너무 큰 욕심일 것임이 분명합니다.

시간이 너무 많이 지체되었습니다. 이제는 제한 시간이니 하는 것은 별 상관 없지만, 조금 더 머뭇거리다가는 이 편지를 부칠 것인가 말 것인가를 놓고 갈등을 겪을 것 같아 여기에서 서둘러 글을 마칩니다.


# 14

거참, 그 녀석 여유작작하구만, 난 저런 머리 꼴에 저것도 옷이라고 걸치고 다니는 저런 녀석들 머릿속에 무슨 생각이 들어 차 있는지 잘 알죠. 며칠 전에 초동에서 꼭 저렇게 생겨먹은 젊은 녀석을 하나 태운 적이 있어요. 그때가 새벽 세 시쯤 됐나? 만촌 쪽으로 가는 여자 손님을 뒷자리에 태우고 막 떠나려 하는 중이었는데, 그 녀석이 다짜고짜 차 앞문을 열고 올라타더군요. 그러고는 몸을 돌려서 그 여자를 빤히 바라보더라구요. 내가 뒤를 돌아보니까 그 여자는 이젠 지쳐버렸다는 투로 아무 말 없이 창밖을 내다보고 있었어요. 하는 수 없이 그냥 차를 출발시켰지요. 만촌까지 가는 도중에 그 녀석은 술이 제법 취했는지 뒤에다 대고, 되는 말 안 되는 말 쉬지 않고 횡설수설을 해댔어요. 그 여자는 한마디도 대꾸를 하지 않는데 말입니다. 내가 옆에서 듣자 하니, 그 녀석은 술집에서 그 여자와 함께 있다가, 그 여자가 집으로 가려고 나오니까 따라 나온 모양입니다. 간간이 거울로 살펴보았지만, 그 여자가 뭘 하는 여잔지는 잘 모르겠더라구요. 요즘 사람들 어디 겉으로 봐서 알 수가 있나요? 세상 많이 좋아진 거죠. 정말 여긴 너무 자주 길이 막혀요. 사람들이 저렇게 길에 죽 늘어서 있다가 하루살이 떼처럼 차 문에 달라붙어서 어디 가자고 소리치는 걸 들을 때마다, 나는 괜히 나도 모르게 저 사람들이 나한테 덤벼들어서 악다구니를 퍼붓는다는 생각을 하게 돼요. 어쩌다가 바깥에서 안을 들여다보는 눈초리하고 정면으로 마주치면 온몸에 소름이 오싹 돋을 때도 있어요. 하지만 일단 차에 타고 나면이야…… 하여간 그래서 얼마 후에 차를 만촌역 부근에 세웠는데 어느새 꾸벅꾸벅 졸고 있던 녀석이 퍼뜩 정신을 차리고서 주머니를 부스럭거리고 있는 사이에 그 여자가 먼저 돈을 치르고는 밖으로 나갔어요. 그러자 녀석도 서둘러서 차문을 열더군요. 돈도 내지 않고 말입니다. 그래서 내가 당신도 돈을 내야 한다고 하니까, 자기는 저 여자의 동행이니까 돈을 낼 필요가 없다고 하지 뭡니까? 가만있을 수 있나요? 웃기지 마라, 내가 보기에 당신과 저 여자는 모르는 사이가 분명하니까 동행이라고 할 수 없다, 저 여자에게 물어봐도 그렇게 대답할 거다, 요금을 내기 전에는 차에서 내릴 수 없다, 라고 쏘아줬죠. 녀석은 내 말에 뭐라고 대꾸하려는 듯하다가 여자가 골목길로 사라져버리니까 안 되겠다는 듯이 돈을 내밀고는 차 밖으로 나서더군요. 그때 내가 한마디 더 해줬죠. 이봐, 젊은 양반, 저 여자는 그냥 놔두고 이제 그만 집으로 가지, 라고 말입니다. 그러자 녀석은 화를 불끈 내면서, 도대체 뭘 안다고 그러느냐, 저 여자는 정말 내 애인이다, 라고 하는 거예요. 그런 씨도 안 먹혀들어 갈 얘기가 어디 있습니까? 나도 지지 않고, 젊은 사람이 왜 이런 일로 시간을 낭비하느냐, 공연히 허세 부리지 마라, 난 당신 같은 사람들을 잘 안다, 라고 받아넘겼죠. 내 말에 녀석은 할 말이 없었나 봐요. 할 말이 없을 수밖에. 내가 제 속을 뻔히 들여다보고 있으니. 녀석은 빌어먹을이라나 염병할이라나, 하여간 뭐라고 씹어 뱉고서 방금 여자가 들어간 골목 쪽으로 달려가더군요. 나는 손님도 없고 해서 혼자 실실 웃으면서 그곳에 그냥 차를 세워두었죠. 내 예감에 녀석이 허탕을 치고 나올 게 뻔했거든요. 시간이 얼마 되지도 않아서 짐작했던 대로 녀석이 뭐 씹는 표정으로 다시 돌아오더군요. 그러더니 내 차를 발견하고는 다시 올라타면서, 나 때문에 여자를 놓쳤다나 하면서 마구 소리를 지르는 거예요. 그래서 내가, 아직도 그 여자가 당신 애인이라고 우길 생각이냐, 라고 이죽거렸더니, 자기들은 정말 애인 사이다, 오늘 밤에 꼭 결론을 지어야 하는 일이 있었는데, 당신 때문에 산통이 깨져버렸다, 라고 하지 뭡니까. 그 말을 들으니까 괜히 속이 뜨끔하기는 했죠. 그런데 녀석이 어디로 가자고 한 줄 압니까? 다시 초동으로 가자는 거예요. 그러고는 녀석은 내내 투덜거리더군요. 사실, 나한테는 애초에 그 두 남녀가 아는 사이건 모르는 사이건 상관이 없었지요. 단지 나는 같은 남자 입장에서 보아하니 새파랗게 젊은 남자 녀석 하는 짓이 너무

한심하고 가련해서 그렇게 골탕을 먹인 것뿐이죠. 하지만 어찌 됐든 나는 요금을 두 배로 받았으니까 손해 본 것은, 아니 이득을 본 셈이었지요. 그런데 말입니다. 녀석을 내려주고 나서 다른 사람들을 태우고 달리는데, 뒤에 탄 이 사람들이 자꾸 볼멘소리를 하기에 돌아보니까, 나 원 기가 막혀서, 좌석 시트가 이만큼이나 칼에 찢겨 있더라구요. 어느 틈에 녀석이 해코지를 해놓은 거죠. 그래도 시트만 그렇게 된 것만도 다행이었죠. 그 후로 그런 녀석들만 보면 부아가 있는 대로 치밀어서 참을 수가 없어요. 세상이 어쩌다가 이렇게까지 되었는지 모르겠어요. 거의 다 왔으니 주무시면 안 됩니다. 여기서 우회전을 해야 하나요?

## 15

언젠가부터 그는 시간과 장소에 상관없이 수시로 자기 자신을 여행자라고 생각하는, 혹은 여행자로 착각하는 버릇 내지는 습관을 가지게 되었다. 일상적인 업무를 처리하고 있던 중에도 그는 문득 자신이 그곳에 여행을 와 있는 것이고, 그곳은 그에게 지극히 낯선 곳이며, 이제 그에게는 그곳에 머물 시간이 얼마 남지 않았다는 생각을 머리에 떠올리고는, 곧 그 착각을 의심의 여지가 없는 사실로 믿어버리고서, 실제로 여행자처럼 행동하기 시작하는 것이었다. 물론 자신이 어떤 미지의 도시에 막 발을 들여놓았다고 믿는 경우도 있었다. 그럴 때면 그는 평소보다 더욱 자주 시계를 들여다보고, 수첩에 적혀 있는 시간 사용표를 점검하고, 공연히 주위를 두리번거리며 걷곤 하였다. 때로 주머니에 들어 있는 집 열쇠를 버스 터미널의 대합실에 있는 개인 금고 열쇠로 생각하기도 했다. 그는 항상 기차나 고속버스나 배나 비행기 등등의 도착과 출발 시간을 염두에 두고 있어야 했으며, 신용카드와 현금의 관리에 신중을 기해야 했다. 만일의 경우를 대비하여 온라인 송금을 받을 수 있기 위하여 통장과 도장도 잊지 말아야 했다.

갑작스레 객지에 홀로 떨어져서 시간을 보내게 된 그는 어쩔 수 없이 외로웠다. 그러나 대신 그는 사람들과의 만남에 있어서 훨씬 홀가분할 수 있었다. 어차피 모두 모르는 사람들뿐이고, 그들도 그를 몰랐으며, 게다가 피차 다음 만남을 기약할 수 없었기 때문이었다. 그는 여자들과도 다양한 관계를 유지할 수 있었고, 그런 여러 가지 면에서 그는 낯선 곳에서의 불편함뿐만 아니라 상당히 커다란 질적이고 양적인 자유로움을 느낄 수 있었다. 그러나 그는 자신이 그곳의 사람들에게 있어 이방인이고 이교도라는 생각을 떨칠 수 없었다. 그는 시도 때도 없이 돌아가고 싶은 충동을 느꼈다. 버스 터미널이나 공항이나 배터 부근을 지날 때면 당장이라도 모든 것을 다 접어두고서 차나 비행기나 배를 타고 귀향을 하고 싶었다. 하지만 그는 자신에게 이제 더 이상 고향이 남아 있지 않다는 사실을 한순간도 잊어본 적이 없었다. 그가 고향을 떠났듯 고향도 그를 떠나버린 것이었다. 그럼에도 불구하고 그는 떠나고자 했고, 또한 얼마 후에는 떠날 수밖에 없었다. 그가 닿게 되는 곳 역시 또 다른 낯선 곳이라 하더라도 그는 떠나야 했다. 무한히 거듭하여 생면부지의 사람들이 살고 있는 낯선 곳으로 떠나는 것, 그것만이 오직 그가 고향으로 돌아가는 행위일 수 있었다. 고향 상실을 뼈저리게 느끼는 것, 그것만이 그가 고향을 꿈꾸는 유일한 길이었다. 그러면서도 다른 한편으로는 그는 때로 어느 곳에나 호텔이나 여관이 있고, 그곳에는 항상 빈방이 있다는 사실을 견디기 힘들어했다. 그 무수히 많은 작은 방들은 이를테면 무수히 많은 작고 하찮은 고향의 모습을 하고 있었고, 그 작은 고향들이 사람들을 기만하고 미망에 빠뜨려서 큰 고향을 잊게 하는 것이기 때문이었다. 그리하여 그는, 아주 드문 일이기는 하였지만, 간혹 노천이나 대합실에서 새우잠을 자며 바다와 고래를 꿈꾸기도 하였다. 그리고 그때마다 그는 잠에서 깨어나 광장으로 나와 서서 늙은 여우처럼 초라한 몰골로 멀리 보이는 산을 바라보곤 하였다.

그러나 그가 그렇듯 때때로 착각 속에 빠져 든다 해도, 물론 전적으로 현실 감각을 잃어버리는 것은 아니었다. 단지 그는 자신이 여행지에 와 있는 것으로 생각할 수 있기를 적절히 바랐고, 실제로 불현듯 훌쩍 여행길에 오르고 싶은 충동에 사로잡혔으며, 하여 그의 집에는 여행 준비가 완전히 갖추어진 가방 하나가 꾸려져서 눈에 잘 띄는 곳에 항상 놓여져 있었다. 그는 자주 그런 자신의 욕구나 충동과 현실 사이에서 우왕좌왕하고 있는 것이었다. 특히 그는 술에 취하게 되면 누군가가 자신의 몸이나 마음을 붙드는 것을 극도로 싫어했으며, 심지어 자신이 딛고 있는 바닥을 무너뜨리기 위해, 혹은 적어도 금이 가게 하기 위해, 있는 힘껏 발을 굴러대기도 하였다. 그는 일종의 환자였다.

# 16

걸음을 멈추고서야 그는 자신의 왼손에 짙은 갈색 가방이 들려 있음을 새삼스럽게 깨닫는다. 그는 어느 은행 건물의 계단들 아래쪽에 서서 주위를 돌아본다. 현기증이 얇은 막으로 되어 그의 수정체를 덮어씌운다. 그는 건물을 등지고 돌아서서 한길 쪽을 바라본다. 그러고는 자신이 시내의 가장 번화한 곳에 와 있음을 다시 확인한다. 그는 가방을 내려놓고서 두 손을 마주 잡는다. 양쪽 손바닥의 땀이 서로 엉긴다. 그는 주머니에서 손수건을 꺼내어 양손으로 주무른다. 사람들이 끊임없이 좌에서 우로, 우에서 좌로 그의 앞을 지나친다. 이윽고 그는 마음을 정하고서 한 발 나와 선다. 입을 벌려 말을 하고자 하지만 그의 입 안은 잔뜩 말라붙어 있다. 그는 침으로 혀와 입천장을 축이려 한다. 그러나 마른 샘물처럼 침샘조차 푸석푸석하게 건조해져 있다. 수분의 자체 조달은 불가능한 셈이다. 그는 몸을 돌려 골목 쪽으로 걸어가서 가게 안으로 들어간다. 그곳에서 그는 콜라를 한 병 산다. 그는 병마개를 딴 후 주인이 건네준 빨대를 마다하고 병의 모가지 부분을 오른손으로 쥐고서 원래의 자리로 되돌아온다. 우선 그는 병을 들어 음료를 한 모금 마신다. 차고 단 맛이 혀끝에 알알하게 느껴지면서 깊숙한 입 안 양쪽이 짜릿해진다. 그는 입맛을 몇 번 다시고는 눈알이 뻣뻣해질 정도로 안면에 힘을 주고서 혀와 이와 입술과 목젖을 움직이기 시작한다. 그는 자신이 소리를 지르고 있다고 생각한다. 그러나 실제로 그의 목소리는 그리 크지 않다. 사람들은 그의 바로 앞을 지나칠 때에야 그가 무어라고 말을 하고 있음을 알 수 있을 뿐이다. 그들은 힐끗 그를 돌아보고 나서 무표정한 얼굴로, 하다못해 킥킥거리며 웃지도 않고, 가던 방향으로 계속 걸어간다. 그는 목소리를 높이고자 안간힘을 쓴다. 그러나 헛되이 입만 크게 벌어져서 뻐금뻐금 숨을 들이쉬고 내쉬고 하는 것이 고작이다. 그러나 분명 그는 말을 하고 있다.

"부디 걸음을 멈추고 내 말을 들으시오. 내 말을 들어보시오. 나는 전도사도 아니고 무얼 모금하고자 하는 사람도 아니며, 무슨 캠페인 같은 것을 벌이는 사람 또한 아닙니다. 이 세상에는 목소리가 크고 요란한 사람들로 가득 차 있소. 하지만 내 말은 이렇게 작고 조용한 것이니, 좁은 물에 길이 있듯 진실은 작은 목소리에 담겨 있는 것입니다."

그는 말이 조금 헛나가고 있음을 의식한다. 그는 다시 입 안이 타들어 가는 것을 느끼며 잠시 말을 멈춘다. 그는 혹시 주변에 자기처럼 행인들에게 외쳐대는 다른 사람이 있는가 살펴본다. 그는 애초에 자신이 하고자 했던 말을 하고 있는 것이 아니기 때문이다. 그는 콜라를 한 모금 마시고 다시 말하기 시작한다.

"내 말을 들으며 생각들 해보시오. 우리는 무엇보다도 사람의 혀가 앞 끝으로 단맛을 느끼고 쓴 맛이나 신맛은 뒤쪽으로 느끼게 되었음을 잊어서는 안 됩니다. 소주를 마실 때만 해도 그렇지 않소? 처음에 혀 끝으로 받아들일 때와 꿀꺽 목 뒤로 삼켜버리는 순간의 감각은 전혀 다른 것이오. 여기에서 인간의 삶의 깊은 한 부분이 드러난다고 할 수 있소."

　그는 다시 말을 멈춘다. 그는 방금 전에 입에 남아 있던 콜라의 맛 때문에 지금 막 자신이 그런 말을 했음을 깨닫는다. 게다가 그 유치하고 과장된 어법에 그 자신도 놀라지 않을 수 없다. 그는 얼굴이 뜨겁게 달아오르는 것을 느끼며 당장이라도 그곳을 떠나고 싶은 욕구에 젖는다. 그러나 그는 자신이 그럴 수 없음을 잘 알고 있다. 그는 지금 현실과는 다른 차원의 규칙에 얽매여 있기 때문이다. 말을 계속하기에 앞서 그는 다시금 주위를 돌아본다. 만약 누군가가 아까부터 줄곧 그의 말을 듣고 있었다면, 그 누군가는 그가 스스로도 자기 말에 갈피를 못 잡고서 횡설수설하고 있다고 생각할지도 모르는 것이다. 그러나 다행히 그와 시선이 마주치는 사람은 아무도 없다. 모두들 바쁘게 걸음을 옮기고 있고, 그렇다면 그의 말은 그들 모두에게 단편적으로만 전해졌을 뿐이다. 그는 자신의 말이 무수한 조각들을 그들에게 하나씩 나눠준 셈이다. 그는 자꾸 바닥으로 가라앉는 용기를 불러일으킨다. 단지, 차도 옆의 가로수 아래에 서서 무엇인가를 빨며 그를 빤히 바라보고 있는 어린 여자아이들 둘의 존재가 마음에 걸리기는 한다.

　"며칠 전에 나는 어느 지방 도시에 다녀온 적이 있습니다. 그곳에서 나는 개인적인 일로 학교와 주택가가 접해 있는 한 지역을 방문했었소. 골목길을 따라 언덕을 올라가는데, 길이 꺾이면서 작은 공터가 나 있었소. 아마도 그곳에는 곧 집이 들어설 모양이었소. 내 눈길이 그쪽으로 끌린 이유는, 놀랍게도 그곳에 제법 자란 푸성귀들이 잔뜩 심어져 있었

기 때문이었소. 그 길은 곧장 언덕 너머의 국민학교로 통해 있었던 탓
에 지나다니는 사람들이 유난히 많았을 터인데, 배추와 무들은 그렇게
온전하게 자라나고 있는 것을 보니 우선 무척 신기하게 여겼소. 하지만
다음 순간 나는 내 눈을 의심하지 않을 수 없었소. 그 밭 옆의 담벼락에
는 페인트로 '주의, 농약 대량 살포'라는 글귀가 쓰인 커다란 모조지
같은 것이 붙어 있었소. 그러고 보니 밭이 작물을 제대로 유지한다는
것은 지극히 간단한 일이었소. 겉은 놓아두고 속을 망가뜨리면 그만이
고, 또한 그 사실을 공연하게 드러내면 되는 것이니까 말이오. 그러나
그 글귀를 써 붙인 사람을 탓하기 전에 우리 함께 조금만 달리 생각해
보기로 합시다. 인간들의 관계에서도 그런 경우가 얼마나 많은 것이
오? 인간들은 사회 속에서 자신들을 세우고 펼치고 보전하기 위해 스
스로 농약을, 그것도 다량으로 뒤집어쓰는 것이오. 그렇게 해야만 다른
사람들이 자신을 두려워하고 함부로 다루려 들지 않을 것이니까 말이
오. 그러면서도 우리는 일종의 농약으로 우리의 안과 밖을 무장하고 있
음을 알지 못하고 있소. 물론 우리는 온갖 사회적인 가치들에 둘러싸여
살아갈 수밖에 없소. 하지만 그 가치들이 우리를 존립시켜 주는 단계를
넘어서서 이제는 우리 자신이 그것들에 의해 철저히 종속당해 있소. 이
때 그 가치들은 공존을 위한 것이 아닌, 자기만의 이기적인 자존을 위
한 농약에 다름 아니오. 우리는 매일매일 좀 더 많은 농약을 마시고 몸
에 바르기 위해 이렇듯 부산을 떨고 있소. 그리하여 그 농약의 폐해로
인해 스스로 가장 많이 훼손되고 변질되고 망가진 사람들이 가장 사회
적으로 성공한 사람으로 되는 것이오. 왜 모르시오, 당신들이 마시는
음료가 농약이고, 당신들이 몸에 뿌리는 향수가 또한 농약임을? 농약
을 거두시오. 자신들이 농약을 다량으로 친 푸성귀들을 내세우지 마시
오."

그는 다시 말을 멈춘다. 그는 왜 자신이 지금 이 순간 이런 역할을 해야 하는 것인지 전혀 이해할 수 없다. 어느새 그의 앞에는 몇몇 사람이 모여서서 그를 바라보고 있다. 그들 중 대부분은 호기심이 섞인 웃음을 띠고서 몸을 건들거리고 있으나, 한쪽 편으로 비켜서 있는 한둘의 얼굴에는 심각하고 진지한 빛이 어려 있거나, 걱정하고 근심하는 기색의 역력하게 자리 잡고 있다. 그는 오히려 한둘의 반응과 태도로 인하여 심기가 말할 수 없이 불편해진다. 그는 그들을 쫓아버리고 싶어진다. 그보다는 자신에게 맡겨진 연기를 집어치우고 싶어진다. 그러나 그들이 그의 앞을 떠나지 않는 이상 그로서는 연기를 끝내기 위해서라도 다시 말을 시작해야 한다.

"며칠 전에 파리채로 천장에 앉아 있는 파리 한 마리를 때려잡았소. 파리는 앉아 있던 자세 그대로 납작하게 눌려버렸소. 그리고 다음 날 우연히 그곳을 보았더니, 그것은 여전히 그곳에 말라붙어 있었소. 자세히 보니까 머리와 몸통은 으깨어졌지만 양쪽 날개는 전혀 손상되지 않고 제대로 붙어 있었소. 한참을 올려다보다가 나는 그것을 계속 거기에 붙여둘 수는 없어서 파리채를 가져와 그것의 꽁무니를 살짝 밀어 천장에서 떼어냈소. 그랬더니 그것은 전체적인 모양을 그대로 유지하고서 떨어져 나왔는데, 두 날개가 빳빳하게 펴져 있었던 탓에, 마치 꽃잎처럼 팔랑거리며 내려오지 뭐요. 하지만 나는 그 모습을 본 순간 깜짝 놀라서 고개를 움츠리며 피하듯 한 손을 그쪽으로 치켜들었소. 그것은 한 장의 꽃잎이라기보다, 내가 때려죽인 그 파리가 다시 살아나서 내게로 날아오는 듯했기 때문이었소. 그때 나는 참으로 크게 놀랐소. 사실 나는 지금 내가 왜 이런 말을 여러분에게 하고 있는지 잘 알지 못하고 있소. 하지만 그 이유야 여하간에, 내가 이 자리에서 꼭 하고 싶은 말은, 나는 피해망상증 환자라는 사실이오. 그리고 다른 한편으로는 변태 성욕자이기도 하오. 그러나 후자에 관해서는 이 자리에서 거론할 필요가 없을 것이오. 여하튼 나는 피해망상증 환자요. 조금 전에 농약을 가지고 장황하게 늘어놓은 것도 다 나의 피해 의식의 소산이니, 부디 괘념치 말아 주시오. 만약 아직도 내 말들이 귀에 남아 있다면 집에 돌아가는 즉시 귀를 씻어주시오. 솔직히 말하자면 나는, 모든 사소한 것들을 파헤쳐서 의미를 찾아내려 하고, 여의치 않은 경우에는 의미를 부여하려 하고, 그 의미들을 경멸하고 있소. 그럼에도 불구하고 나 자신이 그들 중의 한 사람이기도 하오. 나는 세상을 있는 그대로 살아가고 싶소. 그러나 그렇게 할 수 없는 실정이오. 왜냐하면 바로 지금의 이 세상이라는 것이 안팎으로 의미에 대한 피해 의식에 젖어 들지 않을 수 없게 만들기 때문이오. 그리고 더 나아가서 그 피해 의식을 피해망상이라고 바꿔놓고서 측은해하는 것도 바로 지금의 이 세상이 즐겨 저지르는 행태인 것이오."

몇몇의 차갑게 굳어 있는 얼굴들이 그의 앞으로 바싹 다가온다. 그는 그 얼굴들 뒤의 다른 얼굴들을 바라보려 한다. 그러나 그는 이미 시간이 다 되었음을 알 수 있다. 그러나 그로서는 이제 와서 그렇게 간단하게 꿈에서 깨어날 수는 없는 일이다. 그는 계속 말해야 하는 것이다. 그는, 사람들이 자신을 비웃으며 바라보거나 노려보고 있어도, 그리고 입안이 바싹 말라붙고 등이 아프고 다리가 후들거려도, 마치 현실 속에서 이것이 차라리 꿈이었으면 하고 바라듯이, 지금 바로 이 순간이 꿈이 아니기를 간절히 원하고 있다. 그는 현실 속에 있지 못한 자신을 원망하고 있다. 아니, 차라리 그는 꿈과 현실의 경계선 위에 서 있는 것이다. 이제 그가 어느 쪽으로 몸을 돌리느냐 하는 것이 가장 중요한 것일 터이다. 그는 천천히 몸을 왼쪽으로 돌린다.

# 17

"난간 너머로 아래를 내려다보니까 그 밑에 대형 버스가 한 대 주차해 있는데 그 지붕까지 대략 이 미터쯤 되겠더라구. 그래도 선뜻 마음이 내키지 않아서 쇠난간만 움켜쥐고 있자니까, 웬걸 녀석들이 벌써 계단을 뛰어 올라오고 있지 뭐야. 별수 있나. 난간을 넘어가서 눈 딱 감고 아래로 뛰어내렸지. 지붕에 몸이 닿는 순간 텅 하고 몸이 튕겨 오르더구만. 구두를 신고 있었으니 또 좀 미끄러웠겠나? 간신히 균형을 잡고서 버스 뒤쪽으로 걸어가서는, 거 왜 있잖아, 방향 표시등인지, 아니면 차폭등인지 하는 거, 여하간 지붕 귀퉁이에 튀어나와 있는 그 플라스틱 덮개를 움켜쥐고 몸을 밑으로 미끄러뜨리듯이 해서 바닥으로 뛰어내렸다구. 그러고는 어두운 맞은편 골목으로 냅다 뛰었지. 뛰면서 귀를 기울여보니 내 발자국 소리만 요란하게 울리고 있더라구. 뒤쫓아오는 기척이 전혀 없었던 거지. 녀석들도 내가 그렇게까지 할 줄은 짐작 못했기 때문에 아마 조금은 기가 질려버렸을 거야. 한참 후에 멈춰 서서 두 손으로 무릎을 짚고 숨을 가쁘게 몰아쉬었는데, 그제야 왼쪽 발목이 욱신거리기 시작하더구만."

"내가 생각해도 이해가 안 가는 일이야. 그렇게 산속에서 잠이 들 수 있었다니 말이야. 깨어나서 주위를 돌아보니까 벌써 어둑어둑해져 있었어. 애초에 나 혼자이긴 했지만, 그때 기분은 마치 깊은 산속에서 어물어물하다가 일행으로부터 떨어져 나온 아이가 된 것 같았어. 나는 부랴부랴 산을 내려왔지. 한 오 분 내려오니까 사람들이 눈에 띄기 시작했어. 마음이 조금 놓였지. 한데 돌층계를 지나서 막 모퉁이를 돌려 하는데, 바위와 바위가 맞닿아 움푹 들어간 곳에서 얼핏 무엇인가 이상한 것이 눈에 띄었어. 나는 거의 그곳을 지나쳤다가 다시 몸을 돌려서 그 이상한 물체를 바라보았지. 그건 사람이었어. 자세히 바라보니까 넥타이는 매지 않고 와이셔츠에 양복 상의를 입은 젊은 남자였는데, 고개를 왼쪽 어깨 위로 떨구고 등을 바위에 기댄 채 바닥에 주저앉아 있었어. 쓰고 있던 검은 테 안경이 흘러내려서 코끝에 걸려 있었지. 난 처음엔 그 남자가 술 먹고 잠이 든 것으로 생각했어. 나이도 이십대 후반쯤으로 보였으니까 충분히 그럴 수 있는 일이었어. 근데 허벅지 옆으로 흘러내려서 땅바닥에 떨구어져 있는 손목을 바라보고는 흠칫 놀랐어. 손목에 피가 두껍게 엉겨 붙어 있었던 거야. 그러고 보니 저고리, 셔츠, 바지 할 것 없이 여기저기에 피가 묻어 있었어. 동맥을 자른 거였어. 스스로 자른 건지 남에게 잘린 건지 나로서는 알 수 없었지만, 아마도 자살을 기도한 듯싶었어. 솔직히 말해서 나는 그냥 그 자리를 떠나려 했어. 상투적인 생각으로, 말썽에 말려들고 싶지 않았기 때문이었지. 하지만 몇 걸음 걸어가다가 나는 되돌아가지 않을 수 없었어. 우선 나는 그 사내가 죽은 건 아닌지 확인해 보았어. 하지만 손등으로 콧김을 느껴보거나 할 것도 없이, 가슴이 천천히 오르내리고 있는 모습이 눈에 보였어. 주변은 점점 더 어두워지고 있었지만, 아직은 시야가 불분명해질 정도는 아니었지. 그래도 곳곳에 제법 검은 기운이 내려앉아 있어서, 특히 사내의 창백한 얼굴은 시체처럼 시커멓게 변색이 되어 있었어. 손목의 상태를 살펴보니까, 잘린 동맥 부위에 핏덩어리가 엉겨 있는 줄 알았는데 그건 사실은 피가 흠뻑 밴 몇 겹의 화장지 같은 거였어. 사내가 피를 흘리고 있는 걸 누군가가 지나가다가 보고는 대충 응급조치를 취해 놓은 것인지도 모르는 일이었어. 물로 자기 스스로 피를 막으려 했던 것일 수도 있지만. 여하튼 고비는 넘긴 셈이었지. 그건 내게도 무척 다행한 일이었어. 나는 잠시 망설였어. 내가 섣불리 그를 옮기려 한다는 건 어느 모로 보나 무모한 짓일 것 같았어. 게다가 모퉁이만 돌면 곧 술이나 음식을 파는 소위 산장이라는 곳들이 밀집해 있었기 때문에 나로서는 그런 무리를 할 필요가 없었어. 당장 시급한 일은 병원에 연락해서 구급차를 부르는 것이었으니까. 그러고 보니 그 사내가 그렇게 인가 가까이에 있다는 사실도 잘 이해가 가지 않았어. 어쩌면 누군가가 그를 부축해서 내려와서는 사람들에게 발견될 만한 곳에 앉혀 놓고 자기는 그냥 가버린 것인지도 모르는 일이었어. 여하튼 나는 잠시 그를 혼자 내버려 두고 그곳을 떠나기 앞서서 선 채로 사내의 얼굴 윤곽을 내려다보았어. 전체적으로 유난히 선이 가는 얼굴이었어. 그때 상의 가슴 부분에 뭔가가 매달려 있는 게 눈에 띄었어. 자세히 보니 그건 초파일을 봉축해서 가슴에 다는 표장이었어. 하지만 부처님 오신 날은 이미 며칠이 지난 뒤였기 때문에, 나는 왜 그 남자가 그걸 달고 다니는지도 이해할 수 없었어. 하나같이 모를 일들뿐이었지. 어쩌면 그는 며칠 동안 산을 헤매고 다닌 건지도 모를 일이었어. 그런 여러 가지 의혹에 머리가 어지러웠던 탓인지, 나는 나도 모르게 아무런 생각 없이, 그의 가슴에 핀으로 고정되어 있던 표장을 떼어냈어, 그러고는 그걸 들고 산장 쪽으로 내려왔어. 그 표장이 마치 비밀을 풀 수 있게 하는 열쇠처럼 느껴졌던 모양이지. 불이 켜져 있는 한 곳으로 들어서면서 나는 그걸 불빛에 비추어가며 자세히 살펴보았어. 둥글게 잘려진 두꺼운 종이 위에는 푸른색 긴 옷을 몸에 두른 아기 부처가 연꽃을 딛고 서 있는 치졸한 그림이 그려져 있었어. 아기 부처 머리 뒤에서는 후광이 방사상의 선을 그으면서 터져 나오고 있었어. 그 위에는 한글로 천상천하 유아독존이라고 씌어 있었지. 그리고 두 갈래로 드리워져 있는 리본 위에는 부처님 오신 날이라는 글귀가 새겨져 있었어. 그때까지는 아무런 별다른 게 없었어. 그런데 뒤를 넘겨보니 그 좁은 자리에 볼펜으로 꼭꼭 눌러쓴 작은 글자들이 잔뜩 들어 있었어. 가만있자. 내가 그걸 여기에 다시 적어두었어. 들어봐. 어두워 한 가지에 잠자던 새도 날 새면 서로 각각 날아가노니 보아라 우리 삶이 이러하거늘 무슨 일로 눈물 흘려 옷깃을 적시나. 그리고 깨달음의 종소리라는 제목이 붙어 있는 것도 있었어. 종소리 울리면 번뇌는 사라지고 깨달음 하나둘 허공을 메우니 욕심을 벗고 고집을 떠나서 부처님 마음에 오가네 너와 나. 조금 유치하기는 하지. 여하튼 내가 산장 마당에서 서서 그걸 멍하니 들여다보고 있는데, 한 남자 종업원이 나와서 나를 맞았어. 나는 그에게 심각한 낯빛으로, 저 위에 한 사람이 피를 흘리며 쓰려져 있다고 말했지. 그러니까 대뜸 상대방이 하는 소리가, 그래서요?라는 말이었어. 전혀 예상치 못한 질문에 나는 대꾸를 할 수 없었어. 내가 만약 입을 열었다면, 글쎄요, 하고 우물거렸을 거야. 우리가 그렇게 멍청하게 서서 마주 바라보고 있을 때 안에서 여주인이 나왔어. 나는 그 여자에게 좀 더 자세하게 상황을 설명하고 병원이나 파출소로 전화를 해달라고 했어. 그러고는 보니 그 종업원은 어느새 슬그머니 자취를 감춘 뒤였어. 결국 전화가 되고 잠시 후에 아래쪽에서 경찰차가 사이렌을 울리며 올라오는 소리가 들려왔어. 나는 여주인에게 대충 그 위치를 알려주고서 옆길로 슬쩍 빠져나왔어. 그러고는 곧장 밑으로 내려갔지. 산장까지는 포장도로였기 때문에 나는 도중에 경찰차와 엇갈렸어. 그때 나는 문득 눈앞에 몇 가지 영상이 겹쳐져서 떠오르는 것을 보았어. 우선 정신을 잃고 쓰려져 있던 젊은 사내의 얼굴이 그 첫 번째 것이었고, 두 번째로는 조금 전에 나를 빤히 바라보면서 왜 공연히 자기를 귀찮게 하느냐는 표정을 짓던 종업원의 얼굴이 그것이었어. 그리고 마지막으로는 말할 것도 없이, 아까는 그 종업원의 반응에 어찌할 바를 모르고 멍하니 서 있었고, 지금은 이렇게 도망치듯 산을 내려가는 나 자신의 얼굴이었지. 그 세 개의 얼굴은 따지고 보면 하등 다를 바가 없었어. 이를테면 그것은 하나같이 삶에 대한 여유랄까 하는 것을 전혀 찾아볼 수 없이, 마치 플라스틱이

나 마분지처럼 표면이 매끄럽고 빤빤했지. 그리고 동시에 흡사 스티로 폼으로 되어 있는 듯이 푸석푸석하고 허약하기 짝이 없었어. 그 후로 나는 그날의 일에 대한 기억에서 쉽게 벗어날 수 없게 되었어. 그러다 가 언뜻 이런 생각이 들었어. 이런 식으로라도 그 일에 대한 이야기를 남들에게 해야겠다고 말이야. 이야기를 하면서 내가 수첩에 옮겨놓았 던 그 시구들도 반드시 들려줘야겠다는 생각도 했어. 그런 이유로 이렇 게 긴 이야기를 하고 있는 중인 거야. 하지만 그래서 뭘 어쩌겠다는 건 아니야. 그저 그러고 싶을 뿐이야. 단지, 바쁜 세상을 살아가면서 이런 한량한 이야기를 자꾸 늘어놓다 보면 어쩌면 잃었던 여유도 조금은 찾 을 수 있을지도 모르지."

"기분이 좋을 리가 없었죠. 성질대로 한다면 내가 그걸 놔두겠어요? 하지만 어쩔 거예요. 기왕에 일이 그렇게 된 거 그러려니 하는 수밖에. 그래도 어쨌든 기분이 나쁜 건 나쁜 거였죠. 나도 모르게 어깨에 힘이 들어가고 자꾸 발목이 뻣뻣해지는 거예요. 이러다가 사고를 내고 말겠 다는 생각이 들더라구요. 브레이크도 시원찮은 차가 기회만 있으면 속 도를 있는 대로 올려대려 하고 있었으니까. 한데 심정적으로 자제가 안 되니까 속도감을 별로 느낄 수가 없었어요. 그러다가 차가 터널로 들어 가서야 정말 정신을 차려야겠다 싶더군요. 나는 평소에 터널만 들어가 면 왠지 모르게 불길한 느낌을 떨치지 못하곤 했죠. 그 터널은 양쪽으 로 조금 높게 사람이 다닐 수 있는 통로가 만들어져 있는 곳이었어요. 마음을 가라앉히려 애쓰면서 한 중간쯤을 통과하고 있을 때였어요. 오 른쪽 인도 위에서 젊은 남녀 둘이 서로 어깨와 허리를 꼭 껴안고 걸어 가고 있지 뭐예요. 그 시끄럽고 좁고 어둠침침한 공간을 전혀 개의치 않는 한가로운 모습이었어요. 마치 여름 저녁나절에 논둑길을 걷는 것 같았다고나 할까요? 짧은 순간이었지만 그 뒷모습을 보자니 갑자기 화가 치밀었어요. 그날 아침 일도 있고 해서 한참 답답하게 움츠러들어 있던 가슴이 풍선 터지듯 터져버린 거라고 해야 할 거예요. 나는 차가 막 사람들 옆을 지나치는 순간에, 거의 무의식적이고 발작적으로 경적을 힘껏 눌러버렸어요. 당연히 귀청을 단번에 마비시켜 버릴 것 같은 소음이 일어나 터널 안을 뒤흔들었죠. 게다가 내 차에 달린 경적은 보통 것하고는 다르거든요. 후면경으로 보니까, 소리가 울린 순간 혼이 달아난 여자는 벽 쪽으로 털썩 넘어지면서 남자의 허리에 감았던 팔을 풀었고, 남자는 자신도 자기대로 놀란 와중에 여자를 부축하면서 내 차 뒤꽁무니를 노려보더라구요. 그걸 보고 내가 어떻게 했는지 알아요? 입 꼬리를 치켜들고 씩 웃었어요. 그 순간에만은 미안함이라거나 자책감 같은 건 나중 문제로 여겨졌어요. 여하튼 그때 나는 그런 식으로라도 웃어야 했으니까요. 그런데 다시 후면경을 흘낏 보고서 이번에는 내 쪽에서 깜짝 놀라버리고 말았어요. 차가 터널을 빠져나오기 바로 직전에 아주 잠깐 그 두 남녀의 모습이 다시 보였는데, 이게 어떻게 된 건지 아까와는 전혀 딴판이지 뭡니까? 글쎄, 조금 전만 해도 혼비백산하던 장면은 간데없고, 아무 일도 일어나지 않고서, 두 사람은 서로 몸을 꼭 붙이고 걷고 있었어요. 워낙 순간적으로 스쳐 지나간 광경이라, 아마도 나중 것은 내가 잘못 보거나 환시를 본 걸 거예요. 하지만 나는 머릿속이 얼떨떨해져서 생각을 가눌 수가 없었어요. 내가 방금 본 두 장면 중에서 과연 어느 것이 실제의 것이고 어느 것이 환각인 것인지 갈피를 잡을 수 없었기 때문이죠. 그렇다고 차를 되돌려 돌아가서 확인해 볼 수도 없는 일이었고. 정말 기분이 묘하고 조금은 등골이 서늘하기까지 하더군요. 결국 그날 내가 실제로 본 것이 어느 쪽이든 상관없이, 나는 내가 나 자신을 배반하는 경험을 한 것이었어요. 내 심정과 감각 기관과 상상력이 한 동아리가 되어, 허튼짓을 하는 내게 반기를 든 거였지요. 나는 중심을 잃어버렸고, 심지어 넓게 보아 나의 자아라는 것마저도 슬그머니 사라져버린 것 같았어요. 무엇보다도 내가 길 가는 사람들을 놀래어 놓고는 낄낄거렸다는 것부터 그랬고, 곧이어 그런 나의 눈앞에서 환각 현상이 일어났다는 것도 역시 그렇게 생각할 수 있는 거였죠. 그때 내게 무슨 느낌이 들었는지 알아요? 조금 어처구니없긴 하지만, 아직 내게는 나 자신에 대해 믿음을 가질 구석이 남아 있구나 싶더라구요. 내가 깜박 잃어버렸던 균형 감각이 저절로 되돌아와서 방금 전의 나를 밀어내 버렸으니까 말이죠. 나는 밀려나면서 기뻤고, 다시 제자리를 찾으면서 마음이 가라앉았어요. 얼떨떨한 기분이 얼얼한 열기로 바뀌더군요."

"가로등 밑에서 한 아이가 수염이 덥수룩한 한 남자에게 엉덩이를 펑펑 얻어맞고 있었습니다. 몸이 가냘픈 그 아이는 벌써 다섯 번째나 가로등의 전구를 돌로 맞혀 깨뜨린 것이었습니다. 아이는 아무리 타이르고 야단치고 매를 때려도 통 말을 들으려 하지 않았습니다. 아이는 제법 무서운 손길에 엉덩이를 내맡겨 놓고 있으면서도 눈물 한 방울 흘리지 않고 그저 입을 꼭 다물고서 미간을 잔뜩 찌푸리고 있었습니다. 어른 남자는 그곳에서 가장 가까운 포장마차의 주인이었습니다. 그리고 아이의 아버지이기도 했습니다. 아버지는 자신의 일을 방해하는 아들의 소행을 이해할 수 없었습니다. 가로등이 깨어져서 불이 꺼지면 알게 모르게 장사에 조금은 영향을 미칠 것이기 때문이었습니다. 아무도 그 아이를 이해하지 못했습니다. 어쩌면 아이 스스로도 자기 자신을 이해하지 못하는 것인지도 모릅니다. 한 달 전쯤의 어느 날 밤, 아버지는 소변을 보기 위해 밖으로 나왔다가 우연히 아들이 처음으로 가로등을 향해 돌팔매질하는 광경을 목격했습니다. 아들은 얼굴에서 푸르스름한 인광을 반사시키며 신들린 듯 돌 던지는 일에 몰두하고 있었습니다. 아버지는 아들의 기괴한 행동과 모습에 충격을 받아서 어두운 땅을 뒤져 돌을 찾아내어서 힘껏 하늘로 날려 올리고 있었습니다. 포장마차로 돌아와 빈 병에 막 소주를 붓고 있던 아버지의 귀에 퍽 하고 전구가 깨어지는 소리가 들렸습니다. 하지만 아버지는 밖으로 나가보지도, 아들을 불러들이지도 않았습니다. 병을 잡은 아버지의 손은 평소보다 더 심하게 떨리고 있었습니다. 언젠가부터 아버지는 아들의 태도가 이상해지고 있음을 눈치 채고 있었습니다. 아들은 눈에 띄게 말수도 적어지고 잘 웃지도 않고 밥도 제대로 먹지 않았습니다. 며칠 후 두 번째로 전구가 깨어졌습니다. 그리고 그때 아버지는 막 전구를 깨고 포장마차 안으로 들어오는 아들의 얼굴을 보았습니다. 열 살 남짓한 아이의 얼굴은 형편없이 지치고 피로에 짓눌려 있었고, 그를 바라보는 눈초리는 차갑고 날카롭게 빛을 번득이고 있었습니다. 아버지는 외면을 하려다 말고 문득, 자기가 누구보다도 춥고 배고프게 세상을 살아가고 있음을 아들이 뼈저리게 깨닫고 있는 중이라는 사실을 짐작할 수 있었습니다. 그런 생각이 들자 아버지는 자신이 아들보다 더욱 춥고 배고픈 사람이라고 여기지 않을 수 없게 되었습니다. 아버지는 아무 말 없이 다짜고짜 아이를 뒤쪽으로 데려가서 소리가 요란하게 두들겨주었습니다. 하지만 아들은 곧 세 번째로 전구를 깨어버렸고, 아버지는 다시 두 번째로 아이의 궁둥이를 두들겨 팼습니다. 그리고 같은 일이 네 번째 다섯 번째 거듭하여 반복되었을 때에는 아버지는 행여나 전기공사의 직원들이 알게 되지나 않을까 걱정이 되어 손바닥에 더욱 힘을 주었습니다. 아들은 아버지에게 얻어맞을 때마다 마음 한구석이 후련해지는 것을 느꼈습니다. 어쩌면 아이는 그 개운함 때문에 가로등 깨는 일을 멈출 수 없는 것인지도 모르는 일이었습니다. 그러나 이번만은, 아들은 아버지에게 다시는 그러지 않겠다고 굳게 다짐했습니다. 지금 아이는 새 전구가 갈아

끼워지기를 무척 기다리고 있습니다. 자기가 또다시 그것을 깨어버릴지는 아직은 자신도 잘 모릅니다. 하지만 여하튼 전등은 하루 속히 밝혀져야 하는 것입니다. 그래야만 아버지가 일하시기에 여러모로 훨씬 편리하고 유리할 것이기 때문입니다. 그런 생각을 하면서도 아이는 주머니 속에 들어 있는 조약돌을 쥔 오른손이 자꾸 꼼지락거리는 것을 느낍니다."

## 18

일기를 쓰려 할 때마다 나는 매번 당혹감에 빠져 든다. 채 하루가 지나지도 않은 일을 글로 옮겨놓는다는 것이 무슨 의미가 있을 것인가? 그것은 일상사에 대한 보고라거나 기록 그 자체의 차원에 머무르는 것이 아닐까? 적어도 며칠의 시간이 흐르면서 그때의 일에 대한 이런저런 생각이 이루어진 후에야 그것에 대해 말하고 글로 쓸 수 있는 것이 아니겠는가? 그런데 심지어 나는 불과 한두 시간 정도 전의 일화를 일기장에 쓰려 하기조차 한다. 그것은 단지 잊지 않기 위한 일차원적인 행동에 지나지 않을 수 있다. 나는 잊지 않기 위해 일기를 쓰는가? 잊지 않고 기록해 두어서 나중에 뭘 어쩌려는 것일까? 자서전이라도 쓰게 된다면 또 몰라도 기껏해야 노년에 추억에 잠겨 시간을 보내는 것을 도와줄 수 있을 뿐이다. 나는 지금 나의 생각의 흐름이 너무 극단적인 방향으로 향하고 있음을 스스로 의식하고 있다. 요즘 나의 사고는 극과 극으로 치닫기 일쑤다. 그러나 나는 나를 내버려 둔다. 내 생각으로는, 어차피 인간은 자기가 존재함으로써 생겨나는 감옥이나 함정에 빠져 있는 셈인데, 극에서 극으로 왕래하는 행위는 그나마 그 감옥이나 함정의 폭을 넓혀줄 수 있을지도 모른다. 아니면 다분히 기회주의적으로 말하여 그렇게 양극을 동시에 더듬음으로써 중심의 균형 감각을 잃지 않을 수도 있을 것이다. 그것도 아니라면 차라리, 가운데를 비워두고 그 주변을 맴돎으로써 그 가운데의 비워 있음 자체를 중심으로 상정하는 것일 수도 있다.

여하튼 그런저런 이유들로 하여 나는 이십사 시간도 지나지 않은 일을 대상으로 일기를 쓰고 싶지는 않다. 대신 나는 이렇게 일기를 쓰기 위해 앉아 있는 이 마당에서, 이미 적어도 며칠이 지나간 일들, 평소에 자주 겪고 생각하곤 하는 일들, 혹은 아예 미래에 속하는 일들을 머리에 떠올려 재구성하려 한다. 그러기 위해서는 나는 가급적이면 내가 일기를 쓰고 있다는 사실을 의식하지 말아야 한다. 왜냐하면 일기라는 것은 비록 현재형으로 쓰이기는 하지만 본질적으로 과거성 속에 자리 잡고 있는 것인데 반해, 내가 여기에서 의도하는 바는 이를테면 궁극적인 현재성이기 때문이다.

삶을 살아가면서 내가 점점 더 분명하게 깨달아가고 있는 것이 한 가지 있다. 그것은 바로, 내가 무엇을 싫어하는가, 내가 싫어하는 것은 과연 무엇인가 하는 것이다. 나이가 들면서 사람들은 보통 세상사와 타협을 하거나 관조를 하는 쪽을 택하여, 세상 속에서 자기가 좋아할 수 있는 부분을 확보하고 그것을 지켜나가려 하는 것이 일반적인 경우이다. 젊은 나이라 하더라도, 사람들은 자신들이 싫어하던 것들에 알게 모르게 조금씩 익숙해져서 그것들에 대한 반감을 잃어가거나, 아니면 현실적인 불편함을 감수하기 싫어서라도 그 반감을 의도적으로 차츰 포기하기에 이른다고 할 수 있다. 아마도 지금 막 내가 한 말에 대해 자신 있게 반박을 가할 수 있는 사람도 많이 있을 것이다. 그렇다면 차라리 이렇게 말하면 어떨까? 사람들은 세상을 자기 식으로 조금씩 이해를 하게 되면, 싫은 것보다는 좋은 것에 더 가까워지려는 경향을 지니게 되는 것이 아닐까? 물론 좋은 것에 대한 집착과 싫은 것에 집착하는 것이 결국은 하나의 행위일 수도 있다. 하지만 지금 나는 지극히 심정적인 부분의 맥락에서 이야기하고 있는 중이다.

그런데 앞으로 내가 하고자 하는 말에 조금이나마 더 객관성을 부여하기 위해 이런 군더더기 같은 전제를 까는 행위가 무슨 의미가 있다는 말인가? 지금 나는 엄연히 일기를 쓰고 있는 것이 아닌가? 아니, 지금 나는 일기를 쓰고 있는 것이 아니다. 하지만 여하튼 모든 거추장스러운 것들을 집어치워 버리고 홀가분하게 새로이 말을 시작해 보기로 하자. 그리고 나 자신의 개인적인 차원에서 머무는 것은 그렇다고 솔직하게 인정하도록 하자. 하기야 인정하는 것밖에 다른 도리가 없는 것이 사실이다.

삶을 살아가면서 내가 점점 더 분명하게 깨달아가고 있는 것이 한 가지 있다. 그것은 바로, 내가 무엇을 싫어하는가, 내가 싫어하는 것은 과연 무엇인가 하는 것이다. 나는 요즘 내가 싫어하는 것으로 판명된 것들의 목록을 작성하고 있는 중이다. 그렇게 하면서 나는 내가 그동안 그것들 하나하나를 얼마나 싫어해 왔는가를 새삼 깨닫고 있다. 그리고 동시에 나는 앞으로는 어떤 물건을 가까이 하지 않고 어떤 짓을 되풀이 하지 않으리라 마음을 정한다. 물론 그 결정들이 반드시 지켜지는 것은 아니다. 하지만 나는 때로 그것과 어긋난 행동을 할 때마다 다시금 내가 그 행동을 얼마나 혐오하는가를 확인하곤 한다. 그때 비로소 나의 목록의 한 장이 완성된다. 하지만 이 나이에 혐오하는 것들의 항목만을 늘려간다는 것은 분명 정상적이지 못하다. 나는 당장이라도 이 짓을 때려치우고 싶다. 그러나 나는 선뜻 그렇게 하지 못한다. 어떤 때에는 내가 혐오감으로 이 세상을 버텨나가고 있는 것이 아닌가 하는 생각이 들기도 한다. 나의 이런 경향은 무엇보다도 나의 병적인 피해 의식의 소산이 아닐까 한다.

사실, 한편으로는 이런 식의 설명이 가능하기도 하다. 아직까지 그 누구보다도 나는 내가 좋아하는 대로, 내가 싫어하는 일은 피하면서, 살아오지 못했다. 물론 때로는 내가 원하고 좋아서 그렇게 한다고 스스로 믿었던 적도 있었다. 그러나 그것은 착각이었다. 대개의 경우 그것은 후에 내가 싫어하는 일도 스스럼없이 해낼 수 있기 위한 포석이거나 심지어 그 자체로 자기기만이기 일쑤였다. 그래서 나는 언젠가부터 내 목소리로 말하고 싶고, 가능하면 내가 좋아하는 일만을 하며 살아가고 싶다는 욕망에 자연스럽게 빠져 든 것이었다. 그러나 그것은 말처럼 그렇게 간단한 것은 아니었다. 나는 번번이 나의 욕망에 위배되는 삶을 살았고, 때로는 그런 사실조차 의식 못하고 하루를 넘겨버리는 경우도 허다했다. 그리하여 나는 결국 나의 욕망을 실현하기 위한 좀 더 구체적이고 실천적인 방법을 모색하기에 이르렀으며, 그 결과로 요즘 이렇게 진실로 싫어하는 것들의 상세한 일람표를 만들고 있는 것이었다. 그렇게 하여 나는 그것들을 더욱 싫어하면서 다른 한편으로는 내가 좋아하는 것들이 나의 삶 속에서 가지는 몫을 더욱 키워주고 있는 것이다. 어떤 면에서는 싫어하는 것을 더욱 분명히 싫어하는 것 역시 나의 내밀한 욕망을 실천에 옮기는 것일 터이다.

그러나 당연히, 문제는 그리 단순하지 않다. 무엇인가를 분명히 싫어함으로써 어떤 다른 무엇인가를 분명하게 좋아할 수 있는 것이 어떤 면에서는 사실이기는 하지만, 현실적으로 그 싫어함에는 어느 정도의 선에선 한계를 두어야만 하는 것이고, 만에 하나 싫어함에 너무 집착하다가 그 피해 의식으로 좋아함마저도 제대로 즐길 수 없게 될지도 모르기 때문이다. 그런 갈등과 우려를 감안하면서도 내가 내린 결론은, 나의 싫어함과 좋아함을 가능한 한 아예 양극화시키는 것이다. 그리고 그 양극을 내 속에 함께 가두어두고서 그것들이 수시로 내게 전기 고문을 가

하도록 내버려 두는 것이다. 그렇게 하여 내가 고통스러움을 느끼게 된다면 나는 동시에 그 고통의 반대쪽 극인 즐거움도 얻을 수 있게 될 터이다. 또한 나는 그럼으로써 다른 모든 일들에 있어서도 양극을 함께 볼 수 있는 시각을 조금씩 열어나갈 수 있을 것이다. 하지만 아직은 자신 있게 말할 수 있는 것이 아무것도 없다. 단지, 벌써부터 서로 부딪쳐 찌릿찌릿 방전을 일으키는 그 양극들의 존재를 온몸으로 느끼고 있을 뿐이다.

그러고 보니 사실 나는 일기 쓰기를 그다지 좋아하지 않는다. 차라리 싫어하는 편에 가깝다. 하지만 일기 쓰기의 필요성은 인정하고 있다. 이럴 경우에는 어떻게 해야 할까? 우선 그 필요성이라는 것부터 각각의 성격에 따라 분류해 보아야 할 것인가? 좀 더 두고 생각하기로 하자. 단칼로 결판을 지으려 하는 것이 얼마나 가소로우면서도 위험한 사고방식인가 하는 것을 나 스스로도 잘 알고 있지 않은가.


# 19

전동차가 떠나기 시작한다. 기둥들이 희희 스쳐나간다. 그 모습은 마치 각각의 기둥들이 그때그때마다 엿가락처럼 녹아 차체에 들러붙었다가 결국 차의 힘과 속도에 못 이겨 툭툭 떨어져 나가 버리는 듯하다. 그는 읽는다. 오늘의 개운開運 방위, 5월 8일(월, 음력, 4.4.), 해설. 좋은 방위로 찾아가거나 좋은 방위에서 일을 도모하는 것마다 잘 풀리게 된다. 제갈공명의 기문둔갑법에 따르면 지구의 움직임으로 생기는 좋은 기운을 받을 수 있기 때문이다. 한 달에 세 번 정도 좋은 방위로 여행을 할 경우 기분도 전환되고 운도 열리게〔開運〕된다. 교통편을 이용할 때는 1백 킬로미터 이상 가야 하며, 좋은 방위에서 열 시간 이상 머물러야 효과를 본다. 동서남북은 30도 범위, 동북·동남·서북·남은 60도

범위까지 포함된다. 오늘의 일진 8일(월), 무진戊辰, 음력 4. 4. 다만 불의한 마음은 백사불성할 징조가 있으니 이 점 각별 유념하라. 오만불손하면 관재 구설이 염려된다. 애정 문제는 방해가 있을 징조. 다만 탐욕이 지나치면 손해 보고 망신당하니 분수 지킴을 잊지 마라. 귀인은 개띠가 되겠다. 사소한 이익에 약간의 재미는 보겠으나 폭행 상해 등 시비 수가 우려된다. 다만 신의를 망각하면 다 된 일을 그르칠 염려가 있으니 정도를 잃지 마라. 길함을 상징하는 변동이니 서둘지 말고 순서를 따라 진행하라. 길방吉方은 북쪽. 그 외는 적극성을 피하고 수동적으로 처세함이 길할 일진. 다만 화재와 과음 사고가 우려되니 이 점 유념할 것. 식구 중 뜻밖의 사고가 우려되니 동쪽 출행을 삼가도록. 수입과 지출의 균형이 맞지 않아 고민이 따를 징조가 보인다. 사사는 근신하고, 공사는 과감히.

　그는 눈을 들어 창밖을 살핀다. 역 이름이 사람들에게 가려져 보이지 않는다. 그는 손목을 들어 시계를 본다. 그러고는 다시 눈길을 떨구어 계속 읽는다. 수도권 지하상가의 환기 상태가 매우 나빠 공기 오염이 심각한 상태인 것으로 나타났다. 이 사실은 최근 발표된 논문 〈지하상가의 환기 시스템 연구〉에서 밝혀졌다. 연구팀이 수도권의 24개 지하상가를 대상으로 조사한 결과 환기와 오염 정도의 지표가 되는 이산화탄소의 경우 건축법에서 규정한 실내 환경 관리 기준 1천 ppm을 넘어섰고 많은 사람이 실내에 상주할 때의 허용 농도 7백 ppm보다는 거의 대부분이 높았다. 한편 먼지의 경우 환경 관리 기준의 두 배에 이르는 공기 1m³당 0.2∼0.3mg의 오염도를 보였고 일산화탄소는 8∼9ppm으로 허용 기준 10ppm에 육박한 것으로 측정됐다. 최근 지하상가의 급증과 이를 이용하는 사람과 상주인구도 크게 늘고 있으나 지하 공간에 대한 환경 기준은 마련되지 않고 있다. 환기 불량의 두드러진 원인으로는.

그는 눈을 가늘게 뜨고서 모 선도학인이 길한 방위로 일러준 동북쪽을 가늠한다. 그러자 전동차가 몸을 꿈틀거리더니 방향을 바꾸어 그의 시선이 향한 쪽으로 달려가기 시작한다. 계속하여 그가 눈을 움직일 때마다 차는 용이나 뱀처럼 유연하게 몸을 비튼다. 잠시 후 그는 자신이 용이나 뱀의 몸 위에 올라타고 있음을 깨닫는다. 그는 원하는 곳 어디로든 갈 수 있는 것이다. 그는 로데오를 벌이는 사람처럼 몸이 상하 좌우로 정신없이 흔들린다. 그는 상하 좌우로 마구 내닫는다. 하지만 어찌 보면 그는 환풍기 하나 만들어져 있지 않은 그 지하의 공간을 벗어나지 못하는 것이다. 그와 전동차는 그 속에서 한없이 맴을 돈다. 이내 온갖 구석에서 먼지가 피어올라 사위가 온통 희뿌옇게 가려진다.

## 20

그는 길을 걷다가 그 남자를 만났다. 그가 먼저 그를 알아보는 시늉을 하자, 그 남자는 한동안 눈을 껌벅이다가 간신히 그를 기억해 냈다는 표정을 지으며 그의 손을 쥐고 흔들었다. 그 남자는 여전히 기름으로 범벅이 된 푸른색 작업복을 입고 있었다. 그가 근황을 묻자, 그 남자는 씩 웃으면서 손에 들고 있던 연장 가방을 들어 보이고는 다른 상의 자락을 열었다. 상의 안쪽에는 언제나처럼 온갖 종류의 공구들이 주렁주렁 매달려 있었다. 거추장스러운 것을 둘째치고 그것들 무게만 생각하더라도 꽤나 무거울 것같이 보였다. 그 남자는 그중에서 커다란 십자형 드라이버를 하나 꺼내 들고는 미소를 지으며 허공에서 나사를 돌리는 시늉을 해 보였다. 그는 요즘도 여전히 돌리고 조이고 닦는 모양이었다. 그는 말을 많이 하는 편은 아니었지만, 꽤나 입담이 좋아서 일단 입을 열었다 하면 상대방으로 하여금 자꾸 말을 듣고 싶은 마음이 들게끔 하는 인물이었다. 그의 말에는 어딘가 다분히 비현실적인 농담의 분위기가 깃들어 있었는데, 오히려 그 점이 사람들을 끌어당기는 힘을 발휘하는 것이었다. 그 남자는 여전히 입을 열지 않고 무언의 행동만을 보여주었으므로 다시 그가 말을 시작했다.

"여전히 노동이 즐거우신가요? 전혀 지치는 기색이 보이지 않는군요."

"이제 나는 일을 하면서 동시에 많은 생각을 할 수 있다는 게 내게 내세울 수 있는 자랑거리죠. 이제 웬만한 일에는 다 손이 익었기 때문에 내 몸은 거의 자동적으로 움직이고 그동안에 나는 골똘히 생각을 합니다."

"무슨 생각을 그렇게 합니까? 그러다가 실수라도 저지르는 건 아닌가요?"

"한눈을 판다거나 방심을 하는 것과는 전혀 틀린 거예요. 오히려 정확한 손놀림이 요구되는 복잡한 일이어서 내가 치밀하게 움직일수록, 그때 내 깊은 속에서는 나의 의식이 전구의 필라멘트처럼 빨갛게 달아오르는 거죠. 이를테면 사람들이 일을 하면서 콧노래를 흥얼거리지 않습니까? 나는 노래를 부르는 대신 생각을 하는 겁니다. 하지만 그 생각은 거의 대동소이합니다. 그리고 일을 하기 위해 연장을 꺼내 드는 순간부터 그 생각이 내 마음속에 자리 잡습니다. 그러면 나는 준비가 된 셈이죠. 대개 나는 내가 드라이버나 스패너 하나만을 손에 쥐고서 온통 기계 부품들로 이루어진 세상 속에 홀로 내던져져 있다는 생각을 하곤 합니다. 여기저기서 기계들이 애초에 만들어질 때 명령받은 대로 삐걱거리면서 움직이고 있고, 때로 고장이나 사고가 일어나서 서로 긁히고 마찰을 일으키면서 불똥을 날리고 또 때로는 서로 부딪쳐서 꺾이고 무너지고 주저앉고 하는 거죠. 그 속에 내가 드라이버 하나를 들고 서 있는 겁니다. 나는 잘못된 곳이 눈에 띌 때마다 그곳으로 달려가서 풀고 조이고 두드립니다. 하지만 한이 없고 끝이 없습니다. 차라리 주변의 모든 것들은 철저히 비현실적입니다. 다만 끊임없이 이쪽저쪽으로 뛰어다니는 나의 분주한 움직임만이 현실로 존재하고 있는 겁니다. 그렇게 내 의식이 헐레벌떡 동분서주하는 중에 내 손끝에서 일은 끝나고 그제야 내 의식도 숨을 돌리게 되는 거죠."

"그러고 보니 실제로 평소에도 손에 드라이버를 들고 다니는 걸 본 적이 있는 것 같아요. 우리가 살아가고 있는 이 세상에도 도처에 잘못된 기계 부품들투성이라고 생각하는 게 틀림없군요, 그렇죠?"

"반드시 그런 건 아니지만, 여하튼 나는 길을 다니다가도 나사가 보이면 풀고 조이고 합니다. 물론 못이 눈에 띄면 박거나 뽑아버리는 거죠. 내게는 나사라거나 아니면 작은 부품들이 그 자리에 적당한 것과 그렇지 못한 것으로 나뉩니다. 적당한 것은 선한 거고, 적당하지 않은 것은 선하지 않은 겁니다. 그렇다고 내게 어떤 명확하고 객관적인 판단 기준이 있는 건 아닙니다. 그저 내 손과 의식이 합의를 본 대로 나는 생각하는 거죠. 그래서 선하지 않은 것은 풀어버리거나 뽑아버리고, 선한 것은 그 자리에 단단하게 박아 넣는 겁니다. 표면에 드러나지 않아서 그렇지, 따지고 보면 알게 모르게 나로 인해서 일어난 교통사고나 안전사고 같은 것이 꽤 많을 거예요. 그렇게 보자면 어떤 면에서는 나는 목적 없는 테러리스트입니다. 요즘 이런 말을 쓰는 게 유행이라지요 아마?"

"그렇게 말을 계속하다가는 얼마 전에 있었던 우주 왕복선 공중분해 사건도 자신이 나사 몇 개를 돌려놓았던 탓이라고 말하겠군요."

"그렇지는 않죠. 부자 나라에서 그 주체하지 못할 정도로 많은 돈을 지구 밖으로 날려 보내는 게 나와 무슨 상관이 있겠어요? 그리고 나는 사고를 일으키기만 한 게 아니라 때로는 사고를 미연에 막기도 했다는 걸 잊지 말아야 합니다. 하지만 내 입장에서 보자면 사고를 일으키거나 사고를 막는 일은 내게는 전적으로 아무런 차이가 없는 것들입니다. 그렇다고 내가 혼란에 빠져 있는 건 결코 아닙니다. 차라리 편리하게 나를 정신병자라고 부른다면 할 말이 없긴 하죠. 정신병이라는 게 선을 긋기 나름이고, 사람들이 누군가에게 올가미를 씌우려 하면 그 사람은 자동적으로 올가미를 쓰고 있는 게 되는 거니까요. 지극히 기계적이고 효율적인 거죠. 사람들이 나를 바라보는 눈초리에서 내게 그런 혐의를 걸려는 은밀한 욕구가 번득일 때마다, 나는 내 의식이 이번에는 조금 다르게 이런 상념 속으로 빠져 드는 경험을 하곤 합니다. 그러니까 내 주위에서 요란한 금속성을 발하고 휘번득거리는 빛을 반사시키면서 작동되는 그 무수한 기계들이 어느 순간 모두 무수한 인간들이 되어버리는 겁니다. 그리고 그들은 단 한 사람도 빠짐없이 모두 각기 온갖 종류의 정신 질환에 걸린 환자들입니다.

일반적으로 그들의 병은 넓게 보아, 정신 분열병, 망상성 정신병, 정동 장애의 우울증이나 조병, 그리고 인격 장애, 약물 사용, 기질성 질환, 매독으로 인한 질환들, 정신 생리적 장애, 성의 장애, 알코올 중독성 정신 장애, 간질, 정신박약 등으로 구분해 놓고 있습니다. 하지만 이미 그곳에서는 그런 분류를 하는 사람과 분류를 당하는 사람이 따로 존재하지 않습니다. 그들 모두는 그야말로 나사 한두 개가 풀리거나 아니면 너무 꽉 조여서 있는 것입니다. 그들 사이에서 나는 손에 드라이버 하나만을 들고 서 있습니다. 물론 나 자신도 환자입니다. 우리 주위에는 높고 긴 벽이 둘러싸고 있습니다. 바람이 심하게 불고 있고 사람들은 하나같이 자루 모양의 옷을 입고 있습니다. 그들은 히죽히죽 웃기도 하고, 소리 내어 외치기도 하고, 흙을 집어 먹기도 하고, 엉겨 붙어 싸우기도 하고, 머리로 벽을 받으며 엉엉 울기도 하고, 똑같은 행동을 한없이 반복하기도 하고, 눈초리를 늘어뜨리고서 슬금슬금 도망치기도 합니다. 나도 그들 중의 하나가 되어 웃고 울고 소리치면서 드라이버를 치켜들고 그들을 쫓아다닙니다. 그들은 내가 다가갈 때마다 그의 몸에 드라이버를 꽂고는 마구 돌려댑니다. 내가 가장 약질인 셈입니다. 그때 누군가가 내 손에서 드라이버를 낚아채서는 저쪽으로 달려갑니다. 나는 혼비백산해서 그 뒤를 따라 달립니다. 내 손이 막 그를 붙잡으려 하는 순간 그는 드라이버를 다른 사내에게 던져서 넘겨줍니다. 이번에는 그 사내가 사람들 사이를 헤치며 달려가기 시작합니다. 나는 이제 그를 잡아야 합니다. 달려가던 사내가 바닥에 멍하니 주저앉아 있는 또 다른 사내의 무릎에 드라이버를 슬쩍 떨어뜨립니다. 나는 다소 안심합니다. 그 사내는 여전히 쓸쓸한 표정으로 앞만 바라보고 있기 때문입니다. 하지만 내가 조심스럽게 막 그의 앞에 닿았을 때, 그 사내는 짓궂은 미소를 씩 짓고는 드라이버를 움켜쥐고 벌떡 일어나서 내달리기 시작합니다. 사람들이 그와 내 뒤를 따라 함께 달립니다. 나는 간간이 악을 써가며 이를 악물고 열심히 달립니다. 빨리 드라이버를 되찾지 못하면 큰일 나기 때문입니다. 뛸 수 없을 정도로 몸이 허약한 사람들은 손뼉을 치며 우리를 격려합니다. 삽시간에 울타리 안은 한 떼의 원숭이 종족들로 가득 차 있습니다. 나는 아무리 애써도 드라이버를 가진 그들 중의 하나를 잡을 수가 없습니다. 그때 내가 돌부리에 걸려 바닥에 넘어졌다가 일어나 보니 이젠 아무도 달리고 있지 않습니다. 그들 모두는 뒷짐을 지고 눈길을 이리저리 돌리며 딴전을 피웁니다. 드라이버도 눈에 띄지 않습니다. 나는 갈팡질팡하고 우왕좌왕 하면서 이리저리 찾아다닙니다. 미소를 띠기도 하고 울상을 짓기도 하면서 나는 그들 하나하나를 붙들고 묻습니다. 하지만 그들은 무슨 소린지 모르겠다며 의아해하는 표정을 지을 뿐입니다. 그러다가 결국 나는 땅바닥에 무릎을 꿇고 주저앉아서 머리카락을 쥐어뜯으며 울음을 터뜨립니다. 나는 나의 손이 일을 끝낼 때까지 계속하여 웁니다."

"갑자기 무슨 해결사 같은 어투로 말을 하는군요. 말하자면 자신만을 위한 해결사라고나 할까요? 하지만 여하튼 부럽기도 합니다. 드라이버를 든 해결사, 그럴듯한데요. 그런데 자신의 풀린 나사는 누가 조여주나요? 그 누가 있어 자신의 너무 꽉 조여진 나사를 풀어줍니까?"

"아직도 내 말을 완전히 이해하지 못한 건 같군요. 나는 내가 드라이버를 들고서 할 수 있는 일에 대해 그다지 큰 의미를 부여하고 있지 않습니다. 말하자면 이렇습니다. 나는 지병도 가지고 있고 평소에도 자주 여러 가지 병을 앓곤 합니다. 그러다 보니 나는 어쩌다가 몸이 평안해지면, 오히려 불안하고 매사가 불만스러워집니다. 그래서 나는 사람이란 몸에 병 하나 정도는 지니고 있어야 사람답게 살아가는 법이라는 역설적인 이야기를 자주 하곤 하죠. 육체적인 고통으로 자신을 구체적으로 괴롭히는 것을 몸에 지니고 살아가는 것과 그렇지 못한 것 사이에는 아마도 상당한 차이가 있을 겁니다. 물론 그게 만성적인 것이 되면 안되겠죠. 하지만 만성적이 된다 하더라도 없는 것보다는 더 나을지도 모릅니다. 바로 그렇듯이 나는 나 자신에게 있어서 풀린 나사나 너무 조여진 나사가 그냥 그대로 남아 있게 내버려 두어야 하는 겁니다. 항상 풀고 죄고 하면서 자기가 세상을 열심히, 부지런히 살아가고 있는 것이라고 믿는 사람들도 많이 있기는 하죠. 하지만 나는 그렇지 못해요. 나사가 풀려서 내 몸이 너덜너덜 해체된다 하더라도, 그리고 너무 조여져서 관절이 펴지지 않고 부러져버린다 하더라도 나는 어쩔 수도 없고, 어떻게 하지도 않을 겁니다. 그게 내가 삶을 받아들이는 태도이니까요. 만약 누군가가 강제로 내 몸과 정신의 나사를 풀고 조이고 한다면, 나는 나 자신을 완전히 잃어버리고 말 것입니다. 그렇게 되면 그야말로 나는 훤한 대낮에 드라이버 하나 손에 들고서 지나는 사람들을 쫓아다니며 함부로 아무 곳에나 대고 돌려대려 하겠죠. 그리고 결국에는 유치장에 갇혀서 히죽히죽 웃으면서 나 자신의 몸을 드라이버로 쿡쿡 찔러대게 될 테죠. 그러니 나로서는 나 자신뿐만 아니라 어떤 다른 사람이라거나 물건의 경우에도, 내가 돌리고 싶은 나사를 돌리고 있는 것일 뿐입니다. 그것들 자체를 위한 것이라는, 혹은 그것들이 더 나아지게 하기 위한 것이라는 명분으로 그러는 건 결코 아닌 거죠. 그렇기 때문에 방금 나는 나를 목적 없는 테러리스트라고 한 겁니다."

"알았습니다. 요즘 어떤 생각을 하는지 완전히는 아니라도 대충은 알 수 있을 것 같습니다. 그러니까 이젠 그 드라이버 좀 치워주세요. 그러다가 정말 날 찌르겠습니다. 아니면 갑자기 내 몸에서 어딘가 돌려보고 싶은 나사가 눈에 띄었나요?"

## 21

아침에 세수를 할 때 나는 여간 조심하지 않는다. 자칫 방심하다가는 불상사가 일어나기 때문이다. 두 손으로 물을 떠서 얼굴을 문지를 때마다 나는 마치 자폐증 환자처럼 아무 생각 없이 오랫동안 두 손을 위아래로 움직이는 행위만을 되풀이하는 것이다. 게다가 나는 손바닥에 상당한 힘을 준다. 그러다 보니 손의 움직임이 조금만 어긋나기라도 하면 여지없이 손가락이 코끝이나 콧구멍을 쑤시기 일쑤이고, 흔한 일은 아니지만 심지어는 집게손가락의 손톱 부분이 물기나 비누로 인해 미끄러져서 입 안으로 들어가 입천장을 찢어놓는 적도 있다. 그 고통은 의외로 크고 오래 지속된다. 나로서는 왜 내가 그토록 얼굴 문지르는 일에 맹목적으로 집착하는지 이해할 수 없다. 그러면서도 매일 아침 나는 그 일을 조금이라도 삼가려 들지 않는다. 그렇다고 내가 평소에 유난히 청결함을 유지하려 하는 것도 아니고, 오히려 나는 씻는 것을 그다지 좋아하지 않는 편이다. 그런데 지금 왜 나는 이런 이야기를 늘어놓고 있는 것일까? 지금 나는 마치 누군가에게 보고서를 작성하듯이, 아니면 심문에 응하듯이 이 글을 쓰고 있다. 나는 하루가 끝나는 시간에 그날의 일을 돌이켜보면서, 일견 평범하고 일상적이었던 것처럼 여겨질 뿐인 하나하나의 행위들과 사건들 속에 실제로는 얼마나 심각하고 극적인 소용돌이가 이루어지고 있는가 하는 생각을 자주 해왔다. 아무리 사소한 일이라 하더라도 잠시 머리를 쳐들고 주위를 돌아본 후에 다시 곰곰이 되새겨보거나 그 일의 앞과 뒤, 위와 아래를 동시적이고 입체적으로 염두에 두고자 노력해 보면 항상 긴장과 갈등의 놀라운 드라마가 확인되곤 하는 것이다. 그렇다면 지금 나는 새삼스럽게 나의 세수 습관에 대해 말하면서 어떤 감추어진 진실이나 사실을 끄집어내어 보려 하는 것일까?

당장으로서는 아무것도 손에 잡히지 않고 어떤 실마리도 눈에 띄지 않는다. 물론 나는 인생에 어떤 본질적인 진실이 따로 존재한다고 생각하지는 않는다. 그보다는 차라리 나는 삶의 무의미함에 대해 그 누구보다도 절실한 깨달음을 지니고 있다. 하지만 그렇다고 내가 허무주의자인 것은 또한 아니다. 나는 쾌락주의자와 공리주의자 쪽에 훨씬 가깝다. 따라서 내가 일상 속에서 그것과 다른 차원의 또 다른 일상을 찾는다는 것은, 나의 삶을 유지시켜 주는 최소한의 흥미로움을 발견하고자 하는 것에 다름 아니다. 내게 있어서는 일상은 뒤집히고 다시 뒤집혀서 엎치락뒤치락하는 것인데, 그 과정을 충실히 살아가는 것이 내게는 삶의 유일한 가치인 것이다. 그리고 이는 삶을 있는 그대로 보고자 하는 나의 의지와 거의 정확히 맞아떨어지는 것이다.

그렇다면 방금 전에 세수에 대한 이야기를 하면서 나는 과연 그 일상을 또 어떤 새로운 차원에로 옮겨놓으려 한 것일까? 하지만 결코 조급해해서는 안 될 것이다. 하루의 모든 일들이 그렇게 쉽게 뒤집혀서 하얀 아랫배를 드러내는 것은 아닐 터이기 때문이다. 어느 정도는 인내를 하면서 기다리고 계속 지켜보아야 할 것이다. 그것이 바로 내가 이렇게 일기를 쓴다는 무상한 행위를 반복하는 이유이기도 하다. 그런 의미에서 아까의 화제로 되돌아가기로 하자. 나의 이런 모든 행위는 결국 나를 일상의 한가운데 위치시키고자 하는 것이니까 말이다.

하지만 세수에 대한 이야기는 이미 끝났다. 지금 나는 입 안이 찢어졌던 일에 대해 생각하고 있다. 세수할 때 말고도 나는 자주 입 안에 상처를 입고 있다. 음식을 씹다가 혀끝을 깨무는 경우는 드문 일이 아니다. 대개 위아래의 송곳니가 혀를 가운데 놓고 거의 맞닿을 정도가 되어버리는데, 그때 고통이 단번에 혀뿌리까지 찌릿하게 내달으면서 나의 혀는 한 덩어리의 비명 그 자체가 되어버린다. 그와 동시에 나의 심정은 이루 말할 수 없이 착잡해지고, 그 후로는 음식물을 저작한다는 지극히 무의식적인 행위에 대해서마저도 전혀 무심해질 수가 없어진다.

오늘 아침에도 그와 비슷한 일이 있었다. 아침 식사의 식단은 우유와 야채와 자른 식빵이었는데, 식빵 사이에 야채를 끼워 넣고 막 입으로 가져간 순간, 조금 많이 구워져서 까맣고 딱딱하게 탄 식빵의 한쪽 끄트머리가 잇몸 바로 옆의 입천장에 닿았다. 그러나 나는 잠시 멈칫하기는 했지만 별 생각 없이 그 이른바 샌드위치를 한입 베어 물었다. 그리고 그때 날카로운 통증이 방금 전의 그 부위에서 일어나 그 옆의 이뿌리를 뒤흔들었다. 나는 깜짝 놀라서 입 안의 것을 뱉었다. 손가락을 넣어보니 지문 부분에 피가 묻어 나왔다. 나는 당황하기도 했지만 다른 한편으로는 너무 어처구니가 없어서 어찌할 바를 몰랐다. 한 손에 여전히 샌드위치를 든 채로 망연히 앞을 바라보고 있던 나의 눈앞에는 그때 어떤 영상이 펼쳐지기 시작하고 있었다. 악어가 입을 잔뜩 벌려서 먹이를 한입에 삼켜버리려 한다. 그러나 그 먹잇감은 교묘하게 도망을 치고, 대신 악어의 아래와 위의 입 사이에는 길쭉한 막대기 같은 것이 끼워진다. 막대기는 수직으로 꼿꼿하게 세워져 있기 때문에 악어는 입을 다물 수 없다. 악어는 막대기를 뱉어버리기 위해 꼬리를 흔들며 발버둥을 친다. 그러나 통증만이 심해질 뿐이다. 대충 그런 장면들이었다. 그러니까 이를테면 나는 입을 힘껏 벌렸다가 다시 다물 수 없게 되어버린 악어와 다를 바가 없었다. 물론 내 입에는 막대기가 끼워져 있지는 않았지만, 잇몸 옆에 얼얼하게 남아 있는 통증이 일종의 막대기가 되어 내 입을 계속 벌어져 있게 만든 것이었다. 나는 혀 밑에 침이 고이는 것을 느끼면서도 아래턱을 끌어올릴 수 없었다. 내가 만약 힘센 악어였다면, 나는 방골에 힘을 주어 그 막대기를 꺾어버렸을 것이다. 그러나 나는 그 불의의 일격이 치명적인 것이 될 정도로 허약했다. 입 안에서는 비릿한 피의 맛이 혀에 느껴지고 있었다.

아침에 겪었던 그 일은 지금의 내게 다가오면서 어떻게 뒤집힐 수 있을까? 아니면 그 일은 어떻게 나를 뒤집을 수 있을까? 지금 내 눈에는 얼핏, 숨이 끊어져 물 위로 떠올라 거꾸로 뒤집혀진 악어의 모습이 스쳐지나간다. 어떻게 나는 숨이 끊어진 듯 일상 위로 떠올라 배를 온통 내놓고 떠다닐 것인가? 하지만 그것 역시 결코 쉬운 일이 아니다. 나는 번번이 숨도 채 끊어지지 않은 채 물 밑바닥에 가라앉아 허우적거리는 일이 다반사이기 때문이다.

아침 시간에 대해서는 그 정도로 일단락을 짓고, 그렇다면 저녁 이전까지의 오후에는 어떤 일이 있었던가? 기억나는 여러 가지 상황들이 시각적으로 주마등처럼 내 머릿속에서 스쳐 지나간다. 하지만 그 어떤 장면도 멈춰 서지 않고 그저 필름 돌아가듯, 물 흐르듯 넘어가고 있을 뿐이다. 잠깐, 지금 막 기억의 채널이 한곳에 고정되었다. 이것 역시 지극히 사소한 일에 불과하다. 네 시쯤에 예기치 않은 일이 생겨서 택시에 합승을 했는데, 내 뒷자리에는 젊은 여자가 앉아 있었다. 내가 뒤에 앉은 사람이 젊은 여자라는 사실을 알 수 있었던 것은, 차가 달리는 동안에 어느 사거리 앞에서 그녀가 운전자에게 말 한마디를 건넸기 때문이었다. 그도 그럴 것이, 나는 차가 내 앞에 멈춰 섰을 때 급히 서둘러 올라타면서 고맙다는 말을 하고는 줄곧 다급한 심정으로 앞만을 바라보고 있었고, 그러다가 뒷사람보다 먼저 차에서 내렸던 탓에, 뒤를 돌아본다거나 아니면 어떤 식으로든 그녀의 얼굴을 볼 수 있는 기회를 얻을 수 없었던 것이었다. 차에서 내려서 문을 닫고 막 돌아서려는 순간, 나는 그 사실을 깨달았다. 나는 재빨리 몸을 돌려서 택시 쪽을 보았다. 그러나 이미 차는 저만치 달려가고 있었고, 뒷창 너머로 그녀의 뒷머리가 잠시 보였을 뿐이었다. 차가 모퉁이를 돌아 내 시야에서 완전히 사라져버렸을 때에야 나는 퍼뜩 정신을 차릴 수 있었다. 뭐라고 형언하기 힘든 심리적 갈등이 마치 해변의 바닷물처럼 내 속으로 가득 밀려 들어왔다가 쏴 소리를 내며 빠져나가고, 계속하여 다시 밀려왔다가 빠져나가고 있었다. 언젠가 한 택시 운전자로부터 이런 말을 들은 적이 있었다. 그즈음에 그는 하루 종일 택시를 몰고 나도 승객들의 얼굴을 단 한 사람의 것도 기억 못하는 경우가 비일비재하다는 것이었다. 그 말을 떠올리고 나서야 나는 내가 느끼고 있던 감정의 색채를 가늠할 수 있었다. 만약 조금 전에 내가 차에서 내린 후에 달리는 차에서 그녀가 뒷창으로 나를 돌아보았다면, 내게는 아마도 얼굴은 간데없고 그녀의 검은 머리카락만 가볍게 흔들리는 모습만이 보였을 것이었다. 나는 굳이 말하자면 상실감에 사로잡혀 있는 것이었다. 택시의 뒷자락에 탈 때 운전자들이 머리맡에 부착된 후면경으로 뒤를 힐끔거리는 것을 본 적이 간혹 있었다. 어쩌면 지금 나는 그들의 조심스럽고 멋쩍어하던 눈길의 의미를 이해할 수 있는 것인지도 모른다. 여하튼 그때 나는 한동안의 시간과 일정한 공간을 함께했으면서도 불과 몇 시간, 아니 몇 분간이나마 얼굴은 기억조차 할 수 없게 되어버린 그녀에 대한 상실감에 가슴이 막막해지는 것을 느꼈다. 나의 귓전에서는 오직 그녀의 다소 개성이 강한 목소리만이 어렴풋하게 울리고 있을 뿐이었다. 나는 내 주위를 지나는 사람들을 유심히 지켜보았다. 그들의 얼굴 하나하나가 그 어느 때보다도 절실하게 내게 다가왔다. 물론 그 얼굴들도 시간이 지나면 모두 내 기억 속에서 스러져버릴 것이었다. 하지만 망각한다는 것은 인간에게 주어진 여러 가지 조건상 어쩔 수 없는 일이고, 하여 적어도 내게 있어서는 모른다는 것과 잊는다는 것 사이에는 질적, 양적으로 엄청난 차이가 있는 것이었다. 결국에는 잊게 된다 하더라도 모르는 상태에 있기보다는 부단히 알려고 하는 것, 아마도 그것이 우리가 우리의 조건들을 마주 대할 수 있는 한 가지 방법이 될 것이다. 내가 그런 생각을 하는 중에도 무수한 사람들의 물결이 내 옆을 스쳐 지나가고 있었다. 나는 그들 모두를 기억하기 위해 정신없이 움직이며 이리저리 고개를 돌렸다. 그러나 당연히 그것은 내게 전혀 불가항력적인 일이었다. 그리고 아마도 나 자신도 그들에게 전혀 미지의 상태로 남아 있을 것이었다.

그 일 말고도 지금 내 기억에 음각으로 새겨 넣어진 몇 가지 장면들이 더 있기는 하다. 우선 내가 저녁 어스름 무렵에 길을 걷고 있을 때 나의 바로 옆 어딘가에서 새 한 마리가 풀썩 날아올라 가로수 가지에 앉았다. 고개를 들어보니 그것은 어린 참새였다. 그때 나는 쉴 새 없이 고개를 쫑긋거리고 몸을 부산하게 흔들어대는 그 참새를 보면서 문득 밑도 끝도 없이, 새가 사람이 지나갈 때 나뭇가지 위로 날아오르는 것은 그 사람의 눈길을 끌고 관심을 받기 위한 것이라는 생각을 하였다. 곧 그 생각은 나를 흥겹게 했다. 지금 돌이켜보면 물론 그것은 전적으로 나의 입장에서 참새를 바라본 결과일 수 있다. 하지만 그것은 반드시 그렇다고도 할 수 없는 것이다. 왜냐하면 그때 나는 나의 시각을 통해 참새의 행동을 파악하는 것에서 좀 더 나아가, 참새의 행위를 통해 다시금 나 자신을 바라본 것이기 때문이다. 그리고 그 순간 나는 내가 참새를 바라보는 평범한 일상이 몇 번의 의지적이고 무의식적인 뒤집음에 의하여 놀랍도록 역동적인 변환을 획득할 수 있음을 새삼 깨달을 수 있었다. 그만큼 나는, 나의 눈길을 끌고 나의 관심을 받아 나름의 몸짓을 보여주는 그 새를 올려다보면서 무한히 흥겨웠던 것이었다. 어쩌면 내게는 과장벽이 있는지도 모른다. 하여 그 깨달음과 흥거움도 나의 그런 성향이 발휘된 탓인지도 모르는 일이다. 그러나 과장이라는 것은 일상을 뒤집어볼 수 있는 하나의 요건이기도 한 만큼, 나로서는 그 점을 그다지 걱정하지 않아도 될 터이다. 단지 내가 항상 염두에 두고서 경계해야 할 것이 있다면 어떤 것이든 상투화되거나 고질화될 수 있다는 사실이다.

다음으로, 인상이 강하여 지금도 눈앞에 선명하게 떠오르는 장면으로는, 소형 승합차 안에 누워 잠을 자고 있던 어느 젊은 사내의 모습이다. 그는 의자의 등받이를 뒤로 젖히고 길게 누워서, 두 발을 위아래로 서로 겹쳐 앞의 두 좌석 사이로 끼워 넣은 채 깊은 잠에 들어 있었다. 바지는 무릎 아래까지 걷어 붙여져 있다. 그 차 옆에서 있다가 우연히 안을 들여다보게 된 나는 한동안 차 안의 광경에서 눈을 뗄 수 없었다. 그는 고개를 옆으로 떨구고 코를 낮게 골고 있었고, 차체에 붙어 있는 재떨이에는 필터 부분까지 저 혼자 타들어 간 담배가 회색의 원통형 재로 남겨져 있었다. 사내의 손가락 끝은 니코틴으로 누렇게 물들어 있었으며, 반쯤 열린 입술 사이로도 누런 이가 끝을 내밀고 있었다. 그리고 여윈 갈비뼈 밑에서 아랫배가 규칙적으로 오르내리고 있었다. 그때 무엇엔가 놀랐는지 그가 몸을 움찔하며 눈을 번쩍 뜨더니 상체를 조금 일으켰다. 그러나 그는 눈을 몇 번 껌벅이고는 곧 다시 몸을 뒤로 누이고서 한 손을 들어 이마를 짚었다. 잠에서 깨어나긴 했지만 아직 놀란 마음이 진정되지 않은 모양이었다. 그는 손으로 눈을 문질러 눈곱을 떼어 내고 나서는 갑자기 벌떡 일어나 앉으면서 고개를 옆으로 돌렸다. 나는 반사적으로 눈길을 다른 쪽으로 돌렸고, 곧 그 자리를 떠났다. 걸으면서 나는 그 사내가 헝클어진 머리와 부스스한 얼굴을 하고서 의심스러워하는 눈초리로 내 뒷모습을 주시하고 있을 것임을 짐작할 수 있었다. 잠시 후에 뒤쪽에서 자동차와 엔진에 시동을 거는 소리가 여러 번 되풀이되어 들려왔다. 그 소리를 들으면서 나는 그의 여윈 가슴을 눈앞에 떠올렸다.

그것이 전부였다. 그 작은 사건은 내게 강한 인상을 남겨서 세부적인 것들 하나하나가 지금도 내 기억 속에서 분명하게 그려지고 있기는 하였지만, 나는 그 일에 대해서 더 이상 아무런 생각도 할 수 없었고, 물론 그 상황을 어떻게 변환시킬 수도 없었다. 이렇게 돌아보고 있는 지금도 사정은 마찬가지다. 그러니 나는 다시금 인내심을 가지고 기다려야 할 것이다. 그러고 보면, 그날 하루의 일을 가지고 일기로 쓴다는 것이 여러 가지 면에서 얼마나 무리스러운가 하는 것을 다시 확인한 셈이다. 기왕에 기다리려면 굳이 써놓고 기다려야 할 필요는 없을 것이다.

그렇다면 오늘과 지금을 과거로 밀어 보내면 어떨까? 그렇게 하기 위해서는 지금 나는 미래에 관해 이야기해야 한다. 이를테면 나 자신이 미래로 걸어 들어감으로써 상대적으로 지금과 오늘이 시간의 흐름이라는 강물을 따라 떠내려가도록 할 수 있을 것이다. 혹은 차라리 현재 속에 발을 담근 채로 앞으로 엎어져서 미래 속에 코를 박는 것이라고나 할까?

여하튼 내일 아침에 나는 눈을 뜨면서 여느 때처럼 어떤 목소리가 앞을 가로막는 듯한 착각을 느낄 것이다. 그러나 주위가 시야에 들어오면서 그 목소리는 곧 사라져버릴 것이고, 나는 몸을 뒤집어서 엎드린 채 이불이 하복부를 압박하는 은밀한 나른함에 한동안 잠겨 있을 것이다. 그러다가 베갯잇에 머리카락들이 붙어 있는 것을 보게 되면 상체를 반쯤 일으켜서 그것들을 하나씩 떼어낼 것이다. 잠시 후 나는 방을 나와 냉장고 앞으로 걸어가서 문을 열고 전날 밤에 정수기로 걸러놓은 냉수를 꺼내어 두 컵을 단숨에 마실 것이다. 물론 그때 이미 냉장고의 문은 닫혀 있을 것이다. 그런 식으로 나의 지리멸렬한 하루는 시작될 것이다. 시간이 지나면서 나는 차례로 여러 잡다한 경험들을 할 것이고, 그러나 그 경험들은 뒤죽박죽이 되어 내 속에서 뒤엉킬 것이다. 그러다가 다시 집으로 돌아왔을 때 나는 잠이 들기 전에 아마도 일기를 쓰려 할 것이다. 일기를 쓰기 시작하면서 나는 처음에는 며칠 전, 혹은 그 훨씬 이전의 일들에 대한 기억을 더듬어나갈 것이다. 하지만 곧 나는 여러 가지 이유로 인해 어쩔 수 없이 그때의 오늘과 지금으로 돌아와야 할 것이다. 그러나 그 오늘과 지금은 곧 변화무쌍하게 변덕을 부리면서 실로 다양한 모습과 색채를 띠고 내게로 다가올 것이며, 나는 금세 갈피를 잡을 수 없어질 것이다. 그리하여 나는 그 오늘과 지금을 과거로 돌려놓고 한시라도 빨리 정리를 할 수 있기 위하여 스스로 미래로 넘어가려 할 것이다. 그러고는 그 미래로부터 오늘과 지금을 보려 할 것이고, 하지만…….

## 22

그는 때때로 자기 자신의 신원이 갑자기 의심스러워지는 경험을 하곤 했다. 말하자면 신원 서류를 정리하는 중에, 혹은 자료를 컴퓨터에 입력하는 과정에서 어떤 착오가 일어나서 지금 그는 자신이 믿고 있는 바와는 달리 언젠가부터 자기 자신의 것이 아닌 어떤 다른 삶을 살아가고 있는 것인지도 모른다는 생각이 간간이 그를 엄습하곤 하는 것이었다. 그 일은 그가 전혀 손쓸 틈도 없이 그리고 그가 전혀 모르는 사이에, 마치 무의식 속에서 일어난 어떤 사건처럼 감쪽같이 이루어져서 이제는 철저히 위장되어 버린 것이었다. 그렇다면 지금 그는 자신으로서는 그 폭과 깊이를 가늠조차 할 수 없는 트릭의 세계를 살아가고 있는 것이었다. 그리고 그 속에서 어차피 그는 자기 자신이 아닌 이상 자기에게 맡겨진 역할을 순종적으로 수행해 나가는 수밖에 다른 도리가 없었다. 그러나 그렇다고 해서 그가 자신의 움직임이나 행동에서 어색함이나 거북함을 혹은 부자연스러움을 완전히 떨쳐버릴 수 있는 것은 아니었다.

그가 그런 부자연스러움을 가장 자주 느끼는 것은 술집에서 늦게까지 술을 마실 때였다. 자신이 취하고 있음을 미처 깨닫지도 못하는 사이에 술에 취해 버렸을 때면, 그는 어느 순간 문득 왜 자신이 그곳에 앉아 있는지, 왜 이 사람들과 술을 마시고 있는지, 자신이 누구인지, 그리고 그와 그들이 무슨 이야기를 나누고 있는 것인지 전혀 감을 잡을 수 없게 되어 조금씩 혼란 지경에 빠져 드는 것이었다. 그러다가 그는 아예 그 자리에서 더욱 술이 취해 인사불성 직전의 순간까지 가거나, 아니면 아무 말 없이 슬그머니 그 자리를 벗어나서 밖으로 나와 집으로 가기로 하고 혼자서 다른 술집을 찾기도 하는 것이었다. 그러던 어느 날에는, 그날도 그는 친구들과 술을 마시다가 불현듯 그곳에 앉아 있는 자기 자신을 견딜 수 없어져서 다른 사람들이 눈치 못 채게 술집을 빠져나왔는데, 바깥의 찬바람을 얼굴에 쐬 그는 이번에는 술이 취해 어두운 밤거리를 혼자 걷고 있는 자신의 신원을 파악할 수가 없게 되고 말았다. 그는 이중 삼중의 혼란 속에 끼어버린 것이었다. 어떻게 생각하면 그때 그 시간에 그는 친구들과 술을 마시고 있어야 했다. 그러나 그 것도 곧 어색하기 짝이 없게 느껴졌다. 그렇다고 흔들리는 걸음걸이로 차도에 내려서서 지나는 차들을 향해 손을 흔들며 걷고 있는 자신이 자 기 자신으로 느껴지는 것도 아니었다. 아무리 주위를 둘러보아도 그는 그 어느 곳에도 없었다. 그러나 다른 한편으로 그는 땅으로 꺼지거나 하늘로 솟은 것이 아니고, 분명 그곳에서 두 발로 땅을 딛고 서 있었다. 그렇다면 그는 주변을 살피는 대신 자신의 속을 들여다보아야 하는 것 이었다. 그는 움직임을 멈추고 숨을 죽였다.

그때 그는 공포 영화의 한 장면을 머리에 떠올리는 것과 동시에 자신 의 속에서 어떤 악령의 존재를 느낄 수 있었다. 그 악령이 그의 혼을 지 배하고 그의 몸을 차지해 버린 것이었다. 평소에 그는 그 악령을 자기 자신으로 생각하고 있었으나, 그 악령이 잠시 잠이 들거나 몸 밖으로 빠져나갈 때마다 그는 자신의 혼을 되찾곤 하는 것이고, 그것이 그리 자주 있는 일이 아니라서 그른 매번 어색함과 거북함을 느껴야 하는 것 이었다. 그는 자기 자신에 대한 의구심으로 머리카락이 곤두서는 것을 생생하게 감지하면서 그의 앞을 달려 지나가는 차들을 향해 더욱 열심 히 손을 흔들었다. 악령이 돌아오기 전에, 잠에서 깨어나기 전에 어떻 게든 손을 써보아야 할 것이었다. 곧 그는 저만큼 떨어진 곳에 택시 한 대가 멈춰 서는 것을 발견하고 그쪽으로 달려가서 차에 올라탔다. 이윽 고 차는 빠른 속도로 달리기 시작했다. 그러나 그는 마음이 편해지는 대신 더욱 불안하고 초조해지기 시작했고, 배 속이 거북하고 사지가 뻣 뻣하게 저려오는 듯했다. 운전자는 뒷모습을 바라보던 그는 왜 자신이 그 운전자가 아니고, 왜 자신이 뒷자리에 앉아 있는가 하는 것조차 이 해할 수 없었다. 그의 생각으로 그는 상대방이어야 했고, 그러나 그 생 각이 든 순간 그는 고개를 설레설레 저었다. 그는 갈피를 잡을 수 없었다. 다시 악령이 돌아오거나 잠에서 깨어나는 중인 것이었다. 그리고 그때마다 그의 머릿속의 혼란은 더욱 극심해지는 것이었다. 그는 자신이 계속 차 안에 앉아 있어야 할 이유를 알 수 없었기 때문에 한 구획도 가지 않아서 차에서 내렸고, 어두운 담벼락에 기대다시피 하여 바지의 지퍼를 내렸다. 그러면서 그는 방뇨할 때에는 왜 자신이 여자들처럼 바닥에 쪼그려 앉지 않고 선 채로 그러고 있는지에 대해서도 의아해하지 않을 수 없었다. 그리고 높다란 나무의 거의 끝에 올라앉은 까치집이 달빛에 드러나는 것을 보고는 자신이 실제로 그 까치집 속에 들어 있는 까치 새끼인 양 깍깍깍거리며 까치 울음소리를 흉내 내기도 하였다.

물론 그날의 일들은 평소의 그의 그런 경향에 술기운과 취기를 빙자한 객기가 어우러지면서 이루어진 과도한 일종의 기행에 가까운 것이기는 하였다. 하지만 요컨대 수시로 자신의 신원을 의심한다는 것은, 곧 자꾸 자기를 다른 사람으로 착각하고 다른 사람을 자기로 착각하려 든다는 것일 수 있는데, 그것을 또한 자기가 아닌 타자이고 싶어하는, 혹은 자기인 동시에 타자일 수 있기를 바라는 그의 욕구와 깊이 관련되어 있을 터였다. 사실 그의 성격적인 면을 살펴보면 그 점은 충분히 확인될 수 있는 여지가 있었다. 한마디로 그의 성격은 그 복잡다단한 정도가 매우 심했다. 그렇다고 그가 개성이 강한 편인 것은 아니었다. 단지 그는 우울함이라거나 쾌활함과 같은 어느 한쪽의 심리적인 경향에 오래 머물러 있을 수 없었다. 그는 자기도 모르는 사이에 굴곡이 크고 기복이 심한 감정의 여울에 아주 쉽고 간단하게 휘말려 들어갔다. 하여 그의 주변에 있는 어떤 사람들은 그에게서 조울증을 발견했고, 매사를 단순하게 생각하려 드는 또 어떤 사람들은 그가 굉장히 변덕스러운 성격의 소유자라고 말하기를 주저하지 않았다.

그는 자신이 생각하고 느끼는 것들이 그것들 자체로 전부이거나 당연한 것이 아님을 그 누구보다도 잘 알고 있었고, 항상 그 점을 잊지 않고 염두에 두고자 노력하고 있었다. 그렇기 때문에 그는 자신이 어느한 상태에서 머물러 있다 보면 어쩔 수 없이 그 속에 가라앉아 허우적거리다가 결국 그 속에서의 논리에 사로잡히고 말지도 모른다는 두려움을 마음 깊은 곳에 지니고 있었다. 따라서 그에게는 부단한 변신과이동이 필요했다. 그가 성격적으로 안정된 모습을 보이지 못하는 것도그의 그런 사고방식에서 연유한 부분이 적지 않았다. 그는 자신의 감정이 한 국면에서 다른 국면으로 넘어가는 그 맥락의 순간에 진정으로 살아 있음을 확인할 수 있었다.

그러던 그가 어느 날부터 더 큰 욕심을 가지게 된 것이었다. 그 자기의 내적인 변모나 이동에 관심을 쏟아왔는데, 당연히 그 관심은 그 상태에서 머무를 수 없는 성질의 것이었다. 자연히 그는 자기 전체의 전적인 뒤집음을 욕구하게 된 것이고, 그 결과로 그는 기회가 있을 때마다 기꺼이 자신의 신원을 의심하고, 자신을 남으로 착각하고, 남을 자신으로 착각하기에까지 이른 것이었다. 따라서 그가 그렇듯 자신을 남들 속에 흩뿌려 버리고 심지어 자신의 존재까지도 위협하는 것은 다음의 어떤 다른 맥락을 위한 예비적인 단계일 수도 있었다. 그러나 그는그러한 점을 구체적으로 의식하고 있지는 않았다. 그에게는 지금의 순간들 하나하나가 그 자체로도 충분할 수 있었기 때문이었다. 그는 차후에 더욱 중요한 일이 따로 존재한다고 생각하지 않았다. 그런 면에서어쩌면 그는 아주 어린아이와 다를 바 없기도 하였다.

## 23

그는 아무것도 기억할 수 없다. 정신이 되돌아왔을 때 그는 소스라치게 놀랐다. 그 순간 그는 자신이 길고 어두컴컴한 통로를 통과하여 막

밖으로 나온 것임을 깨달은 것이다. 그는 자신의 몸을 돌아본다. 그의 손에는 검은 얼룩이 잔뜩 묻어 있고, 옷은 더러워진 채 여기저기가 찢겨 있으며, 얼굴에도 무언지 모를 끈적끈적한 것이 엉겨 붙어 있어서 손을 댈 때마다 쩍쩍 들러붙는다. 그는 두 손으로 더듬거리면서 길을 헤쳐 그곳을 빠져나온 것이다. 그곳에는 가시와 철망이 곳곳에 숨어 있어서 그의 얇은 옷을 찢고 들어와 여린 살갗을 할퀸 것이다. 길게 그어진 상처에는 방울방울 맺혔던 피가 그대로 말라붙어 있어서 식물 표본으로 남겨진 핏빛의 방울꽃을 보는 듯하다. 그때 그는 구두 안에 물이 가득 차 있어서 걸을 때마다 철벅거리며 밖으로 물을 튀겨내고 있음을 그제야 의식한다. 아마도 그는 하수도를 지나온 것이다. 그러고 보니 온몸에 눅진한 습기와 불쾌한 냄새가 배어 있다. 걸음을 한번 떼어놓고서 뒤를 돌아보면 포석의 한가운데에 물로 된 발자국이 선명하게 남겨져 있다. 그러나 그 자국은 조금씩 엷어져 간다. 그러면서도 구두는 차츰 말라갈 것이다. 얼굴을 뒤덮고 있는 끈끈한 감각이 계속 신경에 거슬린다. 그는 손을 들어 얼굴을 만져본다. 손가락에 와 닿는 감각에 정신을 집중하고서 가만히 돌이켜보니 손끝에서부터 머릿속으로 슬며시 떠오르는 것이 있는 듯하다. 그러나 그것은 너무도 어렴풋하고 무색무취의 기체처럼 있는 듯 없는 듯 하여 당장이라도 흔적도 없이 스러져버릴 것 같다.

그는 조바심을 느낀다. 그러나 숨을 죽이고서 참고 기다린다. 그러다가 그는 어느 순간 갑자기 그 무엇인가의 머리채를 획 낚아챈다.

그는 복개가 된 하천인지 하수도인지 버려진 막장인지 모를 어떤 곳을 뛰다시피 하여 걷고 있었다. 그의 뒤로 누군지 모를 여러 사람의 모습이 보였다. 그가 앞장서 있고 그들이 그의 뒤를 따르는 것이었다. 바닥은 미끄럽고 경사진 암석들로 덮여 있고, 그 위와 사이로 물이 흐르

고 있었다. 그는 넘어지고 물에 빠지고 더듬거리고 끊임없이 긁히면서
열심히 앞을 헤쳐 나가고 있었다. 간간이 어떤 가늘고 끈적거리는 것이
얼굴에 와 척척 감겼다. 그러나 그가 아무리 손을 휘저어보아도 그것은
손에 잡히지도 않았고, 그렇다고 사라지지도 않았다. 단지 날벌레들이
얼굴에 간간이 부딪치는 것은 분명하게 느낄 수 있었다. 이윽고 그와
그들이 조금 밝은 곳에 이르렀을 때, 그들은 한데 모여 서서 걱정스러
운 눈길로 서로를 바라보았다. 그때 그를 바라보던 그들이 쿡쿡쿡 웃기
시작했다. 그는 그들의 웃음을 이해할 수 없었다. 꼴이 말이 아니기는
모두 마찬가지였기 때문이었다. 그는 의아해하면서 자신을 살폈다. 그
러다가 그는 자신의 바로 뒤를 따라온 사내의 얼굴을 보고는 자기도 모
르게 그들처럼 쿡 웃음을 흘렸다. 그는 자신의 얼굴에 엉겨 있는 것이
거미줄임을 알 수 있었다. 앞에서 걷던 그가 곳곳에 드리워져 있던 거
미줄 대부분이 그 뒤에서 오던 사내의 얼굴에 의해 자연스럽게 제거된
것이었다. 거미줄은 유독 얼굴과 목을 까맣게 덮고 있었다. 그 모습은
버려진 납골당 속에 누워 있는 시체의 얼굴을 연상시킬 것이었다. 그러
나 그들 두 사람의 뒤를 따라온 다른 동행자들의 얼굴은 땀이 번들거리
고 벌겋게 달아오르기는 했어도 그만하면 깨끗한 편이었다. 그는 손바
닥으로 아래턱을 쓰다듬으며 다시 한 번 쓴웃음을 지었다.

　그러나 그것이 전부이다. 그가 아무리 애를 써봐도 더 이상 아무것
도 기억나지 않는다. 옆구리와 등과 허벅지에 욱신거리는 통증이 느껴
진다. 그는 누군가들에 의해 집단으로 폭행을 당한 것인지도 모른다.
그는 아직 호흡이 완전히 가라앉지 않고 있고, 숨이 기관지를 드나들
때마다 낮은 휘파람 소리 같은 것이 숨소리에 섞여서 흘러나오고 있
다. 그는 그 소리가 울려 나오지 않도록 입으로 숨을 쉬면서 침을 삼켜
보고 때때로 호흡을 중단하기도 한다. 그러나 허사이다. 잠시 후 그는

포기한다. 손아귀에 힘이 하나도 없고 손가락 관절들이 축축 늘어지고 있다. 어느새 손등에는 시퍼런 멍이 엷은 잉크처럼 번져 있다. 손목에는 손톱자국 같은 것이 나 있다. 작은 살점이 초승달 모양으로 파여 나간 것이다. 어쩌면 그는 누군가의 목을 힘껏 조른 것인지도 모른다. 아마도 교살을 한 것일 수도 있다. 피살자는 필사적으로 반항을 한 것이다. 그자는 여자일 수도 있다. 만약 실제로 그가 그녀를 죽였다면 그녀의 손톱에 남아 있는 그의 피부 조직과 혈액은 결정적인 증거가 될 수 있다.

탁자 위에 놓여진 모래시계가 그의 눈에 들어온다. 원통형의 유리 안에 모래가 들어 있는 그 시계는 십 분가량을 잴 수 있게 되어 있다. 그러나 지금은 모래의 흐름이 멈춰 있다. 그는 이미 언제인지 기억이 나지 않을 정도로 오래전에 그 모래시계를 뒤집어놓았으니, 그로부터 약 이 분쯤 지난 시간 이후로 지금까지 모래는 더 이상 그 가는 구멍을 통과하지 못하고 위아래로 나뉘어 각기 쌓여 있는 것이다. 그는 그 미세한 푸른색 모래들마저도 빠져나가지 못하게 되어버린 시계의 가는 목을 바라보며 어쩔 수 없이 자신의 목이 어떤 억센 손아귀에 졸려서 한없이 가늘어지고 차츰 숨이 막혀오는 감각을 느낀다. 그 모래시계를 잠시 흔들었다 내려놓으면 다시 모래의 낙하가 진행될 것이다. 그러나 곧 그 구멍은 아우성치며 쇄도하는 모래들에 의해 또다시 막혀버릴 것이다.

그는 손으로 모든 주머니를 더듬거린다. 혹시 한 번도 본 적이 없는 열쇠라거나 명함 같은 것이 나올지도 모른다. 그러면 그것은 그가 잃어버린 기억을 찾아낼 수 있도록 도와줄 훌륭한 단서가 될 것이다. 그러나 그의 다섯 개의 주머니는 모두 텅 비어 있다. 하다못해 그의 신분증 같은 것도 들어 있지 않다. 단지 말라버린 진흙 덩어리와 마른 풀뿌리가 빈손에 끌려 나올 뿐이다. 아마도 그는 땅바닥을 뒹굴었던 모양이다. 그러면서 맨땅을 쥐어뜯었던 것이다. 그러나 아무것도 눈앞에 떠오르지 않는다.

그는 눈을 들어 다시 모래시계를 바라본다. 시간은 멈춰 있다. 그렇게 시간이 흐름을 쉬고 있는 한 그로서는 아무것도 할 수 없다. 그는 주위를 두리번거린다. 하지만 시간의 진행을 보여줄 어떤 것도 눈에 띄지 않는다. 창문조차 열려 있지 않아서 해든, 달이든, 별이든 아무것도 볼 수 없다. 그의 기억은 여전히 차가운 흰색 벽에 맞닿아 있다. 그는 하릴없이 그 벽을 쓰다듬으면서 무의미하게 지문만을 남기고 있는 것이다. 그러나 동시에 그 벽은 존재하지도 않는다.

그때 문득 그는 깨닫는다. 그가 무엇인가를 기억할 수 없는 것이 결코 아니다. 기억나지 않는 어떤 것이 결코 아니다. 오직 시간이 정지해 있는 것이다. 그 정지된 시간 속에서 그의 의식이 홀로 꿈틀거리고 있는 것이다. 그러나 그는 아무 곳으로도 나아가지 못한다. 그는 미로 속에서 방향 감각을 잃어버린 생쥐처럼 헛되이 헤매고 있다. 그는 머리를 앞세우고 길을 헤쳐 나가려 하다가 무수히 자기 자신의 내벽에 부딪치고 있는 것이다. 그러나 그의 얼굴에 거미줄이 덮이고 옷이 찢기고 몸에 상처가 생긴다 해도 그는 자신마저도 시간에 의해 시간처럼 멈춰 있을 수는 없다. 그는 끊임없이 머리를 앞으로 내밀려 한다. 하지만 그의 생각은 행동의 벽 앞에서 무력하게 스러진다.

주위는 온통 정적에 휩싸여 있다. 흐르지 않는 시간이 각각의 존재들에게 얼마나 큰 고통을 가하는 것인지 그는 새삼스럽게 깨닫는다. 그는 자기 자신이 시간이 되고자 한다. 그러나 그는 한 알의 단단한 사과 씨앗처럼 그곳에 던져져 있을 뿐이다. 이제 그는 움찔거릴 수도 없다. 그의 손에서 마른 흙과 풀뿌리가 한데 으깨어진다. 곧 그도 그것들처럼 푸석푸석하게 부서져서 유골로서 산과 강과 바다와 들판에 뿌려질 것이다.

그는 온몸의 수분이 갑자기 바로 그 자리에서 증발되어 버리는 듯한 아픔을 현기증으로 느낀다. 그는 온 힘을 안구에 집중시키고서 두 눈의 초점을 모래시계에 맞춘다. 그러고는 사과의 씨앗을 관통하는 동시에 그 속에 내재해 있는 생명력과 시간성을 총동원하면서 몸을 벌떡 일으키며 손을 내뻗는다. 그의 손이 모래시계를 단단히 그러쥔다. 그리고 그는 그것을 어깨 뒤로 젖혔다가 멀리 힘껏 내던진다. 시계는 맞은편 벽에 부딪히는 순간에 시야에서 사라져버리고, 그 자리에는 크게 뻥 뚫린 구멍이 남겨진다. 그는 얼음처럼 차가운 것이 닿았다가 떨어져 나간 직후처럼 온몸이 얼얼하게 달아오르는 것을 느끼며 언제까지고 그 구멍을 바라보며 서 있다. 막 싹을 틔우려 하는 씨앗이 그러하듯 숨조차 쉬지 않으면서.

# 멀고 먼 해후

## 김영현

1955년 경남 창녕 출생.
서울대 철학과 졸업.
1984년 《창비신작 소설집》에 〈깊은 강은 멀리 흐른다〉 발표.
1990년 한국창작문학상 수상.
시집 《겨울바다》《풋사랑》,
장편 《내 마음의 망명 정부》《해남 가는 길》 등.

# 멀고 먼 해후

그것은 마치 길고 긴 터널 같았다. 터널의 끝에는 손톱만
한 햇살이 어둠에 묻혀 물방울처럼 희미하게 빛날 뿐이었다. 터널을 지
나갈 동안의 모든 시간은 죽어 있는 것이나 다름없었다. 그는 오로지
터널 끝에 물방울처럼 맺혀 있는 빛을 쩌려보며 걸어왔을 뿐이었다.

옆을 보았자 그것은 자신의 경험이 될 수 없었다. 여차하면 생채기를
내어버릴 듯이 널려 있는 감옥소의 모든 것은 하나도 기억 속에 남겨두
고 싶지 않았다. 두터운 콘크리트 벽, 열려진 공간마다 잘라 먹은 창살,
하루 종일 켜져 있는 삼십 촉짜리 백열등, 열쇠, 담당, 삥끼통, 사물 보
따리, 가다밥, 심지어는 흰 담장 위에 서성이며 앉아 있다가 일제히 손
뼉을 치며 날아오르는 비둘기조차 잊어버리고 싶었다.

길고 긴 오 년의 시간이 끝나고 갑자기 터널의 입구, 빛이 마구잡이
로 쏟아지는 지점에 도달했을 때 그때는 겨울이었다. 영치함 속에 들어

있던 감색 스웨터는 뿌얀 먼지에 싸여 검은색 코르덴 바지와 함께 노끈으로 묶여 있었다. 안 교도가 검은 물 들인 야전잠바를 하나 꺼내 주었다. 여름에 출감한 놈이 남겨두고 간 것이라 했다.

잎새가 다 진 나무들이 앙상한 손가락으로 하늘의 가슴팍을 쥐어뜯는 뜰을 지나 육중한 철문 밖으로 나오는 순간 그는 마치 누군가에 의해 떠밀려 나온 듯한 아찔한 기분이 들었다. 그는 다시 못 볼 친구를 바라보는 것처럼 굳게 입을 다문 철문과 그 곁으로 이어나간 흰 담장을 찬찬히 뜯어보고는 침을 뱉었다. 망루에서 누군가 손을 흔들고 있었다. 새벽빛이 그를 알아보지 못할 정도로 역광으로 싸고 있었다.

그는 터널에 의해 잘려진 두 입구의 시간을 이어 붙여보려고 했지만 번번이 실패할 수밖에 없었다. 출구는 입구보다도 더 황당했다. 처음 옷을 벗기고 똥구멍을 조사하고 주소, 본적, 생년월일, 이름, 전과 유무를 외치고 냄새나는 물색 옷과 플라스틱 식기와 대나무 젓가락과 짝짝이 맞지 않는 검은 고무신 한 켤레를 받았을 때에도 이처럼은 황당하지 않았다. 그때에는 적어도 이어진 시간이 있었다. 사건도 있었고 사건을 일깨워주는 재판이 있었다. 그리고 무엇보다도 사랑하는 사람이 있었다.

오 년의 세월을 거슬러 올라가는 유일한 끈은 지금은 그 여자밖에 없었다. 이제 낡은 사진처럼 얼굴조차 희미해져 버리고 하도 자주 뇌까려서 아무 감동도 일으키지 못하는 이름을 가진 여자였다.

형이 확정되고 두 달이 되던 날, 그녀는 마지막 면회를 왔다. 불볕이 내리퍼붓는 여름날 오후, 포플러 잎사귀들이 무수한 손바닥처럼 뒤집혔다 폈다, 바람에 부서지는 면회장 너머 마당에서 물방울무늬의 원피스를 입은 그녀가 들어왔다. 투명한 플라스틱으로 칸을 막아놓은 저쪽에서 그녀는 고개를 숙인 채 가방의 모서리를 뜯고 있었다. 할 말을 다

잊어버린 사람처럼 말이 없었다. 애써 즐거워하거나 용기 있는 척하지도 않았다.

그는 그녀에게 더 이상 고통스러워할 필요가 없다고 말했다. 둘이서 나눈 영원의 약속은 약속한 그 순간에 다 이루어졌다고 말했다. 오 년의 세월을 우리는 건너가지 않으면 안 된다고 말했다. 두 사람이 마주보며 건너가기에는 너무도 넓은 강이라고 말했다. 이제는 서로가 서로를 자유롭게 해줄 필요가 있다고 말했다.

그녀는 고개를 숙이고 가늘게 어깨를 떨었다. 물방울무늬가 함께 떨며 후루루 떨어질 것만 같았다.

그녀는 그 뒤에 다시 면회를 오지 않았다. 그는 기다리지 않았다. 모든 것은 진공의 터널 속으로 들어가 버렸고 모든 빛깔은 흰색과 회색으로 분해되어 버렸다.

강은 여전히 거기 있었다. 강은 짧은 겨울 해를 마지막까지 빨아들인 채 소리 없이 흘러가고 있었다. 어스름 속에서 강 테두리를 따라 얼어붙어 있는 얼음이 짐승의 이빨처럼 허옇게 빛을 발했다.

강을 바라보는 순간 그의 가슴은 감격과 추억으로 꽉 메어져 오는 것 같았다. 이러한 감정의 말없음표나 되는 것처럼 그는 담배를 꺼내어 물었다. 성냥을 긋자 날카로운 십이월의 바람이 재빨리 불꽃을 물고 달아나 버렸다. 그는 야전잠바 깃으로 바람을 막으며 다시 성냥불을 켰다. 성냥불이 잠시 동안 그의 얼굴을 환하게 밝혔다가 꺼졌다. 머리카락이 밤송이처럼 짧게 피어올라 있었다.

그는 휘파람을 부는 것처럼 소리 내어 담배 연기를 내어 뿜고 천천히 성당 주위를 돌았다. 강기슭 언덕 위에 서 있는 성당은 근래에 흰 페인트를 한 번 입힌 것 외에는 달라진 것이 없었다. 단지 잔디밭이 없어지고 지금은 짚으로 챙챙 동여매어 놓아 무슨 나무인지 모를 나무들이 심어져 있었다. 성당은 앞문 위에 설치된 백열등이 하나 밝게 빛나고 있을 뿐 나머지는 이제 막 떠오르기 시작한 겨울의 엷은 달빛에 묻혀 짐승처럼 웅크리고 있었다. 철책은 녹이 슬어 페인트칠이 우덜두덜하게 일어나 있었다.

강 건너에서 누군가 부르는 고함 소리가 아득히 들려왔다.

"나오지 않을 거야."

그는 마치 스스로에게 다짐이나 하듯이 중얼거렸다. 그는 그녀에게 편지를 쓴 것을 벌써부터 후회하고 있었다. 어떻게 보면 그것은 무척 외람된 바람이었다. 어떤 변화도 인정치 않고 그저 과거의 그림자를 길게 이쪽으로 끌어당기는 꼴이었던 것이다. 그는 천천히 성당 주위를 돌며 혼자 수없이 체념을 했다.

이미 약속된 시간이 지나가고 있었다. 그는 고개를 저으며 현관이 잘 보이는 어둠 속에 몸을 숨기고 웅크리고 앉았다. 소름 돋우는 날 선 바람이 그의 짧은 머리카락을 헤집고 지나갔다.

성당의 십자가가 짙은 감청색 하늘을 배경으로 선명하게 솟아 있었다. 마른 은사시나무 가지가 바람을 물고 맵게 울어대고 있었다. 그의 눈빛이 희미하게 젖어왔다.


본적은?

검사는 경찰 조서를 훑어보며 먼저 형식적인 항목들에 대해 질문을 했다. 사각진 얼굴에는 아무런 표정도 없었다. 철사처럼 단단해 보이는 머리카락을 올백으로 넘겼기 때문에 이마 한구석에 나 있는 흉터가 눈에 띄었다. 그 옆에서 타자수 아가씨가 재빠른 솜씨로 두 사람의 심문 내용을 쳐 내려갔다.

체포될 당시에 내리던 늦은 가을비가 지금은 흰 눈이 되어 내리고 있었다. 넓고 조용한 방은 타자 두드리는 소리와 스팀에서 새어 나오는 김 빠지는 소리뿐이었다. 그는 손에 채워진 수정手錠을 손가락으로 만지면서 검사의 질문에 나직하게 대답했다. 그래서 겉보기로는 두 사람이 마치 정다운 대화라도 나누고 있는 듯이 보였다.

대답하기 싫으면 묵비권을 행사해도 좋다.

검사는 예의가 있었다. 그러나 그는 반말을 쓰고 있었다. 그럴 필요가 없는데도 그는 그것이 자꾸 신경에 거슬리고 있다고 생각했다.

황준호, 최순범과는 어떻게 하여 알게 되었는가?

같은 조합원이었습니다.

검사는 설명을 기다리는 사람처럼 가만히 그를 바라보았다.

공장에 처음 나갈 때부터 친하게 지냈습니다.

처음부터 황준호가 불순한 동기를 가지고 접근했다는 사실도 알고 있었겠군.

그는 많은 것을 알고 있었지만 특별하게 굴지는 않았습니다. 나는 아직도 그가 불순한 동기를 가지고 있었다고는 생각지 않습니다.

황준호가 조합 운동을 과격한 방향으로 이끌어나가지 않았는가?

조합 운동을 과격하게 만든 것은 오히려 저쪽입니다. 필요 이상의 탄압을 했습니다.

됐어!

검사는 눈살을 찌푸리며 말을 끊었다. 그리고 담배를 꺼내어 물었다. 재떨이에는 반만 태우다 만 꽁초가 수북했다. 담배 연기가 폐 속으로 스며들었다. 담배를 피우고 싶었기 때문에 대신 침을 한 번 꿀꺽 삼켰다.

눈은 여전히 소리 없이 내리고 있었다. 그 방은 삼층이었기 때문에 아래쪽으로 주택가의 지붕과 교회의 첨탑이 보였다. 주택가의 지붕과 교회의 첨탑 위에 눈이 쌓이고 있었다.

최순범이 암 환자라는 것이 밝혀진 것은 언제인가?

반년 정도 됐습니다. 위궤양이라 하더니 알고 보니 암이었습니다.

병이 밝혀진 다음 최순범은 공장을 그만두고 결과적으로 조합 일과도 손을 끊게 되었다고 하는데…….

처음에는 그도 황준호의 열성적인 추종자였습니다. 그 역시 조합 운동을 통해 자기 자신을 찾아낸 사람 중의 한 사람이었습니다. 그러나 한 인간에게 사형 선고나 다름없는 암 진단이 떨어지고 나자 그는 많은 부분에서 자기를 정리하지 않을 수가 없었습니다. 우리는 그것을 인정했습니다. 의사는 일차 수술 후 고개를 저었습니다. 그가 할 수 있는 일은 이제 집에서 소용없는 약을 먹는 일밖에 없었습니다. 그러나 그는 열심히 병과 싸웠습니다. 기도원에도 가고 단식도 했습니다. 우리는 그가 무슨 일을 하든지 다 이해할 준비가 되어 있었습니다.

무슨 일도?

검사는 먹이를 잡아채기라도 하는 것처럼 말꼬리를 붙잡았다.

그런 뜻은 아닙니다.

짧게 부정한 다음 약간 긴 침묵이 흘렀다. 검사는 무언가 생각을 더듬는 눈치였다.

스팀 공기가 너무 더웠다. 머리 밑에 땀이 맺혔다가 관자놀이를 타고 흘러내렸다. 유리창 너머 바깥은 아주 추워 보였다. 불기 하나 없는 감방 마루방이 생각났다. 비닐로 막아놓은 뺑끼통 문이 바람에 배불뚝이가 되었다가 쑥 꺼지곤 할 것이었다. 낙서투성이의 벽에는 성에가 하얀 꽃을 피우고 있을 것이었다.

타자수 아가씨가 잠시 화장실을 갔기 때문에 심문은 일단 중지되었다. 화장실을 가기 위해 일어서는 타자수 아가씨의 엉덩이를 보자 그는 잊어버리고 있던 성욕을 느꼈다.

종교를 가진 게 있습니까?

침묵으로 굳어져 있는 검사의 옆얼굴을 보며 그가 말을 꺼내었다.

묻는 자와 대답하는 자의 위치가 바뀐 의외의 질문에 검사는 당황하는 것 같았다. 그는 잠시 생각하다가 떨떠름하게 대답했다.

불교야.

크리스천 같아 보이는데요?

얼굴에 그렇게 써 있기라도 해?

검사는 조금 신경질이 섞인 말투로 되물었다. 그는 더 이상 쓸데없는 말을 하여 검사의 신경을 건드릴 필요가 없다고 생각했다.

타자수 아가씨가 돌아왔다. 그는 타자수 아가씨가 변기에 앉아 있는 모습을 잠깐 상상하다가 그만두었다.

다시 심문이 계속되었다.


그해 가을에는 모든 것이 금지되었다. 매연으로 말라비틀어진 플라타너스 잎사귀들이 바람에 우수수 날려 가는 길거리에는 짙은 녹색의 옷을 입은 군인들이 탱크 옆에 서 있었다. 사람들은 코를 가슴패기에 묻고 땅을 보며 걸었다. 서로의 눈이 마주치면 깜짝깜짝 놀라곤 하였다. 발길에 차이는 라디오 소리는 연일 계엄령의 내용을 탄환처럼 쏟아붓고 있었다. 남쪽의 강변을 찾아가는 겨울철새만이 옛날처럼 높이 하늘 위에 떠서 편대를 만들고 있었다.

타협의 선까지 와 있던 조건들은 모조리 철회되었고 회사 측은 오히려 노조 자체를 불법화시켜 버릴 낌새였다. 사람들은 뿔뿔이 흩어졌고 누구도 먼저 말을 꺼내지 않았다. 나는 공장일이 끝나면 경선이와 함께 싸구려 극장에서 시간을 보내었다. 한꺼번에 두 프로를 상영하는 지린

내 나는 영화관, 베니어 의자가 자칫하면 폭삭 내려앉을 것 같은 곳에 앉아서 나는 아무것도 생각하지 않으려고 마음먹었다. 세상은 조금 즐겁게 살 필요가 있는 것이었다.

마지막까지 희망을 가지고 있는 사람은 준호뿐이었다. 사실 그도 마지막까지 희망을 가져보려고 애만 쓰고 있었는지도 몰랐다. 왜냐하면 그것이 그의 책임이었기 때문이다. 그는 위원장이었다.

나는 친구로서, 아니 같이 노조를 이끌어온 사람으로서 준호의 입장에 동정이 갔지만 아무런 도움도 줄 수 없었다. 그것은 그저 발버둥이나 몸짓으로밖에 보이지 않았다. 이미 상황은 눈에 훤하게 드러나고 있었다. 제주도에서 근래에 보기 드물게 풍작을 이루었다는 밀감이 리어카에 실려 황금 알처럼 빛나고 있었다. 나는 모든 것을 잊어버리리라고 결심을 하였다. 방향이 바뀌면서 바람은 점점 얼음기를 담아 왔다. 그 해 늦가을에는 모든 것이 금지된 채 살아가고 있었다.

순범이는 다시 입원하여 재수술을 받았지만 아무도 거기에 기대를 거는 사람은 없었다. 암세포는 그의 전신에 침투하여 가지를 뻗고 뿌리를 내리고 있었다. 나는 일주일에 한 번 경선이와 함께 국화꽃을 사가지고 그를 찾아갔다. 그의 얼굴에는 이미 죽음의 그림자가 덮이어 있었다.

순범이는 매일 성경책을 보고 있었다. 우리가 찾아갔을 때는 가끔 경선이가 그것을 대신 읽어주곤 하였다. 우리는 즐겁고 아름다운 것만 이야기했다. 순범이는 그즈음 구원에 대하여 생각하고 있었다. 그는 그것에 희망을 걸고 있었다. 나는 마른 플라타너스 잎사귀가 가벼운 몸뚱아리처럼 바람결에 몰려가는 거리와, 거리에 서 있을 녹색옷의 군인들을 생각하며 그의 이야기를 들었다. 병든 인간의 구원은 어쩌면 심리학적인 자기 방어 욕구가 아닌가 하고 생각했다. 이 세상에 어디 구원이 있단 말인가. 나는 거뭇거뭇해진 그의 얼굴과 눈자위가 푹 꺼진 속에 들어 있는 그의 눈동자를 바라보았다.

때로는 준호도 함께 병문안을 갔다. 준호는 아무 소리도 하지 않았다. 나는 그가 할 이야기가 아무것도 없다는 것을 너무도 잘 알고 있었다. 그는 사가지고 간 국화꽃 잎을 자기도 모르게 하나하나 따내는 버릇이 있었다. 그래서 언뜻 정신이 들어보면 젖은 손바닥 안에 국화 꽃잎이 가득 차 있곤 했다.

그러던 어느 날 준호가 나를 보자 할 말이 있다고 다방으로 끌고 들어갔다. 마침 텔레비전에서는 세계 챔피언에 도전하는 우리나라 최태호 선수의 권투 중계를 하고 있었다. 사람들이 모조리 텔레비전 앞으로 의자를 끌어다 놓고 보고 있었다. 우리는 그들과 떨어져서 한쪽 구석에 앉았다.

준호는 커피를 마시고 담배를 한 대 다 피우고도 말이 없었다. 나는 그런 침묵에는 이미 익숙해져 있었기 때문에 그의 말문이 열릴 때까지 가만히 기다리고 있었다. 사람들이 갑자기 고함을 질렀다.

—저 봐! 코피가 터졌어!

—계속 쳐! 계속!

준호가 마침내 입을 뗐다.

"누군가가 죽어야 해."

—얼굴이 온통 피범벅이 된 리오 선수 대단히 고통스러운 표정을 짓고 있습니다. 다리가 많이 풀려 있습니다.

"싸움은 이미 시작되었어. 여기서 포기해 버리면 처음보다 형편이 더 나빠질지도 몰라."

"하지만 어쩔 수가 없잖아?"

"언제나 그랬어. 언제나 특별한 사정은 있었고 언제나 어쩔 수가 없었지. 문제는 우리에게 있어."

"어떻게 할 생각이니?"

─역시 최태호 선수 대단한 기량을 가지고 있군요. 원투 스트레이트가 일품입니다. 리오 선수, 공이 살려주었어요.

"먼저 두려움이 없어져야 해. 사람들은 두려움 때문에 하나로 되지 못하고 있어. 우리의 주장이 옳다는 것은 누구나 잘 알고 있어. 이제는 양심의 싸움이 아니라 힘의 싸움이야."

─죽사발로 만들어버려!

"우린 벌레가 아니야."

─쳐! 쳐!

"우린 인간이야. 사랑할 수도 있고 미워할 수도 있는 인간이야. 사랑과 미움이 하나가 되는 길은 오직 저항하는 길밖에 없어."

"쓸데없는 것일 거야."

"누군가가 죽어야 해."

─리오 선수, 가볍게 반격을 시도하고 있습니다. 어떻습니까? 예에 ─한마디로 예상했던 대로군요. 리오 선수는 체중 조절에서 실패를 했습니다.

"그래야 사람들이 두려움을 잊게 돼."

"누가 죽어야 하지?"

"순범이."

텔레비전 소리가 갑자기 멎었다. 나는 준호의 얼굴을 쳐다보았다. 나는 그가 농담을 하고 있다고 생각했다. 하지만 꼼짝하지 않고 고정되어 있는 준호의 눈동자를 보고 나는 그가 농담을 하고 있지 않다는 것을 알았다.

"그럴 수가⋯⋯."

"그는 어차피 죽을 목숨이야."

나는 고개를 저었다.

　"그건 살인이야."

　—리오 선수 마지막 반격을 시도하고 있습니다. 최태호 선수, 코너에서 빠져나오지 못하고 있습니다. 역시 챔피언의 저력이란 게 있군요. 최태호 선수, 빨리 코너에서 빠져나와야 할 것 같습니다.

　—저런, 제기랄!

　"그는 어차피 몇 달 내로 죽을 거야. 아무런 의미도 없이 말이야."

　—돌아 돌아! 저 벼엉신!

　—카운터펀치에 걸려든 최태호 선수, 비틀거리고 있습니다. 시간 얼마 남지 않았습니다. 아, 정말 안타깝군요.

　"우리는 아무도 그의 죽음을 요구할 권리가 없어. 그리고 지금은 누구 하나가 희생된다 하여 해결될 일도 아니잖아."

　"그는 스스로 원하게 될 거야. 그리고 그의 죽음이 얼어붙은 사람들의 가슴에 불길을 붙여줄 거야. 나는 믿어."

　—굉장한 난타전이군요. 예에— 그렇습니다. 최태호 선수로서는 처음이자 마지막 기회가 되는 셈이거든요.

　"순범이를 설득하겠어."

　나는 계속 고개를 가로저었다.


　미쳤군.

　검사는 그의 말을 듣다 말고 담배를 꺼내 물며 짤막하게 내어뱉었다.

　그 가을에는 모두가 미쳐 있었습니다.

　모두?

　그렇습니다. 길거리에는 탱크가 서 있었습니다.

　타자수 아가씨가 일어나서 물주전자를 가져왔다. 그는 목이 말랐다.

타자수 아가씨는 컵에 물을 따라서 검사에게 주었다. 그는 물 좀 달라고 하려다가 궁색한 느낌이 들어서 그만두었다. 밖에는 여전히 흰 눈이 벌 떼처럼 내리고 있었다. 그는 경선이를 생각했다. 이제는 영영 헤어져야 할지 모른다는 생각이 들자 막막한 절망감이 무겁게 가슴을 눌렀다. 커다란 유리창 너머로 잿빛 하늘이 낮게 드리워져 있었다. 교회의 첨탑에는 색등이 설치되어 있었다. 크리스마스가 얼마 남지 않았기 때문이었다.

준호는 순범이가 자기 계획에 쉽게 따라줄 것이라고 생각했다. 그는 순범이가 모든 것을 자포자기한 상태라고 여겼던 것이었다. 그러나 그는 곧 의외로 완강한 거부에 부딪히지 않으면 안 되었다. 죽음 앞에서 인간이 얼마나 더 삶에 애착을 가지고 있는지 그는 미처 생각하지 못했던 것이었다. 그는 국화 꽃잎을 하나씩 떼어내면서 말했다.
"모든 것이 엉망으로 되어버렸어."
"알고 있어."
떨어져 나가는 꽃이파리를 바라보며 순범이가 대답했다. 준호는 창밖을 보고 있었다. 멀리 보이는 길에 자동차의 유리창이 빛바랜 가을 햇빛에 부딪혀 반짝거리곤 했다.
"사람들은 서로 눈치만 살피고 있어. 밤낮 연근을 하고 있으면서도 찍소리 한 번 안 하는 거야. 얌전한 노예들처럼 말이야. 어젠 명구 새끼 손가락이 나갔어."
"명구가?"
"십만 원이 보상금이야. 니기미."
"우리가 힘이 없기 때문이야."
여윈 팔뚝의 퍼렇게 부풀어 오른 정맥으로 연결되어 있는 링거의 호스가 가볍게 흔들렸다. 준호는 창밖에서 시선을 거두어 순범이의 퀭한 눈을 바라보았다. 그의 손에는 꽃이파리가 다 떨어진 꽃대궁이 달랑거리고 있었다.

"우리에게도 힘이 있어."

준호가 말했다.

"비겁하기 땜에 자기 힘을 믿지 못할 뿐이야."

순범이는 가만히 천장을 쳐다보고 있었다. 그의 얼굴에는 격심한 고통이 밀려왔다 간 사람에게서 볼 수 있는 독특한 평온함이 있었다.

준호는 자기 손 가득히 떨어져 나온 국화 꽃잎을 코에 갖다 대고 킁킁 몇 번 냄새를 맡더니 쓰레기통에다 버렸다.

"이런 말을 하면 어떻게 들릴지 모르지만 순범이 네가 좀 도와줘야겠어."

"내가?"

순범이는 의외라는 듯이 되묻더니 빙그레 웃었다.

"보시다시피 나는 이런 꼴이야."

"그렇기 때문에 좀 도와달라는 거야."

준호는 순범이를 뚫어져라 쳐다보더니 다시 시선을 창밖에다 던졌다. 넓은 하늘 저편에 철새들이 점점이 떠 있었다.

"누군가의 희생이 있어야 해."

순범이는 물끄러미 천장을 바라보며 말했다.

"내가?"

그는 막막한 표정으로 미소를 지었다.

"도와줘!"

준호는 순범이가 누워 있는 침대 곁으로 가며 갑자기 큰 소리를 질렀다. 그 소리가 생각보다 크게 나왔기 때문에 방 안 공기를 조금 이상하게 흔들었다.

"이런 이야기를 꺼낸다는 자체가 얼마나 나쁜가는 나도 잘 알아. 마치 사형수에게 가서 이왕에 당신은 죽은 목숨이니 콩팥 떼어 날 주시오, 하는 셈이라는 걸 나도 잘 알아."

그는 조금 고통스럽지만 열렬한 표정이 되어 말했다.

"물론 네가 꼭 죽는다는 이야기는 아니야. 나도 네가 죽기를 바라서 이 이야기를 하는 건 아니야. 하지만 적어도 현대의 의학은 너에게 사형 선고를 내린 거야. 섭섭하게 생각하지 말고 잘 들어봐. 모두가 이러한 이야기를 꺼내길 두려워하겠지만 나는 네가 이 사실을 솔직하게 인정하는 게 필요하다고 생각해. 어차피 인간은 누구나, 언젠가는! 죽을 수밖에 없거든. 이미 네 몸속에는 암세포가 거미줄처럼 퍼져 있어. 새끼를 치고 또 새끼를 치고 마침내 너의 몸뚱아리 전부를 파먹고 말 거야."

"그만둬!"

순범이가 일그러진 표정으로 말했다. 그러나 준호는 전혀 그만둘 기세가 아니었다.

"너는 벌레처럼 발버둥 치다가 죽고 말 거야. 하루하루의 고통을 잊기 위하여 모르핀 주사를 맞고 성경을 보구…… 그러다가 결국은 너는 죽을 거야."

"제발, 그만둬!"

"순범이, 잘 생각해 봐. 선택은, 죽느냐 사느냐 하는 것이 아니라 어떻게 죽느냐 하는 것이야. 우리는 너의 그 허물어져 가는 몸뚱아리가 필요해. 그 몸뚱아리에 불을 붙여 횃불처럼 들고 나가면, 모두의 가슴에 암처럼 버티고 있는 두려움을 벗어던지면…… 우리는 승리할 수 있어."

준호가 중얼거리듯이 말을 맺었다. 잠시 동안 면도칼 같은 침묵이 흘렀다.

"나는 싫어. 나는 모든 것을 다 떠났어, 내 고통조차 견딜 수 없단 말이야."

준호의 눈빛에 광기가 번들거렸다. 그의 어깨 너머로 늦가을의 하늘이 푸르게 젖어 있었다.

순범이가 말했다.

"이 고통을 견뎌나가는 것만으로도 내가 태어난 몫은 하고 있는 거야. 나를 괴롭히지 마. 그건 너희들 일이야."

"우리 모두의 일이야. 죽는다고 모든 것을 떠날 수는 없어."

준호의 눈이 번쩍거렸다. 물기가 차 있었기 때문이었다.

"적을 죽일 수 없을 때, 적과 동지의 양심을 동시에 난타하는 길은 자기 자신을 죽이는 길밖에 없어."

둘은 잠시 동안 약속이라도 한 것처럼 입을 다물었다. 바람이 창문을 덜컹거리며 불어왔다. 그 소리가 둘의 가슴에 돌멩이를 던져 넣는 것처럼 여운을 남겼다.

"죽음이 눈앞에 있다고 하여 내가 더 강하다고 생각하지 마."

마침내 순범이가 입을 뗐다.

"살아 있는 동안에 나는 살려고 발버둥 치고 싶어. 그건 나의 권리야."

준호는 아무 소리도 하지 않았다. 그는 가볍게 몇 번 고개를 끄덕인 다음 그곳에서 나왔다.

마른 바람은 살갗을 거칠게 만들며 불었다. 그동안에 몇몇 사람은 불려가서 조사를 받고 나왔고 몇몇 사람은 해고 조치 되었다. 그중에는 준호도 끼어 있었다.

"인간이란 것에 대해 생각하면 갑자기 불쌍한 생각이 들어. 나쁜 버릇인 줄 알지만 잘 고쳐지지를 않아."

소주잔을 입에다 털어 넣으며 준호가 말했다.

"돌아가는 상황을 보면 정말 미칠 것만 같거든."

"우리는 행복에 대해 너무 굶주렸어."

내가 말했다.

"자기 자신을 괴롭힌다 하여 해결될 것은 하나도 없어. 비록 작은 것이지만 애정을 붙이는 게 필요하다고 생각해. 어차피 모두가 함께 일어서려면 시간이란 게 필요하잖아?"

"나도 연애를 할까?"

준호는 씁쓰레하게 말했다. 카바이드 불꽃이 그의 얼굴에 짙은 그림자를 만들었다.

"가난했지만 모여 살던 때가 좋았어. 요즘은 꿈속에 어릴 때 살던 고향 근처가 자주 나타나거든."

"잠시 집에라도 내려갔다 오지그래."

"집?"

그는 냉소를 지었다.

"고향엔 이제 아무도 없어. 돌아갈 집도 없구. 마음 붙일 곳도 없어."

"직장은 곧 나타날 거야."

나는 위로 삼아 말했다.

"나는 떠나지 않을 거야. 낙엽처럼 쫓겨 다닐 이유가 없어."

그는 갑자기 단호하게 말했다.

"끝까지 싸우겠어."

포장마차의 주인 영감은 이야기를 듣는 둥 마는 둥 연탄불에 손을 얹어놓은 채 저쪽을 물끄러미 바라보고 있었다. 그의 뒤로는 시꺼멓고 커다란 그림자가 바람이 부는 대로 펄럭거렸다.

"어떻게 할 작정이야?"

"누군가가 인간은 벌레가 아니라는 걸 증명해 주면 돼. 두려움의 껍질 속에 싸여진 목소리를 꺼내면 순식간에 단결하게 될 거야. 싸움을 시작하게 되면 비로소 이쪽이나 저쪽이나 사람 무서운 줄을 알게 되겠지. 인간은 벌레로는 결코 행복할 수 없다는 걸 깨닫게 되는 거야."

"순범이는?"

"두려워하고 있어. 하긴 죽음이 문밖에 와 있다고 해서 모든 일에 용기를 가지리라는 법은 없겠지. 나는 그가 영웅적으로 죽어주기를 바랐어. 사람들 앞에서 단결을 호소하고 선언문을 읽고, 그 무엇을 위해서 때로 인간은 죽을 수도 있다는 것을 보여주기 위해 스스로 횃불이 되어 산화되길 바랐어. 어차피 그는 죽을 목숨이잖아?"

나는 비로소 준호의 계획을 조금 눈치 챌 수 있었다. 갑자기 무언가로 내리누르듯이 가슴이 답답해져 왔다.

"너는 너무나 지쳐 있어. 조급하구."

나는 가까스로 말했다.

"나도 좀 쉬고 싶어. 하지만 지금은 쉴 때가 아니야. 우리는 싸워야 해."

그는 다시 소주잔을 털어 넣으며 말했다.

"순범이가 하지 않겠다면 내가 하지."

바람이 주인 영감의 커다란 그림자를 다시 펄럭거렸다. 나는 그의 옆얼굴을 바라보며 오만 가지 감정이 휩쓸고 지나감을 느꼈다.

눈이 그쳤다. 밟으면 밟히는 대로 뽀도독 소리가 날 것 같은 눈 위로 새파란 땅거미가 몰려왔다. 스팀에서 나오는 김이 맺혀서 물방울이 길쭉하게 생겨 있는 유리창에 방 안의 풍경이 희미하게 비쳤다. 그 뒤로 교회 첨탑의 색등이 울긋불긋하게 꽃을 피웠다.

다섯 시도 안 되었는데 벌써 날이 어두워오는군.

날씨가 꾸무럭해서 그럴 거예요.

혼잣말처럼 중얼거리는 검사의 말꼬리에 타자수 아가씨가 뒤를 따랐다.

그는 배가 고팠다. 출정出廷 나오는 날은 점심이 변변치 않았다. 국물도 없이 고추 저린 것하고 오경찬 반찬으로 얼음 덩어리 같은 밥을 몇 젓가락 뜨다가 그만두었다.

오늘은 여기까지 하지.

검사는 문 옆 의자에 우두커니 앉아서 자는지 깨어 있는지 모르게 보이던 호송 담당 교도관을 불렀다. 그는 마치 잊고 있던 일을 그제야 생각해 낸 사람처럼 바짝 긴장하여 벌떡 일어서더니 그의 묶여져 있는 한쪽 팔을 잡았다. 그는 타자수 아가씨를 다시 한 번 눈여겨보고는 담당 교도관을 따라 나갔다.

철망이 쳐져 있고 더러운 커튼이 내려져 있는 호송차에는 먼저 온 죄수들이 웅크리고 앉아 있다가, 그가 들어가자 일제히 그쪽을 바라보았다. 양말을 두 켤레나 껴 신었는데도 발가락이 떨어져 나갈듯이 시렸다. 누비옷을 입은 여자 죄수들도 몇 명 눈에 띄었다. 그가 아무렇게나 자리 잡고 앉자 그 역시 이 을씨년스러운 풍경의 하나가 되어 다음에 들어올 사람을 기다리게 되었다.

우리 아부진 말이야.

카빈총을 어깨에 멘 호송 교도관 하나가 한복을 입은 중년의 사내에게 반말로 이야기를 하고 있었다.

그때 새엄마를 얻었거든. 그래서 걸핏하면 나더러 오리 새끼를 몰고 개천으로 나가라는 거야. 그때 우리 집에는 오리를 스무 마리쯤 키우고 있었거든, 나는 우리 아부지가 왜 날 내보내는지 알고 있었어. 그래서 오리 새끼들을 개천에다가 몰아넣고 다시 몰래 집으로 돌아와서 문구멍으로 보곤 했어. 그 짓들이었지.

그는 낄낄거리고 웃었지만 아무도 따라 웃지 않았다. 앞 유리창 너머 흰 눈 위로 짙은 물빛 땅거미가 몰려오고 있었다.

당신도 물총 사범이니까 충분히 이해가 갈 거야. 나는 간통 가지구서 이래저래 재판을 하고 지랄을 떠는 걸 보면 정말 우스워. 사실을 이야기하자면 나두 그게 전공이거든.

그는 재미있는 이야기라고 하였지만 그 옆의 중년은 떫은 표정으로 웃었다.

그 참!

한복을 입은 사내는 짐짓 점잖은 체 입맛을 다시었다.

그러나 대부분의 사람들은 바닥을 내려다보거나 쇠그물코 사이로 바깥을 내다보거나 하면서 무표정하게 입을 다물고 있었다. 그들의 가슴에는 제각기 근심과 불안과 기대와 절망이 조용히 파도치고 있을 거였다. 그는 추위와 허기로 갑자기 피로가 엄습해 옴을 느끼고 부르르 몸을 한 번 떨었다.


순범이의 태도가 바뀌었다. 그것은 그가 삶에 더 이상 미련을 갖지 않기로 결심했다는 말이었다. 나는 그가 어떤 과정을 거쳐서 그러한 결정을 내리게 되었는지는 잘 모르지만 생각하면 전혀 이해가 가지 않는 것은 아니었다. 순범이의 늙은 어머니는 그즈음 그 곁에 놓여 있는 철침대에서 똑같이 죽어가고 있었다. 그동안 라면으로 때우면서 아등바등 모아둔 얼마간의 돈도 다 까먹고 숫제 빚까지 조금씩 불어가는 중이었다. 늙은 어머니는 순범이보다도 자기 신세를 한탄하여 친구들이 가면 붙잡고 꺼이꺼이 울어대는 것이었다. 손바닥만 한 논뙈기마저 추수

하기 바쁘게 팔아버리고 지금은 병원 근처에 사글셋방을 얻어놓고 순범이의 뒤치다꺼리를 하고 있는 중이었다. 아직 스팀이 들어오지 않아 썰렁한 병실 구석에는 요강과 냄비가 놓여 있었다. 옛날 세무서를 개조하여 지었다는 병원은 오래된 건물 냄새와 약품 냄새 그리고 구석에 놓여져 있는 냄비와 요강에서 나는 냄새로 뒤범벅이 되어 있었다. 그는 자신의 운명을 생각했을 것이었다. 그리고 발치께가 신발 자국으로 더럽혀져 있는 계란색 병실 문을 들려 나가는 자신의 주검에 대하여 생각했을 것이었다. 그리고 할머니나 다름없는 자기 어머니의 끊임없이 꺼이꺼이 울어대는 울음소리를 생각했을 것이었다. 그는 몇 밤이고 뜬눈으로 새우며 이 초라하여 가랑잎 같은 죽음에 대해 두려움을 느꼈을 것이었다. 그리고 이것이 모든 사람에게 한 번밖에 주어지지 않은 삶이라는 사실을 믿을 수가 없었을 것이었다. 그는 자신의 삶이, 자신의 그림자가 누군가의 삶 속에서 다시 살아야 한다고 생각했을 것이었다. 둑 너머로 바람에 넘실거리는 풀은 하나의 풀이 풀 전부이고 풀 전부는 하나의 풀이라고 생각했을 것이었다. 그렇지 않으면 하나의 이름밖에 가지지 않은 자기가 죽을 이유가 없다고 생각했을 것이었다.

이 모두가 추측에 불과한 것이지만 어쨌든 순범이가 준호의 뜻에 따르기로 한 것은 분명했다.

나도 더 이상 발뺌을 할 수가 없었다. 모든 것이 불투명하고 불안하고, 마치 악령에 사로잡힌 것 같은 기분이 들었지만 어쩔 수가 없었다. 어차피 우리는 아무것에도 희망을 걸고 있지 않았다. 누군가 인간의 피를 흘려주기를 조마조마하게 기다릴 뿐이었다.

이럴 경우에는 신념을 가진 한 사람에게 끌려갈 수밖에 없는 것이었다.

준호는 순범이의 심경에 혹시 다른 변화가 있을지 모른다고 생각하여 급속히 일을 진행해 갔다.

"지금부턴 아무것도 생각해서는 안 돼."

준호가 말했다.

"선도 악도 없이 그저 일만 있다고 생각하는 거야. 앞도 뒤도 생각할 필요가 없어. 무미건조한 사건만 기다리고 있다고 생각하는 거야."

나는 불안한 감정을 감추기 위하여 잠바 깃에다 턱을 반쯤 묻은 자세로 아래쪽만 바라보았다.

"일을 위해서는 철사 줄 같은 신경이 필요하다구. 알겠지?"

그는 집게손가락 끝으로 나를 가리키며 말했다.

"다음 금요일 날 노사 협조 모범 업체 대규모 사찰단이 오거든. 그날이 디데이야."

그는 너털너털한 비닐 지갑을 꺼내어 거기에 붙어 있는 달력에 동그라미를 쳤다.

"그날 점심시간에 사람들을 모으는 거야. 다른 말 할 것 없이 구경거리가 하나 생겼다고만 하는 거야. 옛날 조합원들을 이용해서 될 수 있는 한 많이 끌어 모으는 거야. 때론 몇 가지 유언비어를 뿌릴 수도 있어. 이때 순범이가 나타나는 거야. 나는 미리 준비된 유인물을 들고 가겠어. 네가 순범이를 부축해. 사람들이 모이면 핸드마이크를 들고 몇 가지 구호를 외치는 거야. 우리들 가슴속에 꼭꼭 묻어두었던 응어리진 구호들 말이야. 그리고 순범이가 단결과 계속적인 투쟁을 고무하는 준비된 연설을 하고…… 분위기가 피크에 달하거나 저쪽에서 방해를 할 경우에 준비된 시너를 순범이 몸에 끼얹는 거야. 그리고 나서 불을 붙이면…… 만사는 끝이야."

나는 꽁꽁 묶인 채 빠져나올 수 없는 늪 속에서 허우적거리는 사람처럼 가슴이 답답해져 옴을 느꼈다. 목구멍까지 올라오는 어떤 감정이 말로 표현되지 못하고 대신 가슴에 불덩어리를 만들었다.

"그래서 뭐가 해결되지?"

나는 가까스로 말했다.

준호는 아무 대꾸도 하지 않았다. 그는 이미 그런 질문 따위에는 대답을 할 필요가 없다고 생각했는지 몰랐다.

"이 이야기는 경선이에게도 해서는 안 돼."

그는 대신에 이렇게 주의를 주었다.

"이 일의 책임은 내가 전부 질 테니까 염려하지 마."

그는 나를 안심이라도 시키듯이 억센 손으로 내 어깻죽지를 한 번 힘껏 쥐었다. 나는 처량하게 웃었다.

그날은 마침 얼음처럼 차가운 늦가을 비가 축축하게 내리고 있었습니다. 그러니까 목요일 밤이었지요. 우리는 그날 밤 순범이를 병원에서 빼내어 여관에서 재우고 다음 날 같이 가기로 한 것이었지요.

가만있자. 그날이 바로 사건 당일이지?

검사는 경찰 조서를 넘기며 말했다.

그렇습니다. 사건은 금요일이 아니라 바로 그날 목요일 저녁에 일어났습니다.

계속해.

우리는 병원 앞 이층 다방에 앉아서 약속된 시간을 기다렸습니다. 순범이 어머니가 방을 비우고 병원이 가능한 한 한산한 시간을 잡았었지요. 대략 여덟 시경이라고 생각됩니다. 물론 순범이에게도 사전에 준비해 두도록 미리 연락을 해두었었지요.

십일월도 저무는 금요일, 어스름 속에서 들려오는 노인네의 웅얼거림 같은 겨울비 소리가 착잡하게 가슴을 적셔주었습니다. 우리는 말없이 번갈아 줄담배를 피우며 가끔 시계를 들여다보곤 했습니다. 내 마음은 마치 먼 여행을 떠나는 사람처럼 설레기도 하고 걷잡을 수 없이 불안해지기도 했습니다. 준호는 닫힌 창틈으로 가끔 바깥을 내다보았습니다.

약속된 시간이 되자 우리는 병원으로 들어갔다. 둘 다 비닐우산을 하나씩 들었지만 나는 우산을 펴지 않고 준호의 우산을 같이 썼다. 비닐에 떨어지는 빗방울이 요란한 소리를 내며 우리를 감싸고 돌았다. 아랫도리가 금세 젖었다.

조금 복잡한 구조를 가지고 있던 복도는 예상했던 대로 한산했다. 밝은 형광등 불빛만이 흰색의 벽에 부딪혀 어두컴컴한 창문 밖으로 빠져 달아나고 있을 뿐이었다. 수명이 다 된 형광등 하나가 경기 들린 놈처럼 푸덜푸덜 떨고 있었다. 가끔 환자의 가족으로 보이는 사람이나 간호원과 마주쳤지만 아무도 관심을 보이는 사람은 없었다.

3층 복도의 끝에 있는 순범이 병실에 이르자 우리는 각기 약속했던 대로 헤어져 나는 층계가 갈라지는 쪽의 창문 쪽으로 갔다. 망을 보기 위해서였다. 누군가 방해자가 나타날 경우엔 창문을 깨고 반대편으로 달아나기로 되어 있었다. 그 틈에 준호는 순범이를 부축하여 빠져나가는 것이다. 그럴 경우는 거의 없겠지만 만일의 사태에 대비한 것이었다.

준호는 나를 한 번 쳐다보고는 순범이의 병실 문을 열고 들어갔다.

나는 창문에 붙어 서서 밖을 바라보았다. 눈이라도 왔으면 싶었는데 궁상맞은 겨울비가 끝도 없이 내리고 있었다. 잎새가 몇 개 남지 않은 나무들이 3층 창문 위로 뻗어 올라 있었다. 나무는 맨 몸으로 차디찬 비를 맞고 있었다. 갑자기 한기가 명치끝으로 어슬어슬 몰려왔다. 빗속에서 건너편 다방의 불빛과 수은등과 병원 입구의 조명등이 심해의 물고기 눈깔처럼 흐릿하게 빛나고 있었다.

나는 담배를 계속해서 물고 있었다. 손가락이 뜨거워질 때까지 빨았다. 낯선 아주머니 하나가 쪽지를 들고 두리번거리다가 4층으로 올라가 버렸다. 나는 초조해지기 시작했다. 안에서 이루어질 상황은 너무나 간단했다. 순범이의 옷을 갈아입혀서 같이 나오기만 하면 되는 것이었다. 어쩌면 순범이는 미리 옷을 갈아입고 대기해 있을는지도 몰랐다.

담배를 두 대째 연속 태우고 나서도 아무런 기척이 없었다. 이미 예정된 시간이 훨씬 넘어서고 있었다. 방광에 오줌이 꽉 차는 것 같았다.

나는 주위를 한 번 살펴보고는 순범이의 병실로 걸어가서 손잡이를 돌렸다.

문을 열고 들어가는 순간 내 눈앞에는 정말 예기치 않은 일들이 벌어져 있었다. 나도 처음에는 도무지 무슨 일이 어떻게 돌아갔는지 몰라 한참 동안 어리벙벙해져 버렸다.

한쪽 벽에는 준호가 창백한 얼굴로 기대서 있고 침대 위에는 순범이가 앉아서 침대 모서리의 철제 프레임을 한 손으로 꽉 잡고 토끼 눈이 되어 벌벌 떨고 있었다. 그의 얼굴은 완전히 흙빛으로 변해 있었다.

준호의 얼굴은 그가 방금 무슨 일을 저질렀는지 말해 주고 있었다. 핏기라고는 하나도 없이 종이처럼 새하얀 얼굴에 식은땀이 배어 있었다. 그는 벽에 기대어 간신히 서 있는 것이었다. 단지 그의 눈빛만이 열기에 뒤섞여 형언할 수 없는 표정을 짓고 있을 뿐이었다.

"준호가! 준호가 약을 먹었어……."

순범이가 떨리는 목소리로 말했다.

순간 가슴이 덜컥 내려앉는 것 같았다. 나는 급히 준호에게로 가려 했지만 준호가 손을 내저었다.

"가까이 오지 마."

그의 발음이 꼬부라졌다. 그는 최대한의 자제력을 유지하고 있는 듯이 보였다. 나는 그 자리에 서서 가슴에 손을 얹었다.

"내 죽는 모습을 바라봐. 내가 어떻게 죽는지 모두들 기억해 두라구. 적을 죽일 수 없을 땐 자신을 죽이는 거야."

그의 눈은 충혈되고 다리가 후들후들 떨렸다.

"우린 벌레가 아니야! 우린 기계도 아니야! 매일 매일 강간을 당하고 가랑잎처럼 희망도 없이 쫓겨 다닐 수는 없어. 내가 어떻게 죽는지 잘 보라구. 적을 죽일 수 없을 때……."

그는 그 자리에 허물어지듯이 주저앉았다. 나는 정신없이 달려가서 그를 안았다. 그는 자주 까집혀지는 눈을 애써 바로 뜨면서 말했다.

"약을 먹은 건 실수였어. 좀 더, 좀 더 기다려야 했었는데……."

나는 그를 그 자리에 뉘어놓고 문을 박차고 나가서 미친 듯이 간호원을 불렀다.


순범이가 막판에 번복을 했던 것이죠. 하긴 그의 감정이 정상적인 상태라고는 볼 수 없었을 것입니다.

타자수 아가씨의 오타가 잦아졌다. 그녀는 얼굴이 상기되어 화이트로 오자를 지우고 다시 쳤다. 며칠째 내리던 눈도 그치고 그 대신 칼날선 바람이 쌓여져 있는 눈을 안개처럼 날리며 지나가곤 했다. 바람 소리와 스팀에서 새어 나오는 김 빠지는 소리가 넓고 안정된 검사실의 분위기를 더욱 편안하게 만들어주고 있었다.

준호가 방에 들어갔을 때 순범이는 마치 악몽에서 금방 깨어난 사람처럼 두려움에 차 있었습니다. 그는 준호에게 제발 좀 살려달라고 애원을 했습니다. 그리고 자기는 아직 죽어서는 안 된다고 목멘 하소연을 했던 것입니다. 준호가 그를 진정시켜 보려고 했지만 소용이 없었습니다. 그는 마치 허깨비를 보고 있는 것 같았습니다. 인간이 얼마나 추잡스러울 수 있는가를 보여주겠다는 듯이 눈물을 펑펑 쏟아내며 준호의 팔에 매달리는 것이었습니다. 준호는 모든 것이 절망에 싸여 깊고 깊은 골짜기로 떨어지는 느낌이 들었습니다. 그는 순범이에게 말했습니다. "제발, 그만둬." 그는 화가 나서 순범이를 침대에 떼밀어 놓고는 문께로 걸어 나갔습니다. 그러다가 갑자기 무슨 생각이 들었던지 그 자리에서 되돌아섰습니다. 그러고 나서 순범이에게 말했습니다. "제발, 그따위 추잡한 엄살은 떨지 마. 죽는 게 그리 무서워?"

그의 기세에 눌려 순범이는 꼼짝 않고 입을 다물어 버렸습니다. 그러나 그는 여전히 벌벌 떨고 있었습니다. "새벽부터 밤까지, 코피로 기계를 적시며 일하는 친구들을 생각해 봐. 먼지 쌓인 작업장에서 일요일도 없이 허옇게 뜬 얼굴로 노새처럼 일하는 친구들을 생각해 봐. 우린 싸워야 돼! 우리가 싸우지 않으면 아무도 우리를 생각해 주는 사람이 없어!" 그의 얼굴이 벌겋게 달아올랐습니다. 그는 주머니에서 알약을 꺼내었습니다. 분신에 실패할 경우 순범이에게 주기로 한 약이었지요. "나는 죽는 것이 두렵지 않아. 인간은 자기가 사랑하는 것을 위해 죽을 수도 있는 거야. 그게 인간이야." 그는 이렇게 말하며 순식간에 알약을 삼켜 버렸습니다. 말릴 틈도 없었던 것이었지요.

그날 밤에 체포되었군.

검사는 혼잣말처럼 말했다. 올백으로 넘긴 그의 이마 한구석에는 흉터 자욱이 맨들맨들하게 드러나 있었다. 그는 타자수 아가씨로부터 그간에 기록된 진술서를 받아서 쭉 훑어나갔다. 가슴속이 텅텅 비어서 무언가가 그 빈 공간을 매워주었으면 싶었다. 경선이의 웃는 모습이 한 컷의 사진처럼 떠올랐다. 그것은 아무런 움직임도 없이 고정된 모습이었다. 그는 웃는 모습을 움직이고 그것을 자신과 연결시켜 보려고 노력

했지만 그게 앞에 앉아 있는 타자수 아가씨의 얼굴과 겹쳐 자꾸 혼란이 되었다. 불과 얼마 되지 않은 시간이 지났는데 마치 멀고 먼 옛날 일처럼 기억의 밑바닥에 침잠되어 가는 것이었다. 그는 검사가 그것을 다 훑어볼 때까지 묵묵히 고개를 숙이고 있었다. 공장은 여전히 그렇게 돌아가고 있을 것이었다. 준호의 장례식에는 경찰들이 다녀갔다고 했다.

"위의 진술이 사실과 다름이 없음을 확인합니다."

이렇게 쓰고 이름 끝에는 엄지손가락에 인주를 묻혀서 찍었다. 종이와 종이 사이는 접어서 접힌 부분마다 또 손도장을 찍었다. 빨간 꽃잎이 하나씩 찍힌 진술서는 그제야 무게 있게 모양이 갖추어지는 것 같았다. 바람이 다시 쌓여 있는 눈을 휩쓸고 지나가며 안개를 피웠다.

강바람이 날카롭게 옷깃을 파고들며 맨살에 금속성의 한기를 비벼대었다. 다리가 얼얼하게 굳어져 왔다. 그는 성냥불을 켜서 시계를 보았다. 시간은 벌써 한 시간을 더 지나고 있었다. 멀리 강 위로 전철이 물뱀처럼 호사스러운 몸짓으로 지나갔다. 흰 이빨을 희미한 달빛 아래 드러내 놓은 강은 건너편 공장의 불빛을 받아 꽃수를 놓고 있었다. 그는 천천히 자리에서 일어났다. 온몸이 얼어붙은 듯이 추웠다.

그는 아무런 미련도 없이 다시 한 번 성당 주위를 돌아본 후 강 쪽에다 대고 오줌을 갈겼다. 오줌은 발치께에 떨어졌다. 어디로 가야 할지 막막한 기분이 들었다. 몸을 마구 떨어본 다음 심호흡을 하고 철문께로 갔다.

철문은 빗장이 걸리고 맹꽁이자물쇠로 잠겨 있었다. 그는 들어올 때처럼 키 낮은 철책으로 가서 다리를 걸고 훌쩍 뛰어넘었다.

그때 뒤에서 누군가 그림자처럼 나타나서 그의 팔을 슬쩍 잡는 것이었다. 그는 그 자리에 그대로 뻣뻣하게 굳어져 버렸다. 신경이 한꺼번

에 확 낚아채어 움직이지 못하도록 단단하게 못이 박혀버린 듯한 느낌
이었다. 돌아보지 않아도 그게 누구의 손이라는 것을 그는 직감으로 알
수 있었다.

"여기서 한 시간이나 기다렸잖아요."

그것은 까마득한 터널의 저쪽에서 들려오는 소리였다. 그 소리는 나
지막했지만 그의 가슴을 왕왕 울려대는 소리였다.

그는 차마 뒤돌아볼 용기가 나지 않았다.

강바람이 점점 세게 불어오고 있었다.

# 비둘기는 집으로 돌아온다

## 고 원 정

1956년 제주 하귀 출생.
경희대 국문과 졸업.
1985년 《중앙일보》 신춘문예에 〈거인의 잠〉 당선 등단.
작품집 《거인의 잠》,
대하소설 《불타는 빙벽》《마지막 15분》《한국인》《빙벽》 등.

# 비둘기는 집으로 돌아온다

—순찰의 끝은 정문 위쪽 3층 통로를 들르는 것이다. 통로 위쪽 배전관 위에 모여 사는 비둘기 1백50여 마리에게 모이를 주기 위해서다. 이 비둘기들은 개막식 때 날렸던 수천 마리 중 주 경기장 을 떠나지 않고 아예 깃을 들인 놈들이다…….

(1988년 12월 31일《조선일보》기사 중에서)

김시습이 사라졌다. 나의 비둘기가. 아찔한 현기증을 느끼면서 나는 그의 빈 방문을 닫았다.

"어떻게 하죠?"

여걸 소리를 듣는 그녀답지 않게 당황한 기색이 역력한 마담의 목소 리도 짜증스럽게만 들렸다.

"술이나 좀 줘."

열린 베란다로 나가면서 나는 퉁명스럽게 내뱉었다. 아파트 광장에는 급거 증원된 요원들이 어색한 자세로 드문드문 서 있었다. 이제야 무슨 소용이겠는가. 혀를 찰 일이었다. 놈의 사육이 완전히 성공했다고 믿고 두 명의 경비 요원만을 남겼던 나의 성급한 판단은.

"상을 볼까요?"

따라붙으며 건네 오는 마담의 응대는 유리 조각을 줍듯 조심스러웠다. 나는 신경질적으로 고개를 저었다.

"그냥 한 잔 따라 와."

허리를 짚고 서서 나는 술을 기다렸다. 요원들의 모습이 을씨년스러워서인지 더욱 휑하게 넓어 보이는 아파트 광장에는 김시습, 그놈의 발자욱들이 선명하게 남아 있는 것만 같았다. 나와 내 뒤의 사람들을 비웃는 듯한 무슨 부호로. 나도 모르는 새 나는 힘없이 뇌까리고 있었다.

—비둘기는 사라졌다…….

그랬다. 나의 비둘기는 사라져버린 것이었다. 푸드득거리며 하늘을 날아간 것이 아니라 지상의 길을 뒤뚱거리며 걸어서. 그래서 더욱 분했다.

"여기……."

등 뒤로 다가온 마담이 조심스럽게 글라스를 내밀었다. 튤립형 글라스에 반이 못 되게 담긴 호박색 액체는 헤네시였으나 오늘만은 그 향기도 별반 달갑지가 않았다. 술을 받아 들면서는 오히려 역한 구역질이 치밀어 오를 지경이었다. 놈은 이 향기가 상징하는 그 모두를 버리고 떠나버렸다. 저렇게 어지러운 웃음소리를 발자욱으로 남기고. 하하하하하…… 혹은 흐흐흐흐흐…… 막소주를 들이켜는 노동자처럼 나는 단숨에 잔을 비워버렸다. 손 빠른 마담은 어느새 육포와 치즈가 담긴 접시를 내미는 것이었지만 거들떠보기도 싫었다. 꼭 술기운만은 아닌 뜨거움으로 내 몸은 후끈 달아올랐다. 이제 보고할 수 있었다. 거실로 들어서서 나는 본부와 직통인 전화기를 잡았다. 0번 버튼 하나로 연결되는 보스는 즉시 응답해 왔다.

—나야.

"비둘기가 날아갔습니다."

—몇 시로 추정되나?

"아침 공육 시에서 공팔 시 사이인 것 같습니다."

—형편없이 막연하군.

"죄송합니다. 모든 책임을 지겠습니다."

—자네가 책임질 수 있는 일이라면이야 문제가 될 것도 없지. 후속 조치는?

"기자 회견은 일단 취소시켰습니다. 이유는 건강 문제로 하고, 다음 주 중에 하겠다고 애매하게 연기를 했습니다."

—냄새 맡은 건 아니겠지?

"최선을 다해 보안을 유지하겠습니다."

—믿어보지. 내가 해줄 일은?

"각 도로, 항구, 공항을 통제해 주시고, 각국 대사관, 야당, 재야 단체, 언론 기관, 학교에 요원 등을 증파해 주십시오."

—그건 이미 조치했어. 자넨 언론 쪽이나 확실하게 장악하고 보안 유지에 신경을 써.

"알겠습니다."

—자네 목이나 내 목 정도가 아니라 이건 정권 차원의 문제가 될지도 몰라.

"알고 있습니다."

—십오 시에 대책 회의가 있을 테니까, 십사 시까지는 완전한 보고를

하도록 해.

"알겠습니다."

—문제는 보안이야?

"예."

수화기를 내려놓고 나서 나는 긴 한숨을 내쉬었다. 벽시계는 어느새 아홉 시 삼십 분을 가리키고 있었다. 열 시로 예정되었던 기자회견을 불과 이십 분 전에야 취소시켰으니 아마도 각 언론 기관은 발칵 뒤집혔을 것이었다. 하지만 어쩔 수 없는 일이었다. 오늘 놈은 그야말로 중대한 선언을 하기로 되어 있었다.

—그동안 본인이 현 집권 체제에 대해 반대의 입장에 있는 것처럼 알려져 온 것은 오해요, 정치적인 조작에 지나지 않는다. 본인은 현 정부에 대해 오히려 긍정적인 시각을 가지고 있으며 결코 명예롭지 못한 각종 활동에 본인의 이름을 도용해 온 인사들에게 깊은 유감의 뜻을 가지고 있다. 궁극적으로 본인은 정치 활동과는 철저하게 무관한 한 문사일 뿐임을 명백하게 밝혀두는 바이다.

대강 이러한 내용의 선언문을 낭독하고 나서 나의 비둘기 김시습은 기자들과의 일문일답을 통해, 이미 신화처럼 되어버린 모든 일화들을 부인할 계획이었다. 계유년의 쿠데타와 세조 정권의 출범 소식을 듣고 삭발하여 은둔했다는 것도, 병자년의 반혁명 사건 때 배후에서 암약했다는 것도, 성삼문 등의 옥중 서신을 외신 기자들에게 유출시킨 장본인이라는 것도, 현 정권을 비판하는 노골적인 시편들을 외국 신문과 잡지에 기고해 온 것도 모두가 유언비어요, 허위에 지나지 않는다고. 어제저녁의 면담에서 놈은 이 각본에 충실히 따라주기를 약속하지 않았던가. 다만 염려되는 일은 기자 회견장에서 놈이 특유의 어떤 해프닝을 벌이지 않을까 하는 것뿐이었다. 그래서 국립 정신 병원의 의무

팀을 대기시키기로 했었다. 해프닝이 일어날 경우에는 전설적인 투사인 김시습이 실상은 체제고 반체제고 따져볼 수도 없는 중증의 정신질환자일 뿐이라고 매도해 버리면 되었다. 이렇게 모든 준비가 되어 있는 판에 정작 공들인 비둘기가 날아가 버리다니. 나는 손가락으로 마담을 불렀다.

"예."

마담은 최대한 움츠린 자세로 내 앞에 와 앉았다. 그녀는 금전적인 혜택은 물론, 권력의 중심부로부터 선택받았다는 흡족함으로 이 일을 맡았었지만 이제는 크게 덤터기를 쓸지도 모를 형편이 되어 있었다.

"최 여사."

"예."

"솔직히 말을 해봐. 최 여산 알고 있었던 거 아냐? 최소한 어떤 낌새라도."

"전무님."

대외용의 내 직함을 부르는 마담의 표정은 절박했다. 그녀는 너무도 잘 알고 있는 것이다. 이 나라에서 가장 크다는 그녀의 요정이 왔다 갔다 하는 정도가 아니라, 말 한마디에 자신은 이 세상에 존재하지 않았던 여인이 될 수도 있다는 사실을.

"제 불찰은 인정합니다. 하지만 전 정말 짐작도 못했어요. 어떻게……"

수수께끼는 수수께끼였다. 마담과 내가 지니고 있는 키가 없이는 안에서도 밖에서도 열 수가 없는 문을 놈은 어떻게 따고 나갔다는 말인가. 밀실이나 한가지인 이 아파트 안에서 그는 자취도 없이 증발해 버린 것이다. 허물 벗는 벌레처럼 입었던 옷까지 홀랑 벗어부친 채. 밤새 놈의 애무를 받고 난 아가씨가 아파트를 나간 여섯 시에서, 마담이 꿀

물을 들고 문을 두들긴 여덟 시 사이에.

"좋아, 나도 마담이 날 속이리라고야 생각하지 않아. 그렇지만 큰 실수를 한 건 사실이야."

"알고 있어요……."

"왜 하필 오늘따라 살피지 않은 거야?"

순간 마담의 얼굴이 벌겋게 달아올랐다. 우리가 보자면 유리창이, 요놈이 보자면 거울인 한쪽 벽을 통해서 마담은 수시로 감시를 하게 되어 있었다. 그가 섹스를 할 때라 해도. 그런데 오늘 아침의 그녀는 두 시간 동안이나 그 임무를 게을리 했고, 그 결과로 우리는 놈이 빠져나간 것이 여섯 시 일 분인지 일곱 시 오십구 분인지조차 알 수 없게 되어버렸다.

"말해 봐."

나의 재촉에도 불구하고 그녀는 한참 머뭇거렸다.

"그게……."

"말을 하라니까."

화류계의 여장부답지 않게 더듬거리면서 털어놓는 그녀의 얘기는 이런 것이었다. 어젯밤 내내 놈의 방에서는 여자의 교성과 비명이 끊이지를 않았고, 간간이 들여다보면 그들은 한 쌍의 남녀가 몸뚱이로 만들어낼 수 있는 온갖 해괴한 동작들을 다 연출하고들 있었다. 물리지도 않고 지치지도 않나 보았다. 그런데 여섯 시에 여자가 나가고 나서 감시창을 들여다보니, 놈은 그 야구방망이 같은 물건을 마담의 눈앞에다 들이대다시피 하고는 자위를 시작하더라는 거였다.

"너무 끔찍해서……."

더는 들여다볼 생각을 하지 못했다는 고백이었다. 경황 중에도 나는 웃음을 깨물어야 했다. 그녀는 황급히 제 방으로 돌아가서 바이브레이터 따위로 역시 자위를 해댄 건 아니었을까. 벌건 얼굴을 떨구고 있던 마담이 돌연 눈을 크게 치떴다.

"혹시 그 기집애가 무슨……."

"그건 아냐."

나는 고개를 저었다. 이미 보고가 들어와 있었다. 그 여자는 사지를 가누지 못할 만큼 녹초가 되어 있을 뿐, 아무것도 알지 못한다고 했다. 결국 놈은 우리들에게 넘어오는 척하면서 치밀하게 탈출을 준비해 왔다는 말일 터였다. 이 밀실과 같은 아파트를 알몸으로 나가서 완벽하게 자취를 감추는 방법은 나로서는 짐작할 수 없었지만 IQ 180다운 명석한 두뇌 회전의 결과로 얻어진 모책이 있었으리라. 어디로 갔을까. 문득 스쳐가는 이름 하나가 있었다.

—그렇지.

나는 얼른 전화기를 당겨 김 과장을 불러냈다.

—예, 전무님.

"서거정 씨 알지?"

—예?

"아, 서울대 총장, 문교부 장관하고 지금은 학술원 회장하는 서거정 씨 말이야!"

—아, 예.

"그 양반 소재를 파악하고, 그 소재지에 아이들을 배치하고, 내가 만날 수 있도록 조치해."

—알겠습니다.

십 분이 채 지나지 않아 보고 전화가 왔다.

—집에 있습니다. 배치는 칠팔 분 후면 완료되겠구요, 열한 시에 만나자는군요.

"좋아."

열한 시까지라면 시간이 많이 남아 있었고, 그동안 나는 보스를 통해 대책 회의에 올릴 보고 사항을 정리해야 했다.

"일지 좀 가져와."

"예."

때로는 내가, 때로는 그녀가 기록해 온 일지가 우리에겐 있었다. 놈의 사육에 관한 제반 사항을 상세하게 기록한 극비 문서였다.

"여기 있어요."

마담이 가지고 온 두 권의 일지를 받아 들자 뱃속 깊은 곳으로부터 다시 견딜 수 없는 배신감이 솟구쳐 올라왔다.

—개새끼.

그러고 보면 이 일지는 역설적으로, 놈이 우리를 얼마나 완벽하게 속여왔는가에 대한 기록에 다름 아닐 수도 있었다. 참담한 기분으로 입술을 깨물면서 일지를 펼쳤다. 우리의 작업 자체는 나름대로 치밀했었음을 나는 보스와 대책 회의 멤버들에게 입증해야만 했다. 중요하다고 생각되는 몇몇 기록들을 나는 신중하게 골라내야 했다.


(제1일차)

19시 40분, 목면산에서 신병 인수.

20시 15분, 숙소 도착.

　　　　　　　목욕을 하고 옷을 갈아입으라는 지시에 응하지 않음.

20시 50분, 석식 투입(메뉴:잣죽). 전혀 들지 않음.

21시,　　　TV 뉴스 시청 시도, 전혀 관심을 표명하지 않음.

21시 30분, 소등.

　　　　　　　이후 기상 시까지의 관찰 결과, 숙면하지 못하는 듯하나

별다른 증후 없음.

(제2일차)

07시,　　　기상.

옷은 갈아입었으나 목욕은 거부, 양치질만을 요구함.

요원 2인 투입으로 강제로 목욕 완료.

08시 10분, 조식 투입(메뉴:전복죽), 반가량 비움.

08시 30분, 숙소 출발.

08시 50분, S병원 도착.

09시~10시 30분, 신체검사(약간의 외상과 기도의 염증, 신장 기능의
　　　　　　약화 이외에는 대체적으로 양호하다는 진단임).

10시 35분, 병원 출발.

10시 46분, M 로타리에서 돌발사고 발생. 신호 대기 중 옆 차선의
　　　　　개인택시를 향해 구조 요청, 신속히 차단함. 개인택시 기
　　　　　사에 대해 보안 조치 강구하도록 긴급히 요청함.

11시 20분, 숙소 도착.

(만일의 경우를 대비해서 우회하여 돌아옴)

11시 30분, 1차 면담 시도.

면담 사항:가벼운 협조 요청으로 그침. 별다른 반응 없음
(15분 소요).

12시 10분, 중식 투입(메뉴:소면). 전혀 들지 않음.

12시 30분~18시 30분, 휴식. 관찰 결과 아무런 증후 없음.

18시 30분, 석식 투입(메뉴:곰탕). 전혀 들지 않음.

19시,　　　우유 1봉 강제 취식시킴.

19시 30분, 2차 면담 시도.

면담 사항:전과 동일함. 역시 반응 없음(소요 시간 20분).

20시~21시, 홍보용 비디오테이프 시청, 반응 없음.

21시,　　TV 뉴스 시청. 반응 없음.

21시 30분, 소등.

전체적으로 숙면하지 못하는 듯 22시 08분, 03시 11분, 03시 50분, 05시 16분 4회에 걸쳐 심한 잠꼬대가 관찰됨.


(제14일차)

08시,　　조식(메뉴:야채 수프와 빵).

08시 50분~10시 50분, 자술서 작성.

(별지 첨부)

11시~11시 50분, 면담.

면담 사항:12일차 대책 회의에서 합의된 대로의 물질적 보상과 신분 보장 제시. 시국 상황에 대한 이해 주지. 전자에 대해서는 냉소적인 반응이었으나 후자에 대해서는 묵묵히 경청함.

(장기적인 설득이 계속될 경우 가능성 엿보임)

12시 05분, 중식(메뉴:생선회를 곁들인 매운탕).

13시 10분~14시 10분, C급 포르노 테이프 시청, 거부 반응 보임.

15시~16시 50분, 축구 중계 시청.

18시 10분, 석식(메뉴:갈비구이 곁들인 백반, 와인 반 병).

19시 30분~20시 20분, C급 포르노 테이프 시청, 약한 거부 반응.

21시,　　TV 뉴스 시청, 반응 없음.

22시 05분, 소등.

오래 잠을 이루지 못하는 것으로 관찰됨. 02시경에야 숙면에 들어간 듯.

섹스 면에 의외로 약점이 있으리라는 의견임, 집중 공략
필요할 듯.


(제19일차)

19시~23시 30분, 음주(생선회를 안주로 위스키 소 3병, 맥주 5병).

음주 중간에 A급 포르노 테이프 시청, 반응 있음.

23시 45분, 소등.

새벽 0시 25분, 격렬한 자위행위 관찰됨.

※면담은 당분간 중지하고, 이 부분에 더욱 집중 공략이 필요하다고
판단됨.


(제23일차)

20시~23시 10분, 음주(중국 요리에 위스키 소 3병).

호스티스 동석. 음주 중간에 A급 포르노 테이프
시청, 노골적인 반응 보임.

23시 20분, 호스티스와 동침, 소등.

여자 쪽의 리드로 23시 25분~0시 05분 1차 교접 관찰.

비둘기의 격렬한 애무로 01시 10분~01시 55분, 2차 교
접 관찰.

04시 40분~05시 10분, 3차 교접 관찰.

성공으로 판단됨. 파트너의 교체 여부 신중
히 고려되어야 할 듯.


(제29일차)

파트너 교체 성공.

4회의 교접 관찰됨.

(각각 다른 체위를 구사했음)


(제33일차)

(면담사항)

—이제 우리는 인간적으로 당신을 이해하게 되었고, 당신은 정치적으로 우리에게 공감할 수 있게 되었을 것이다. 그렇지 않은가?

비둘기:부분적으로 그렇다고 할 수 있다.

—우리는 당신의 지조를 충분히 인정한다. 그러므로 우리는 결코 우리의 체제에 동참해 달라고는 요구하지 않는다. 다만 우리에게 반기를 드는 행위만은 삼가달라는 것이다. 당신도 이제는 누릴 것 제대로 누리면서 살아야 할 나이도 되지 않았는가.

비둘기:그런 일이라면 요구하고 말고 할 것까지도 없다. 나는 정치와 무관하게 살아왔고, 앞으로도 그럴 것이다.

—그건 아무도 믿지 않을 것이다.

비둘기:하지만 사실이다.

—모두가 믿어주어야만 사실이 된다. 그리고 정말로 그렇다면, 그 사실을 다시 한 번 천명하지 못할 이유도 없지 않은가.

비둘기:그런 일 자체가 웃기는 일이다.

—그런 요식 행위가 없다면 국민들은 물론이요, 우리들도 믿지 않을 것이다.

비둘기:피곤하다.


(제37일차)

―이제 이쯤에서 결론을 내자. 우리는 당신의 양심 선언이 꼭 필요하다. 어느 편을 들어달라는 것이 아니지 않은가. 어느 쪽과도 무관하다는 선언일 뿐이다.

비둘기:정말 답답하다. 그냥 풀어주면 무관하게 살겠다지 않는가.

―우리는 그 선언의 형식이 필요하다. 당신의 선언이 있고 나면 대통령께서는 중대 조치를 발표하게 된다.

비둘기:그게 뭔가?

―병자년 반혁명 사건의 연루자들을 전부 사면한다는 것이다.

비둘기:그야 국민투표를 겨냥한 것이겠군.

―부인하지 않는다. 하지만 대국적인 견지에서 보라. 세조 정권 때에 있었던 그 비참한 사건의 연루자들을 사면하고 복권시키고, 명예 회복까지 시켜준다는 건 분명히 대단한 일이다. 그 조치는 당신의 선언이 있어야만 가능한 일이다.

비둘기:명예 회복이라고 했는가?

―그렇다. 그 명칭도 '반혁명 사건'이나 '병자 사태'가 아니라 '병자 민주화 운동'까지 고려되고 있다.

비둘기:그게 모두, 내 선언이 있어야만 한다는 말인가.

―그렇다. 그래야만 일의 장단이 맞고 아귀가 맞지 않겠는가.

비둘기:시간을 다오.


(제47일차)

비둘기:기자 회견은 하겠다. 외신도 참석시켜야 한다.

―고맙다, 물론이다.

비둘기:단, 선언문은 내가 작성할 것이고 일 자 일 구도 당신들이 첨삭할 수 없다.

—원칙적으론 동의한다.

　비둘기:원칙적이라니?

　—기자 회견도 말하자면 일종의 세리머니다. 사소한 실수도 큰 오해를 불러일으킬 수 있다. 그런 면에서 우리가 기술적인 검토를 하지 않을 수 없다.

　비둘기:기술적인 검토란?

　—별로 신경 쓰지 않아도 될 것이다. 혹 불경스러운 표현이라든가 하는 게 나올까 봐 검토하자는 뜻이다. 내용에는 간섭하지 않겠다.

　비둘기:그럼 거부하겠다.

　—우리는 엄청난 투자를 하고 있는 셈이다. 정책적인 배려도 그렇고, 당신 개인에 대한 배려도 그렇다. 그만한 요구는 할 수 있다고 본다.

　비둘기:분명히 기술적인 검토만임을 약속할 수 있나?

　—그렇다.

　비둘기:그렇다면 당신들의 검토가 끝난 다음에 다시 한 번 내가 검토할 수 있겠는가?

　—물론이다.

　비둘기:좋다.


　(제52일차)

　비둘기:이건 약속과 틀리다. 이 구절은 삽입할 수 없다.

　—그건 그저 의례적인 문구에 지나지 않는다.

　비둘기:안 된다. 나는 추호도 현 정권에서 긍정적인 요소를 발견한 적이 없다. 기자 회견 자체를 취소하겠다.

　—이미 기자 회견은 공표된 사실이다. 그리고 이 정도의 수사야 그저 예의 정도로 치부할 수 있지 않은가. 전체적인 내용이 문제지, 세부적

인 사항에 구애받을 필요가 없다.

비둘기:안 하겠다.

—무언가 이해를 잘못하고 있는 구석이 있는 것 같다. 우리는 기자 회견을 하지 않고도, 사실은 똑같은 내용을 국민들에게 주지시킬 수도 있다. 모양을 위해 기자 회견의 형식을 갖추는 것일 뿐. 최후의 경우에는 일방적인 발표만으로도 소기의 성과를 거둘 수 있다는 얘기다.

비둘기:그런 발표를 누가 믿겠는가?

—오십 퍼센트만 믿어줘도 되겠지만, 칠팔십 퍼센트는 믿는다. 우리의 대화 내용 녹음과 당신의 자술서를 제시하면 증거로서도 충분할 것이다. 당신이 결코 공개를 원치 않을 기록도 우리는 갖고 있다고 생각하지 않는가. 문서로, 오디오로, 비디오로.

비둘기:그건 비열한 짓이다.

—우리는 정당하냐 비열하냐를 따지지 않는다. 필요하냐 아니냐, 유용하냐 아니냐만을 판단한다. 우리는 호의를 가지고 이 일에 합의했다. 하찮은 문구에 집착해서 대사를 그르치지 말자.


(제55일차)

비둘기:그 발표문을 받아들이겠다. 대신 그 후의 조치에 관한 약속은 지켜져야 한다.

—고맙다. 후속 조치는 걱정할 것 없다. 우리로서도 필요한 일이니까. 당신 개인에 대한 배려는 더욱 완벽할 것이다. 이곳에서 누렸던 모든 즐거움에다 자유 한 가지를 더 얹어 받게 된다.

비둘기:알겠다.

—시간이 흐르면, 오늘 우리가 얼마나 중대한 합의를 했는지…… 그 의미를 더욱 깊게 깨닫게 될 것이다.

내가 발췌해 낸 일지의 기록들은 우리의 끈질긴 시도로 인한 그의 변모를 한 편의 드라마처럼 생생하게 보여주고 있었다. 그런데 이 드라마의 종결 부분에서 각본에 없던 엉뚱한 일이 일어나고 만 것이었다.

―개새끼.

나는 다시 한 번 입술을 깨물었다. 이 모든 변모가 치밀한 계산 아래 이루어진 것이라면 놈은 천재적인 배우라고 해야 옳았다. 하긴 그는 천재이지만. 열패감을 씹으면서 나는 자리에서 일어났다. 서거정 씨에게로 가야 할 시간이었다.

"정말…… 죄송합니다."

여전히 고개를 들지 못하는 채로 마담은 엘리베이터 앞까지 따라 나왔다.

"정보나 새 나가지 않게 해."

싸늘하게 한마디를 쏘아주고 나는 엘리베이터 안으로 들어섰다.


행선지를 지시하고 나서 나는 시트에 깊숙이 몸을 묻었다. 그러고는 '김시습'이라고 붉은 글씨로 쓰인 스크랩을 집어 들어 펼쳤다. 각 신문·잡지에 실렸던 그에 관한 기사와 칼럼류가 일목요연하게 정리되어 있었다. 날아가 버린 나의 비둘기 김시습. 그는 도대체 어떤 놈일까.


―김시습金時習은, 자는 열경悅卿이며, 본관은 강릉이요, 고려 시중侍中 태현台鉉의 후손이다. 아버지는 일성日省이요, 어머니는 선사仙槎 장씨張氏이다. 승명은 설잠雪岑인데, 여러 번 그 호를 바꾸어 동봉東峰·청한자淸寒子·벽산청은碧山淸隱·췌세옹贅世翁·매월당梅月堂이라 하였다.


―공이 난 지 여덟 달에 능히 글을 알았다. 일가 할아버지인 최지운

이 이름을 시습이라고 지어주었다. 말은 늦게 하나 정신은 민첩하여 글에 대하여 입으로 읽지는 못해도 뜻은 다 알았다. 세 살에 능히 시를 지었는데.

桃紅柳綠三月暮
복사꽃은 붉고 버들은 푸르르니 삼월이 저물었네

하는 것과,

珠貫靑針松葉露
구슬을 푸른 바늘로 꿰었으니 솔잎의 이슬이로다.

하는 것 등이다. 유모가 맷돌에 보리를 가는 것을 보고 읊기를,

無雨雷聲何處動
黃雪片片四方分
비도 안 오는데 천둥은 어디서 울리는고
누른 구름 산산이 흩어지누나

하니, 사람들이 신기하게 여겼다. 다섯 살에 대학을 통하고 능히 글을 지으매 신동이라는 이름이 났다. 허 정승 조〔許稠〕가 찾아보고 말하기를,
"내가 늙었으니 노老 자로 시구를 지으라"
하였다. 곧 대답하기를,

老木開化心不老

늙은 나무에 꽃이 피니 마음은 늙지 않았음이로다

하매, 허 정승이 무릎을 치며 말하기를,
"이것이 이른바 신동이라"
하였다. 세종이 듣고 명하여 승정원을 불렀다. 지신사 박이창이 시험하기를,

童子之學白鶴舞靑空之末
공자의 학문은 백학이 푸른 하늘 끝에서 춤추는 듯하도다.

하매, 공이 대답하기를,

聖主之德黃龍飜碧海之中
성주의 덕은 황룡이 푸른 바라 가운데서 뒤집는 듯하도다.

하였다. 이창이 무릎 위에 안고 앉아서 시를 짓게 한 것이 많았다. 이창이 벽에 그린 산수도를 가리키며 말하기를,
"네가 이 그림을 두고 시를 지을 수 있는가"
하매 곧 대답하기를,

小亭舟宅何人在
작은 정자와 배 안에는 누가 있는고

하였다. 세종이 전교하기를,
"내가 보고자 하나, 남이 듣기에 해괴할까 두려우니 마땅히 드러내지

말고 가르치면, 나이 장성하고 학업이 성취함을 기다려서 내가 장차 크게 쓰겠다"
하고, 곧 비단 오십 필을 주어서 스스로 가지고 가게 하였다. 공이 드디어 그 끝을 모두 이어서 끌고 나갔다. 이로 말미암아 명성이 나라 안에 진동하여 '다섯 살짜리'라 불렀으며 이름을 부르지 않았다. 공이 임금의 포상을 받으매 더욱 원대한 학업에 힘썼다.


—단종 을해년에 바야흐로 삼각산에서 글을 읽다가 단종이 내쫓긴 소식을 듣고는 곧 문을 닫고 통곡하며 책을 불사르고 발광하여 뒷간에 빠졌다가 도망하여 중이 되어 절에 의탁하였다.


—미친 듯이 읊조리고 방랑하면서 한 세상을 조롱하였다. 비록 불교에 들어가 세상을 도피하였으나 그 법을 받들지 않으므로 세상에서 미친 중으로 지목하였다. 거리에 지나다가 눈으로 한군데를 응시하면서 돌아가기를 잊고 한참 동안 박은 듯이 서 있기도 하고, 혹은 거리에서 소변을 보면서 뭇사람들이 보는 것을 피하려 하지 않았다. 여러 아이들이 손가락질하면서 웃고, 서로 다투어 기와 조각과 조약돌을 던지면서 쫓아다녔다.


—병자년 반혁명 사건으로 처형된 성삼문 등의 유골을 거두어 장사지낸 것이 당신이 맞느냐는 질문에 김시습 씨는 그저 조용히 웃을 뿐 시인도 부인도 하지 않았다.


—내일 발표 예정인 여당의 전국구 의원 후보 명단에 김시습 씨가 포함되어 있다는 정보가 흘러나와, 야당과 재야를 긴장시키고 있다. 여당

대변인은 이 같은 사실을 확인할 수는 없다고 말했으나, 여당의 전국구 의원은 사실상 직능 대표의 성격을 가진 만큼 어느 분야의 인사라도 포함시킬 수가 있다고 묘한 여운을 남겼다.


　—세조가 일찍이 내전에서 중들을 불러들여 법회를 벌였을 때, 공도 또한 뽑혀서 참여하였는데, 홀연히 이른 새벽에 도망하여 간 곳을 알 수 없었다. 사람을 시켜서 뒤를 밟으니, 일부러 거리의 거름 구덩이에 빠져서 얼굴만 내놓고 있었다.


　—성품이 술을 즐기어, 취하면 반드시 말하기를,
　"우리 세종대왕을 뵈올 수 없구나"
하고 눈물을 흘려 매우 슬퍼하였다.
　대관大官이 된 자가 혹 인망이 없으면 반드시 울며 말하기를,
　"이 백성이 무슨 죄인가"
하였다.


　—김수온 · 서거정 등이 공을 국사國士로 칭찬하였다. 거정이 바야흐로 대궐에 들어가느라고 사람을 벽제하였는데, 공이 해어진 옷을 입고 짚 새끼를 띠고 패랭이를 쓰고 거리에서 거정을 만났다.
　비켜서지 않고 머리를 제쳐 쳐다보며 부르기를,
　"강중(서거정의 자)이 편안한가?"
하였다. 거정이 웃고 대답하며 초헌을 멈추고 얘기하니, 온 거리 사람들이 이것을 보고 모두 놀랐다. 그때에 조정 벼슬아치 중에서 공에게 모욕을 당한 자가 있어서 거정을 보고 조정에 아뢰어 죄를 다스리겠다 하였다. 거정이 머리를 흔들며 말하기를,

"그만두게, 그만두게. 미친 사람을 상관할 것 있나. 지금 이 사람을 죄주면 백세百卋 뒤에 반드시 자네 이름에 누가 될 것이네" 하였다.

― 일본의 각 언론들은 오늘 일제히 한국의 반체제 시인이요, 소설가인 김시습 씨가 금년도 노벨 문학상의 유력한 후보로 떠오르고 있다고 보도했다.

― 성에 들어오면 매양 향교동 남의 집에 붙어 있었다. 서거정이 찾아가면 공이 예를 하지 않고, 누워서 두 발을 거꾸로 하여 벽에 대고 불장난을 하면서 하루 종일 얘기하였다. 이웃 사람들이 모두 말하기를,
"김 모가 서 대감에게 예를 하지 않고 만홀히' 하는 것이 저와 같으니, 뒤에 반드시 찾아오지 않을 것이라"
하였다.
수일 뒤에 서거정이 매양 다시 찾아와 보았다.

―신숙주가 소시에 친한 친구로서, 공이 서울에 들어왔다는 말을 듣고 그 주인으로 하여금 술을 권하여 취하게 하여 눕게 한 뒤에 가마에 태워 숙주의 집으로 데리고 갔다. 술이 깨어 속은 줄 알고 놀라 일어나서 가려 하였다. 숙주가 그 손을 잡으며 말하기를,
"열경이 어째서 말 한마디도 않는가"
하였다. 공이 입을 다물고 옷자락을 뿌리치고 가버린 뒤로부터 종적을 더욱 비밀히 하였다.

―하루는 술을 마시고 거리를 지나다가 영상 정창손을 만나 말하기를,

"너 그만두어라"

하였다. 창손이 못 들은 체하였으나, 사람들은 이것으로 위태하게 여겨서 일찍이 교유하던 사람들이 모두 끊고 왕래하지 않았다. 공이 홀로 거리의 부랑자들과 같이 놀고 취하여 길가에 쓰러져서 항상 바보처럼 웃었다.


—서울 주재 명국明國 대사관은 실종된 김시습 씨의 망명 신청설에 대해 공식적으로 부인했다. 각 재야 단체에서 불법 구금을 주장하며 석방을 촉구하고 있는 김시습 씨의 문제는 다가오는 국민투표의 결과에도 중요한 변수로 작용할 것으로 보인다.


서 회장은 서재에서 기다리고 있었다. 나는 공손히 신분을 밝히고 근황을 물었다. 깡마른 얼굴에 굵은 뿔테의 안경을 걸친 그는 다소 신경질적인 목소리로 말을 건네 왔다.

"건강이야 괜찮소만…… 대체 무슨 일로 나를 찾아왔소?"

나는 최대한 예의를 갖추어야만 했다. 누가 뭐래도 그는 이 나라의 대학자요, 관료로서도 만만치 않은 경력을 쌓아온 인물이었다.

"예, 선생님. 이렇게 일방적으로 찾아 뵙는 게 실례인 줄은 압니다만……."

"괜찮소. 실례는 기왕에 한 것이니 어쩔 수 없고, 가능하면 짧게 용건만을 얘기해 주시오."

"예, 알겠습니다."

나는 잠시 숨을 고르면서 생각을 가다듬었다. 서 회장의 성품이나 행동반경으로 보아 그가 놈의 탈출에 직접 연계가 되어 있다고는 볼 수 없었다. 하지만 놈은 서 회장을 찾아왔거나 찾아올 것이다. 적어도 연락을 했거나 연락을 해올 것이다. 어떤 식으로 그 점을 확인하고 협조를 구하느냐가 문제였다. 적어도 상대는, 거국 내각이니 문민 내각이니 하는 말이 나올 때마다 총리 물망에 오르내리곤 하는 거물인 것이다.

"말을 해요."

한 차례 그의 재촉을 받고서야 나는 무겁게 입을 떼었다.

"오늘 제가 드리는 말씀에 대해서는 어떤 경우에도 비밀을 지켜주셔야겠습니다, 죄송합니다만."

"그 정도로 중요한 일이오?"

"그렇습니다."

"그런데도 내가 들어야만 될 얘기이고?"

"예."

"내 짐작이 틀리지 않다면…… 김시습에 관한 얘기인 모양이구려."

"맞습니다."

순간 그의 얼굴에 내리덮이는 짙은 그늘을 나는 보았다. 하지만 단정할 수는 없었다. 그는 한숨을 섞으며 말하고 있었다.

"할 수 없구려. 얘기하시오."

그는 비밀을 지킨다면 지킬 사람이었다.

"실은…… 그 김시습 씨를 지난 이 개월 동안 우리가 보호하고 있었습니다."

안경알 속에서 그의 두 눈이 섬뜩한 광채를 발했다.

"역시 그랬었소?"

"예."

"이유는?"

나는 고개를 깊이 숙여 보였다.

"죄송합니다. 저는 그것까지는 말씀드릴 수 있는 위치에 있지 않습니다."

그의 입술이 파르르 떨리는 것을 나는 보았다. 하지만 그는 역시 사려 깊은 사람이었다. 나에게 분통을 터뜨리는 일이 무엇에도 득이 되지 않음을 잘 알고 있었다.

"그런데…… 어쨌다는 말이오?"

"오늘 아침에 그분이 행방을 감췄습니다."

"탈출을 했다는 말이죠?"

"꼭 그렇게 표현하고 싶지는 않습니다만."

서 회장의 입가에 싸늘한 미소가 스쳐 지나갔다.

"그렇다면…… 불법 구금으로부터의 도피니까 하등의 문제 될 것이 없지 않소? 오히려 법률적으로 하자면이야 당신들이 부당한 일이고……."

"죄송합니다."

다시 깊이 고개를 숙이고 나서 나는 말을 이었다.

"선생님께서 입각의 경력이 없으시다면이야 이런 말씀드리지도 않겠습니다만…… 국사를 위해서는 최소한의 월권, 최소한의 초법적인 조치는 필요악일 수도 있지 않겠습니까?"

"나는 그런 초법적인 조치를 시행할 만한 위치에는 있어보지 않아서 잘 모르겠소만, 날 찾아온 것도 그 초법적인 조치의 하나요?"

"그럴 리가 있겠습니까, 선생님, 전 다만 협조를 좀 해주십사 하구요……."

"무슨 협조?"

나는 다시 천천히 호흡을 가눴다.

"저희들의 판단으로는 행방을 감춘 김시습 씨가 누군가에게 연락을 취한다면 선생님이 아니실까 해서요."

"그러니까……."

하얗게 질린 얼굴로 서 회장은 안경을 당겨 썼다.

"그 친구한테서 연락이 있으면 즉각 신고를 해달라…… 이런 얘기요?"

"아닙니다, 선생님 어떻게 그런 말씀을…… 저는 다만 협조를……."

"그게 그 말 아니오?"

"죄송합니다, 선생님. 하지만 그 편이 김시습 씨에게도 득이 되는 일이라고 저희들은 생각하고 있습니다."

"이것 보시오."

"예, 선생님."

"당신들의 시각대로라면 그 사람은 광범위한 국가 전복 세력의 수괴라면서요? 그렇다면 막강한 어떤 조직의 비호 아래 탈출을 했을 텐데, 나 같은 일개 서생에게 그 사람이 무슨 도움을 청해 오겠소?"

통렬한 야유를 얼굴 붉히지 않고 견뎌내려 나는 애를 썼다.

"용건은 이제 충분히 알았소만…… 나로선 협조할 일도 없고, 또 생각도 없으니 돌아가시오."

"선생님, 도와주십시오. 조속한 시간 내에 신병이 인수되지 않으면…… 우리나라를 위해서나 그분 개인을 위해서나 결코 바람직하지 않은 사태가 발생하게 됩니다."

"이것 보시오!"

끝내 그는 얼굴을 붉히면서 벌떡 몸을 일으켰다.

"당신들…… 사람을 잘못 봤소!"

나는 소매라도 부여잡을 듯이 따라서 일어났다.

"선생님, 선생님과 김시습 씨의 관계는 세상이 모두……."

"우리가 친하지 않다는 말이 아니라 당신들은 김시습이란 인간, 그리고 이 서거정이란 인간에 대해 판단을 잘못하고 있다는 말이오! 우리의 교우가 어떤 것인지 도무지 알지 못하고 있다, 이 말이오!"

서울대학교 총장과 문교부 장관을 역임하고 현재 학술원 회장인 서거정 선생은 빠른 걸음으로 책상 앞으로 가더니 왈칵 서랍을 열었다.

"이거나 한번 읽어보고 나가시오!"

두루마리 하나가 내 앞에 던져졌다. 그리고 그는 뒤도 돌아보지 않고 서재를 나가버렸다.

천천히 나는 도로 자리에 앉았다. 수모야 각오한 바였고…… 천천히 두루마리를 펼쳤다. 〈상서강중上徐剛中〉. 즉 서거정 씨에게 준다는 뜻의 제목을 단 그 글은, 언제인지는 모르나 김시습이 보내온 오언고시五言古詩였다.

> 달이 있으면 짜장 술이 없고
> 술이 있으면 짜장 달이 없네.
> 때는 살같이 빠르게 가는데
> 득실은 수레의 두 바퀴가 구르듯.
> 이제 이미 한 말 술을 얻었으니
> 우리 시나 지어보세.
> 하물며 연꽃이 연못에 가득하고
> 못 개구리 개굴개굴 떼울음 우니
> 이를 풍악 소리 삼아 듣고저,
> 달 없는 저녁을 어이 탓하리.
> 주인이 오래 집을 나서지 않으니
> 지팡이엔 온통 먼지가 앉았네.
> 온종일 동산에 누워 있으니

흡사 사강락謝康樂(진나라 때 산수를 좋아하던 사람)이 아니던가.

늘 운수雲水로 떠다니는 몸,

석장錫杖은 석 자나 닳았네.

흥이 나면 문득 길게 읊으며

가난과 욕辱을 근심치 않으니

비록 출처는 다르다 해도

두 사람의 기미는 서로 합하네.

내가 영남嶺南서 와서

머무른 지가 며칠이던고.

장안에 문호門戶가 많건만

아무도 날 찾아오는 이 없는데,

그대만이 좋은 시를 자꾸 보내니

나와는 진실로 희한한 단짝.

시를 받아 책상 위에 펴놓고 보니,

눈에 가득한 맑은 글귀

모양은 어찌 그리 새로운고.

뭉게뭉게 봄구름이 맺혀 있는 듯.

하물며 삼백 편이 똑같이

웅위하고 또 곡절 많은고.

백번 절하여 가져온 아이에게 사례하노니

이 무거운 은혜를 어찌 말할꼬.

나는 머리에 관冠 쓰기도 원하지 않고

나는 선禪을 배우기도 원하지 않네.

다만 즐기는 건 서책 오천 권,

햇살을 배에 쬐며 때로는 한가히 낮잠을 자네.

나다니면 책이 수레에 가득,
집에 있으면 방 안에 꽉 차네.
내외 백가百家의 온갖 서책이
빽빽하게 서로 맞닿아 있어
높은 것은 창천蒼天에 솟아오르고
낮은 것은 황천黃泉에 잠겨 들어가고
큰 것은 원기元氣를 머금었고
가는 것은 무변無邊(넓다는 뜻이 아니라 너무 가늘어서 복판과 가이 따
로 없다는 뜻)으로도 들어갈 수 있네.
이따금 우스갯소리도 하고
이따금은 현묘함을 속에 간직하니
흡사 처마 끝에서 떨어지는 물이 줄처럼 드리워서
백 자나 되는 깊은 못에 닿듯이,
또는 포정庖丁이 칼날을 던지매
천 마리를 보아도 온전한 소가 없듯이,
홍진紅塵 속으로 들락날락
청산 꼭대기로 오락가락하는데,
상공相公이 병폐를 충고해 주니
이는 확실히 삼생三生의 인연.
내 어찌 모르리, 불도佛徒가 유자儒者를 만나면
주공과 공자가 제 천성을 온전히 함을 비방하는 줄을.
부스럼 흉터를 제거하기 쉽지 않고
운명은 마음대로 안 되는 것.
양을 잃기는 마찬가지니
시비를 논해서 무엇 하리.

다만 능히 그 유약함을 지키면
천지 이전의 이치에 참여할 수 있으리니
내가 아는 것은 다만 이것뿐,
상공은 어찌 그러시오.
작은 연당에 연꽃이 향기롭고
화단에 포도가 무성하니
철따라 나는 것들이 늙음을 재촉하고
세월은 잠시도 쉬임이 없네.
아득한 하늘과 땅 사이에
하루살이처럼 의지한 인생,
술을 대하면 사양치 말고
왕자교王子喬 · 적송자赤松子를 멀리 따르세.

나는 정중하게 두루마리를 책상 위에 올려놓고는 서재를 빠져나왔
다. 말하자면 서 회장은 이렇게 주장하고픈 모양이었다.

—나나 김시습은 본래 정치와는 무관한, 자연과 술을 벗 삼는 문사들
에 지나지 않는다. 우리들의 교유 또한 이해를 초월한 문우로서의 만남
일 뿐이다.

풋, 하고 코웃음을 치면서 나는 잘 손질된 정원을 걸어 나왔다. 당신
들의 생각은 하나도 중요하지가 않아요, 하고 나는 간곡하게 서 회장을
타일러주고 싶었다.

—문제는 사람들이 김시습을 정치적인 인물로 본다는 거요. 우리들
이 그를 통제해야 하는 이유도, 그를 이용해야 하는 이유도 오직 거기
에 있을 뿐이었다.

그가 정치와 무관하다는 선언이 정치적으로 유용하다는 것은 묘한

아이러니였지만, 그것이 정치였다. 그러므로 그 누구도 정치와 무관하지 않다.

　—당신만 해도 그래요.

　대문을 나서기 전에 서 회장의 저택을 돌아다보면서 나는 중얼거렸다. 이 저택이, 그런 큰 소리를 가능케 하는 생활의 여유가, 다 어디에서 나왔는가, 누가 총장을, 장관을, 학술원 회장을 시켜주었는가. 서거정 씨는 결코 체제 밖의 인물일 수가 없었다.

　"눈에 띄지 않도록 조심하고, 이십사 시간 감시해."

　요원에게 지시하고 나는 승용차에 올랐다. 승용차가 주택가의 고갯길을 내려오기 시작했을 때 문득 머리를 스쳐가는 생각이 있어 나는 급히 메모지를 당겨 썼다.

　—최악이 경우 김시습이 야당이나 재야와 연계되어 모종의 성명류를 발표할 수도 있다. 그때 서거정 회장의 반박 성명 시도(김시습은 결코 정치적인 인물이 아니며 불순 세력에 이용당하고 있다는). 그럴 경우 최고위층의 직접 설득 요망.

　메모를 소중하게 챙겨 넣으면서 나는 회심의 미소를 지을 수가 있었다. 이로써 대책회의에 임할 나의 카드는 모두 준비가 된 셈이었다. 나는 비로소 여유를 되찾고 차창 밖으로 흘러가는 풍경을 바라보았다. 김시습의 탈출 따위와는 상관없이 거리는 평온하기만 했고, 그 평온은 우리가 만든 것이었다. 일개 문사의 광기 어린 행동으로 해서 이 평온이 깨어져서는 안 되었고, 또 그렇게 될 리도 만무했다. 나는 느긋하게 담배를 피워 물었다. 내 승용차는 이 나라의 최중심부를 달리고 있었다.

　15시 정각에 대책회의는 시작되었다.

　"시작하겠습니다."

거두절미, 선언하고 나서 보스는 턱으로 나를 가리켰다. 나는 조심스럽게 자리에서 일어났다. 그러곤 참석자들의 긴장된 얼굴들을 쭈욱 둘러보았다. 내무장관과 치안본부장, 그리고 청와대의 정무수석과 당의 사무총장, 또한 나의 보스…… 이들의 앞에서 나는 나의 능력을 멋지게 입증해야만 했다. 나는 목소리를 가다듬었다.

"우선 이 계획의 실무 책임자로서 뜻밖의 사태로 심려를 끼쳐드린 데 대해 깊은 사과의 말씀을 드리는 바입니다."

"본론으로 들어가게."

깡마른 체구의 정무수석이 신경질적으로 제동을 걸어왔다. 오 년 후, 아니면 십 년 후에 그는 나의 최대 라이벌이 될지도 모른다는 생각을 나는 다시 한 번 떠올렸다.

"죄송합니다. 순서에 따라 이 계획의 개요부터 설명을 드려야 할 것 같습니다. 정말 송구합니다만, 아마 이 계획 자체를 처음 아시게 된 분들도 계실 테니까요."

실상 보스와 정무수석 이외에는 모두가 알지 못하고 있었다. 그들의 불만스러운 표정을 신중하게 살피면서 나는 말을 이었다.

"세조 정권 이후 우리가 늘 고전해야 했던 것은 정통성의 문제가 아니었습니까? 세조 정권은 그로 해서 부정적인 평가를 받고 있고, 예종 정권은 단명으로 그쳐야 했고, 우리 또한 십 년 이상 집권해 오면서도 언제나 쿠데타로 창출된 세조 정권과 한뿌리가 아니냐는 정통성 시비에 휘말려야만 했습니다. 그 시비를 종식시키고 장기적인 정권의 안정을 획득하기 위한 고육책으로 우리는 신임을 묻는 국민투표를 채택하지 않았습니까?"

"그거 참, 빨리 본론으로 들어가요!"

정무수석이 짜증을 냈지만, 보스는 개의치 말라는 눈짓을 보내오고 있었다. 보스는 언제나 말했었다.

　—우리는 그 임무 자체가 이미 위계질서를 넘어서는 일이라고 할 수 있어. 까짓것들, 무시할 때는 무시해 버려!

　"하지만 결코 그 전망은 밝지가 않습니다. 삼 개월 전 국민투표 공표 당시의 여론 조사 결과는 사십일 퍼센트의 지지였고, 투표일을 보름 앞 둔 오늘 현재의 지지도는 삼십육 퍼센트로 오히려 낮아졌습니다. 이런 상태로는 국민투표란 자승자박의 어리석은 행동에 지나지 않게 되어 있습니다."

　보스는 슬그머니 웃음을 깨물고 있었고, 정무수석의 얼굴은 붉어졌다. 애초에 국민투표란 그의 아이디어였다.

　"하지만 국민투표를 취소할 수는 없는 일이고…… 우리는 어떻게든 오십 퍼센트 이상의 지지를 획득해야만 합니다. 여기에서 추진된 것이 바로 김시습의 전향 계획이었습니다. 김시습에 대해서는 더 설명할 필요도 없을 것입니다만…… 필요하신 분은 준비된 유인물을 살펴주십시오."

　"이건 말이지요……."

　정무수석이 미간을 찌푸리며 끼어들었다.

　"발상부터가 유치했어요. 김시습, 김시습 해봤자 일개 시인에 지나지 않을 뿐인데 무슨 큰 영향력이 있겠소? 효과도 없을 일에 헛수고만 하다가 오히려 문제를 일으키게 된 거 아니오?"

　"우선 설명을 끝냅시다."

　보스의 지원 사격에 힘입어서 나는 설명을 계속했다.

　"예. 왜 그러한 일이 필요했는가에 대해서는 충분히 말씀을 드리겠습니다. 분명히 김시습은 세조 정권에 반기를 들었던 모든 사람들을 대표하는 한 상징이 되고 있습니다. 김시습이란 이름 뒤에는 성삼문, 박팽년, 노산군 등의 그림자가 짙게 드리워져 있다, 이 말입니다. 세조 정권의 쿠데타와 병자 사태로 인한 유혈 참극이 바로 우리가 그토록 벗어나려고 했던 멍에가 아닙니까? 김시습의 전향 및 현 정권 지지 선언, 그리고 그에 이어질 대사면 조치는 바로 그 멍에를 벗겨내는 효과를 가져올 것으로 우리는 판단했습니다. 물론 지금 이런 사태를 맞게 되긴 했습니다만, 계획 자체는 그만한 당위성을 가지고 입안, 추진되었다는 것을 알아주십시오. 그런 의도하에 우리는 김시습의 신병을 인수하고 작업에 착수했습니다. 작업의 경과는 역시 유인물을 참조해 주십시오."

네 사람은 내가 준비한 일지의 사본을 심각하게 읽어나가고 있었다. 그들이 대충 훑어보기를 기다렸다가 나는 자세를 바로 했다.

"그러한 작업의 결과로 오늘 열 시에 기자 회견을 하기로 되어 있었습니다만, 오늘 아침 여섯 시에서 여덟 시로 추정되는 시간에 그만 놈은 행방을 감춰버리고 말았습니다."

"무슨 일을 그따위로 해?"

실세 중의 하나로 알려지고 있는 내무장관이 언성을 높였다. 어쩌면 그는 자신도 모르는 새에 이 같은 일이 추진되었다는 데 대해 분노하고 있는지도 몰랐다. 나는 깊이 고개를 숙여 보였다.

"제 불찰입니다. 어떤 방식으로든 그에 대한 책임은 지겠습니다. 다만 지금은 제 사죄보다도 신속하고 적절한 대응책이 필요한 시기입니다."

"뭘 어떻게 하자는 거요?"

"제가 말씀드리지요."

사무총장의 물음에 보스가 나섰다.

"우선 이 일이 야당이나 재야 단체, 언론 등을 통해 알려지는 것을 막아야 합니다. 언론이야 우리가 완전히 장악을 하고 있습니다만, 야당, 재야 단체, 대학 등을 통제하기에는 인원이 부족합니다. 치안본부에서는 여기에 협조를 해주십시오."

"그야 어렵지 않겠지만······."

내무장관이 미간을 찌푸리며 나섰다.

"결국은 그렇게 소극적인 방법밖에는 대책이 없다는 거요?"

보스의 눈짓에 따라 내가 대답을 해야 할 차례였다.

"지금 현재 우리 요원들이 전력을 다해 추적하고 있습니다. 그리고······ 이건 이 자리에서만 공개되어야 할 사항입니다만······."

나는 참석자들의 면면을 천천히 훑어보고 나서 목소리를 낮추었다.

"우리는 그동안 놈에게 미량의 히로뽕을 투입해 왔습니다."

약간의 동요가 좌중에 일었지만 나는 개의치 않았다. 피로 만들어진 정권이 히로뽕 몇 그램으로 유지된다고 해서 놀랄 일이겠는가.

"놈은 자신도 의식하지 못하는 새에 중독이 되어 있는 상탭니다. 이점이 추적을 용이하게 하고 경우에 따라서는 스스로 돌아올 가능성도 배제할 수 없게 하는 이유입니다."

"그것만 믿고 앉아 있으란 말이오?"

정무수석은 계속해서 신경질이었다.

"그렇지는 않습니다. 만에 하나, 놈이 야당이나 재야 단체와 선이 닿아서 폭로하고 나올 경우의 대응책도 마련이 되어 있습니다."

네 사람은 침묵으로 내 말을 기다리고 있었다.

"우선, 그 폭로가 완전히 허위라는 발표문을 냅니다."

"그걸 누가 믿겠소?"

말은 정무수석이 하고 있었지만, 네 사람 모두 동감이라는 표정들이었다.

"물론 그것만으론 안 되겠지요. 후속 조치가 따라야 합니다. 일차로는 이 작업에 참여했던 마담을 내세우겠습니다. 마담은······ 그 기간 동안 김시습 씨는 나와 동거하고 있었다⋯⋯ 하고 주장합니다. 마담은 놈의 모든 것을 속속들이 알고 있습니다. 충분히 설득력 있는 진술을 할 수 있을 겁니다. 물론 놈은 반박하겠지요. 그건 동거가 아니었다고⋯⋯ 그렇게 시빗거리가 되는 걸로 좋습니다. 그 다음 단계로는 제 삼의 인물로부터의 성명이 있어야 합니다. 그 인물은 김시습과 가까운 인물, 그리고 누가 보아도 양심적이라고 생각되는 인물이라야 합니다. 그 인물이 각 언론을 통해 이렇게 말하는 겁니다. 김시습은 결코 정치에 관여할 사람이 아니다. 그는 재야 불순 세력에 이용당하고 있다⋯⋯."

"그런 인물이 있소?"

내무장관이었다. 나는 내 말이 일으키는 반응을 충분히 즐기면서 대답했다.

"있습니다."

"누구요?"

"서거정 씹니다."

누군가 아— 하고 낮은 탄성을 내질렀다고 나는 생각했다. 내무장관은 크게 고개를 끄덕이고 있었다.

"그 사람이라면 틀림없는 적임자겠구려. 그렇지만⋯⋯ 우리 요구를 쉽게 들어주겠소?"

"우선은⋯⋯ 그 양반의 약점이 될 만한 점을 찾고 있습니다. 아무리 천하의 서거정 씨라 하나, 털어서 먼지 안 나겠습니까? 그리고⋯⋯ 꼭 필요한 순간이 되면 대통령께서 직접 설득을 해주셔야 하겠습니다."

내 말을 따라, 보스의 시선이 정무수석을 향하고 있었다.

"그걸 좀 맡아주시지요. 물론 제가 말씀드릴 수도 있겠지만, 처지가 처지인 만치."

정무수석은 턱을 앞으로 내밀었다.

"그야 어렵지 않지만, 그런 단계까지 가기 전에 일을 수습해야 할 거요."

"잘될 겁니다."

부장은 장담하고 있었으나 표정은 밝지 않았고, 그건 실상 나도 마찬가지였다. 말로는 그럴듯했지만 그 모두 방어책일 뿐이라는 점이 마음에 걸렸다. 무언가 적극적으로 치고 나가는 방법이 있어야만 했는데…… 걸고넘어질 것이 없었다. 그렇게 공을 들인 나의 비둘기…… 그 놈은 어디에 있다는 말인가.

"이걸로 오늘 회의는 끝냅시다."

미진한 얼굴로 나가는 네 사람을 배웅하고 보스와 나는 다시 회의실로 돌아왔다.

"정무수석 그 자식, 표정 봤지? 고소해 가지고 말이야……."

"그런 사람 아닙니까?"

둘이서 씁쓸한 웃음을 주고받았을 때 전화벨이 울렸다. 보스와 나는 눈을 크게 뜨며 얼굴을 마주보았다. 청와대와 명국 대사관으로만 연결되어 있는 빨간 전화였다.

"또 뭔가……."

얼굴을 잔뜩 찌푸리고 보스는 수화기를 들었다.

"아, 예, 예. 대사님."

명국 대사님이었다. 나는 슬며시 뒤로 물러났다. 총알도 뚫고 들어오지 못하는 이중 방탄 유리창 너머로 어느새 겨울이 와 있었다.

—겨울이라…….

이 겨울은 내게 종말을 가져다줄지도 알 수 없었다. 이 정권에게도 비둘기 한 마리의 탈출로 해서, 보스는 중국어를 섞어가면서 길게 통화를 하고 있었는데 음색이 밝지 않았다. 좋지 않은 예감이 가슴 가득 서

늘하게 밀려오고 있었다.

"이리 와 봐."

통화를 끝낸 보스가 내 예감을 확인시켜 주었다.

"무슨 일입니까?"

"대사관에 이미 정보가 새어 나갔어."

"예?"

"대사가 그러는구먼…… 김시습으로 인해 무슨 사태가 발생한다면…… 그에게 신체적 제재를 가했다는 것이 사실로 밝혀진다면 명국으로서도 모종의 외교적 조치를 강구하지 않을 수 없다고…… 김시습은 우리 명국인들에게는 상당히 중요한 인물로 평가되고 있다…… 이따위 소릴 하는 거야."

"도대체 어디서……."

나는 언뜻 정무수석의 얼굴을 떠올렸다. 보스는 더욱 어두운 표정이 되고 있었다.

"그 소스가 더 나빠……."

"누군데요?"

"내일 재야 단체의 행사가 있지?"

"예, 무슨…… 노산군 피살 진상 해명 촉구 대회라던가요?"

그것은 세조의 쿠데타 이후 하야하여 은거하던 노산군의 죽음을 해명하라는 모임으로서, 다가오는 국민투표에서 여당의 지지표를 조금이라도 깎아내리려는 공작 중의 하나였다.

"그 행사에 김시습이 참석한다는 정보가 들어왔다는 거야……."

가슴 깊은 곳에서 무언가 무서운 것이 덜컥 하고 떨어져 내렸다.


"정부는 노산군의 죽음의 진상을 즉각 해명하라!"

해명하라, 해명하라, 해명하라…… 우렁찬 연호가 바르르르 유리창
을 떨게 했다.

"내란 음모 사건의 연루자들을 즉각 사면하라!"

사면하라, 사면하라, 사면하라…… 다시 한 번의 연호가 지나가자 광
장에서는 누가 먼저랄 것도 없이 노래가 터져 나오기 시작했다.

천만리 머나먼 길에 고운님 여의옵고
내 마음 둘 데 없어 냇가에 앉았으니
저 물도 내 안 같아야 울어 밤길 예놋다

왕방연이라는 교도관이 만들었다는 오래된 운동권 가요였다. 나는
속으로만 혀를 찼다. 무얼 어쩌자는 말인가, 해묵은 일들을 이제 와 들
춘다고 해서 무엇이 달라진다는 말인가. 세상을 움직이는 것이 저런 외
침이나 노래인 줄 아는가. 천만에. 바로 우리들과 같이 그늘 속에서 뛰
는 사람들이 세상을 움직인다.

"별일 없습니까?"

교무처장이라고 했던가, 머리가 많이 벗겨진 장년의 사내가 조심스
럽게 다가와 조심스럽게 묻고 있었다.

"아직은."

나는 통명스럽게 내뱉었다. 실상 나는 이 사내에게, 아니 이 명문 대
학 전체에게 심히 배알이 뒤틀려 있는 상태였다. 행사가 벌어지는 광장
을 한눈에 내려다볼 수 있는 이곳 도서관 구석방을 빌리는 데 적잖이
애를 먹어야 했던 것이다.

─저희들의 입장도 곤란하고, 만에 하나 학생들 눈에 띄기라도 하면
안전을 보장할 수 없습니다.

세상이 조금 들썩거리고 있다고 해서, 그렇게 말할 수 있는 일이던가.

—그렇다면 좋소. 학교 측에 물어봅시다. 학생들의 행사도 아닌 재야 단체의 모임에 장소를 제공한 이유는 뭐요?

—우린 허가한 적 없습니다. 그냥 일방적으로 들어온 겁니다.

나는 그 내막을 알고 있었다. 집회 장소를 빌려주지 않는 것으로 행사를 원천 봉쇄 하기로 하자 재야 단체의 대표 둘이 학교를 방문하고 장소 제공을 요청했다. 학교 측은 거절했지만 저들은 일방적으로 통고한 뒤에 몰려들어 왔던 것이었다.

—그렇다면 학교 측에서는 저들의 대표자를 고소할 수도 있어요. 하시겠소?

—그야 어떻게……

—그러니까 우리한테도 장소 제공 정도는 해야 일에 균형이 맞게 되는 거 아니오?

이런 윽박지름으로 해서 겨우 이곳에 책상을 하나 놓고 앉을 수 있었지만 자존심 상하는 일이 아닐 수 없었다. 일개 교무처장 따위에게 공갈을 쳐야 하는 신세라니. 걸어놓았던 플래카드를 내리면서 군중들은 이제 교문 밖으로 진출할 대열을 짜고 있었다. 워키토키가 잠잠한 것으로 보아 아직 어느 곳에도 김시습이 출현할 기미는 없는 모양이었다. 그렇다면 그 정보는 잘못된 걸까. 아니, 노회한 명국 대사가 슬그머니 떠보는 술책에 보스가 걸려든 건 아닐까.

"이보시오."

조금은 여유가 생긴 나는 엉거주춤하게 서 있는 교무처장에게 말을 건넸다.

"예."

"당신은 어떻게 생각하시오? 저자들의 주장이 옳다고 봐요?"

"무슨……."

"당신도 금성대군 내란 음모 사건은 조작이고, 노산군은 피살되었다고 생각하느냐는 말이오."

"그야, 어디…… 우리가 알 수 있는 일입니까?"

"몰라요? 정부의 공식 발표가 있는데?"

"예, 뭐. 우리야 그걸 믿지요."

대답은 그렇게 하면서도 교무처장은 다른 것을 믿는다는 표정을 역력히 드러내고 있었다. 하지만 그것으로 좋았다.

"가봐요. 내가 알아서 철수할 테니."

"예, 그럼."

교무처장은 물러갔고, 광장에서는 시위 대열이 출발하고 있었다. 김시습은 나타나지 않을 모양이었다. 안도감과 서운함이 반반 섞인 묘한 기분으로 나는 담배를 피워 물었다.

금성대군 내란 음모 사건.

그 진상은 나로서도 알 수 없는 배일에 가려져 있었다.

금성대군, 이보흠, 송현수 등이 쿠데타를 일으켜서 세조 정권을 무너뜨리고 노산군을 재추대하려 했다는 혐의 사실이 참인지 거짓인지. 다만 그 증거가 단 한 장의 문서였을 뿐이라는 데서 의심의 여지는 있었다. 하기야 그건 아무래도 좋았다. 그 사건을 빌미로 해서 노산군을 제거할 수 있었다는 데에 의미가 있었다. 노산군의 죽음. 그것을 우리 정부의 공식 기록은 이렇게 쓰고 있다.

—금성대군과 송현수가 처형당했다는 소식을 듣고 스스로 목매어 자결하니 예로써 장사 지냈다.

하지만 오늘의 행사와도 같이 재야 세력과 야당들은 피살설을 줄기차게 주장해 오고 있는데, 그들이 근거로 내세우는 것이 다음과 같은 당시의 외신 보도였다.

─금부도사 왕방연이 사약을 받들고 영월에 이르러 감히 들어가지 못하고 머뭇거리고 있으니, 나장羅將이 시각이 늦어진다고 발을 굴렀다. 도사가 하는 수 없이 들어가 뜰 가운데 엎드려 있으니, 노산이 익선관과 곤룡포를 갖추고 나와서 온 까닭을 물었으나, 도사가 대답을 못하였다.

통인通引 하나가 항상 노산을 모시고 있었는데 스스로 할 것을 자청하고 활줄에 긴 노끈을 이어서, 노산이 앉은 뒤의 창구멍으로 그 끈을 잡아당겼다. 그때 노산의 나이 십칠 세였다. 통인도 미처 문밖으로 나오지 못하고 아홉 구멍에서 피를 흘리며 즉사하였다.

시녀와 종인從人들이 다투어 마을 동강東江에 몸을 던져 죽어서 뜬 시체가 강에 가득하였고, 이날에 뇌우가 대작하여 지척에서도 사람과 물건을 분별할 수 없고, 강렬한 바람이 나무를 뽑고 검은 안개가 공중에 꽉 끼어 밤이 지나도록 걷히지 않았다.

훗, 하고 나는 혼자서 코웃음을 쳤다. 어느 쪽이 옳으냐가 무어 중요하다는 말인가. 역사는 공인된 사실로만 이루어진다. 따다다닥…… 하고 최루탄 터지는 소리가 들려오기 시작했고, 치이익 하고 워키토키가 소리를 냈다.

"보고해."

─상황은 종료된 것 같습니다. 비둘기는 오지 않는군요.

"알았다. 상황 종료."

후문에 대기하고 있던 승용차에 오르자마자 나는 카폰으로 보스에게 보고를 했다.

"비둘기는 오지 않았습니다."

—지금 어디야?

보스의 목소리는 왠지 다급했다.

"학교 후문입니다."

—석간 못 봤어?

보스의 질문은 무언가 돌발 사태를 예고하고 있었다.

"무슨 신문입니까?"

—민중일보, 칼럼. 도대체 무슨 일을 그따위로 하나? 빨리 보고 나서 연락해.

"네."

황급히 전화를 끊고 나서 나는 기사에게 지시했다.

"빨리 가까운 가판대를 찾아!"

"네."

서둘러 출발한 승용차는 곧 가까운 가판대 앞에 멎었고 나는 직접 걸어 내려서 신문을 샀다. 민중일보 칼럼의 이번 필자는 남효온이었다.

—개새끼.

글을 읽기도 전에 욕설부터 튀어나왔다. 젊은 나이로 논설위원을 하고 있는 이 작자는 늘 비판적인 글을 많이 써오고 있었다. 요즈음은 추강秋江이란 필명까지 쓰면서 더욱 빙자해지고 있었는데, 내가 보기로는 만만치 않은 야심가였다. 그 독한 필봉마저도 장래의 입신에 대한 포석으로 여기고 있는 그는 또 김시습과는 절친한 사이이기도 했다. 〈국민투표 전야에 끼는 안개〉라는 제목의 칼럼을 나는 선 채로 빠르게 읽어내려갔다. 문제가 되는 것은 다음과 같은 대목이었다.

—근거 없는 유언비어이기를 빌고 싶으나, 우리는 행방불명된 한 시인(그는 재야의 지도자이기도 하다)이 모 기관에 의해 모처에 격리되어 있으며 모종의 양심 선언(?)을 강요받고 있다는 말을 듣고 있다. 또한 그렇게 격리 중이던 시인의 신상에 중대한 변화가 발생했다는 정보도 있다. 물론 누구도 그 진위를 알 수는 없다. 그러나 우리는 국민투표를 앞둔 긴장된 정국에 또다시 밀려오는 수상하고 불온한 안개를 이러한 정보에서 분명하게 느낄 수 있는 것이다. 경고해 둔다. 그 안개는 국민들의 이성을 가리는 안개가 아니라, 현 정권이 애타게도 바라는 정통성을 가리는 안개가 될지도 모른다…….

—개새끼.
가판대의 민중일보를 모두 움켜쥐고 차에 오르면서 나는 다시 한 번 욕설을 내뱉었다. 카폰을 드는 내 손은 스스로도 알 수 있을 만큼 크게 떨리고 있었다.
—봤나?
"예."
—자네가 지금 바쁘게 돌아가고 있는 건 알아. 하지만 이건 너무 큰 실수라고 생각하지 않나?
—죄송합니다. 제가 직접 챙기지를 못했습니다. 곧 조치를…….
—내가 다 지시했어. 윤전기는 세웠고, 남효온이란 작자는 남산에 데려다 놨고. 아주 기다리고 있더라는 군.
"죄송합니다."
—엎질러진 물이야. 벌써 사방에서 난리라구. 청와대도 노발대발이고, 하여튼 빨리 들어와.
"알겠습니다."

—빨리.

"오 분 이내로 도착하겠습니다."

일은 크게 번져가고 있었다. 머리가 띠잉—했다.

"빨리 본부로."

"네."

속도를 내기 시작하는 승용차 안에서 마음을 가라앉히려 애쓰면서 나는 절실하게 깨달았다. 여기가 내 인생의 최대 승부처라는 것을.


　보스는 두 컵째의 위스키를 벌컥벌컥 들이켰다. 목울대가 헐떡거리는 것이 이상할 만큼 불안하게만 보였다. 저러다가 쓰러지는 건 아닐까 싶을 만큼 보스는 평정을 잃고 있었다. 그의 쓰러짐은 곧 이 정권의 쓰러짐을 의미했다. 그리고 무엇보다도 나의 쓰러짐을. 다시 술을 붓는 소리를 들으면서 나는 눈을 감아버렸다. 어디선가 시한폭탄의 초침 소리 같은 것이 째깍째깍 초조하게 들려오는 듯한 착각이 입 안의 침을 마르게 했다. 우리의 비둘기는 어디에 있는가. 우리는 대통령으로부터 이십사 시간 이내에 김시습을 찾아내라는 최후통첩을 받고 있었다. 그러지 못하면 목을 내놓아야 한다. 아니, 그걸로도 수습은 불가능하다. 무조건 찾아내라. 그러곤 방법을 가리지 말고 애초 계획대로의 기자 회견을 실현시켜라…… 남효온은 두 시간 만에 풀어줄 수밖엔 없었다. 기자들이 대뜸 농성에 들어갔기 때문이었다. 이에 자극받은 조간들은 과감하게 '김시습의 불법 구금과 탈출설'을 써대고 있었다. 물론 막아놓기는 했지만 소문은 이미 손쓸 수 없을 만큼 빠르게 퍼져나가고 있었다.

"이봐."

깊은 동굴 속에서 울려 나오는 것만 같은 보스의 목소리에 나는 눈을 떴다.

"정말 이럴 수밖에 없는 거야?"

보스는 울음이라도 터뜨릴 것 같은 얼굴이었다.

"죄송합니다."

"이렇게 막연하게 기다릴 수밖에 없단 말이야?"

"죄송합니다."

"쌍!"

보스는 들고 있던 컵을 벽에다 내던졌다. 쨍―하고, 하나의 유리컵만이 아닌 더 크고 엄청난 것이 산산이 부서지는 소리가 들렸다.

"나가봐."

"죄송합니다."

나는 절망과 분노로 몸을 떠는 보스를 남겨두고 방을 빠져나왔다. 낯설고 어둡게만 느껴지는 복도를 걸어서 내 방으로 돌아오니 마침 전화벨이 울리고 있었다. 각 분실과 연결되어 있는 전화였다. 혹시나, 하는 생각으로 나는 달려들어 수화기를 잡았다.

―대굽니다.

대구 분실장이었다.

"찾았나?"

스스로 민망할 만큼 나는 다급하게 물었다.

―아닙니다.

솟구쳐 오르던 기대가 한순간에 무너져 내렸다.

―그런데 긴급한 사항이 있습니다.

"뭐야?"

뭔지 모르나 역시 안 좋은 일일 것이라는 예감이 들었다.

―박팽년 아시죠?

박팽년……이라면 병자 사태의 주모자 중 하나가 아닌가. 김시습에

다 박팽년…… 불안한 예감이 머릿속을 채웠다.

"박팽년은 왜?"

—그 손자가 살아 있습니다.

"뭐야?"

나는 크게 소리치지 않을 수 없었다. 병자 사태의 주모자인 성삼문, 박팽년, 이개, 하위지, 유성원, 유응부 등의 집안은 모두 일가적몰을 당하지 않았던가. 형제, 아들, 손자…… 사내들은 하나도 빠짐없이 처형했던 것이다. 그런데 그 손자가 살아 있다니?

"그게 대체 무슨 소리야?"

—믿어지지 않으시겠지만 사실입니다. 박팽년의 둘째 아들 박순의 아들이랍니다. 자세한 것은 팩스로 보고를 올리겠습니다만, 곧 조치를 취해야 하지 않겠습니까?

"사실이라면 즉각 조치해야지."

—그런데 문제가 있습니다.

"뭔가?"

—대구 시장 이극균이가 그놈을 보호하고 있습니다.

"뭐야? 왜?"

—이극균이가 그놈의 이모부라는군요. 죽은 박순과 이극균이가 동서라는 겁니다.

"그래?"

박팽년의 손자가 살아 있는 것은 사실인 모양이었다.

—본부에서 무슨 지침을 주셔야 신병을 인수할 수 있겠습니다.

"우선 보고설 보내. 곧 조치를 취해 줄 테니까."

—네, 곧 보내겠습니다.

전화를 끊는 내 머릿속을 무슨 섬광 같은 것이 빠르게 스치고 지나갔다. 무언가 돌파구가 생길지도 모른다는 예감이었다.

팩시밀리로 보내온 대구 분실장의 보고는 과연 놀라운 내용을 담고 있었다.

—인적 사항

성명:박비朴婢, 20세.

호적에는 관비 김 모 여인의 사생아로 등재되어 있으나 생모는 이철주의 딸 이씨라 함.

—출생 및 성장 배경

박팽년이 죽을 때에 아들 박순의 아내 이씨가 임신 중이었다(대구에 사는 이철주의 딸인데 나뉘어 귀양 갈 때에 자청하여 대구로 갔다). 조정에서 명하기를,

"아들을 낳으면 죽이라"

하였다. 박 씨의 종이 또한 태중이었는데, 스스로 말하기를,

"주인이 딸을 낳으면 다행이요, 비록 나와 함께 아들을 낳더라도 내가 낳은 것으로 대신 죽게 하리라"

하였는데, 해산을 하매, 주인은 남자를 낳고 종은 딸을 낳았다. 바꾸어 자식을 삼고 이름으로 박비라 하였다.

—현 상황

일주일 전 대구 시장으로 이극균이 부임하자, 박비의 모 이씨가 면담을 신청하고 사실을 알렸음. 이극균은 즉시 박비를 시장 공관으로 불러들이고 극비리에 보호하고 있는 중임.

—대책

시급한 신병 인수와 격리 조치가 필요함.

(김시습 건 등과 연결되어 민심을 불온하게 할 우려가 큼)


종이 낳은 딸과 자신이 낳은 아들을 서로 바꾸어서 종은 아들을 낳은 것으로 하고 자신은 딸을 낳은 것으로 해서 목숨을 살렸다…… 무슨 옛날이야기와도 같은 스토리였다. 보고서를 놓고 나는 황급히 박팽년 관계 자료의 파일을 가져오게 해서 살펴보았다. 과연 보고대로 아들을 낳으면 죽이라는 지시 사항과, 딸을 낳았다는 보고 사항이 기재되어 있었다.

—박팽년의 아들이 살아 있다…….

모든 게 사실로 확인되는 순간 나는 이미 아까의 섬광 같은 예감을 구체적인 계획으로 만들어가고 있었다.

—됐다!

보고서와 파일을 들고 나는 문을 박차고 나섰다. 이제는 어둡지도 낯설지도 않은 복도를 내달려서 보스의 방을 향했다.

"됐습니다!"

문을 열자마자 외치는 나를 보스는 어안이 벙벙해서 바라보고 있었다.

"되다니, 뭐가? 비둘기를 잡았나?"

"아직 잡진 못했습니다만, 다른 비둘기가 나타났습니다."

"뭐라구?"

나는 얼른 보스에게 대구 분실의 보고서와 파일을 내밀었다. 그러곤 빠르고 요령 있게 박비에 관한 사항을 설명해 나갔다. 흠, 흠 하고 보스 또한 놀란 표정으로 듣고 있었다.

"그래서…… 어쩌자는 건가?"

설명이 끝나자 보스가 물었다. 나는 마른 침을 꿀꺽 삼키고 나서 입을 열었다.

"제 생각은…… 이 박비란 녀석을 새로운 비둘기로 이용하자는 겁니다."

"어떻게?"

"녀석을 당장 국민들 앞에 끌어내는 겁니다. 김시습의 경우와 똑같이 기자 회견을 하는 거죠."

그제야 내 말을 알아듣고 보스는 벌떡 자리를 박차고 일어났다.

"당장 대구로 가게! 헬기를 내줄 테니."

"당장 출발하겠습니다."

"난 청와대로 들어가겠어."

우리는 의미 있는 웃음을 서로 교환했다.

"청와대로 들어가시면…… 적당한 시간에 시장 공관으로 대통령께서 전화를 내려주시도록 조치해 주십시오."

"뭐라고요?"

"무엇이든 내 요청대로 따르라구요."

"알겠어!"

역전승을 노리는 코트로 뛰어 들어가는 농구 선수들처럼 보스와 나는 신바람 나는 걸음으로 방을 나섰다. 보스는 청와대로 나는 헬기장으로.


"무슨 일입니까?"

급히 정장으로 갈아입은 듯, 넥타이가 비뚤어진 차림으로 대구 시장 이극균은 공관의 귀빈실에서 나를 맞았다.

"각하의 밀명을 받고 왔습니다."

청와대를 팔면서도 나는 가능한 한 예의를 갖추려고 애썼다. 제아무리 대구 시장이라 하나 업무의 성격상 내가 그에게 큰소리를 치지 못할 것은 없었다. 하지만 이극균에게도 막강한 배경이 있지 않은가. 그의 형들이 되는 이극배, 이극중, 이극돈이 모두 정부·여당의 요직을 맡고 있는 것이다. 결국 함부로 다룰 상대는 아니었다.

"밀명이라니…… 무슨 일이 있습니까?"

"시장님께서 협조를 해주셔야 할 일입니다."

"뭔지는 모르겠습니다만, 제가 할 수 있는 일이라면 해야지요."

"시장님."

"예."

불러놓고 나는 한참 뜸을 들였다. 시장은 긴장이 되는지 무릎 위에 놓은 두 손을 쉴 새 없이 꼼지락거리고 있었다. 충분히 분위기를 무겁게 했다고 생각하고서야 나는 시장에게로 상체를 내밀었다.

"그 박비란 아이를 불러올리라는 각하의 지십니다."

"예에?"

시장의 얼굴은 한순간에 해쓱해졌다.

"그, 그걸……."

"놀랄 건 없습니다. 우린 진작부터 알고 있었고, 각하께서도 알고 계십니다. 물론 각하께서는, 시장께서 일단 보호를 하시면서 우리에게로 후속 조치를 문의해 왔다고 보고를 드렸습니다."

시장은 멍―한 얼굴로 제정신을 찾지 못하고 있었다.

"염려하실 건 하나도 없습니다. 각하께서도 화를 내시거나 하지는 않으셨으니까요."

"내 처지를……."

시장은 하소연하듯 어렵게 말을 꺼내고 있었다.

"이해를 해주십시오. 내가 무슨…… 다른 생각을 가진 것이 아니라…… 그 아이는 내 조카가 됩니다. 우선 안타까운 마음에 데려다 놓고…… 사후 조치를 고심하던 중이었습니다."

"이해합니다."

나는 대범한 웃음을 지어 보였다.

"다 이해합니다. 각하께서도 이해하시구요. 우리가 그 아이를 데려다가 무얼 어쩌려는 게 아닙니다. 사면을 하고, 한 국민으로서 떳떳이 살 수 있도록 하겠다는 각하의 복안이십니다."

"정말입니까?"

시장의 얼굴이 밝아지고 있었다.

"정말이지 않구요. 오히려 박비 군은 지난날의 아픔을 씻고 새로운 화합과 민주화의 시대를 상징하는 인물로 부각이 될 겁니다. 각하께서 직접 대면하시고, 각하의 입으로 전 국민에게 알리게 될 겁니다."

"알겠습니다."

고개를 끄덕이는 시장의 이마에는 그러나 새로운 주름살이 가늘게 새겨지고 있었다. 나는 그의 심중을 환히 읽을 수가 있었고 그는 한참 만에야 예상대로의 말을 꺼내 왔다.

"그렇게 해주신다면 정말 고마운 일이기는 합니다만…… 제 생각으로는…… 너무 떠들썩하게 하느니보다는 그냥 조용하게 사면이나 해주셨으면 더 낫지 않을까 싶습니다."

"그건 안 됩니다."

나는 단호하게 잘라버렸다.

"각하의 복안은 되도록 성대하게 일을 치르는 겁니다."

시장의 이마에는 더 깊은 주름이 새겨졌다.

"국민투표 때문입니까?"

"부인하지 않겠습니다."

나의 신선한 수긍에 그는 슬그머니 자리에서 일어났다. 어두운 창가로 들어가는 그의 어깨를 향해 나는 말했다.

"시장께서는 이 일에 적극 협조를 해주셔야 합니다. 따지자면 문책을 받아야 할 일이라는 걸 명심하십시오."

시장은 대답하지 않았고, 나는 더 강압적인 말을 던졌다.

"일이 여의치 않을 경우에는 사면 자체가 취소될 수도 있다는 걸 아셔야 합니다."

명문가의 고집이 서린 얼굴로 시장은 휙, 나를 돌아보았다.

"꼭 그렇게 그 애를 이용해야만 합니까?"

나는 당당하게 맞받았다.

"서로 좋은 일 아닙니까?"

"그 애에게도 자존심이라는 게 있지 않겠습니까?"

그렇다. 분명히 있을 것이다.

그의 어미 이씨는 날이면 날마다 아들에게 은밀하게 속삭였으리라. 너의 할아버지는 결코 역적이 아니셨다. 군부 독재에 반기를 든 우국지사셨다. 삼 대째 내려오는 이 정권이야말로 저주받을 악인들의 집단이다. 아들아 명심해라, 비록 숨어 살아도 너는 만고충절의 후손이니라……. 그 아들은 밤마다 막막한 어둠 속을 바라보며 중얼거리지 않았겠는가.

언제고 좋은 세상이 오리라, 언제고.

"시장님은 묘한 말씀을 하시는군요. 자존심이라니요?"

시장의 얼굴은 확 달아올랐다.

"사면이 있기 전에는…… 그 아이는 일개 역적의 후손일 뿐입니다. 자존심이라니요?"

얼굴이 더욱 붉어지는 시장을 향해 한마디쯤 더 해주려는 순간 노크 소리가 나고 비서가 들어왔다.

"시장님, 청와대로부터 전화입니다."

시장은 놀란 얼굴로 비서를 따라나섰고, 나는 회심의 미소를 지으면서 푹신한 소파에 편안하게 등을 기댔다. 일은 이것으로 끝이 났다. 극적인 역전 결승타의 쾌감에 나는 부르르 몸을 떨기까지 했다.

오래지 않아 시장은 어두운 표정으로 돌아왔다.

"내가 어떻게 도와드려야 됩니까?"

"협조해 주신다니 고맙습니다. 박비 청년과 그 어머니를 제가 데리고 갈 수 있도록 해주시고, 또 우리의 계획에 따르도록 설득을 해주십시오."

"최선을 다해보겠습니다만……."

시장은 고개를 갸웃, 했다.

"아이가 말을 잘 들을지 모르겠습니다. 또 말을 잘못하는 건지 모르겠습니다만…… 그 어떤…… 적개심에 가득 찬 아이라서요."

"이해합니다. 그럴 수 있지요."

나는 크게 고개를 끄덕이면서 말을 이어나갔다.

"그러기에 시장님께 부탁드리는 겁니다. 물론 저희가 맡으면이야 어떤 방식으로든 말을 듣게 만들 수는 있지요. 잘 아실 겁니다만. 하지만 일이 일인 만치 가능하면 무리 없이 일을 진행하고 싶군요. 시장님께서 잘 설명을 하십시오. 박비 청년이 우리 말을 잘 따르면 곧 병자년에 죽은 사람들에 대한 명예 회복 조치가 뒤따르게 됩니다."

"정말입니까?"

"이미 검토가 된 일입니다. 하지만 이 일이 우리가 원하는 대로 이루어지지 않으면 그 계획도 취소가 되겠지요. 그리고 박비는 물론 그 어머니 되는 여자까지도 현행법대로 처벌을 해야 할 것이구요…… 이 점을 잘 주지시켜 주십시오.”

시장은 다시 이맛살을 찌푸렸지만, 저항해 오지는 않았다.

“알겠습니다…….”

시장은 무겁게 몸을 일으켜서 방을 나갔고 나는 느긋하게 담배를 피워 물었다.

—이겼다.

중얼거리면서 나는 김시습을 떠올렸다. 어딘가를 허위허위 날아가고 있을 나의 비둘기를. 나는 이제 그를 잡지 않아도 좋았다. 비둘기는 또 있으니까.

—이겼다.

나는 혼자서 킬킬거리고 웃었다. 이 웃음소리를 어딘가에서 김시습이 들어준다면 얼마나 좋을까 하는 생각이 들기도 했다.

새벽이 다 된 시간에야 시장은 돌아왔다. 그 뒤로 한 청년과 중년의 여인이 따라 들어왔다.

“오…….”

나는 얼싸안기라도 할 것처럼 자리에서 일어났다.

“반갑네, 박비 군.”

내미는 내 손을 그는 잡지 않았다. 검고 광대뼈가 튀어나와 우직해 보이는 얼굴에 어색한 양복 차림의 청년은 타는 듯한 눈으로 나를 쏘아볼 뿐이었다. 역시 어울리지 않는 옥색 한복 차림의 여인 또한 마찬가지였다. 하지만 나는 속으로만 조용히 웃음 지었다. 그래봐야 그들은 나의 비둘기였다.

“서울로 가기로 했습니다.”

시장 이극균이 대신 말했을 때 나는 보았다. 청년의 두 눈에서 굵은 눈물방울이 뚝 떨어져 내리는 것을.

　대통령이 박비와 이 여인의 손을 양손에 잡고 회견장에 들어서자 폭죽처럼 카메라 플래시가 터져 나왔다. 만면에 미소를 머금고 단 위로 오른 대통령은 마치 금메달을 딴 운동선수처럼 두 사람의 잡은 손을 번쩍 치켜들었다. 더욱 요란하게 플래시가 터지는 한구석에 서서 나는 만족했다. 박비와 이 여인의 웃음은 역시 어색하긴 했지만, 그렇다고 별다른 반감은 읽을 수 없었다. 우리는 그들의 상식을 엄청나게 벗어나는 대우와 약속으로 혼을 빼놓아 버린 것이다. 누구나 비둘기로 길들일 수 있다는 나의 신조는 또 한 번 멋지게 입증된 셈이었다.

　"국민 여러분께 오늘은 정말로 기쁜 소식을 한 가지 전해 드리고자 합니다."

　대통령 특유의 부드러운 목소리로 입을 열었다.

　"국민 여러분께서는 아마도 이십 년 전에 이 나라에 일어났던 소위 병자 사태라는 비극적인 사건을 기억하실 것입니다."

　대통령은 잠시 사이를 두는 것으로 극적 효과를 높이고 있었고 박비와 이 여인은 눈을 내리깔고 있었다.

　"그 비극적인 사건의 실상과 의미에 대해서는 지금 정부 차원에서의 재평가 작업이 진행되는 중에 있습니다만…… 그 어떤 의미를 떠나서 우리가 가슴 아파하는 것은 백 명을 훨씬 넘는 인명이 희생되었다는 점입니다."

　다시 한 번 사이를 두었다가 대통령은 말을 이었다.

　"특히 이른바 사육신이라는 사람들의 가계는 무자비할 정도로 철저하게 유린되었습니다. 위로는 그 아비로부터 형제, 아들, 손자에 이르기까지 직계의 남자들은 모두 처형되고 말았습니다. 제사를 받들 자손 하나 없는 완전한 절손의 상태가 되어버린 것입니다."

비감을 자아내는 대통령의 표정과 목소리는 일품이었다.

"본인은 대통령이 되기 전부터도, 이 일만은 언젠가 단시 따져보리라고 결심을 하고 있었고 이제 곧 모종의 조치를 발표할 단계에 와 있습니다. 그러한 조치를 고무라도 하듯이 이번에 참으로 감격적인 사건이 하나 일어났습니다. 놀라지 마십시오. 국민 여러분, 철저한 멸문지화를 당했던 사육신 중의 한 사람인 박팽년, 그분의 후손이 생존해 있었던 것입니다. 바로 이 청년입니다!"

대통령은 박비의 어깨를 한 손으로 감싸 안으면서 외쳤다. 박수가 일고 다시 폭발적으로 플래시가 터졌다. 박비는 눈부신 듯 일그러진 표정이었는데, 보기에 따라서는 감격에 겨운 것으로 보일 수도 있을 터였다.

"그 엄청난 독재를 자행했던 세조 정권하에서, 그리고 그토록 철저했던 멸문의 학살 속에서 어떻게 이런 기적 같은 일이 일어날 수 있었겠습니까? 여기에는 실로 무슨 전설과도 같은 뒷이야기가 있습니다."

대통령은 사려 깊은 시선으로 이 여인 쪽을 한 번 돌아보았다.

"당시 관련자의 가족 중 남자들은 모두 처형되었고, 여자들의 경우는 각지의 관비로 배속이 되었습니다. 그런데 당시 박팽년가의 둘째 며느리가 되는 이분께서는 임신 중인 몸이었습니다. 무자비한 세조 정권은 태중의 아이에게까지 이런 명령을 내렸습니다. 태어나는 아이를 보아, 아들이면 죽이고 딸이면 관비로 삼아라!"

대통령은 몸을 부르르 떨었고, 이 여인은 치마꼬리로 눈물을 찍어내고 있었다. 분위기는 만점이었다.

"그러나…… 하늘은 결코 무심치 않았습니다. 아니, 하늘의 도움이라기보다도 두 여인의 현명하고도 옹골찬 행동이 오늘의 기적을 가능하게 만들었습니다. 당시 이분의 종이던 김 모 여인 또한 임신 중이었는데 공교롭게도 달수마저 같았습니다. 이에 김 모 여인은 이분에게 말했습니다. 마님께서 딸을 낳으면 상관없으나 만약 아들을 낳으면 제가 낳은 아이와 바꾸십시다. 내가 낳은 아이가 딸이면 그 역시 목숨을 건질 것이고, 아들이면 죽게 될 것이나 주인댁의 대를 잇는 일에 어찌 그만한 희생을 아끼겠습니까. 두 사람은 나란히 대구의 관비로 내려갔고 곧 모두 출산을 했습니다. 이분은 아들을, 김 모 여인은 딸을 낳았고 두 사람은 약속대로 서로 자식을 바꿨습니다. 그래서 죽음을 모면하고, 박 팽년가의 유일한 혈손으로 이 청년은 신분을 감추고 살아남았던 것입니다."

다시 박수가 터져 나왔다. 국민투표에서 한 표씩 행사할 국민들 모두가 감격에 겨워 손뼉을 두들기는 소리를 나는 들었다. 이 여인은 숫제 소리를 내어 울고 있었고, 박비는 연신 눈가를 문지르고 있었다.

"그런 이 청년의 생존 소식을 듣고 이 사람은 신의 계시를 받은 듯한 느낌에 몸을 떨었습니다. 이는 이 사람에게 병자 사태의 치유를 맡기는 역사의 소명이라고 믿었습니다. 그래서 이 사람은 현행법을 과감하게 뛰어넘어서 이 청년을 사면하고, 한 사람의 시민으로 떳떳이 살아갈 수 있도록 길을 열어주기로 결심을 한 것입니다! 또한 이 자리에서 국민 여러분께 분명히 약속합니다. 병자 사태를 비롯하여 지나간 어두운 시대에 억울하게 목숨을 잃거나 피해를 입은 정치적 희생자들에 대한 명예 회복과 보상 조치를 수일 내로 다시 발표하겠습니다!"

대통령은 두 손바닥을 내밀어 보였고, 회견장은 다시 박수 소리에 파묻혔다. 그 열광이 가라앉기를 기다려서 대통령은 미소를 띠면서 목소리를 낮추었다.

"이제 국민 여러분께 이 청년을 소개하기에 앞서서, 이 사람은 한 가지 제안을 할까 합니다."

대통령은 박비를 향해 비스듬히 몸을 돌렸다.

"박비란 이름은 말 그대로 종이라는 뜻이니…… 너무 참혹한 것이 아닐 수 없습니다. 청년이 허락한다면 이 사람이 새로운 이름을 지어주고 싶은데 어떻습니까?"

잠시 머뭇거리던 박비는 이윽고 무겁게 고개를 끄덕였다.

"네."

대통령은 다시 청년의 어깨를 감싸 안았다. 그러곤 한 손을 높이 치켜들며 외쳤다.

"국민 여러분, 박일산朴壹珊 군을 소개합니다."

주먹만 한 활자의 헤드라인으로 박아낸 신문들의 회견 기사에서, 박일산과의 일문일답은 대략 다음과 같은 내용들이었다.


—자신의 신분에 대해 언제 처음 알게 되었는가?

박일산:일곱 살 때다.

—어떤 느낌이었는가?

박일산:처음에는 다만 겁이 났을 뿐이었다. 그러나 철이 들어가면서 차츰 세조 정권의 부당함에 눈이 뜨였고, 민주 투사의 후손이라는 자긍심도 갖게 되었다. 공적으로나 사적으로나 세조 정권은 결코 용서할 수 없다.

—그러면 현 정부는 어떻게 생각하는가?

박일산:외형상 그 체제를 잇고 있으나 내용상으로는 차이가 많다고 본다. 약속대로 병자 사태를 재조사, 평가해 준다면 그 점은 더욱 분명해질 것이다.

—어머니께 묻겠다. 항간에는 시인 김시습 씨가 사육신의 유골을 수습하는 등 상당히 깊은 관여를 한 것으로 알려져 있다. 사실인가.

이 여인:그런 소문은 나도 들었으나, 내가 아는 한 사실이 아니다. 그 분들의 생전에나 사후에나 아무런 연관이 없었다. 만약 소문대로 그만한 관심과 성의를 가진 사람이라면 우리의 존재도 알아냈어야 하지 않을까.

—앞으로의 희망은?

박일산:민주화된 사회에서 명예 회복된 박팽년의 후손인 한 시민으로서 남부끄럽지 않게 살아가고 싶은 것뿐이다.

—끝으로 할 말이 있다면?

박일산:선처해 준 대통령 각하와 정부 당국에 감사하고, 약속한 후속 조치를 기대한다. 그래서 앞으로는…… 병자 사태의 비극이 더 이상 정치인들의 노리개가 되지 말았으면 한다.


그 후의 일은 우리의 계획대로 진행되었다. 전국은 신문 · 방송의 부채질에 따라 '박일산 돌풍'에 휘말렸고, 대통령은 때를 놓치지 않고 병자 사태의 연루자들을 전원 사면하고, 민주화를 위한 의거였다고 그 의미를 재평가했다. 그런 분위기 속에 진행된 국민투표에서 우리는 오십삼 퍼센트의 지지를 얻어냈다. 성공이었다. 보스는 공식적으로 후계자의 자리를 인정받았고 나는 명실 공히 우리 기관의 제2인자로서의 위치를 굳혔다.

아무런 문제도 없는 평온한 날들이 계속되었다. 하지만 이상한 일이었다. 언제부턴가 나는 잠을 이룰 수가 없게 되어버렸다. 길고 긴 불면의 밤들이 계속되었다. 어쩌다 한순간 눈을 붙이면 나는 예외 없이 비둘기의 꿈을 꾸곤 했다. 끝 간 데 없는 푸른 하늘을 비둘기 한 마리가 날아가고 있는 꿈이었다. 소리도 없이. 그런 꿈에서 나는 언제나 냅다 소리를 지르면서 깨어나곤 했다. 날아가라, 날아가! 나중에는 꿈이 아니더라도 비둘기가 보였다. 유리창 너머 어두운 하늘에, 흰 벽 위에, 자욱한 담배 연기 속에, 밝아오는 새벽 뜨락의 나뭇가지 끝에…… 세상 어디에도 비둘기가 보였고 그때마다 나는 속으로만 미친 듯이 외쳤다. 날아가라, 날아가!


마담은 놀란 얼굴로 문을 열어주었다.

"어쩐 일이세요?"

나는 말없이 그저 방긋 웃으면서 안으로 들어섰다.

"아유, 얼굴이 왜 이렇게 안되셨어요? 숫제 반쪽이 되셨네."

나는 역시 조용히 웃어 보이기만 했다.

"문을 좀 열어줘."

나는 김시습이 있던 방에 딸려 있는, 그러니까 우리가 그를 관찰하던 작은 방을 턱으로 가리켰다. 뭔가 납득이 가지 않는 얼굴로 열쇠를 가져와서 마담은 문을 열었다.

"불 켜지 마."

나직하게 이르고 나는 방 안으로 들어섰다. 이쪽에서만 보이는 창은 여전히 그 자리에 붙어 있었다. 그 앞에 서서 나는 김시습의 방을 들여다보았다. 어두운 방 안은 텅 비어 있었다. 하지만 내 눈에는 보이는 것만 같았다. 잠을 자고, 헛소리를 하며 깨어나고 여자를 짓누르는 모습의 내 비둘기가…… 나는 부르르 몸을 떨었다. 날아가라, 날아가!

얼마나 지났을까.

"나가세요."

마담이 내 어깨에 손을 얹고 있었다. 정신을 차리고 보니 나는 마치 유리창을 쥐어뜯는 모습으로 서 있었다.

"술 한잔하세요."

마담은 어린애를 달래듯이 나를 밖으로 이끌었다. 거실에는 조촐한 술상이 준비되어 있었다. 내 몸뚱이의 무게를 전혀 느끼지 못하면서 나는 소파에 몸을 던졌다. 마담은 말없이 술을 따랐고, 나는 말없이 잔을 비웠다. 술이 들어갈수록 나는 점점 허공으로 떠오르는 것만 같았고, 저만치 아래에 껍데기뿐인 나의 육신은 앉아 있었다. 뜻한 것을 모두 이루고 가질 수 있는 것을 모두 가진 그 사나이의 모습은 그럴 수 없이 초라하기만 했다. 그리고 어딘가 먼 곳에서 누군가가 날개 치는 소리가 들려왔다. 푸드덕 푸드덕…… 날아가라, 날아가.

꿈속처럼 아득하게 초인종이 울렸다. 흠칫, 놀라 일어나려는 마담을 나는 말없이 한 팔로 저지했다. 묘한 예감에 사로잡혀서 나는 천천히 몸을 일으켰다. 무슨 제전을 주관하는 사제처럼 나는 소리 없이 걸어가서 문을 열었다. 우두커니 서 있는 김시습이었다. 그는 어느새 꺼칠하고 주름 진 살갗을 가진 나이 든 사내가 되어 있었다. 나가던 그대로인 그의 알몸에는 살비듬이 눈처럼 하얗다. 그는 바보처럼 씨익 웃고 있었다. 나는 천천히, 그러나 완강하게 문을 닫았다.

—신축년간에 공이 고기를 먹고 머리를 기르고 글을 지어 할아버지와 아버지에게 제사 지냈는데, 그 대강에 말하기를,

"순임금이 펴신 오륜五倫에 부자유친父子有親이 첫머리요, 삼천 가지치 가운데 불효가 가장 크옵거늘, 어리석은 불효자가 가계를 이어받고도 이단에 미혹다가 늦게서야 뉘우치 노라" 하고, 드디어 안씨의 딸에게 장가들었다.


소파로 돌아오는 나를 보고 마담은 킬킬거리고 있었다.

"이젠 필요가 없어졌다 이거지?"

나는 우뚝 멈춰 섰고, 마담은 더욱 소리를 높여 웃었다.

"흐흐흐…… 돌아와 봐도 이젠 필요가 없다……."

나는 아악—외마디 소리를 내지르면서 마담에게로 달려들었다. 갈 쿠리처럼 두 손을 내밀어서 그녀의 목덜미를 움켜쥐었다. 내 손아귀에 가득한 비둘기의 목을 나는 죽을힘을 다해 눌렀다. 푸들푸들 몸을 떨면서 누르고 또 눌렀다. 날아가라, 날아가!

—비둘기

비둘기목目에 딸린 새를 통틀어 일컬음. 산비둘기 · 참비둘기 · 호도 애 · 홍비둘기 · 흑비둘기 등이 있는데, 야생종과 사육하는 집비둘기로 크게 나눔. 몸은 그리 크지 않고 날개가 커서 날기를 잘함. 번식이 잘되 고 성질이 온순하여 길들이기가 쉽고 귀가성歸家性을 이용하여 통신용 으로 쓰기도 하는데, 최대 1천 킬로미터까지 왕래하며 시속은 60킬로 미터가량이고, 야간에도 사용함. 특히 밥줄의 큰 모이주머니에서 젖 같 은 것을 분비하여 새끼에게 머임. 예로부터 길조, 평화를 상징하는 새 로 여김. (신기철 · 신용철 편《국어대사전》에서)

심 · 사 · 평

# 각 심사위원들의 중점적 심사평

김동리 _ 자연 속에 핀 의식의 꽃
이어령 _ 환상들을 포착하는 탁월한 솜씨
김윤식 _ 문학적 틀 속에서의 문제적인 것
박완서 _ 떨리는 듯한 감동을 주는 인간의 운명적 쓸쓸함
권영민 _ 잔잔하게 밀려드는 이상스러운 감동

# 자연 속에 핀 의식의 꽃

김동리(金東里, 소설가)

이번에는 후보작 7편 가운데 1편을 제외하고는 모두가 중편이다. 거기다 현실을 다루는 의식 상태의 유사점이 많은 것도 부담을 더했다.

최수철의 〈어느 무정부주의자의 하루〉는 우리 소설에서 흔히 볼 수 있는 리얼리즘의 정통적인 수법을 거부한 채 상황성의 인식에 주력하고 있다. 이러한 새로운 소설 방법이 아직은 독자에게 익숙하지 않지만, 보다 압축된 문체가 가능해진다면 좋은 성과를 나타낼 것으로 보인다.

김만옥의 〈그리운 거인들〉은 차분한 문체와 주제의 진지성에 대해 평가받을 만하다. 그러나 중편의 형식으로 처리하기 힘든 사건을 복잡하게 배열하고 있기 때문에 후반부에서 서술의 균형을 잃어버린 점이 안타깝다.

김향숙의 〈얼음벽의 풀〉은 주제 의식이 대조적 구성 효과를 통해 잘 포착되고 있다. 그렇지만 오히려 소설적 구성의 단순화를 느끼게 한다.

김채원의 〈겨울의 환幻〉이 우리의 주목을 끌게 된 첫째의 이유는 사건보다 의식을 주조로 한 소설 스타일이 종전의 그의 그것과는 많이 달라져 있다는 점 때문이다.

'의식의 흐름'이란 것이 소설 세계에 등장한 것은 20세기 20년대 이

전부터의 일이지만 김채원의 경우는 그것을 자기 나름대로 자연과 결부시킨 특징을 보이고 있다.

"홀시아버님이 돌아가시던 때의 눈, 그 눈의 아우성을 잊을 수 없습니다. (…) 추운 어둠의 바람이 휘몰아치고 그 사이로 눈은 내려오기에 고심하면서 비집을 틈이 없는 공간 속으로 새까맣게 떨어져 내렸습니다."

이런 모양으로, 자연 속에 핀 의식의 꽃은 계속되고 있다. 그의 이러한 독특한 작품 세계를 높이 평가, 마지막 판에 가서 전원 일치의 찬성으로 수상작이 되었다.

# 환상들을 포착하는 탁월한 솜씨

이어령(李御寧, 문학평론가)


우수작으로 추천되어 내게 보내온 7편의 작품 가운데, 수상작으로 김채원의 〈겨울의 환幻〉을 골랐다. 다른 작품들에서 볼 수 있는 불안정한 인상을 이 작품은 완전히 벗어나고 있었기 때문이다.

김영현의 〈멀고 먼 해후〉는 매우 잘 다듬어진 뛰어난 구성력을 자랑한다. 신인 급의 작가로서 이 정도의 감각을 지니고 있는 작가가 이번 이상문학상 심사 대상에 올랐다는 사실이 기쁘다. 그러나 아직은 좀 더 이 작가의 작업이 어떻게 진전되는가를 지켜보는 것이 좋겠다.

김향숙의 〈얼음벽의 풀〉은 대조적인 성격의 창조에 성공한 작품이다. 그러나 작가의 목소리가 소설의 후반부에서 제대로 조절되지 못한 점이 안타깝다. 너무 의욕이 앞선 탓이리라.

최수철의 〈어느 무정부주의자의 하루〉는 주인공이 일상적인 생활 감각을 어떻게 헤쳐나가고 있는가 하는 문제가, 보는 이에 따라 여러 각도에서 설명될 수 있을 것이다. 작가 자신이 일상성 그 자체에 대해 부여하고 있는 관심이 비상하다. 뼈대 없는 소설 형식으로 이 정도의 규모를 지탱한다는 것 자체가 하나의 도전이라고 할 수 있다.

〈겨울의 환〉은 여려 겹의 이야기가 함께 이어진다. 여인 삼대의 이야기라고 할 수도 있고, 주인공의 성장이라고 할 수도 있는데, 잊혀진 것들에 대한 애잔한 느낌이 이야기 모두에 깔려 있다. 그러나 무엇보다도 중요한 것은 우리의 삶에 때때로 필요한 환상들을 포착하는 작가의 솜씨다. 이 솜씨야말로 작가 김채원의 몫이라고 할 것이다. 최종 결정에서 〈겨울의 환〉을 택하는 데에 조금도 주저하지 않은 것은 바로 그 때문이다.

# 문학적 틀 속에서의 문제적인 것

김윤식(金允植, 문학평론가)

　이번 13회 이상문학상 심사 대상으로 올라온 작품들의 특징을 든다면 거의 모두가 새로운 얼굴이라는 점이 아닐까. 그만큼 우리 문학의 젊어짐을 말해주는 것인지, 창작층의 엷음을 말해 주는 것인지는 쉽사리 판단될 수 없겠으나, 이런 현상에서 얻는 이점이 있을 수 있다면 그것은 혹시 어떤 방향 전환의 감각이 아닐까. 그럼에도 내가 김영현 씨의 〈멀고 먼 해후〉를 두고 망설임은 그 멀고 먼 해후 다음이 궁금한 탓. 이런 보수적 감각도 당분간 필요하지 않겠는가. 김향숙 씨의 〈얼음벽의 풀〉만큼 중산층 윤리 감각 마비 현상 비판의 줄기참도 좀처럼 보기 드문 일.

　그러나 그것이 어째서 막 바로 또는 이런저런 곡절을 겪어, 가출과 위장 취업으로 직결되느냐에 관한 부분에 어려움도 지적될 수 있을 것.

　김채원 씨의 〈겨울의 환幻〉은 그대로 환각(꼭두)인 것. 자기 스스로를 원질原質로 한 고백체형 소설의 한 순금 부분이 아닐까. 우리 소설계에서 이런 유형은 상당한 수준에 이른 것. 겨울이란 무엇인가. 한갓 동치미의 감각인 것. 그 감각을 불러내기 위해서는 악마의 호출 부호가 필요한 법, 그것이 바로 '당신'이고, '습니다' 체로서의 증폭 현상이 아니었겠는가. 스스로를 원질로 한 고백체란 자기 몸 태워 빛내는 촛불형인 것. 그러니까 이런 계보에서 창작이란 악마에 혼을 파는 계약 없이는 원래 불가능한 것. 그네 속에 깃든 '당신'이라는 악마를 불러낸 탓에 과연 현란한 환각이 창조되었지만, 정작 그는 무엇을 악마에게 주기로 계약한 것이었을까. 이 계보의 좋은 부분도 잘 보이지만 그 위험 부분도 동시에 드러나 있다는 것. 이런 점에서 이 작품은, 다른 작품에 비해 문학적 틀 속에서의 문제적인 것이라 하면 안 될까.

# 떨리는 듯한 감동을 주는 인간의 운명적 쓸쓸함

박완서(朴婉緖, 소설가)

하나같이 탁월한 작품만을 모아놓고 그중에 하나를 가장 좋은 작품으로 골라낸다는 것은 생각보다 어려웠다. 아마 그런 일에 있어서의 나의 경험 부족도 있었겠지만, 나름대로의 개성이 뚜렷한 작품들을 다만 우열을 가리기 위해 읽는다는 건 여간 힘겹지가 않았다. 그러다가 〈겨울의 환幻〉을 만나자 내가 하고 있는 일의 재미없음에서 놓여나 마음속이 잔잔히 떨리는 듯한 감동을 맛보았다.

〈겨울의 환幻〉에는 소위 시대적인 고뇌가 거의 실려 있지 않다. 세상 돌아가는 일에 초연하거나 무감각한 게 가능한가 또는 옳은가라는 논란은 오래전부터 있어온 줄 알지만 그 작품은 그런 논란으로 간섭할 수 없는 자리에 있는 것처럼 여겨졌다. 이 시대의 악몽이 제거된 새로운 세상이 온다 해도 결코 없어질 리 없는 인간의 운명적인 쓸쓸함, 어쩔 수 없는 삶의 허망함을 다루고 있기 때문이다. 전에도 김채원의 소설을 즐겨 읽었지만, 〈겨울의 환〉은 그가 여태껏 써온 세계를 뛰어넘은 일품이라고 여겼다.

김영현이라는 새로운 작가를 만난 것도 뜻있는 발견이었다. 그의 〈멀고 먼 해후〉는 군더더기 없이 깔끔하고 신선한 충격과 뭉클한 감동을 동시에 맛보게 해주었다.

심사는 심사위원 다섯 사람이 각자 의중에 있는 작품을 두 편씩 천거하는 것으로 시작됐는데 마지막에 가서 김채원의 작품이 만장일치 수상작으로 결정되었다.

# 잔잔하게 밀려드는 이상스러운 감동

권영민(權寧珉, 문학평론가)

이번 제13회 이상문학상 후보작으로 추천된 작품들 가운데 소설적 주제의 무게로 보아서 김향숙의 〈얼음벽의 풀〉, 김만옥의 〈그리운 거인들〉이 관심이 끌렸다. 소설이라는 양식과 기법의 면에서는 김채원의 〈겨울의 환幻〉, 최수철의 〈어느 무정부주의자의 하루〉가 또한 돋보였다.

〈얼음벽의 풀〉의 경우는 등장인물의 갈등을 보다 내면화시켰다면 주제가 더욱 선명하게 살아났을 것이라는 생각이 들었고, 〈그리운 거인들〉의 경우는 구성의 복합성을 처리하는 데에 무리를 낳고 있다는 인상을 지워버리기 어려웠다. 〈어느 무정부주의자의 하루〉도 연작 형식을 염두에 둔 작품이라는 점을 생각할 때 연작성과 독립성을 어떻게 조화시킬 것인지가 숙제로 남는 다는 점을 지적하고 싶었다.

심사위원의 입장에서 수상 작품을 선정하도록 했을 때, 〈겨울의 환〉이 지목됐다. 이 작품은 주제의 무게를 과감하게 벗어던지고 있으며, 서사의 요건을 최대한 활용하고 있다는 점에서 이상문학상의 성격과도 부합된다고 생각되었기 때문이다. 〈겨울의 환〉은 자기 몫의 삶을 새롭게 인식하기 시작하는 중년 여성의 내면 심리를 예리하게 포착해 내고 있는 작품이다. 이 작가가 지니고 있는 이국적 취향이나 소녀적 감상이 완전히 극복되고 있다는 점에서 그 변신이 놀랍다. 경험적 자아와 서사적 자아를 미묘하게 겹쳐놓고 있는 이 작품에서 고백체 형식의 궁극적인 요건을 발견할 수가 있다. 그런데 무엇보다도 이 소설이 지니고 있는 중요한 미덕은 서두에서부터 결말에 이르기까지 잔잔하게 가슴에 몰려드는 이상스러운 감동을 들 수 있다. 남성 부재의 독특한 소설 공간을 파고드는 이 감동의 물결은 '작은 열림'이 아니라 결국 파도처럼 격렬하다. 고향의 상실, 부성父性의 부재, 전쟁의 고통 등으로 이어지는 주인공의 개인적 체험 영역을 운명성의 의미로만 파악할 수도 없다. 그것은 바로 그러한 개인적 운명을 낳게 만든 역사의 운명을 뜻하는 것이기 때문이다.

제13회 이상문학상 수상작으로 〈겨울의 환〉이 결정된 것은 이념의 잣대로 모든 것을 마름질하고자 하는 오늘의 풍토에서 하나의 새로운 변화를 갈망하는 문학사적 요구에 나름 아님을 밝혀둔다.

# '이상문학상'의 취지와 선정 방법
## —알기 쉽게 풀이한 이상문학상 제도

1. **취지와 목적** : 〈문학사상사〉(이하 주관사라고 약칭)가 제정한 '이상문학상(李箱文學賞)' (이하 '본상' 이라고 한다)은 요절한 천재 작가 이상(李箱)이 남긴 문학적 업적을 기리며, 매년 가장 탁월한 소설 작품을 발표한 작가들을 표창하고,《이상문학상 작품집》(이하 '작품집' 이라고 한다)을 발행하여 널리 보급함으로써, 순수문학의 독자층을 확장케 하여 한국문학의 발전에 기여할 것을 목적으로 한다.

《이상문학상 작품집》에 대한 독자의 관심이 고조됨에 따라 순문학 독자층이 광범위하게 형성됨으로써, 일찍이 한국은 물론 다른 나라에서도 유례를 찾아보기 어려운 순문학 중·단편집의 초장기 베스트셀러시대가 실현되었다는 것이 문단의 정평이다.

2. **수상 대상 작품** : 전년도 심사 대상(對象) 작품의 마감 이후인 당해년도 1월부터 12월 말 사이에 발표된 작품은 모두 심사 대상에 포함된다. 문예지(월간지의 경우 당해년도 1월 초부터 12월 말일 이전에 발행된 '2월호' 에서 다음 해의 '1월호' 까지 포함된다)를 중심으로 해서, 각종 정기간행물 등에 발표된 작품성이 뛰어난 중·단편소설을 망라하여, 1년 내내 독특한 방법으로 예비심사를 거쳐 본심에 회부한다. 예비심사 과정에서는 물망에 오른 작품의 작가에 대하여, 대상 또는 우수작상으로 선정될 경우, 본상의 규정에 따른 수락 의사 유무를 직접 또는 간접적으로 타진한다. 중·단편소설을 시상 대상으로 하는 까닭은 문학의 중심이 장편소설에서 점차 중·단편소설로 이행하는 추세를 감안하고, 작품 구성과 표현에 있어서의 치밀성과 농축성으로, 짙고 강렬한 소설 미학의 향기와 감동을 자아내게 한다고 믿기 때문이다.

3. **상의 종류** : 본상은 대상(大賞) 1명과, 10명 이내의 대상에 버금하는 작품에 대한 우수상을 선정하되 경우에 따라 복수의 대상 수상자를 선정할 수 있다. 그리고 기수상작

가를 포함하여 중견 및 원로작가의 문학적 공로도 감안해 당해년도의 뛰어난 작품에 수여하는 '이상문학상 특별상' 1명을 선정한다.

4. **포상의 방법** : 본상의 포상은 제3항에 명시된 각 상의 매절고료가 포함된 현상금을 일시불로 수여하는 방법과, 판매 실적을 감안하여 추가적인 상여금을 지급하는 두 가지 방법 중 수상자로 하여금 수상 수락 전에 서면으로 그중 한 방법을 자유롭게 선택게 한다.

5. **'본상' 의 현상고료** : 위 제3항의 '본상' 의 대상(大賞) 중 일시불 방식은 발행부수와 관련없이 3,500만 원을 지급하고, 우수상은 각각 300만 원을 지급한다.

위 항의 일시불 방식이 아닌, 발행 2년이 경과한 이후부터의 판매부수에 따른 추가적인 상여금을 원하는 수상자에게는, 2003년부터 1차로 시상 당시 대상(大賞) 수상자는 2,000만 원, 우수상 수상자는 200만 원을 지급하고, 작품집 발행 후 2년이 경과한 이후부터, 매년 말에 당해년도의 '작품집' 발행부수에 따라, 1부당 정가의 10%를 각 수상자별로 균분하여 10년간 지급토록 한다.

6. **특별상(현상고료)** : 특별상은, 기수상작가를 포함하여 한국문학 발전에 공로가 현저한 문단의 원로작가 또는 '본상' 의 우수상을 3회 이상 수상한 작가로서, 당해년도에 우수 작품을 발표한 작가에게 '본상' 의 대상(大賞) 작품과는 별도로 수여하며, 현상매절 고료는 500만 원으로 정한다.

7. **예심 방법** : 예심은 월간《문학사상》편집진이 매 연도의 1년 동안 각 매체에 발표된 작품을 수집하여, 주관사의 편집위원과 편집주간 및 편집진으로 구성된 이상문학상 운영위원회에서 대학교수 · 문학평론가 · 작가 · 각 문예지 편집장 · 일간지 문학담당 기자 등 약 100명에게 수시로 광범위하게 추천을 의뢰하여 비밀리에 예비심사를 진행한다. 3회 이상 우수상을 받은 작가는 당해년도에 발표된 작품 중 뛰어난 1편을 선정하여 본심에 회부할 수 있다.

그 모든 자료를 일괄하여 주관사 편집주간이 중심이 되어 편집위원들과 예심위원들의 의견을 수렴하여, 연간 2분기로 나누어 본심에 회부할 작품을 선별한다.

이와 같은 독특한 예심 방법은 소수의 예심 및 본심의 심사위원이, 짧은 시일 내에 수많은 작품 속에서 본심에 회부할 작품을 선정하고 본심 심사위원이 단시간에 여러 작품을 심사하고 수상 작품을 선정하는 일반적인 문학상 심사제도의 단점을 보완하고, 되도록 문학 발전에 관심이 깊고, 전문 지식을 지닌 다수의 전문가에 의해 장기간에 걸쳐 많은 작품을 수시로 검토하여 심사 대상에 망라함으로써, 신중하고 세심한 예심 과정을 밟기 위한 것이다.

8. **본심 방법** : 예심을 거쳐 본심에 회부된 작품은, 권위 있는 평론가와 작가로 구성된 5인 이상 7인 이내의 심사위원회에 넘겨져, 수일간 개별적인 검토를 거친 후 본심 회의에서 최종 결정을 한다. 본심 회의는 대체토론을 통해 본심에 회부된 작품 가운데 10편 내외의 작품을 먼저 선정한다. 이 작품 속에서 1편(예외적인 경우 2편)의 대상(大賞) 작품을 선정하고, 나머지 작품 중에서 우수상 작품을 선정한다. 수상 작품 결정에 있어 심사위원의 의견이 일치하지 않을 경우에는, 무기명 비밀 투표로써 다수결 원칙에 의하여 최종 결정을 한다.

그러므로 이상문학상의 대상과 우수상은 모두 거의 동일 수준의 작품이라고 볼 수 있으며, 전문 문학인이나 독자의 주관적인 판단에 따라 그 평가는 달라질 수 있을 뿐이다. 그 때문에 한 번 우수상을 받은 작가는 대부분 자주 우수상을 받게 되며, 3~4회 내지 5~6회 만에 대상을 받게 되는 경우가 대부분이다.

9. **저작권** : 대상(大賞) 수상 작품(이하 '대상 작품'이라고 약칭)의 저작권은 본상의 수상 규정에 따라 주관사가 보유한다. 단, 2차 저작권(번역 출판권, 영화화·연극화 등의 저작권)은 저자에게 있고, 《이상문학상 작품집》 발행 후 3년이 경과하면 동 대상 작품을 저자의 작품집 또는 저자의 전집에 한해서 수록할 수 있다. 다만, 어떤 경우에도 《이상문학상 작품집》의 표제(대상 작품명)와 중복되거나, 혼동의 우려가 없도록 하기 위하여 대상 작품명을 대상 수상작가 작품집의 서명(書名, 표제작)으로는 쓰지 않기로 한다.

10. **이상문학상 작품집 발행** : 〈이상문학상 운영 규정〉에 따라 대상(大賞) 작품과 주관사가 본상의 규정에 따라 저작자의 승낙을 받은 저작권법상의 편집저작권을 보유한 우수상 작품 및 특별상 작품을 모아, 염가 대량 보급을 목적으로 《이상문학상 작품집》을 발행한다.

이 작품집은 이상문학상의 공정성과 권위를 독자에게 다시 묻고, 수록된 작품과 그 작가들에 대한 표창과 홍보의 뜻도 담고 있다. 한편 이 작품집은 해마다 문단의 작품 경향과 흐름을 알 수 있는 앤솔러지적인 성격을 띠고 있다. 또한 이 작품집은 아무리 세월이 흘러가도 한 사람이라도 독자가 있는 한 이윤을 초월해서 제한 없이 영구히 보급함으로써, 이상문학상과 그 수상작가에 대한 영원성과 영예를 오래도록 선양하고 세계에 그 유례를 찾아볼 수 없는 문학상 작품의 영원성을 유지케 한다.

그런 뜻에서《이상문학상 작품집》은, 그 영예로운 작가와 작품을 일과성(一過性)이 아닌 영구적으로 널리 독자에게 보급하여 읽히게 하고, 그 작가에 대해 더욱 탁월한 작품을 창조하기 위한 끊임없는 격려와 기대의 뜻을 담고 지속적인 홍보와 보급에 힘쓰고 있다. 때문에 30여 년 전의 작품도, 계속해서 한결같이 널리 알리고 홍보를 계속하여, 독자의 관심권에서 벗어나지 않도록 하는 매우 독특한 작품집으로 정착되었다. 그러한 노력은 작품의 우수성과 더불어, 이 작품집이 매년 수많은 독자들에게 애독서로 선택되어, 20여 년 전의《이상문학상 작품집》도 계속 새로운 독자가 끊이지 않고 있다. 그처럼 여러 작가의 작품을 보아 매년 한 권의 책으로 묶은 중·단편 창작 소설집이 장기간에 걸쳐 다량으로 발간되고 있는 것은 세계적으로도 매우 희귀한 예로 알려지고 있으며, 그것은 우리의 문학과 독자의 성장도와 함께 성숙도를 가늠케 하는 한국문학의 상징적 발전의 척도이기도 하다. 그 같은 예는 세계 제일의 출판대국이며, 인구만도 우리의 9배 내지 3배에 가까운 미국이나 일본에서도 찾아보기 어려운 순수문학 중·단편집의 대량 보급 현상과 아울러 순수문학 애호 인구의 엄청난 증가 현상을 말해 주고 있다.

11. **이상문학상 운영위원회** : 주관사의 발행인을 위원장으로 하고 월간《문학사상》의 편집인과 편집주간 및 문학사상사 이사회가 선임한 3인의 위원으로 구성되며, 본상의 제도와 운영에 관한 모든 업무를 관장한다.

12. **이상문학상 심사위원회** : 이상문학상 운영위원회는 매 연도마다 5~7인의 이상문학상 심사위원을 위촉하여 이상문학상 심사위원회를 구성한다.

동 심사위원회는 주관사의 편집주간의 주재로, 이상문학상의 대상(大賞)과 우수상 그리고 특별상을 수여할 작품을 심의 결정한다. 수상자를 결정함에 있어 의견의 일치를 보지 못할 경우는 무기명 비밀 투표로써 결정한다.

13. **규정의 수정** : 본 규정은 이상문학상 운영위원회에서 3분의 2 이상의 찬성으로 수정할 수 있다.

2002. 12. 20. 개정
**문학사상사**
이상문학상 운영위원회

# 제13회 이상문학상 작품집

초판 1쇄 | 1989년 9월 12일
초판 38쇄 | 1994년 2월 28일
2판 5쇄 | 2001년 12월 22일
3판 5쇄 | 2017년 4월 28일

지은이 | 김채원 외
펴낸이 | 임지현
펴낸곳 | (주)문학사상
주소 | 서울특별시 송파구 중대로38길(05720)
등록 | 1973년 3월 21일 제1−137호

전화 | 02)3401−8540
팩스 | 02)3401−8741
홈페이지 | www.munsa.co.kr
이메일 | munsa@munsa.co.kr

ISBN 89−7012−661−9 03810

# 문학사상사의 좋은 책―이상문학상 작품집